W0379701

HAYMON verlag

Georg Haderer

Schäfers Qualen

Kriminalroman

Gedruckt mit freundlicher Unterstützung
durch die Kulturabteilung des Landes Tirol und
die Kulturabteilung der Stadt Wien.

© 2009
HAYMON verlag
Innsbruck-Wien
www.haymonverlag.at

Alle Rechte vorbehalten. Kein Teil des Werkes darf in irgendeiner Form (Druck, Fotokopie, Mikrofilm oder in einem anderen Verfahren) ohne schriftliche Genehmigung des Verlages reproduziert oder unter Verwendung elektronischer Systeme verarbeitet, vervielfältigt oder verbreitet werden.

ISBN 978-3-85218-598-9

Umschlag- und Buchgestaltung:
Kurt Höretzeder, Büro für Grafische Gestaltung, Scheffau/Tirol
Coverfoto: www.webstockpro.com

Gedruckt auf umweltfreundlichem,
chlor- und säurefrei gebleichtem Papier.

1

Er achtete nicht auf das schrille Piepsen der Multifunktionsuhr, die ihm mitteilte, dass sein Herz über 125-mal pro Minute schlug. Das Gipfelkreuz war in Sicht; und die letzten hundert Meter verdienten diese Anstrengung.

Bislang war es ein makelloser Tag gewesen. Als er seinen Geländewagen auf dem Parkplatz abgestellt hatte, war kein weiteres Fahrzeug dort gestanden, und auch auf dem Weg hinauf war er niemandem begegnet; abgesehen von ein paar schlaftrunkenen Kühen, die im taunassen Gras standen, noch so lethargisch, dass ihre Glocken nur vereinzelt zu hören waren. Zu seiner Rechten rauschte der Bach, der den Graben im Sommer angenehm kühl hielt. Nach einer halben Stunde war der geschotterte Fahrweg zu Ende. Ab hier führte ein schmaler Wanderweg über steile Almwiesen zum Grat hinauf, der sich fast drei Kilometer, dafür nur sanft ansteigend, zum Gipfel zog. Noch lagen die Wiesen im Schatten, doch über die Bergkette im Osten schob sich bereits der gleißende Scheitel der Sonne und in zwei Stunden würde es auf dem unbeschatteten Weg sehr heiß werden. Früher hatte Steiner die Hitze gemocht. War stundenlang in der prallen Sonne unterwegs gewesen. Doch mittlerweile setzte sie seinem Kreislauf zu und er suchte den Schatten, wo es nur ging. Das war jedoch nicht der einzige Grund, warum er sich am Abend vor einer Bergtour den Wecker auf fünf Uhr stellte. Er wollte der Erste am Gipfel sein, und er wollte so wenigen Menschen wie möglich begegnen. An Wochenenden standen die Chancen dafür schlecht. Zu viele Wanderer, und vor allem zu viele Junge, die eine Stunde nach ihm losgehen konnten und dennoch vor ihm oben waren. Simon Steiner war sechzig, für sein Alter außergewöhnlich gut in Form und gestand sich seine nachlassende Körperkraft umso widerwilliger ein.

Doch an diesem Tag hatte er nichts auszusetzen. Mit vom Schweiß brennenden Augen wanderte er über den Grat zum Karstein. Aus dem trockenen, fast kniehohen Gras sprangen Insekten an seinen Waden hoch und zwangen ihn immer wieder dazu, sich leicht zu bücken und nach ihnen zu schlagen. Die Sonne blendete ihn mittlerweile so stark, dass er nur auf den schmalen, steinigen Weg vor ihm blickte. Nun, wegen des Panoramas kam er ohnehin nicht herauf – daran hatte er sich schon längst sattgesehen. Er sah in sich hinein. Und manche Bilder und Gedanken ließen sich besser ertragen, während der Körper an der Grenze der Belastbarkeit war. Sie hatten ihn lange in Ruhe gelassen. Warum drängten sie in letzter Zeit so an die Oberfläche? Warum ängstigten sie ihn so sehr, dass er schon an Verfolgungswahn zu leiden begann? Fast dreißig Jahre später.

Auf dem letzten Stück zum Gipfel hob er den Blick und blieb erschrocken stehen. Da lehnte jemand mit dem Rücken zu ihm am Gipfelkreuz. Wer war werktags so früh am Berg? In den meisten Fällen Leistungssportler, die ihr Trainingspensum vor der Arbeit absolvierten und nur kurz heroben blieben. Er ging weiter. Als er ein paar Meter vom Gipfelkreuz entfernt war, drehte sich der andere um. Steiner grüßte und hielt sich die Hand an die Stirn, um sein Gegenüber erkennen zu können. Er sah einen Arm, der ausholte, in der Hand die Umrisse eines Eispickels. Dann nichts mehr.

2

Schäfer saß an seinem Schreibtisch, das Kinn auf die rechte Hand gestützt, und schob Münzen über das graue Furnier der Tischplatte. Die Zwei-Euro-Münze für den Schwager, das Ein-Euro-Stück für die Ehefrau, die verschiedenen Centmünzen für Personen, die mit dem Verbrechen als Betroffene, Zeugen oder Informanten in Beziehung standen. Sich selbst hatte der Major als kanadische Ein-Dollar-Münze platziert – wegen des Ahornblatts, der Sehnsucht nach einem fremden, freundlichen Land, oder um sich Distanz zur Tat zu schaffen – das war Schäfer selbst nicht mehr klar. Bergmann sah seinem Chef über den Bildschirm hinweg missmutig zu. Lange Zeit hatte er versucht, hinter die Systematik dieses Spiels zu kommen. Was, wenn nicht diese mystische Schieberei konnte die Erfolgsquote seines Vorgesetzten erklären? Gewissenhaftigkeit? Ehrgeiz? Intelligenz? Daran mochte Bergmann nicht glauben, zumal der Major selten etwas davon erkennen ließ. Also die Münzen. Also nächtelange Simulationsversuche am Computer, wie nebenbei gestellte Fragen, Blicke über Schäfers Schultern, wenn Bergmann eine Akte aus dem Schrank holte. Schließlich hatte er resigniert. Und fand sich damit ab, dass die über den Schreibtisch wandernden Münzen nur ein Molekül im komplexen Organismus Schäfer waren. Dass das Nichtverstehen schon damit begann, dass sich sein Chef insgesamt an keine Ordnung hielt, die seinem Assistenten vertraut war. In Momenten hohen Selbstwertgefühls sagte Bergmann schlicht Glück dazu. An anderen Tagen erzeugte die Überlegenheit des Majors nur Frust. Freilich, Schäfer brauchte seinen Assistenten mehr, als diesem auch nur annähernd bewusst war. Als fixe Koordinate, als Bezugspunkt, ohne den er bei schwierigen Fällen an die Ränder seines Kosmos abtrieb, wo Ermittlungsfortschritte unmöglich wären. Im Sinne moderner Mitarbeitermotivation wäre es wohl klug gewesen, den Assistenten ab und zu beiseitezunehmen und ihm seine Rolle sowie seinen Wert im Universum Schäfer bewusst zu machen. Doch Schäfer verhielt sich eher wie ein nachlässig gewordener Ehemann: Er nahm die Anwesenheit seines Assistenten als selbstverständlich hin, und wo die Zuneigung, die er für Bergmann empfand, diesen, hätte er sie ihm gezeigt, stolz bis verlegen gemacht hätte, war sie für Schäfer eine Entschuldigung, um seine beizeiten üble Laune unbeherrscht an Bergmann auszulassen. Und die fast zärtlichen Blicke, mit denen er seinen Assistenten manchmal bedachte, oder seine Hand auf dessen Unterarm interpretierte Bergmann nie zu seinen Gunsten, sondern nur als weiteren Beleg dafür, es mit einem Verrückten zu tun zu haben, dessen mysteriöse Einsicht in die Gehirne und Vorgehensweisen der Verbrecher der einzige Grund war, warum er nicht wild gestikulierend und irre Selbstgespräche führend den Passanten auf der Kärntner Straße Angst einjagte. Und so war es auch nicht weiter außergewöhnlich, dass Bergmann wieder einmal an Versetzung dachte, nachdem Schäfer sowohl seine Fragen als auch das Eintreten der Sekretärin von Oberst Kamp ignoriert hatte und weiterhin leise murmelnd seine Münzen hin und her schob. Erst beim dritten, schon hustenartigen Räuspern der Frau hob Schäfer den Kopf und schenkte ihr ein so offenes wie herzliches Lächeln.

„Welch angenehmste Unterbrechung unserer Tätigkeit ... was können wir für Sie tun?“

Die Sekretärin nahm den übertrieben freundlichen Empfang so gelassen hin wie das unverständliche Knurren, das sie genauso häufig zu hören bekam, schenkte Bergmann einen mitleidigen Blick und gab Schäfer Bescheid, dass der Chef ihn zu sprechen wünschte.

Schäfer erhob sich ruckartig aus seinem Sessel, gab seinem Assistenten mit einem auf ihn gerichteten Zeigefinger etwas zu verstehen, das dieser nicht verstand, und verschwand aus dem Raum.

Als er Kamps Büro betrat, stand der Oberst – wie zumeist in den letzten Monaten, wenn Schäfer ihn aufsuchte – mit dem Rücken zu ihm, die Hände hinten verschränkt, und schaute auf den Stadtpark hinaus. Er ließ Schäfer eine halbe Minute im Raum stehen, bevor er sich rasch umdrehte, die Arme hob, als würde er einen alten Freund begrüßen, und auf ihn zutrat.

„Schäfer, mein bestes Pferd im Stall, haha. Setzen Sie sich doch bitte!“, tönte der Oberst gönnerhaft, trat hinter seinen Schreibtisch und ließ sich in den handgefertigten Ziegenledersessel fallen.

Schäfer schaute sich nach gebrauchten Cognacschwenkern um. Als er keinen erblickte, beschlich ihn der Verdacht, dass Kamp ihn wieder einmal mit einer Aufgabe betrauen wollte, die aufgrund des großen öffentlichen Interesses und des dementsprechend hohen Drucks, der auf ihm, dem Oberst, und damit auch auf der gesamten Dienststelle lastete ... nun, wahrscheinlich hatte ein hochrangiger Freund bei ihm angerufen.

„Sie sind doch aus diesem Ort in Tirol, sind Sie nicht?“

Schäfer nickte mit dem Kopf, „Kitzbühel“, ergänzte er und konnte sich ein Grinsen nicht verkneifen wegen des jüngsten Spleens von Kamp, jeder Frage eine englische Endung anzuhängen – eine amüsante Folge des freundschaftlichen Besuchs, den er vor kurzem seinem Pendant bei Scotland Yard abgestattet hatte.

„Folgendes“, fuhr der Oberst lautstark fort, schwang sich aus seinem Sessel und ging zurück zur Glasfassade, um seinen Blick abermals über den Stadtpark, den Kinderspielplatz und die, wie Schäfer vermutete, zahlreichen Jungmütter schweifen zu lassen.

„Mord!“, herrschte der Oberst die Scheibe an, bevor er sich ruckartig zu Schäfer umdrehte und wiederholte: „Mord. Mord in Tirol. Das geht doch nicht!“

Kamp machte eine bedeutsame Pause, die Schäfer ohne weitere Erklärungen klarmachen sollte, was ihn in nächster Zeit erwartete.

„Sie sind doch dort aufgewachsen, Schäfer, Sie kennen die Gebräuche, die Menschen dort vertrauen nun mal nur Ihresgleichen“, fantasierte er und sah seinen besten Mann an, als nähme er Maß für eine schnell herzustellende Tiroler Tracht.

„Sagen Sie doch mal was. In Ihrem Herkunftsidiom, meine ich.“

Schäfer, der mit dieser Aufforderung seit seiner Jugend nicht mehr konfrontiert gewesen war, wollte zumindest die

Dialektbezeichnung des possierlichen Nagetiers vermeiden, die jedem Touristen quasi als erste Aufnahmeprüfung gestellt wurde, und versenkte sich in die Tiefen seines Gehirns, um ein halbwegs authentisches Ergebnis zu liefern.

„Ogwedaschta Godaschnoppa", drang es aus ihm heraus, und sofort ärgerte er sich, dieses Ureinwohnertheater mitzuspielen.

„Wie?"

„Abgewetterter Gatterschnapper", übersetzte Schäfer.

Weil er auch mit diesem Begriff nichts anfangen konnte, schaute der Oberst Schäfer prüfend an. Wollte er ihn auf den Arm nehmen? Doch Schäfers Gedanken waren zu einer längst vergangenen, romantischen Begebenheit auf einer Almwiese gewandert, und seine Blicke waren die eines treuen Schafes. Kamp war entzückt – glaubte er doch umgehend, Zeuge einer seltenen Selbsthypnose zu sein, der Verwandlung in einen dumpfen Dorfgendarmen, hinter dessen Viehblick und Dialektgrunzen unbemerkt der geniale Verstand des Wiener Majors weiterwerkte.

„Außerordentlich, Schäfer, ganz außerordentlich, Sie verblüffen mich immer wieder, ja, haha. Nun, dann kann ich meinem Freund vom Landeskriminalamt Tirol Bescheid blasen, dass Sie umgehend anreisen. Dass Sie mit Ihren Kollegen aus der Provinz feinfühlig umgehen, muss ich Ihnen ja nicht sagen. Die könnten den Eindruck bekommen, dass ihnen ihr Chef die Aufklärung dieses Falls nicht zutraut. Genau so ist es auch und deswegen hat er auch mich angerufen – aber das müssen Sie ja nicht so kommunizieren. Machen Sie auf Tiroler, Herr Major ... Servus, griaß di und so weiter, ja ... nun, jetzt lassen Sie sich von meiner Sekretärin über alle weiteren Details des Falles in Kenntnis setzen und bringen Sie mir so bald wie möglich: Ergebnisse, Ergebnisse, Ergebnisse."

Schäfer, der gelernt hatte, sich von diesen Worten als Schluss einer wie auch immer gearteten Ausführung in die Realität zurückholen zu lassen, erwiderte umgehend: „Selbstverständlich, Herr Oberst", und verabschiedete sich.

Als er die Tür hinter sich zuzog, hörte er nochmals seinen Namen rufen. Er öffnete die Tür erneut und steckte fragend seinen Kopf in den Raum.

„Berg Heil!“, schrie ihm der sichtlich euphorisierte Kamp entgegen.

„Waidmanns Dank“, erwiderte Schäfer nicht ganz standesgemäß, weil er ahnte, dass seine Zeit in Tirol mehr mit Jagen als mit Bergsteigen zu tun haben würde.

3

Schäfer saß im Großraumwagen der ersten Klasse und sah auf seinem Laptop die Ermittlungsakten durch, die der Kitzbüheler Postenkommandant und eine Kripobeamtin aus Innsbruck ihm geschickt hatten. Er hatte wie immer darauf bestanden, die Berichte digital übermittelt zu bekommen. Das machte es ihm einfach, Fehler in der Grammatik zu korrigieren und ungelenke Formulierungen zu verbessern. Er konnte Wörter austauschen, aus einem Indikativ einen Konjunktiv machen oder auch etwas zwischen die Zeilen schieben, um eine öde Beschreibung dramatischer zu gestalten. Andere Kriminalisten wären empört gewesen, hätten in dieser Vorgehensweise eine verantwortungslose Verfälschung eines objektiven Berichts gesehen. Schäfer aber erachtete seine Interpretationen des Geschehens als mindestens ebenso gültig wie alle anderen. Wer wusste schon, was einen Bericht mehr verfremdete: die Angst derer, die mit dem Verbrechen konfrontiert waren, oder die Fantasie dessen, der die Einzelteile später zu einem stimmigen Gesamtbild zusammenzufügen hatte – zu einem Bild, mit dem alle Betrachter zufrieden wären. Deshalb genoss Schäfer die Freiheit, die ihm das „Speichern unter" gab. Welche seiner Versionen er an seine Kollegen und Vorgesetzten weitergab, blieb ihm überlassen. Und letztendlich war es immer der Ermittlungserfolg, der jedes Argument im Streit um Objektivität oder Subjektivität übertraf.

Das Opfer hieß Simon Steiner, Unternehmer, geboren 1948 in Mayrhofen, seit 1966 wohnhaft in Kitzbühel, verheiratet, eine Tochter. Kitzbühel. Schäfer seufzte. Obwohl er immer versuchte, den Fall zuerst einer distanzierten und vernunftbestimmten Bestandsaufnahme zu unterziehen, konnte er sich diesmal gegen das Auftauchen von Emotionen nicht wehren. Kitzbühel. Er sah aus dem Zugfenster und zwang sich, tief durchzuatmen. Wie konnte Kamp von ihm erwarten, eine ordentliche Ermittlung durchzuführen? In einem Ort und mit Leuten, denen er alles andere als neutral gegenüberstand. Andererseits hatte der Oberst auch wenig Ahnung von Schäfers

Vergangenheit und seinen Verstrickungen. Da war zu viel passiert, das mit seinem jetzigen Beruf nicht konform ging. Dinge, die er verdrängte, so gut er konnte. Er klickte einen anderen Ordner auf dem Bildschirm an und betrachtete die Tatortbilder. Steiner hing an einem Gipfelkreuz. Mit den Armen am eisernen Querbalken festgebunden, in der Stirn ein klaffendes Loch, das karierte Hemd blutgetränkt. Schäfer schloss die Datei und wandte die Augen vom Bildschirm ab. Gekreuzigt. Ein Messer oder eine Axt hatten nicht genügt. Mehr als Hass, Eifersucht oder Habgier. Kalkül. Taten, die von langer Hand geplant sind und darüber hinausgehen, einen Menschen bloß abzuschaffen. Schäfer, der in zwei Jahren vierzig werden würde, hatte genug Tatorte gesehen, und neben der entsprechenden Fachliteratur hatten ihn nicht zuletzt auch Filme und Kriminalromane einiges über die Beweggründe von theatralischen Morden gelehrt. Was ihn beunruhigte, war weniger die Suche nach dem Täter – wie in den meisten Fällen ein akribisches Ausschlussverfahren und gewissenhafte Vernehmungen, bis man früher oder später nur mehr einen Verdächtigen übrig hatte. Das würde mit Bergmanns Hilfe und ein paar fähigen Beamten aus Innsbruck zu bewerkstelligen sein. Schäfer machte sich andere Sorgen: Wenn ein Mörder seine Taten dermaßen inszenierte, spielte er Gerechtigkeit. Und da es genügend Ungerechte gab, wäre ein zweites Verbrechen sehr wahrscheinlich.

Schäfer sah aus dem Fenster. Die monochromen Fichtenwälder an den Berghängen, die träge wiederkäuenden Kühe, die wie Dekorelemente in den grünen Wiesen standen, ein Traktor, den ein offensichtlich in Trance versunkener Bauer über eine Schotterstraße steuerte, in deren Mitte büschelweise der Löwenzahn wuchs. Österreich: die Vorderseite einer Postkarte. Schäfers Telefon läutete. Der Postenkommandant aus Kitzbühel war dran: schöne Grüße vom Tod; es gab ein zweites Opfer – und Schäfer war nur erstaunt, dass es noch vor seiner Ankunft passiert war.

4

Werden die Arbeitsbedingungen auf einer Baustelle aufgrund der Witterung unzumutbar – wenn es stark regnet, schneit oder zu kalt ist –, ruft der Polier eine Wetterschicht aus. Die Arbeiter begeben sich in ihren Container. Sie sitzen beisammen und machen Folgendes: Karten spielen, über Fußball reden, Magazine mit nackten Frauen ansehen, reichlich Zigaretten rauchen – auf Tauchfahrt in einem U-Boot würden sie sich wohl ähnlich verhalten. In beiden Fällen ist meist auch einer unter ihnen, der mit der Gruppe nicht konform geht. Vielleicht trägt er eine Brille. Oder er hält statt eines Pornomagazins ein Buch in Händen. Und es stört ihn, Details über die sexuellen Vorlieben seiner Freundin auszuplaudern. Er kann auch nur an die Decke starren und die Regentropfen auf das Blechdach des Containers trommeln beziehungsweise die Schiffsschrauben der feindlichen Zerstörer über ihm hören. In jedem Fall nimmt er für die Dauer seines Aufenthalts eine Sonderrolle ein. Und wenn er genauer darüber nachdächte, könnte er in seiner Sonderrolle zugleich auch die Ursache für seine Anwesenheit erkennen.

So weit konnte Werner Senn an jenem frühen Morgen Anfang Juli nicht denken. Auf dem Weg zur Arbeit bemühte er sich, die Vorstellung der folgenden drei Monate loszuwerden, die er auf der Baustelle verbringen würde. Von denen er erst vier Tage abgeleistet hatte! Dumpfe acht Stunden mal wie viel Tage noch? Zudem gab ihm das Studium der deutschen Philologie und Politikwissenschaft noch lange nicht die Gewissheit, dass er in ein paar Jahren ein anständiges Gehalt verdienen würde. Lehrer kam nicht in Frage. Journalist, schon besser. Drehbuchschreiber, noch besser. Doch wo er längst damit beginnen hätte können, sich in eine bestimmte Richtung zu entwickeln, beschränkte sich Senn darauf, von einem erfolgreichen Leben zu träumen. Er hatte keinen Plan. Und er brauchte Geld. Um sich abzulenken, redete er sich die Schönheit dieses frühen Sommermorgens ein: die frische Luft, die die Nacht noch um zwei, drei Stunden überdauern würde. Das hektische und schon wettbewerbsverdächtige Zwitschern der Singvögel. Die Amsel, die am Dach der Bauhütte saß und bei seinem Anblick verstummte. Der Betonmischer, der dort eigentlich gar nicht sein dürfte, neben dem begonnenen Aushub für den Swimmingpool. Der bläuliche Kopf eines Mannes, der in der grauen, zähen Brühe steckte. Die Amsel fing wieder zu singen an. Senn hielt geschockt inne. Er griff in die Jackentasche, holte sein Telefon heraus, wählte die Notrufnummer der Rettung und stieg gleichzeitig zu dem Toten hinunter. War der überhaupt tot? Er ging auf die Knie und tastete mit ausgestrecktem Arm nach der Halsschlagader des Mannes. Als dieser plötzlich ein Röcheln von sich gab, fiel Senn vor Schreck nach hinten. Panisch wünschte er sich die Sanitäter herbei, um so schnell wie möglich von der Verantwortung befreit zu sein, etwas zur Rettung des Mannes unternehmen zu müssen. Der röchelte weiter und bewegte den Kopf, als wollte er Senn auffordern, näher zu ihm zu kommen. Kurz darauf trafen die Einsatzwagen von Polizei und Rettung ein. Der Notarzt stieg zu den beiden Männern hinab und sah, wie Senn seinen Kopf vom Gesicht des anderen wegdrehte. Ihm selbst blieb noch übrig, den Tod festzustellen und den Rest der Polizei zu überlassen. Und Senn fiel zu diesem nun unweigerlich arbeitsfreien Tag der Begriff „Mordschicht" ein, den er in den folgenden Tagen noch ein paar Mal bemühen sollte, wenn er das Erlebte seinen Freunden und Kollegen erzählte.

5

Obwohl Schäfer vom Kitzbüheler Postenkommandanten gebeten worden war, so schnell wie möglich an den Tatort zu kommen, entschied er sich anders. Vor dem zweiten Toten wollte er den ersten sehen – und der befand sich mittlerweile in der Gerichtsmedizin in Innsbruck. Freilich spielte auch noch etwas anderes in Schäfers Entscheidung mit. Je näher er seiner ehemaligen Heimat kam, desto unwohler fühlte er sich. Er brauchte nicht einmal die vorbeiziehende Landschaft zu sehen – die Erinnerungen drückten nach oben wie eine aufgeblasene Luftmatratze, die er nicht mehr unter Wasser halten konnte. Maria; die anderen Frauen; all die Verletzungen, die er anderen und sich selbst zugefügt hatte; der sinnlose Zorn, die Exzesse; die Freunde, die diese Zeit nicht überlebt hatten. So erschien Innsbruck als eine gute Zwischenstation. In der Anonymität der Stadt konnte er sich besser an den Tiroler Zustand anpassen, konnte er sich seinem Geburtsort von Westen annähern, von hinten quasi, sodass dieser ihn vielleicht nicht sofort auffressen würde.

Schäfer lächelte wehmütig. Wie sehr seine Geschichte ihn unter Kontrolle hatte. Wie sehr seine Ängste und Ahnungen seine Handlungen beeinflussten. Bergmann. Schäfer sollte ihn anrufen und bitten, gleich nach Innsbruck zu fliegen. Vielleicht. Später.

Als er ankam, schloss er als Erstes seine Reisetasche in ein Schließfach. Er trat vor das Bahnhofsgebäude und blickte auf die Nordkette, die steilen Gebirgswände, die um die Stadt eine natürliche Mauer bildeten. Beschützt und beschränkt – so hatte ein deutscher Studienkollege einmal die Tiroler unter dem Einfluss der Berge beschrieben. Und Schäfer hatte den Berliner in seiner Meinung bestätigen wollen und ihm ein volles Glas Bier ins Gesicht geschüttet. Er sah sich ungern in dieser Zeit. Er schämte sich, sobald er sich in Gedanken länger bei damaligen Ereignissen aufhielt. Was er tat, wie er war: wütend, rücksichtslos, dumm. Tot, traurig. Er schüttelte den Kopf, überquerte die Straße und ging in Richtung Klinikgelände, wo auch die Gerichtsmedizin untergebracht war.

Der Portier blickte nicht auf, ehe Schäfer an die Scheibe seines Häuschens klopfte und seinen Dienstausweis dagegendrückte. Ein Polizist aus Wien. Um sich von seinen ehemaligen Landsleuten nicht gleich unterkriegen zu lassen, forderte Schäfer den Portier auf, ihm den Weg in die Pathologie zu zeigen. Und zwar, indem er ihn begleitete. Der Portier murrte kurz, verwies auf seine Anwesenheitspflicht und ging dann doch eiligen Schritts voraus, um Schäfer so schnell wie möglich loszuwerden. Die Gerichtsmedizin war im selben Trakt wie die Pathologie. Vor der Tür machte der Portier kehrt und verwies den Kommissar an einen Arzt, der hinter der Glasschiebetür am Kaffeeautomaten stand. Schäfer trat ein und dachte erst jetzt daran, dass der zuständige Mediziner unter Umständen gar nicht da war. Er hätte anrufen sollen. Wieso hatte sich Bergmann eigentlich noch nicht gemeldet, um ihn bei solchen administrativen Dingen zu unterstützen?

Als sich der Arzt umdrehte, flaute Schäfers aufwallender Ärger gleich wieder ab. Franz „der Knochen" Konopatsch. Hatte sein Studium also doch noch fertiggebracht. Schäfer, der Konopatschs schroffe Art nur zu gut kannte, unterdrückte seinen Wunsch, ihn zu umarmen.

„Hallo Knochen. Lange her ..."

„Schäfer. Ich habe dich nicht schon so früh erwartet", sagte der Gerichtsmediziner trocken und ließ sein Gegenüber im Unklaren, ob er dessen berufsbedingtes Auftauchen oder seinen finalen Weg meinte.

„In die Pathologie", stieg Schäfer ohne Umschweife auf das rituelle gegenseitige Frotzeln ein, „so weit hat dich deine Vorliebe für den kühlen Frauentyp also gebracht."

„Gerichtsmedizin", verbesserte ihn Konopatsch. „Also, willst du mich um Rezepte anschnorren, weil sie dir den Schlüssel fürs Asservat weggenommen haben, oder worum geht's?"

„Steiner", beendete Schäfer ihre Begrüßungsparolen.

„Steiner. Der eisern Gekreuzigte ... na dann, ran an den Mann."

Er trank seinen Kaffee aus, stellte die Tasse auf ein Tablett neben dem Automaten und deutete Schäfer, ihm zu folgen.

„Seid ihr mit der Obduktion schon fertig?“, fragte Schäfer den Rücken Konopatschs.

„L'autopsie, c'est moi“, öffnete Konopatsch die Tür zum Leichenschauraum. „Und ja, ich bin fertig.“

„Und? Das Loch im Kopf – oder sonst was?“

„Beides. Er hat einen Schlag mit einem spitzen Gegenstand auf die Stirn bekommen. Dürfte ein Maurerhammer oder was in der Richtung gewesen sein, sind feine Metallspäne am Knochen. Schädel-Hirn-Trauma ... hätte er möglicherweise überlebt, wenn er nicht aufgehängt worden wäre. Als der Bergführer und seine Truppe ihn gefunden haben, war er höchstens ein bis zwei Stunden tot. Das wäre sich noch ausgegangen. Aber am Kreuz zu hängen, ist eben keine stabile Seitenlage“, zog Konopatsch die Bahre aus der Kühlkammer und schlug das Leichentuch zurück.

Schäfer schaute sich den Leichnam Steiners an, drehte sich um und ging zum Waschbecken, wo er sich die Hände wusch. „Also, woran ist er dann gestorben?“, fragte er Konopatsch, während er sich Fusseln des grünen Papierhandtuchs von den Fingern zupfte.

„Herz. Erst der Schlag auf den Kopf, dann das Aufhängen, eine Schockreaktion, die durch die Sonne noch verstärkt wurde, und irgendwann wollte seine Pumpe nicht mehr.“

„War er bei Bewusstsein?“

„Kann ich dir nicht hundertprozentig sagen, ist aber gut möglich. Da der Schlag das Frontalhirn getroffen hat, ist er möglicherweise nur kurz bewusstlos gewesen und hat dann in etwa mitbekommen, was mit ihm passiert.“

„Da war also jemandem das Umbringen nicht genug. Kreuzigen, das braucht doch seine Zeit, und leicht ist es sicher auch nicht, da achtzig Kilo anzubinden“, dachte Schäfer laut nach, während Konopatsch die Bahre zurück in die Kühlkammer schob.

„Hat er eigentlich irgendwelche Kratzer, Hämatome oder ...“

„Spuren eines Kampfes, meinst du?“

„Ja, schon gut, Fernsehpathologe. Also?“

„Gerichtsmediziner, du Fernsehbulle. Nein. Er hat eine Prellung am Ellbogen, aber die dürfte er sich zugezogen haben, als er nach dem Schlag hingefallen ist. Die Blutergüsse und Abschürfungen an den Handgelenken sind vom Seil, mit dem er festgebunden worden ist. Spannende Sache, Major Schäfer."

Konopatsch begleitete Schäfer hinaus. Als sie vor dem Gebäude standen, um sich zu verabschieden, entschied sich Schäfer, dem Gerichtsmediziner vom zweiten Mord zu erzählen. „Ich nehme an, dass sie dir den Toten noch heute anliefern. Ruf mich an, sobald du ihn durchhast."

Schäfer gab Konopatsch seine Karte, ließ sich die des Mediziners geben und verließ das Klinikgelände. Auf dem Weg zum Bahnhof ging er in Gedanken noch einmal die Details ihres Gesprächs durch. Woher kannte Konopatsch eigentlich seinen Dienstgrad? Schließlich war Schäfer erst vor zwei Monaten befördert worden. Der Berktold-Mord. Ja, über den hatte Konopatsch wohl gelesen. Schäfer kaufte sich ein Zweite-Klasse-Ticket, holte seine Tasche aus dem Schließfach und ging zum Bahnsteig. In gut einer Stunde würde er in Kitzbühel sein.

6

Schäfer stieg auf den Bahnsteig, stellte seine Tasche auf das Betonpflaster und sah sich um. Keiner da, der ihn abholte. Er hatte auch niemanden über seine Ankunftszeit informiert. Als er die Tasche wieder hochheben wollte, läutete sein Telefon.

„Bergmann, was gibt's? ... Ich war noch in Innsbruck, um mir den Steiner anzuschauen ... Ein Schlag auf den Kopf und dann ans Gipfelkreuz gehängt ... Daran hab ich auch schon gedacht, aber das wäre jetzt noch zu früh ... Ja, wenn Sie Zeit haben, schauen Sie doch mal im Archiv nach, ob irgendwas in der Richtung schon mal passiert ist ... Ich such mir ein Zimmer und dann besuch ich die Kollegen ... Nein, bei meinen Eltern, das wäre nicht gut. Wer weiß, wie lange das hier dauert ... Die Ziposchka? Lassen Sie sie nach Hause gehen ... Nein, die haut nicht ab. Wenn sie ihn umgebracht hat, dann will sie auch das Haus. Und wenn nicht, dann bleibt sie sowieso ... Die ist gewieft, Bergmann, und wenn sie was unter Druck setzt, dann eher die leere Riesenvilla. Manchmal bringt ein Geist eher ein Geständnis heraus ... Na, der von ihrem Mann ... Ist gut. Sagen Sie ihm, dass ich gut vorankomme. Wiedersehen, Bergmann."

Schäfer griff sich seine Tasche, sprang über die Bahnsteigkante und stieg über die Gleise zur Straße hinüber. Er nahm einen Umweg, um auf der Promenade entlang der Ache gehen zu können. Wo er im Herbst auf dem Weg zur Schule in gelbrot leuchtende Haufen von Ahornblättern gesprungen war. Dort lief er jetzt durch Erinnerungen. In denen er mit seinem Bruder selbstgebastelte Feuerwerkskörper ins Wasser auf die Forellen warf, bis ein wütender Anrainer aus seinem Haus stürmte und ihnen mit einem Laubrechen nachlief. Hier die Bank. Auf der er mit Maria gesessen hatte. Diese ewigen Abende. Als hätten wir das Küssen, das Berühren, die Zärtlichkeit erfunden. Und dann? Warum ist das alles zerbrochen? Warum habe ich immer alles kaputt gemacht? Schäfer fühlte die Verzweiflung wiederkommen. Die scheinbare Sinnlosigkeit, das Unverständnis und die Ohnmacht. Wenn er sich jetzt hinsetzte, würde er lange nicht mehr aufstehen. Er zwang sich weiterzugehen.

Mit geröteten Augen betrat er schließlich das Büro des Tourismusverbands und fragte nach einem Zimmer. Er konnte sich nicht entscheiden, ob er in eine Pension oder ein Hotel wollte. Weil er sich mit Entscheidungen immer schwertat, wenn er traurig war. Außerdem, überlegte er: Ist der Informationsgewinn durch eine für gewöhnlich gesprächige Zimmerwirtin wertvoller oder die Ruhe und Distanz, die ihm die Anonymität eines Hotelzimmers verschafften? Warum er sich schließlich für das Hotel entschied, hatte allerdings einen ganz anderen Grund: Wenn es ihm dort nicht gefiel, konnte er ohne weiteres in eine Pension ziehen. Aber die umgekehrte Vorstellung – einer netten Pensionsinhaberin, die ohnehin nicht viel verdiente, mitzuteilen, dass er lieber in einem Hotel wohnte als in ihren liebevoll eingerichteten Zimmern –, das verursachte ihm schon in Gedanken ein schlechtes Gewissen. Die Angestellte des Tourismusverbands wartete geduldig, bis er sich entschieden hatte, und rief dann in einem zentral gelegenen Vier-Sterne-Hotel an.

Er bedankte sich und ging die dreihundert Meter zu seiner neuen Unterkunft. Die Freundlichkeit der Rezeptionistin, hinter der Schäfer nicht das geringste Zeichen von opportuner Falschheit entdeckte, freute ihn. Zugleich wusste er sofort, dass ein Unterkunftswechsel während seines Aufenthalts nun nicht mehr möglich war. Er füllte das Anmeldeformular aus, ließ die Rezeptionistin seinen Ausweis kopieren und fuhr mit dem Fahrstuhl in den obersten Stock. Der Flur mit dem langen roten Läufer erinnerte ihn an „Shining", das Zimmer übertraf jedoch seine Erwartungen. Luxuriöses Bad mit frei stehendem Waschbecken und einer Badewanne mit Massagedüsen. Riesiges Bett. Mit einer schön harten Matratze. Ein großer Balkon mit Aussicht auf das Kitzbüheler Horn.

Nachdem er seine Tasche abgestellt hatte, trat er ins Freie und ließ seinen Blick von Norden nach Süden über die einzelnen Berge wandern, deren Namen ihm sein Vater bei jeder Wanderung erneut in Erinnerung gerufen hatte, auf dass er sie nie mehr vergäße. Zum Karstein führte keine Straße. Entweder hatte der Mörder Steiner verfolgt und ihn dann unbemerkt überholt – wenn das überhaupt möglich war. Oder er hatte Bescheid gewusst, war ein paar Stunden früher losgegangen und hatte auf sein Opfer gewartet. Oder eine spontane Tat, aus dem Affekt heraus? Nein, daran mochte Schäfer nicht glauben. Aufstieg, Kreuzigung, Abstieg. Schäfer sagte sich, dass er nicht zu früh eine religiöse Symbolik hinter dem Mord konstruieren sollte. Er hörte schon seinen Freund Konopatsch: „Herr Major, heute ist der dritte Tag. Soll ich ihn festbinden, damit er nicht flüchtet?“ Zudem war Tirol so voll mit handfestem und abstraktem Religiösem, dass bei einem Mord mit Inszenierungscharakter die Bibel ohnehin das Drehbuch erster Wahl war. Schäfer ging ins Bad und duschte sich. Er zog sich an und machte sich auf den Weg zum Posten der Bezirkspolizei.

7

Als er vor dem Gebäude stand, in dem zeit seiner Jugend die Gendarmerie untergebracht war, fand Schäfer keinerlei Schild oder zumindest eine Türglocke, die auf die Anwesenheit seiner Kollegen hinwies. Er hielt eine junge Frau an, die mit einem Kinderwagen auf ihn zukam. Wo denn die Polizei jetzt wäre.

„Die ist ja schon lange nicht mehr da ... die sind umgezogen, sind jetzt neben dem Kindergarten."

Schäfer bedankte sich und machte sich auf den Weg. Um ein Fahrrad muss ich mir schauen, sagte er sich und beschleunigte sein Tempo. Als er vor dem Kindergarten stand, fragte er sich, von welchem Gebäude die Frau gesprochen hatte. Hier gab es keinen Neubau. Und dass die Polizei in der Volksschule Quartier bezogen hatte, mochte Schäfer nicht glauben. Er ging auf die Straße zurück und sah sich um. Den ersten Passanten, der wie ein Einheimischer auf ihn wirkte, sprach Schäfer an.

„Die Polizei? Ja ja, die ist schon neben dem Kindergarten. Aber neben dem neuen, weißt schon, unten, beim Parkplatz im Gries, wo das Finanzamt ist, im gleichen Haus, aber die ist schon lange dort."

Schäfer ging durch den Stadtpark wieder in Richtung seines Hotels, das nun nur mehr drei Minuten vom Posten entfernt lag. Bräuchte er jetzt etwa schon einen Stadtplan, um sich hier zurechtzufinden?

Das Gebäude, das Finanzamt und Polizei unter ein Dach brachte, überraschte Schäfer: So viel Glas und Stahl hatte er noch bei keinem anderen Haus in diesem Ort gesehen. Transparenz und Härte waren wohl die Vorgaben, die der Architekt hier zu erfüllen gehabt hatte. Schäfer drückte die gläserne Eingangstür auf und stand in einer nüchtern eingerichteten Empfangshalle, in der auch ein Informationsschalter untergebracht war. Während er auf die junge Frau zuging, die ihm hinter einer Theke aus hellem Eschenholz sitzend entgegenlächelte, erblickte Schäfer ein Leitsystem, das ihm den Weg zu seinen Kollegen wies. Mit dem Zeigefinger darauf deutend gab er der Frau zu verstehen, dass er Bescheid wusste, und betrat durch eine automatische Schiebetür einen breiten Flur; zu beiden Seiten Bilder heimischer Künstler, die Schäfer ungläubig musterte. Am Ende des Flurs blieb er vor einer stählernen Sicherheitstür stehen, neben der ein dezentes Metallschild mit der Aufschrift „Bezirkspolizeikommando Kitzbühel" sowie eine Konsole mit Tastenfeld und Kameraauge angebracht waren. Schäfer drückte auf den Knopf mit dem Schlüsselsymbol und hielt seinen Ausweis in die Kamera. Es summte, er trat ein und wurde von einem jungen, vielleicht 25-jährigen Polizisten empfangen, der über Schäfers Kommen offenkundig informiert war.

„Grüß Gott, Major Schäfer ... Inspektor Kern. Wir freuen uns, dass Sie da sind."

Schäfer schaute den jungen Kollegen überrascht an. „Ja, ganz meinerseits. Und? Wo ist der launische alte Inspektor, der keinen dahaben will, der alles besser weiß und noch dazu aus Wien ist?"

„Ähm, Sie meinen vielleicht den Foidl ... der ist schon in Pension."

„Nein, das war nur ... weil es doch immer einen gibt, der ... vergiss es ... das war als Scherz gemeint."

Kern zwang sich zu einem Lachen und führte den seltsamen Major an dem mit weinroten Laminatplatten verkleideten Empfangsschalter vorbei in die Arbeitsräume. Schäfer sah sich um: zwei offensichtlich neu eingerichtete Büros, die voneinander durch ein weißes Kunststoffsegel getrennt waren und durch die Komplettverglasung des Gebäudes einen eindrucksvollen Ausblick boten. Hinter einer Glasfront zur Rechten sah Schäfer einen großen Aufenthalts- oder Besprechungsraum, in dem sich neben einem ovalen Konferenztisch auch eine Küchenzeile aus Edelstahl befand.

„Machst du allein Dienst?", fragte er Kern, nachdem er zwar ein Vorzeigerevier, aber keine weiteren Beamten gesehen hatte.

„Die Kollegen sind mit denen von Innsbruck auf der Baustelle ... am Tatort, wollte ich sagen. Wenn Sie wollen, kann ich Sie schnell hinbringen, sind nur zehn Minuten."

Schäfer deutete Kerns eifrigen Tonfall dahingehend, dass dieser als Jüngster die Stellung halten musste und darauf brannte, zumindest einen Blick auf die schaurige Hinrichtungsstätte werfen zu können. Der jugendliche Eifer des Inspektors gefiel ihm.

Warum sollte der Posten nicht eine halbe Stunde unbesetzt bleiben können? Entgegen dem Sprichwort glaubte Schäfer nämlich, dass der Teufel durchaus einmal ein Schläfchen hielt – vor allem, nachdem er sich derart verausgabt hatte. Zwei Morde innerhalb von zwei Tagen. Und obwohl noch kein Zusammenhang zwischen den Taten erkennbar war, hatte sich etwas in Schäfers Kopf zu rühren begonnen. Als wäre in einem der hintersten Winkel seines Gehirns eine Herdplatte auf kleine Flamme geschaltet worden und der Inhalt des darauf stehenden Kochtopfs begann sich ganz langsam zu erwärmen. Das erste Aroma einer Ahnung gewissermaßen – eben das, was Bergmann als das Unheimliche oder Mystische bezeichnete. Schäfer ging es damit übrigens nicht viel anders. Er zog Nutzen aus dem Werken seines Gehirns, bestaunte es manchmal, ohne es tatsächlich zu verstehen. In einer „Universum"-Folge hatte er einmal Grizzlies gesehen, die sich an das obere Ende eines Wasserfalls stellten und dort warteten, bis ihnen ein Lachs ins Maul sprang. So ähnlich stand auch Schäfer an seinen synaptischen Schaltstellen und fing Assoziationen auf. Wo sie herkamen, wo sie hinzogen, warum gerade diese und nicht andere, wie viele er unter der Oberfläche gar nicht wahrnahm – berufsbedingt war Schäfer mehr Jäger als Philosoph und hatte für solche grundsätzlichen Überlegungen schlicht keine Zeit.

„Na dann, fahren wir", sagte Schäfer zur offensichtlichen Freude des Inspektors.

Kern leitete das Festnetz auf sein Mobiltelefon um, hängte einen Zettel mit seiner Handynummer an die Tür, dann gingen sie zum Parkplatz, wo der Einsatzwagen stand. Auf dem Weg zum Tatort betrachtete Schäfer die zahlreichen neuen Häuser, an denen sie vorbeifuhren – Prunkvillen mit riesigen Gärten und Pools, die allesamt einen verlassenen Eindruck machten. In seiner Jugend hatte ihn die Entwicklung seiner Heimatstadt zu einem Rückzugsgebiet für die Reichen rasend gemacht. Enteignen hätte man die ganze Zweitwohnsitz-Bande müssen, um sie dann geteert und gefedert aus dem Land zu jagen, das war seine Meinung gewesen; das Feindbild, das er sich damals gesucht hatte, um sein Unglück erklärbar zu machen.

„Wo kommst du eigentlich her?", fragte Schäfer den Inspektor, um sich abzulenken.

„Meine Mutter ist aus Kufstein. Später sind wir nach Innsbruck gezogen. Da habe ich auch die Polizeischule gemacht."

„Und dein Vater?"

Als Kern zögerte, schaute Schäfer zu seinem Fahrer hinüber und wusste augenblicklich, dass er einen wunden Punkt erwischt hatte.

„Ist abgehauen, bevor ich auf der Welt war."

„Ist ja trotzdem was geworden aus dir", bemühte sich Schäfer um ein paar nette Worte.

Kern dankte es ihm mit einem erzwungenen Lächeln und bog in eine Schotterstraße ein, die leicht abfallend zu einer großen Baustelle führte. Er parkte in einer Ausweiche, stellte den Motor ab und stieg mit Schäfer aus dem Wagen. Am Absperrband, das rund um den Tatort gespannt war, standen Fotografen, Kameraleute und Reporter mit zwei uniformierten Polizisten beisammen und rauchten. Als sie Schäfer und Kern bemerkten, warfen sie ihre Zigaretten auf den Boden und kamen auf die beiden zu. Schäfer hatte nicht vor, sich lange mit ihnen aufzuhalten.

„Ich bin Major Schäfer von der Kriminalpolizei Wien und leite die Ermittlungen. Über deren Stand werde ich Sie heute bei einer Pressekonferenz informieren. Ort und Zeit erfahren Sie am frühen Abend auf dem Revier und über die Pressestelle. Bis dahin ist es jedem Beamten untersagt, mit Ihnen über die Ermittlungen zu sprechen." Dabei blickte er die uniformierten Polizisten an, die sofort betreten zu Boden schauten und das Absperrband in die Höhe hoben.

Schäfer und Kern stiegen durch Reste von Bauschutt und Matsch zum Tatort, wo zwei Männer in weißen Schutzanzügen knieten und den Boden nach Spuren absuchten. In gut hundert Meter Entfernung sah Schäfer zwei weitere Beamte der Spurensicherung, die das wild wuchernde Gras durchsuchten. Das VIP-Aufgebot – der Tote musste gute Beziehungen gehabt haben. Eine Frau in Zivil kam auf Schäfer zu und stellte sich als Chefinspektorin Baumgartner von der Kriminalpolizei Innsbruck vor. Schäfer gab ihr die Hand und fragte sie nach dem Stand der Dinge.

„Na ja, der Arzt meint, dass er wahrscheinlich erstickt ist; könnte aber auch sein, dass er an den Folgen der Betonvergiftung gestorben ist. Genau wissen wir das erst nach der Obduktion. Ich wollte noch auf Sie warten, bevor wir ihn rausholen."

„Das war richtig, danke", ging Schäfer zu der Vertiefung, wo der Kopf des Toten aus dem Beton ragte.

„Jemanden in der Nacht einzubetonieren, das geht doch sicher nicht geräuschlos vor sich", wandte sich Schäfer der neben ihm stehenden Kollegin zu. „Hat niemand etwas gehört?"

„Die Kollegen sind noch dabei, die Nachbarn zu befragen. Nur sind die meisten Häuser in der näheren Umgebung Zweitwohnsitze und unter der Woche fast nie bewohnt. Und schreien hat er mit dem Druck auf der Brust nicht wirklich können, meint der Arzt."

„Wo ist der Bauarbeiter, der ihn gefunden hat?"

„Der sitzt dort oben auf dem Bretterstapel. Werner Senn. Student, der hier den Sommer über arbeitet. Soll ich ihn herholen?"

Schäfer nickte und betrachtete konzentriert den Toten, als könnte ihm der noch etwas erzählen. Lebendig begraben, gekreuzigt. Warum macht sich jemand diese Mühe? Warum geht er dieses Risiko ein, gefasst zu werden? Schäfer ermahnte sich, dass er noch nicht von einem einzigen Täter ausgehen konnte; dass es sich ebenso um eine Frau handeln konnte. Was den Kraftaufwand anging, mit dem die Morde begangen worden waren, eher nicht. Doch die Gefühle dahinter traute er auch einer Frau ohne weiteres zu. Mittlerweile stand die Chefinspektorin mit dem Studenten neben ihm und wartete höflich, bis der Major aus seiner offensichtlichen Versunkenheit wieder aufgetaucht war. Schäfer stand auf, klopfte sich den Zementstaub von den Knien und wandte sich an Senn.

„Sie kennen den Toten?“, stellte Schäfer mehr fest, als er fragte.

„Ja, ich meine, kennen ... er war einmal hier. Walter Krassnitzer ... ihm gehört die Baufirma.“

„Mit wem war er hier?“

„Ein Paar, so um die fünfzig ... wahrscheinlich die, denen das Haus dann gehört. Wenn sie es jetzt überhaupt noch wollen.“

„Und er hat noch gelebt, als Sie ihn gefunden haben?“

„Ja. Zuerst hab ich gedacht, der ist sicher schon tot, weil der Kopf so auf der Schulter gelegen hat. Aber dann hat er sich noch geregt.“

„Hat er was gesagt?“

„Ich glaube, er wollte, aber mehr als röcheln hat er nicht mehr können.“

„Danke. Geben Sie bitte meiner Kollegin Ihre Nummer und dann gehen Sie heim.“

Als Senn gegangen war, erteilte Schäfer die Erlaubnis, den Toten freizulegen.

Zwei Arbeiter, die etwas oberhalb bei einem Kompressor gewartet hatten, kamen mit Presslufthämmern und begannen den Beton zu zertrümmern. Schäfer ging inzwischen zu Kern hinauf und überlegte, ihn zu bitten, ihm eine Zigarette zu organisieren. Später, er könnte auch später noch eine rauchen, sagte er sich; seit drei Wochen eine erfolgreiche Strategie, mit dem Rauchen aufzuhören.

„Was meinst du?“, fragte er stattdessen den Inspektor.

Kern brauchte ein paar Sekunden, um zu realisieren, dass ihn Major Schäfer um seine Meinung gefragt hatte.

„Ich ... na ja. Es wäre schon sehr komisch, wenn in zwei Tagen zwei Männer von zwei verschiedenen Personen umgebracht werden. Also ...“

„Hast du die beiden gekannt?“

„So wie man die Leute als Polizist eben kennt. Man grüßt sich und manchmal hält man sie auf, weil sie zu schnell fahren oder so. Aber kennen ...“

„Wie lange bist du schon in Kitzbühel?“

„Zwei Jahre. Davor war ich in Innsbruck.“

„Und? Gefällt es dir hier?“

„Ja, schon ... ich gehe gerne Ski fahren ...“

„Gut. Fahr jetzt auf den Posten zurück. Wenn wir hier fertig sind, möchte ich mich mit euch allen zusammensetzen. Kannst du uns bis dahin was Essbares organisieren?“

Kern nickte, salutierte und lief zum Wagen zurück.

Schäfer schaute wieder zu den Arbeitern hinunter, die den Toten fast freigelegt hatten.

Am Himmel zogen von Westen her Regenwolken auf. Schäfer ging zu Baumgartner und fragte sie, ob sie am Betonmischer und jedem Werkzeug in der Nähe Fingerabdrücke genommen und nach Faserspuren gesucht hätten. Nachdem Baumgartner seine Frage bejaht hatte, überlegte Schäfer, ob er den Tatort dennoch mit Planen abdecken und regenfest machen lassen sollte. Nein, wozu. Natürlich könnte der eine oder andere Hinweis so verloren gehen. Aber die wichtigen Spuren waren ohnehin woanders zu finden – da war sich Schäfer jetzt schon sicher.

Als die Bestatter den Kunststoffsarg in den Leichenwagen schieben wollten, hielt Schäfer sie zurück. Er hob den Deckel und sah sich Krassnitzers Kleidung an, die der Beton teilweise zerfressen hatte. Hellbraune italienische Mokassins, marineblaue Leinenhose, ein weinrotes Poloshirt, ein dünner hellgrauer Pullover, wahrscheinlich aus Seide. Teuer und sehr stilvoll, aber dafür auffällig schlampig kombiniert. Unter dem Pullover, der nach oben gerutscht war, sah Schäfer dunkle Flecken auf dem Poloshirt. Er öffnete den Reißverschluss und besah sich die Innenseite des Hosenbundes, wo ähnliche Flecken zu erkennen waren.

„Bringt die Kleider gleich ins Labor und untersucht zuerst diese Flecken“, sagte er zu den Beamten.

Dann wandte er sich an die Chefinspektorin: „Ich gehe zu Fuß zurück. Wenn Sie hier fertig sind, würde ich gern alle ermittelnden Beamten im Posten treffen. Ich möchte noch heute die Aufgabenverteilung erledigen.“

Er drehte sich um und ging, ohne eine Antwort abzuwarten. Jetzt war es ihm wichtig, eine halbe Stunde ungestört in Bewegung zu sein. Als er den Fußweg bergab ging, der durch ein kleines Waldstück und dann an einsam dastehenden Villen vorbei in Richtung Stadtzentrum führte, drehte sich Schäfer mehrmals erschrocken um. Geister, sagte er sich, die Geister.

8

Als Schäfer zum Posten zurückkam, traf er dort neben Kern und Baumgartner fünf weitere Polizeibeamte an. Er bat sie in den Besprechungsraum, stellte sich mit dem Rücken zum Fenster und schaute in die Runde.

„Für alle, die ich heute noch nicht getroffen habe: Ich bin Major Schäfer von der Kriminalpolizei Wien und wurde von Oberst Kamp hierher beordert, um die Ermittlungen in den Mordfällen Steiner und Krassnitzer zu leiten. Bevor wir das weitere Vorgehen besprechen: Kann sich jeder von Ihnen bitte kurz vorstellen und mir die vorläufigen Ergebnisse seiner Arbeit mitteilen. Inspektor Kern und Chefinspektorin Baumgartner hab ich ja schon kennengelernt."

Schäfer blickte den Beamten neben ihm an, der sich kurz räusperte und dann in einem breiten Osttiroler Dialekt sagte: „Ja, Gruppeninspektor Walch, ich hab gestern als Erster mit dem Bergführer gesprochen, der den Steiner gefunden hat. Mehr als dass er sich furchtbar erschreckt hat und zwei von den Gästen sich übergeben haben, hat er nicht erzählen können. Gesehen hat er keinen. Steht aber alles im Protokoll", kürzte Walch seinen Bericht ab und lehnte sich zurück.

Die restlichen Polizisten erstatteten in ähnlich knapper Form Bericht. Neue Erkenntnisse gab es kaum. Die Befragung der Nachbarn des Baugrundstücks hatte nichts ergeben, weil die meisten gar nicht im Ort waren; die paar, die die Polizisten angetroffen hatten, hatten nichts gehört. Was die Verwandtschaft der Opfer betraf: Steiners Frau war während der Tat in Florida gewesen und würde im Lauf des folgenden Tages eintreffen. Seine Tochter arbeitete in Norddeutschland. Sie würde wahrscheinlich noch diesen Abend in Kitzbühel ankommen. Krassnitzer war unverheiratet, hatte allerdings eine Freundin, die in der Mordnacht bei ihm geschlafen hatte. Dass er das Haus verlassen hatte, war ihr erst am Morgen aufgefallen. Sie nahm regelmäßig Schlaftabletten, zudem hatten Krassnitzer und sie am Abend reichlich Rotwein getrunken. Nachdem Chefinspektorin Baumgartner von den ebenfalls mageren Erkenntnissen am Tatort berichtet hatte, ergriff Schäfer wieder das Wort.

„Also: Wir haben zwei Männer, die brutal getötet worden sind. Der jeweilige Tathergang und die Tatorte lassen den Schluss zu, dass die Morde genau geplant worden sind. Wir wissen noch nicht, ob von einem oder mehreren Tätern. Wir wissen nicht, ob es sich um einen Mann oder um eine Frau handelt. Aber wir können davon ausgehen, dass der Mörder seinen Opfern gegenüber großen Hass empfunden hat. Für morgen schlage ich folgende Aufteilung vor: Walch, Sie untersuchen mit dem Kollegen Halder das berufliche Umfeld der beiden. Wie haben sie angefangen, mit wem haben sie zusammengearbeitet, gab es gröbere Konflikte, Anzeigen und so weiter. Frau Baumgartner, Sie nehmen sich bitte mit Ihrem Kollegen, Herrn ..."

„Winkler."

„... mit Kollege Winkler das Privatleben der beiden vor. Und weil ich es vorhin nicht erwähnt habe: Kümmern Sie sich bitte besonders um alle Berührungspunkte zwischen den beiden Opfern. Alles und jeder, über den Steiner und Krassnitzer in Verbindung standen, ist wichtig. Inspektor Jöchl, Sie haben vorhin gemeint, dass Sie sich im Internet gut auskennen. Recherchieren Sie bitte so viel wie möglich über die Hinrichtungsarten Kreuzigung und Lebendig-Begraben. Einfach quer durch die Geschichte: In welchen Kulturen wurden diese Tötungen angewandt, was gibt es für Beispiele bei den Christen, Ritualmorde und so weiter. Kern, ich nehme an, dass du zusammen mit Revierinspektor Aufschnaiter den Laden hier am Laufen hältst. Falls dir noch Zeit bleibt, würde ich dich gern ab und zu für besondere Dienste einsetzen. Und bevor nachher jemand den Inspektor als Liebkind verspotten will: Ich werde ihn auch als Laufburschen verwenden, um zum Beispiel gleich morgen früh meinen verdreckten Anzug in die Reinigung zu bringen."

Schäfer war erleichtert, dass es ihm zum Abschluss seines Vortrags gelungen war, seine neuen Mitarbeiter zum Lachen zu bringen. Sie gaben sich allesamt ruhig und professionell. Aber die Konfrontation mit zwei Morden und die Grausamkeit der

Verbrechen setzten ihnen zu, das wusste Schäfer. Nachdem sich Baumgartner und Winkler verabschiedet hatten, weil sie noch weitere Befragungen durchführen mussten, setzten sich die restlichen Polizisten in den Aufenthaltsraum, wo Schäfer die Pizzen verteilte, die Kern in seinem Auftrag gekauft hatte. Die Atmosphäre lockerte sich und die Männer verloren ihre Scheu, über die Morde ihre eigene Meinung kundzutun. Dass sie mit dem Auftauchen des Wiener Majors nicht glücklich waren, spürte Schäfer deutlich, aber sie bemühten sich zumindest. Als plötzlich das Telefon läutete und Kern kurz darauf Schäfer an den Apparat holte, hielten alle im Raum gespannt inne und schwiegen, bis der Major zurück an den Tisch kam.

„Krassnitzer hatte Spuren von Waffenöl an seinem Hosenbund und seinem Poloshirt. Ich möchte so schnell wie möglich wissen, ob er einen Waffenpass hatte, und wenn ja, welche Waffen auf ihn registriert sind. Walch: Wo halten Sie normalerweise Pressekonferenzen ab?“

„Je nachdem, wie viele wir erwarten. Wenn es weniger sind, im Gemeinderatssaal. Sonst im Saal der Wirtschaftskammer.“

„Nehmen Sie den großen Saal. Heute dürften es nur ein paar sein – aber wenn die Deutschen aufspringen, könnte es einen ganz schönen Wirbel geben. Jetzt ist es halb sieben. Setzen Sie die Konferenz auf halb acht an. Ich gehe jetzt ins Hotel zurück. Bis später.“

9

Die Rezeptionistin grüßte Schäfer etwas verhaltener als am Nachmittag. Das lokale Nachrichtennetz funktionierte offenkundig – jetzt war er Polizist. Willkommen, um schnellstmöglich zwei Verbrechen aufzuklären, die dem Ansehen des Ortes schaden konnten. Andererseits könnte sein Kontakt mit dem Bösen durchaus das Chi im Hotel stören: Die anderen Gäste würden Albträume bekommen, in ihren Zimmern schreien und auch tagsüber keine Entspannung finden – neu errichteter Wellnessbereich hin oder her. Vielleicht war die Rezeptionistin aber auch nur müde. Schäfer nahm seinen Schlüssel in Empfang, wünschte ihr einen schönen Abend und ging auf sein Zimmer. Er zog die Schuhe aus, ließ sich aufs Bett fallen und schloss die Augen. Irgendwas war da mit Krassnitzer ... geht mitten in der Nacht zu seiner Baustelle ... schlampig angezogen und wahrscheinlich mit einer Pistole im Hosenbund. Und dann? Wird er niedergeschlagen und einzementiert. Aber von einer Verletzung am Kopf hatte Baumgartner nichts gesagt. Krassnitzer war groß und kräftig gebaut ... der hätte sich sicher gewehrt. Schäfer nahm sein Mobiltelefon aus der Innentasche und suchte die Karte, die ihm Konopatsch gegeben hatte.

„Knochen! Schäfer hier. Haben sie dir den Krassnitzer schon gebracht? ... Heute nicht mehr? ... Ins Theater ... Bist du spitz auf eine der Schauspielerinnen oder spielen sie ‚Der Tod und das Mädchen‘ ... Nein ... Kannst du mir morgen bitte gleich als Erstes sein Blut untersuchen ... nach irgendwelchen Drogen oder Betäubungsmitteln ... Ja ... Danke ... Du auch.“

Schäfer stand auf und ging auf den Balkon. Recherchieren, Leute befragen, Archive durchwühlen ... er wusste, dass ohne diese Arbeit nichts vorwärtsging. Dennoch empfand er diese Phase der Ermittlungen als quälend. Kein Verdächtigenkreis, keinerlei Anhaltspunkte, so gut wie nichts, mit dem er den heißer werdenden Topf in seinem Kopf füllen konnte. Und trotz seiner Erfahrung pendelte er zwischen Ungeduld, Verzweiflung und Versagensangst. Er schaute auf den Wilden

Kaiser, der sein schroffes Profil in den Abendhimmel zeichnete. Über all dem das ungute Gefühl, dass es mit den beiden Morden noch nicht vorbei war. Er ging zurück ins Zimmer, nahm seinen Laptop aus der Tasche, klappte ihn auf und fuhr ihn hoch. Eine Viertelstunde starrte er auf das leere Dokument, das er „Kitzbühel" benannt hatte. Dann klappte er den Laptop wieder zu, zog sich seine Schuhe an und verließ das Zimmer.

Nach seinen Erfahrungen vom Nachmittag fragte er an der Rezeption nach, ob die Wirtschaftskammer noch im selben Haus wie in seiner Jugend untergebracht war, was ihm der Nachtportier bestätigte. Nach ein paar Minuten betrat er das Foyer des Siebzigerjahre-Baus, der noch immer mit denselben orangen Plastikschalensitzen ausgestattet war, die durch die grelle Neonbeleuchtung noch hässlicher wirkten. Er stieg die Treppe in den ersten Stock hinauf, wo sich der Mehrzwecksaal befand. Dort hatten in seiner Jugend auch Konzerte und Theaterveranstaltungen stattgefunden, die allein durch das sterile Ambiente des Raums zum Scheitern verurteilt gewesen waren.

Auf dem Gang standen ein Dutzend Reporter und der Bürgermeister, der die Anwesenheit der Medien sichtlich genoss. Schäfer nickte den Journalisten zu, gab dem Bürgermeister die Hand und betrat den Saal, der bis auf seine Kollegen, den Haustechniker, vier weitere Journalisten und zwei Kameraleute leer war. Eigenartig, dachte er sich. Entweder war Kitzbühel in der Interessensliste mehrere Plätze nach unten gerutscht oder es gab inzwischen eine presseinterne Regelung, dass erst ab drei Toten ein entsprechendes Engagement erforderlich wäre. Er begrüßte seine Kollegen und ersuchte Kern, die Reporter hereinzubitten. Nachdem sich diese auf den Stühlen im vorderen Drittel des Saals niedergelassen hatten, trat Schäfer ans Rednerpult, überprüfte das Mikrofon und begann seinen Bericht. Auf die anschließenden Fragen der Journalisten wusste er nur wenig zu antworten – wofür diese angesichts der kurzen Ermittlungszeit auch Verständnis aufbrachten. Nach der Zusicherung, dass sie bei neuen Ergebnissen sofort informiert werden würden, ließen sie ihn in Ruhe.

Kaum hatte Schäfer das Pult verlassen, stand der Bürgermeister von seinem Sessel auf und ging ans Mikrofon, um seine Sichtweise der Dinge darzutun. Was sich in etwa so anhörte, als wäre das Ganze nur eine leicht übertriebene Inszenierung eines Stücks aus dem Bauerntheater und trotz der bedauerlichen Todesfälle überhaupt kein Grund, die Bevölkerung oder gar die Gäste in Panik zu versetzen, die ja vor allem in Kitzbühel weilten, weil dies hier ein Ort der Geborgenheit war, an dem man sich vor den Widrigkeiten des Lebens sicher wähnte, was natürlich auch weiterhin der Fall sein würde, dafür gäbe er sein Wort, und dass er kein Mann leerer Versprechungen wäre, zeige sich ja schon daran, dass er seinen guten Freund Oberst Kamp umgehend bewogen hätte, den so erfahrenen wie erfolgreichen Major Schäfer nach Kitzbühel zu holen, dem er vonseiten der Gemeinde jegliche Unterstützung zusichere und ihn gleichzeitig ersuche, das Vertrauen, das diese Stadt in ihn setze, mit vollem Einsatz zu würdigen.

Jetzt ist es Zeit für den Tusch, dachte Schäfer, murmelte ein Dankeschön, erklärte die Pressekonferenz für beendet und verließ den Saal. Als er auf der Straße stand, überlegte er, wo er zu Abend essen könnte. Sein Magen knurrte, die letzte Mahlzeit war schon eine Weile her. Er entschied sich für ein Wirtshaus im Stadtzentrum. Nach Ereignissen dieser Größenordnung würden sich die Einheimischen bestimmt zusammenrotten, um in ausufernden Gesprächen und mit rauen Mengen Alkohol die allgemeine Aufgewühltheit zu besänftigen. Und wenn er, der seit Jahren nicht mehr hier gewesen war, die schwere Holztür aufdrückte und in die Gaststube trat: Würde der Klavierspieler abrupt zu spielen aufhören? Schäfer schob sich zwischen einer Gruppe italienischer Touristen und den umhereilenden Kellnern zur Bar, wo er sich mit dem Rücken zum Stammtisch neben einen in sich gekehrten Trinker stellte. Er bestellte ein großes Bier und ein Paar Würstel mit Kren. Das plötzlich leiser werdende Gespräch hinter seinem Rücken konnte nur bedeuten, dass er erkannt worden war. Sehr gut.

„Du bist der Kommissar", stellte sein Nachbar lakonisch fest und wandte sich wieder seinem Glas zu.

„Kommissar gibt's keinen“, erwiderte Schäfer und biss in das erste Würstel, „zumindest nicht bei uns. Ich bin Major. Und du?“

„Sepp Rohrschacher. Nur Sepp.“

Schäfer aß schweigend seine Würstel fertig. Die Stimmen hinter ihm waren wieder lauter geworden, wenngleich jeder ein Ohr an der Bar hatte.

„Und?“, wandte sich Rohrschacher ihm erneut zu.

„Ich habe keine Ahnung“, interpretierte Schäfer die Frage als eine seinen Fall betreffende, „zwei Kitzbüheler tot ... mehr als tot, würde ich sagen ... da ist einer ziemlich sauer auf die beiden gewesen.“

„Da gibt's mehr als einen“, gab Rohrschacher zurück und sah mit sichtlichem Missfallen, dass sich einer der Stammtischsitzer neben ihn gestellt hatte, um an der Bar ein Bier zu bestellen.

„Wenn ich auf den Kellner warte, verdurste ich noch“, lud sich der Neuzugang ins Gespräch ein.

„Auch kein schöner Tod“, gab Schäfer sein Einverständnis.

Das Hinzutreten eines Dritten löste Rohrschacher, der nun um seine Alpharolle im Dialog mit dem Major fürchtete, sehr plötzlich in seiner anfänglichen Sprechhemmung. „Was die beiden Dreck am Stecken gehabt haben, das geht nicht einmal auf die Haut von deinen überzüchteten Rindern. Damals, weißt du noch, der Obernauer, der hat sich erschossen, wegen dem Krassnitzer, weil ihm der das Haus weggenommen hat, der Saukerl, ganz hinterfotzig war das, und der feine Herr Bürgermeister, der war da auch nicht unbeteiligt, das sag ich dir.“

Der andere nickte stumm und trank vom Bier, das ihm der Schankbursch hingestellt hatte.

„Und der Steiner ... keinen Deut besser, immer dabei, wenn's irgendwo was zu holen gegeben hat. Glaubst, der hat sich sein Schloss da oben gebaut mit dem, was er als Installateur verdient hat? Saubande, die. Hat's endlich einmal die Richtigen erwischt.“

„Den Steiner haben's ans Kreuz gehängt, am Karstein oben, stimmt's?“, wandte sich der Mann neben Rohrschacher an Schäfer.

Der nickte nur, worauf Rohrschacher sofort wieder das Wort ergriff: „Ja das passt, der Jud, der hinterfotzige."

Schäfer sah ihn ernst an und Rohrschacher bemerkte sofort kleinlaut: „Nichts gegen unseren Herrn Jesus, der hat ja nichts dafür können!"

„Der Steiner war also Jude", sagte Schäfer, nahm den letzten Schluck aus seinem Glas und bestellte ein neues Bier.

„Sicher", führte der zweite Mann das Gespräch fort, nachdem Rohrschacher auf die Toilette gegangen war und sich ein weiterer Gast neben sie an die Bar gestellt hatte. „Seine Eltern haben in Innsbruck gelebt und sind in der Reichskristallnacht gerade noch davongekommen. Die wollten eigentlich nach Italien, sind dann aber im Zillertal hängen geblieben. Frag mich nicht, warum. Da ist der Steiner aufgewachsen. In den Sechzigerjahren hat er dann als Skilehrer bei uns angefangen. Hat man gutes Geld machen können damals, mit den Amerikanern. Englisch hat er ja gut können, der Steiner."

„Glauben Sie, dass die Nazis dahinterstecken?", flüsterte der neu Hinzugekommene Schäfer zu und sah ihn dabei an, als ob er schon die Knobelbecher der SS auf dem Steinpflaster der Fußgängerzone vernähme.

„Gut möglich", riss der zurückgekehrte Rohrschacher das Gespräch wieder an sich, „aber nicht weil sie Nazis sind und nicht weil der Steiner Jude war."

„Mit den Nazis haben wir hier nie Probleme gehabt!", brachte sich lautstark einer der drei Männer ein, die noch am Tisch saßen.

„Mit den Juden auch nicht", gab Rohrschacher genauso laut zurück.

Schäfer, der schon die Wirkung des Biers spürte, fragte sich, warum er erwartet hatte, hier wichtige Informationen für seine Ermittlungen zu bekommen. Wenn er noch mehr Bier trank, würde er sich am nächsten Tag an kaum mehr etwas erinnern können. Und wenn er nichts mehr trank, könnten die Männer um ihn misstrauisch werden und in seiner Gegenwart nichts mehr sagen. Er griff sich einen Bierdeckel und nahm einen Faserstift aus der Tasche. Vielleicht gelänge es ihm ja, das eine oder andere wichtige Stichwort aufzuschreiben. Er bestellte noch ein Bier.

„Das ist doch schon längst alles vorbei", bemühte sich einer der Männer um Deeskalation und gab dem Schankburschen mit der Hand ein Zeichen, das Schäfer als Bestellung einer Runde Schnaps deutete.

„Waren der Krassnitzer und der Steiner eigentlich Freunde?", fragte er in die Runde.

Einen Augenblick zögerten die Männer, als hätten sie die Frage nicht verstanden, dann übernahm Rohrschacher.

„Sicher nicht im engeren Sinn, aber zu tun haben sie schon immer wieder miteinander gehabt, der Krassnitzer hat dem Steiner Aufträge zugeschanzt, der hat dafür dem Krassnitzer wahrscheinlich den Strohmann gemacht bei ein paar Immobiliensachen. Geschäfte halt."

„Ist einer von den beiden einmal längere Zeit nicht da gewesen?", setzte Schäfer schnell nach, nachdem das Schnapsglas vor ihm abgestellt worden war.

Keiner der Umstehenden konnte ihm darauf Antwort geben. Doch Rohrschacher hatte den Hintergrund der Frage verstanden. „Du meinst, weil sonst einer von hier ihn umgebracht hat?"

Schäfer trank seinen Schnaps, löschte das Brennen im Hals gleich mit einem großen Schluck Bier und zuckte mit den Schultern. „Wer sonst?", schaute er in die Runde und wusste, dass es jetzt kompliziert werden könnte.

„Die haben beide viele Leute gekannt", meinte einer, „als Skilehrer früher, wenn du nicht ganz dumm gewesen bist, hast schon gute Beziehungen aufbauen können. Waren viele reiche Leute da. Skilehrer sind damals ja auch normale Leute geworden. Also, ich meine, das war ein angesehener Beruf, nicht so ein Studentenjob oder wie die Animateure halt. Der Krassnitzer und der Steiner, die haben ein Gespür gehabt fürs Geschäft. Solche Leute finden sich, da kann der eine ruhig Skilehrer sein und der andere Millionär aus Amerika, verstehst du."

Schäfer nickte und kritzelte mit seinem Bleistift „Skilehrer" und „Reiche" auf den Bierdeckel. „Wer hat denn damals die Skischule gehabt, wo die beiden gearbeitet haben?"

„Jetzt lass mich nachdenken ... das wird der Hinterholzer gewesen sein. Freilich, ich kann mich ja noch an die Anoraks erinnern, mit denen sie durch die Stadt gegangen sind. Mit den Anoraks, da bist angekommen bei den Frauen, das kannst glauben."

Schäfer versuchte ein kumpelhaftes Lächeln, das jedoch wegen seiner mittlerweile starken Trunkenheit zu einem debilen Grinsen geriet. „Ja ja, die Frauen", sagte er in die Runde und gab dem Schankburschen zu verstehen, ihnen noch eine Runde Schnaps zu bringen. Aber diesmal vom Vogelbeer.

10

Schäfer wurde von einem lauten, brummenden Geräusch geweckt. Mit dem Gesicht lag er auf einem kalten roten Steinboden. Er wollte aufstehen, musste jedoch feststellen, dass er sich nicht bewegen konnte. Er steckte in einer Hülle aus schwerem und muffig riechendem Stoff. Eine leichte Panik erfasste ihn. Mit Händen und Füßen begann er gegen sein Gefängnis anzukämpfen. Da hörte das monotone Brummgeräusch auf und er sah ein Paar weiße Gesundheitssandalen vor sich. Eine Frauengestalt ging neben ihm auf die Knie und rollte ihn aus seinem Gefängnis, während sie in einer slawischen Sprache etwas vor sich hin brummte, das Schäfer als Flüche deutete. Nachdem sie ihn befreit hatte, richtete er sich auf und schaute sich um. Er befand sich auf dem Gang vor seinem Hotelzimmer, neben ihm eine Putzfrau mit einem Ungetüm von Staubsauger. Sein Kokon war ein schwerer roter Läufer, der gestern noch den Steinboden abgedeckt hatte. Bruchstücke von Erinnerung: die Sperrstunde, die Rückkehr ins Hotel, der Schlüssel, den er nicht finden konnte.

„Verdammt, Schäfer", sagte er zu sich selbst, „so kannst du dich als Polizist nicht benehmen, nicht einmal hier."

Er stand auf und bemerkte, dass er keine Schuhe anhatte. Die Suche nach seinem Zimmerschlüssel war auch diesmal erfolglos. Er griff in seine Jacketttasche, fingerte einen zerknitterten Geldschein heraus und gab ihn seiner Befreierin mit der Bitte, ihm sein Zimmer aufzusperren. Etwas besänftigt ging sie zu ihrem Putzwagen, holte den Universalschlüsselbund und ging zu seiner Zimmertür, wobei sie immer wieder etwas wie „Musch, Musch, Musch" murmelte, was Schäfer als „Männer, Männer, Männer" interpretierte. Er wollte sie fragen, ob sie seine Schuhe gesehen hatte, doch die Gefahr, dass sie ihn missverstände und in gut geübter postjugoslawischer Erwartungshaltung glaubte, dass Schäfer sie des Diebstahls bezichtigte, hielt ihn davon ab.

Er bedankte sich und ging in sein Zimmer. Dort leerte er seine Hosen- und Jacketttaschen und legte den Inhalt neben seinen Laptop. Sein Telefon, ein paar Münzen, ein Bierdeckel, auf dem einzelne Wörter standen, eine Packung Zündhölzer, eine halbvolle Schachtel Zigaretten. Zum Glück war er ohne seine Dienstwaffe ausgegangen. Betrunkene Männer, die obendrein bewaffnet sind, neigen dazu, nach Sperrstunde mit ihren Saufkumpanen verlassene Plätze aufzusuchen, um auf Schrottautos, Fenster von Abbruchhäusern oder Ratten zu schießen – das wusste Schäfer noch von seiner Ausbildungszeit. Aber was war mit seinen Schuhen passiert? Er konnte sich daran erinnern, mit Rohrschacher und einem zweiten Mann das Wirtshaus mehr oder weniger kurz nach der Sperrstunde verlassen zu haben. Zu diesem Zeitpunkt hatte er sie mit Sicherheit noch angehabt. Gegen die Einwände seiner Zechbrüder, die noch weitertrinken wollten, hatte er den Heimweg angetreten. Zwischen Hoteltür und Fahrstuhl hatte er sich darauf konzentriert, sich nichts von seiner Trunkenheit anmerken zu lassen – an diesen Kraftakt zur Wahrung seines Rufes meinte er sich ebenfalls zu erinnern. Dann hatte er wahrscheinlich den Zimmerschlüssel nicht gefunden. Und der eigenen Sicherheit wegen sein Nachtlager an Ort und Stelle aufgeschlagen? Er schämte sich. Was hatte ihn dazu getrieben, an einem einzigen Abend in Tirol mehr zu trinken als die letzten drei Monate zu Hause in Wien? Von wegen Grenzen kennen, brummte er halblaut vor sich hin und schüttelte den Kopf, als ob er die Schmerzen abschütteln könnte wie ein Hund das Wasser. Er zog sich aus und ging ins Bad. Eine heiß-kalte Dusche erschien ihm neben ihrer ernüchternden Wirkung als gerechte Strafe für seinen Exzess.

Nachdem er sich abgetrocknet und die Zähne geputzt hatte, zog er frische Kleidung und seine Trekkingschuhe an. In dem Zustand, in dem der sich befand, würde es das Beste sein, die nicht unbedingt notwendige Tatortbesichtigung am Karstein dennoch durchzuführen. Er hasste es, sich vergiftet zu fühlen, und eine schweißtreibende Bergtour würde ihm guttun. Da er nicht genau wusste, ob sich die Umstände seiner Nächtigung schon herumgesprochen hatten, beschloss er das Frühstücksbuffet zu meiden und stattdessen etwas im Supermarkt zu kaufen.

Mit zwei Thunfisch-Tramezzini, einem Topfenstrudel, einer Tafel Schokolade und einer Flasche Kombucha ging er zum Polizeiposten. Aufschnaiter ließ ihn ein und bot ihm gleich einen Kaffee an, was Schäfer dankbar annahm. Er setzte sich an einen freien Schreibtisch, begann mit seinem Frühstück und fragte ob es etwas Neues gäbe. Jöchl, der im Büro nebenan an seinem Computer saß, stand von seinem Schreibtisch auf und kam zu Schäfer herüber, der auf seine Frage eigentlich gar keine Antworten erwartet hatte.

„Krassnitzer hatte keinen Waffenpass. Außerdem hab ich gestern noch im Internet recherchiert. Mit dem Kreuzigen haben wahrscheinlich die Phönizier angefangen; danach war es in der ganzen antiken Welt ziemlich weit verbreitet. Im Römischen Reich hat man damit entlaufene oder aufständische Sklaven hingerichtet. Bei den Griechen war die Kreuzigung eine typische Strafe bei Eigentumsdelikten. Es hat ziemlich brutale Methoden gegeben, damit der am Kreuz so lange wie möglich lebt. Die sind dann erfroren oder verdurstet. Ich hab Ihnen alles in einem Bericht zusammengefasst, drucke ich Ihnen dann gleich aus."

„Danke", sah Schäfer von seiner Mahlzeit auf, „gibt's eigentlich außer Jesus noch andere prominente Fälle für Kreuzigung?"

„Petrus und den heiligen Andreas und sicher noch genug andere Märtyrer."

„Na, Heilige waren die beiden ja nicht gerade", warf Kern ein, der gerade vom Streifendienst zurückkam und die letzten beiden Sätze gehört hatte.

„Weil er ihn verleugnet hat?", fragte Jöchl irritiert.

„Wen?"

„Jesus, drei Mal."

„Wer?"

„Petrus, bevor der Hahn gekräht hat."

„Kern meint Krassnitzer und Steiner", klärte Schäfer das Missverständnis auf und fragte Kern, ob er ihm ein Aspirin besorgen könne.

Der Inspektor kam wenig später mit einem Glas Wasser zurück und legte eine Tablette neben Schäfer. „Ist ein Thomapyrin", sagte er und Schäfer fragte sich, ob es eine gute Idee gewesen war, das Frühstücksbuffet gegen den Posten zu tauschen.

„Hat schon wer mit Steiners Frau gesprochen?", fragte er seine Kollegen und spülte die Schmerztablette hinunter.

„Die Kollegin Baumgartner ist gerade bei ihr", stellte Aufschnaiter Schäfer einen Cappuccino hin, der aus einem römischen Café hätte sein können.

Schäfer, der den Kaffee schon wieder vergessen hatte, nahm dankbar einen Schluck und gab seinen Tagesplan bekannt: „Ich mache mich jetzt auf den Weg zum Karstein, um einen Eindruck davon zu bekommen, was genau da vorgefallen sein könnte. Am Abend will ich mich mit Hinterholzer, dem Skischulleiter, treffen. Kern, mach mir dafür bitte einen Termin. Ich komme auch gerne bei ihm vorbei. Gut, wir sehen uns also heute Nachmittag oder spätestens morgen früh. Wenn irgendwas ist, ruft mich an."

Bevor er ins Hotel zurückkehrte, um schnell noch seine Mails abzurufen, kaufte er sich in einem Sportgeschäft einen kleinen Rucksack und eine kurze Hose. Um neue Schuhe würde er sich später kümmern, falls seine nicht mehr auftauchten.

Mit einem freundlichen, aber bestimmten Gruß ging er an der Rezeptionistin vorbei und nahm anstelle des Aufzugs die Treppen, um sicherzugehen, dass er dort nichts verloren hatte – ohne Erfolg. In seinem Zimmer fuhr er den Laptop hoch und startete das Mailprogramm. Bergmann, Newsletter, Kamp, Tageszeitung, Bergmann, Lokalzeitung, Tageszeitung, Newsletter, Sex, Sex, Lokalzeitung, länger Sex, besserer Sex ... Er löschte zuerst alle Spams und Newsletter und widmete sich anschließend den persönlichen Mails. Bergmann, der anfragte, wie es ginge und ob er etwas brauche. Gut, vielleicht später, danke. Journalisten, die sich erkundigten, ob es schon Neuigkeiten gäbe. Nein. Kamp. Sehr wichtig. Berg Heil.

Nachdem Schäfer seine Korrespondenz erledigt hatte, fiel sein Blick auf den Bierdeckel, der neben dem Computer lag. Skilehrer, Gäste, Reiche, Jude, Zillertal, Nazis, Jesus, Kreuz, Hinterholzer, Selbstmord, Knochen, Baustelle, Strohmann und einige Fragezeichen. Er nahm das Stück Karton in die Hand und dachte nach. Hinterholzer hieß der Skischulleiter, bei dem Steiner angefangen hatte. Den würde er heute Abend befragen. Knochen. Er nahm sein Telefon und wählte die Nummer des Gerichtsmediziners, der sofort abhob.

„Grüß dich. Ja ... Bis Mittag ... Kein Problem ... Danke."

Nachdem er aufgelegt hatte, überlegte er, ob er seine Eltern anrufen sollte. Ach, das könnte er auch noch später tun. Er packte eine Flasche Mineralwasser aus der Minibar und die Tafel Schokolade aus dem Supermarkt in den Rucksack, legte ein T-Shirt und seine Regenjacke obenauf und zog seine neue Hose an.

Als er aus dem Hotel trat, blendete ihn die Sonne so stark, dass er fast mit einer alten Frau zusammenstieß, deren ebenfalls alter Hund Schäfer sogleich böse anknurrte.

„Was machst denn du da?", bellte ihn die Alte an, bevor Schäfer noch Zeit für eine Entschuldigung gefunden hatte. Jetzt erkannte er die Frau: Barbara Moser, von jedem nur „Graffl-Wetti" genannt, weil sie ein Altwarengeschäft besessen hatte, wo man von einer Walde-Skizze bis zu einem Blecheimer ohne Boden alles bekommen konnte. Sie musste schon über neunzig sein und weil sie schon in seiner Kindheit so gut wie blind gewesen war, wunderte er sich, dass sie ihn erkannt hatte – von der Möglichkeit einer Verwechslung ging er bei ihrem bestimmten Tonfall gar nicht erst aus.

„Arbeiten. Ich bin bei der Polizei ...", begann er sich grundlos zu rechtfertigen.

„Wegen den beiden Lumpen ... bist ja selber kein Heiliger", fuhr die Graffl-Wetti fort, Schäfer wie einen Schulbuben anzuherrschen, was ihr Hund mit stakkatoartigem, heiserem Bellen begleitete.

„Wo warst du eigentlich gestern Nacht?", beschloss Schäfer dem Wahnsinn ein Ende zu bereiten.

Die Alte hielt kurz inne und murmelte Unverständliches vor sich hin, bevor sie ihm ihre fast gänzlich weißen Augen zudrehte und mitleidig sagte: „Johannes der Schäfer, jetzt ist es so weit, pass nur auf, pass nur auf, ist viel passiert, und jetzt ist er wieder da, ich wünsch ihm, dass er's gut macht und ganz, hast auch viel mitgemacht, Johannes, pass auf, dass dir nix passiert, und schau deinen Eltern einmal nach, du Fratz. Komm Artos, der Major muss jetzt selber schauen, wo er bleibt."

Damit ließ sie Schäfer stehen und ging ihres Wegs, wie in Trance auf ihren Hund einflüsternd, der immer wieder zustimmend bellte.

Schäfer gaben plötzlich die Knie nach und er setzte sich auf die Motorhaube des Autos, das hinter ihm stand. Sein Herz raste. Ein Anflug von Panik, nicht schlimm. Keine ventrikuläre Tachykardie, die ihn auf den Kitzbüheler Asphalt strecken würde, wo er vor den Augen sensationslüsterner Bustouristen sterben würde. Keine paroxysmale Tachykardie, die seinem Leben mit einem kardiogenen Schock ein unwürdiges Ende setzen würde. Er bildete mit beiden Händen einen Hohlraum, in den er atmete, um einer Hyperventilation entgegenzuwirken. In die Apotheke gehen und ein Beruhigungsmittel kaufen. Stattdessen zwickte er sich heftig in den Unterarm und wartete, bis das Adrenalin ihm wieder auf die Beine half. Raus aus der Stadt, erstmal raus hier.

Zehn Minuten ging Schäfer so schnell es ihm möglich war – laufen wollte er vermeiden, um nicht unnötig aufzufallen. Er gelangte an den Stadtrand und bog von der Straße in einen schmalen Fußweg ein, der bald von hohen Fichten gesäumt war. Hier verlangsamte er sein Tempo und konzentrierte sich auf eine gleichmäßige Atmung. Was hatte ihn so in Angst versetzt? Die Graffl-Wetti mit ihrem staupigen Hund? Wohl kaum. Der Alkohol, den er nicht mehr gewohnt war und der sein hormonelles System durcheinandergebracht hatte? Die Erinnerungen? Die Toten, die einem immer einen letzten Gruß mitgaben? Manchmal Segen, manchmal Fluch.

Er kam auf eine Schotterstraße, die sanft ansteigend zu einer Hochalm führte, wo Schäfer nach einer guten Stunde seine erste Pause einlegte. Als er sich im Brunnen neben der Alm das Gesicht wusch, läutete sein Telefon. Konopatsch. Er drückte auf die Empfangstaste, hielt sich den Apparat ans Ohr und hörte den Ausführungen des Gerichtsmediziners zu.

Er hatte keine Lust auf ein langes Gespräch, versprach Konopatsch, am Abend zurückzurufen, und legte auf. Ein winziger Einstich im Gesäß. Ketamin und Xylazin im Blut. Krassnitzer war mit einem Betäubungscocktail narkotisiert worden, der normalerweise Tieren vorbehalten ist und in einer Spritze mithilfe eines Blasrohrs oder Luftdruckgewehrs verschossen wird.

Schäfer setzte seine Wanderung fort und ließ seinen Gedanken freien Lauf. Ketamin: in der Drogenszene gar nicht so selten; eigentlich verwunderlich bei den Horrortrips, die es häufig auslöste. Hätte Krassnitzer allein auch schon betäubt. Wobei die Dosierung nicht so einfach ist. Und jetzt kommt Xylazin dazu: von der Drogenszene in die Veterinärmedizin. Wer tut sich das an? Da müssen irgendwo Spuren hinterlassen worden sein: Einbruch, Diebstahl, vielleicht auch eine Verschreibung; und ging es nur darum, Krassnitzer in aller Ruhe einbetonieren zu können, oder sollte es heißen: Krassnitzer, das Tier? Außerdem muss der Täter gewusst haben, wie viel sein Opfer ungefähr wiegt, um ihn nicht sofort zu töten. Hat er das akribisch geplant? Nur eine effiziente Methode gesucht, um sein Werk ungefährdet zu verrichten? Oder will er etwas erzählen?

Schäfer lief der Schweiß ins Gesicht. Er sah das Gipfelkreuz in ein paar hundert Metern Entfernung und blieb stehen. Steiner geht hier entlang. Am Morgen scheint ihm die Sonne genau ins Gesicht. Es blendet ihn, er schaut auf den Boden und bemerkt den anderen erst spät.

Schäfer erreichte den Gipfel und ging langsam um das Kreuz herum. Zumindest einer von der Spurensicherung muss vom Alpenverein gewesen sein. Keine Zigarettenstummel, kein Taschentuch, gar nichts. Saubere Arbeit. Nichts erinnert an ein Verbrechen, lässt man das Kreuz generell einmal außer Acht. Schäfer setzte sich auf den Boden, lehnte sich mit dem Rücken an das Gipfelkreuz und öffnete seinen Rucksack. Er trank die halbe Mineralwasserflasche leer und nahm sich die Schokolade vor. Dann klappte er den Deckel der Metallbox auf, die am Gipfelkreuz befestigt war, und entnahm ihr das Gipfelbuch. 2001. Er schlug das Buch auf und begann die Einträge der Bergsteiger zu lesen, die in den letzten Jahren hier heroben gewesen waren. Traumhaftes Wetter, ist man Gott viel näher, von dort über da, Blasen an den Füßen, nach ein paar Seiten konzentrierte er sich auf die Namen und Unterschriften. Steiner tauchte einige Male auf. Über seinem Namen und dem Datum stand jeweils nur ein Wort: Erster! Ein kühler Wind kam plötzlich auf und ließ Schäfer frösteln. Er wechselte sein T-Shirt und packte seine Sachen mitsamt dem Gipfelbuch ein. Weiter unten kannte er eine sonnige und windgeschützte Stelle, wo es sich angenehmer rasten ließe.

Fast fröhlich lief er die Bergwiese hinab, wich hüpfend einzelnen Alpenblumen aus und legte sich dann in einer weichen Mulde ins Gras. Er schlief ein. Im Traum sah er sich in einem weiten, schönen Tal liegen. Er wusste zuerst nicht, ob er schlief oder tot war. Dann riss ihn plötzlich ein hölzernes Trommeln aus seinem friedlichen Schlaf. Er richtete sich auf und sah Sepp Rohrschacher um ihn herumtanzen, zwei riesige Knochen in Händen haltend, die er rhythmisch gegeneinander schlug, während er dazu sang: „Schäfer, Schäfer, meck meck meck, am Stecken hat hier jeder Dreck. Schäfer, Schäfer, hollari, wenn du nicht gräbst, dann fängst ihn nie!“

„Rohrschacher“, fuhr ihn Schäfer an, „lass mich in Ruhe mit deinen Knochen.“

Rohrschacher hielt inne, sah ihn traurig an und ging dann auf die Knie. Im nächsten Augenblick sah Schäfer einen großen Hund neben sich, der die beiden Knochen eingrub. „Brav, ganz brav“, sprach er das Tier an, „aber nicht vergessen, wo du sie versteckt hast.“

Schäfer öffnete die Augen und blickte einem Grashüpfer ins Gesicht, der im nächsten Moment auf seiner Nase landete. Hektisch mit dem Kopf schüttelnd sprang er auf. Er war durstig, trank den Rest des Wassers und machte sich auf den Weg ins Tal. In seinem Kopf fiel alles durcheinander, wie die Kleider in einer Waschmaschine: sein Traum, der Mord an Steiner, Erinnerungen an Maria, mit der er diese Strecke oft gegangen war. Er kam an einer Bank vorbei, die er beim Aufstieg gar nicht bemerkt hatte. Wohl, weil sie sich aufgrund des stark verwitterten grauen Holzes wie ein abgestorbener

Baum in die Landschaft fügte. An der Lehne war ein metallenes Schild angebracht. Schäfer trat näher und entzifferte die oxidierte Schrift: „Dem müden Wandersmann. Gewidmet von Julius von Habermann." Schäfer musste lächeln. Frauen hatten sich damals wohl zu Füßen der Männer auf die Erde zu legen.

Von Habermann. Ein Industrieller aus einem deutschen Adelsgeschlecht, das sich schon in den Zwanzigerjahren in Kitzbühel eingekauft hatte, um dort die kurze Freizeit und den langen Ruhestand zu genießen. Stolze und doch sehr sympathische Leute, wie Schäfer sie in Erinnerung hatte. Und natürlich so reich, dass es im Vergleich zu den anderen Reichen der Stadt einen anderen Begriff gebraucht hätte. Als Schäfer ein Kind war, ging einmal das Gerücht über eine versuchte Entführung des jüngsten Sohnes der Habermanns um. Aber außer dass die Familie eine Zeitlang im Ort kaum gesehen und ihr Anwesen auffällig oft von Fremden besucht wurde, bekam dieses Gerücht keinerlei Nahrung und wurde von aktuellerem Klatsch abgelöst.

Wie er selbst, Schäfer, wohl von den Menschen der Stadt gesehen wurde? Hatten sie seine Geschichte verfolgt, hatten sie jetzt Respekt vor dem Major der Kripo, was war ihre Wahrheit? Von einer zarten Melancholie, die ihn kurzzeitig in Beschlag nahm, ging Schäfers Zustand für ihn selbst überraschend in eine seltene Sorglosigkeit über, die sich bald zu einer kindlichen Fröhlichkeit steigerte. Die Berge und die Wiesen und der Wald und der kühle Wind und die Blumen und die Sonne und die Kühe, die dort vor dem Stall stehen, der Bauer, der langsam das Gatter schließt und ihn mit einer nachlässigen Geste grüßt, die beiden alten Frauen, die so ins Gespräch vertieft sind, dass sie immer wieder stehen bleiben, um das Gesagte wirken zu lassen, und Schäfer erst bemerken, als er auf gleicher Höhe ist, freundlich auf seinen lachenden Gruß reagieren, sie kennen ihn sicher, was werden sie sagen, wenn er sie nicht mehr hören kann, dass er schon immer so ein fröhlicher Bub war, den die Mädchen angehimmelt haben, so gescheit, aber schwermütig halt auch, daran wollte er jetzt nicht denken.

Wie wäre es denn, die Rezeptionistin zum Essen einzuladen? Sie in ein überteuertes Restaurant auszuführen, wo er sich vor den Blicken und Vermutungen der Einheimischen sicher wüsste, nach dem Bestellen über den Tisch hinweg in ihre schalkischen Augen zu sehen, während des Essens sich an der Einfachheit ihrer Intelligenz zu erfreuen, sie zum Lachen zu bringen, was er zweifelsohne konnte, wenn ihm danach war, er dachte daran, wie es wäre, wenn sie die Letzten im Restaurant wären, die Kellnerin die leeren Tische abzuräumen begänne, ob er sie bitten würde, mit ihm mitzukommen, weil er die Einsamkeit jetzt nicht ertrüge, mit ihr ins Hotel zurückzukehren, natürlich den Personaleingang nehmend, damit der Nachtportier nichts bemerkte, bevor sie aufs Zimmer gingen, würde sie sich von ihrem Kollegen an der Hotelbar gegen das Versprechen, am nächsten Tag eine neue zu bringen, eine Flasche Wein geben lassen, im Lift würden sie sich noch nicht küssen, eher wie zwei angeheiterte Teenager kichern und sich gegenseitig ermahnen, leise zu sein, dann würden sie auf dem Balkon stehen, in der Stille der noch warmen Nacht plötzlich schweigsam werden, sich zum ersten Mal erkennend ansehen, die Gesichter einander zuwenden, die Lippen des anderen finden, sich küssen, sich verlieren.

Schäfer betrat das Hotel und sah, dass ein älterer Mann an der Rezeption Dienst hatte. Er begrüßte ihn freundlich und blieb sogar kurz stehen, um ein paar Sätze über den wunderbaren heutigen Tag und die Wettervorhersage für den nächsten auszutauschen. Als Schäfer in Richtung Fahrstuhl ging, rief ihm der Rezeptionist hinterher: Er hätte fast vergessen, dass er den neuen Schlüssel für den Herrn Major hierhätte. Schäfer holte sich den Schlüssel, versprach, von jetzt an besser darauf aufzupassen, und ging auf sein Zimmer. Er zog sich aus und stellte sich sofort unter die Dusche. Danach legte er sich mit dem Handtuch um die Hüften auf das frisch gemachte Bett und haderte kurz mit seinem Gewissen. Er sollte noch aufs Revier. Er musste Präsenz zeigen, vor allem in den ersten Tagen, damit ihm die Kollegen nicht sofort das Vertrauen entzogen. Er sollte als Vorbild gelten. Er drehte sich auf die Seite und war nach ein paar Minuten eingeschlafen.

11

Das Telefon weckte ihn. Verwirrt stand er auf und suchte nach dem Apparat. Als er ihn unter seinen Sachen auf dem Boden fand, hatte der Anrufer schon aufgelegt. Das Display zeigte ihm, dass er vier Anrufe versäumt hatte: Bergmann, Baumgartner, zweimal der Posten. Er legte das Telefon auf den Beistelltisch und begann sich anzuziehen. Sein Magen knurrte. Bis auf ein schlampiges Frühstück und eine Tafel Schokolade hatte er noch nichts gegessen. Nachher würde er schnell eine Kleinigkeit im Hotelrestaurant zu sich nehmen. Er stellte sich vor den Spiegel und versuchte einzuschätzen, ob seine Kleidung dem Treffen mit dem ehemaligen Skischulleiter angemessen war. Er hatte vergessen, Kern den Anzug zur Reinigung bringen zu lassen. Aber verschmutzte Kleidung war hier bestimmt immer noch ein Zeichen von ehrlicher Arbeit und baute Vertrauen auf. Mit dem Telefon in der Hand ging er auf den Balkon und rief auf dem Posten an. Gruppeninspektor Walch gab ihm eine Zusammenfassung der Tagesarbeit und versprach, die Berichte per Mail zu schicken. Schäfer bat ihn, alle Kollegen, die mit dem Fall befasst waren, am folgenden Tag um neun Uhr am Posten zu versammeln, um die bisherigen Ergebnisse zu besprechen und das weitere Vorgehen abzustimmen. Walch erinnerte ihn noch an den Termin mit Hinterholzer. Schäfer ließ sich die Adresse geben, beendete das Gespräch und rief Chefinspektorin Baumgartner an. Sie berichtete ihm von dem Treffen mit Steiners Witwe und Krassnitzers Freundin. Schäfer versäumte die Hälfte, weil er sich immer wieder auf Baumgartners Stimme konzentrierte. Sie klang gereizt; als ob sie ihm nur deshalb Bericht erstattete, weil sie dazu verpflichtet war. Schäfer vermutete dahinter die übliche Aversion der Tiroler gegen Leute aus Wien; er ersuchte sie, ihm heute noch eine schriftliche Zusammenfassung zu senden, und legte auf.

Bevor er Bergmann anrief, ging er zurück ins Zimmer und holte sich die Zigarettenschachtel, die er offenbar am Vortag im Wirtshaus gekauft hatte. Er zündete sich eine an, blies genussvoll den Rauch an die Decke und ging wieder auf den

Balkon. Bergmann nahm wie immer sofort ab. Schäfer freute sich, seine Stimme zu hören, und erzählte ihm ausführlich von den Ereignissen der letzten beiden Tage. Selbst den Exzess vom Vorabend, einschließlich seines Erwachens in einem Teppich, ließ er nicht aus. Als er amüsiert vom Widmungsspruch auf der Bank erzählte, unterbrach ihn Bergmann. Ob das der Habermann war, der Ende der Siebziger und Anfang der Achtziger einmal unter Polizeischutz gestellt worden war? Schäfer staunte wie schon des Öfteren über Bergmanns gigantisches Erinnerungsarchiv. Was er darüber noch wusste? Dass damals in Wien ein paar österreichische Sympathisanten der RAF den Chef eines großen Textilunternehmens entführt hätten. In der Folge überwachten die Behörden nicht nur viele der zumeist harmlosen linken Aktivisten, sondern sorgten sich auch um das Wohl von hohen Politikern und Unternehmern. Und von Habermann, ein deutscher Multimillionär, der noch dazu in Österreich lebte, da läuteten bei der Staatssicherheit natürlich die Alarmglocken. Allerdings hatte Habermann den staatlichen Polizeischutz bald durch private Sicherheitsleute ersetzt. Einer von denen war früher bei der Kriminalpolizei in Wien, deswegen wusste auch Bergmann davon. Ob das irgendwas mit dem Fall Krassnitzer-Steiner zu tun hatte? Schäfer fingerte noch eine Zigarette aus der Schachtel.

„Nein, glaub ich nicht. Interessant ist es aber. Ich hab damals in Kitzbühel gelebt und überhaupt nichts davon mitbekommen. Was ich Sie noch bitten wollte: Könnten Sie mir recherchieren, ob in den letzten Monaten bei einem Tierarzt oder in einem Zoo Ketamin und Xylazin gestohlen worden ist ... Ja, Tierbetäubungsmittel, das hatte Krassnitzer im Blut. Bergmann, ich muss jetzt los, ich melde mich morgen wieder ... Wie geht's denn eigentlich mit der schwarzen Witwe ... Gut ... Sie machen das schon ... Wiedersehen."

Schäfer legte auf und sah auf die Uhr am Display. In einer Stunde musste er bei Hinterholzer sein. Er suchte das Adressbuch seines Telefons durch und drückte die Anruftaste.

„Hallo Mama ... Nein, ich bin hier ... in Kitzbühel ... genau ... Noch nicht ... Na, weil ich viel zu tun habe ... Hätte ich, aber jetzt rufe ich eh an ... Sicher, sobald es sich ausgeht ... Ich weiß, dass es nicht weit ist ... Sobald es sich ausgeht ... Servus."

Als er seine Schuhe anziehen wollte, erinnerte er sich daran, dass er sie am Abend zuvor verloren hatte, und stieg widerwillig in seine verschwitzten Trekkingschuhe. Er ging ins Bad, wickelte gut einen Meter Klopapier ab, befeuchtete es unter dem Wasserhahn und putze sich damit provisorisch die Schuhe. Er ging ins Restaurant hinunter, wo er sich an die Bar setzte und das Menü bestellte, das wahrscheinlich am schnellsten serviert wurde. Rindsgulasch mit Salzkartoffeln – Schäfer aß mit großem Appetit.

Als er die Rechnung beglich, bat er den Kellner, ihm ein Taxi zu rufen, das zwei Minuten später vor dem Restaurant hielt. Schäfer setzte sich auf den Platz neben dem Fahrer und gab ihm Hinterholzers Adresse. Nach etwa zehn Minuten Fahrt hielten sie vor einem kleinen Holzhaus, das gut versteckt hinter hohen Tannen stand. Schäfer ging über einen Kiesweg zur Haustür, die aufging, noch bevor er die Glocke hätte betätigen können. Der Mann, der ihm auf der Schwelle gegenüberstand, war groß, blond, gut aussehend und in Schäfers Alter. Wahrscheinlich handelte es sich um Hinterholzers Sohn, der den Wiener Polizisten davon abhalten sollte, die sicher schon achtzigjährige Kitzbüheler Skischullegende zu sehr aufzuregen. Dem widersprach allerdings die so höfliche wie herzliche Begrüßung, mit der Schäfer empfangen wurde. Der Mann stellte sich als Nils Ekström vor und bat Schäfer herein. Obwohl ihn Ekström davon abhalten wollte, zog Schäfer im Vorraum seine Schuhe aus. Das Haus wirkte so sauber und aufgeräumt, dass ein Paar kürzlich benutzte Bergschuhe sich darin nicht gut gemacht hätten. Ekström ging ins Wohnzimmer voraus, wo Hinterholzer in einem kolossalen ledernen Ohrensessel thronte, der sicher doppelt so alt war wie der Skischulgründer. Er stand auf und ging seinem Gast entgegen. In einer leicht glänzenden, anthrazitfarbenen Schurwollhose, hellblauem Hemd und mit einem bordeauxfarbenen Tuch um den Hals sah er aus wie ein französischer Schlossherr. Schäfer schämte sich sofort seiner unbeschuhten Füße. Hinterholzer war sichtlich bester Laune, begrüßte Schäfer wie einen alten Freund und schüttelte ihm die Hand mit der Kraft eines Holzarbeiters. Währenddessen hatte Nils Ekström von irgendwoher einen Servierwagen gezaubert, auf dem mehrere Flaschen exklusiver Spirituosen standen.

„Ein Whisky, ein Cognac, ein Vogelbeer?" Schäfer lehnte dankend ab. Ein Glas Wasser wäre völlig ausreichend.

„Ah, im Dienst", lachte Hinterholzer.

„Nein, gestern sehr lange im Wirtshaus", erwiderte Schäfer wahrheitsgemäß.

Hinterholzer lachte abermals laut auf und bot seinem Gast einen Platz am Esstisch an, ein kunstvolles Werk aus dunklem Nussholz, das in die riesige Wohnküche hineinragte. Unterlag er einer optischen Täuschung oder wie hatten diese riesigen Räume in einem Haus Platz, das von außen den Eindruck einer Keusche machte?

„Na, dann erzähl mal. Johannes, nicht?", holte ihn Hinterholzer aus seinen Gedanken.

Schäfer nickte und sagte sich gleichzeitig, dass er sich irgendwie aus der Rolle des viel jüngeren Einheimischen bringen musste. „Sie haben sicher von den beiden Morden gehört ..."

„Ja, aber sag Du, ich bin der Ferdinand", goss sich Hinterholzer einen doppelten Schnaps ein.

„Die beiden Opfer, Simon Steiner und Walter Krassnitzer, haben bei Ihnen ... bei dir in der Skischule gearbeitet."

„Stimmt schon, das muss Mitte der Sechziger gewesen sein, wie der Steiner angefangen hat. Und der Walter ein paar Jahre später. Nils, kannst du uns bitte das alte Skischulbuch bringen, das braune, da sind die alle drinnen, dann wissen wir das genau. Bist schon lange weg jetzt, gell."

„Ja ... mein halbes Leben", bemühte sich Schäfer um ein Lächeln und war froh, als Ekström mit dem Buch zurückkam – einem dicken ledernen Folianten, der ebenso gut in einer alten Klosterbibliothek hätte stehen können. Hinterholzer zog eine rahmenlose Lesebrille aus seiner Brusttasche, schlug das Buch auf und beugte sich darüber wie ein alter Rabbi, der aus dem Talmud vorliest. Er blätterte ein paar Seiten durch und schob das Buch zu Schäfer, der ein paar ausgeschnittene Zeitungsartikel und erstaunlich gut erhaltene Schwarz-Weiß-Fotos vor sich sah.

„Das da ist der Steiner, mit dem Prinz von Wales und der Miss Schweden“, deutete Hinterholzer mit dem Finger auf eines der Bilder und blätterte ein paar Seiten weiter. „Und da haben wir den Walter, Krassnitzer, mit der Schauspielerin, wie hat die jetzt gleich geheißen ...“

„Kim Novak“, antwortete Ekström, der in der Küche herumhantierte und das Foto gar nicht sehen konnte.

„Ja genau, die Novak ... eine fesche Person ... das waren halt Gäste damals ...“

„Waren die beiden Freunde, der Steiner und der Krassnitzer?“

„Ja, wir waren damals alle irgendwie befreundet in der Skischule. Wenn du den ganzen Tag mit den Gästen unterwegs bist, und am Abend war immer Tanz oder Skilehrerball, da sind die Kollegen automatisch Freunde geworden. Nicht alle, aber verstanden haben wir uns alle gut.“

„Wer war denn damals sonst noch dabei, der die beiden besser gekannt hat?“, fragte Schäfer, während er die Seiten umblätterte, die wegen der zahlreichen eingeklebten Bilder und Artikel schwer und steif geworden waren.

„Lass mich überlegen ... der Obernauer ...“

„Der sich umgebracht hat?“, sah Schäfer überrascht auf.

„Ja ja, bevor er zum Vater in die Metzgerei ist, war der bei mir. Ein guter Skifahrer, aber ein Grobian ... der ist wohl mit jedem einmal aneinandergeraten.“

„Und die vier da?“, deutete Schäfer mit dem Finger auf eine Fotografie, die vier Männer zeigte, die sich lachend die Arme um die Schultern legten.

Hinterholzer zog das Buch heran und überlegte. „Ja, der eine, das ist wohl der Gasser, aber der andere, der sagt mir jetzt gar nichts. Ob der überhaupt bei uns war ...“

„Der Autohändler Gasser?“

„Ja ... aber dass mir der andere nicht einfällt ...“

„Wer könnte das wissen?“

„Am ehesten der Danninger."

„Unser Pfarrer?"

„Ja, der hat selber viel fotografiert und vergessen tut der gar nie was. Zum Glück gibt's da das Beichtgeheimnis", lachte Hinterholzer.

„Wann haben die beiden eigentlich aufgehört?"

„Der Steiner ... das ist wohl Ende der Siebziger gewesen, um die Zeit hat er angefangen als Installateur und mit den Bädern. Und der Krassnitzer ... auch so was. Der ist dann ins Baugeschäft gegangen."

„Hat man damals so gut verdient als Skilehrer?"

„Wieso denn?"

„Na ja, der eine macht sich als Installateur selbstständig, der andere macht eine Baufirma auf, das kostet doch was. Das muss doch wer finanziert haben."

„Schon. Aber beim Steiner, da hat es immer geheißen, dass dem die Familie was zuschießt, aus Israel, und der Krassnitzer ... das hab ich mich gar nie gefragt, vielleicht hat ihm einer von den reichen Amis was geliehen ... mit dem Dollarkurs damals, da war das Trinkgeld mehr als der Monatslohn ... aber jetzt, wo du fragst ... komisch ist es schon, weil gespart haben die beiden damals sicher nichts, Sportwagen, das Gewand aus Innsbruck und beim Ball immer Whisky, und die Frauen haben bei denen auch nie bezahlen müssen, das waren schon Hallodris."

Schäfer überlegte, was er Hinterholzer noch fragen könnte, und ärgerte sich, dass er sich nicht besser vorbereitet hatte. Warum hatte ihm Kamp nicht wie üblich Bergmann zur Seite gestellt? Dann wäre so was nicht passiert ... Steiner, Krassnitzer, Gasser und ein Unbekannter. Da muss ich gleich morgen zum Danninger. In Gedanken versunken und weil es ohnehin nichts Besonderes für ihn war, ignorierte Schäfer das Heulen der Polizei- und Rettungssirenen, die durch die Nacht tönten. Doch Hinterholzer stand sprungartig auf, ging zum Fenster und zog die Vorhänge beiseite. Mit dem Rücken zu seinem Gast meinte er besorgt: „Na, sag bloß, jetzt ist schon wieder was passiert."

Erst da wurde sich Schäfer bewusst, dass das Martinshorn hier wirklich noch ein Alarmzeichen war. Er stand auf, nahm sein Telefon aus der Tasche und rief beim Posten an. „Schäfer hier ... was gibt es da für einen Einsatz? ... Wer? Rühren Sie nichts an, ich bin sofort da."

12

Horst Gasser drehte alle Lichter im Verkaufsraum ab, ging zur Tür und schaute nach draußen auf den Parkplatz. Im vorderen Bereich, wo nur mehr sein Mercedes stand, konnte sich keiner verstecken. Aber hinten, bei den Gebrauchten. Er nahm seine Autoschlüssel aus der Hosentasche, öffnete die Tür und drückte auf den Knopf für die Zentralverriegelung. Mit dem Gesicht zum Parkplatz sperrte er die Tür ab, lief zum Auto, stieg ein und verriegelte sofort alle Türen. Seine Hände zitterten. Er musste noch ein paar Minuten warten, bis er den Anlasser betätigen konnte. Vorsichtig fuhr er zur Ausfahrt, schaute zweimal in beide Richtungen und bog in die Bundesstraße ein. Jetzt waren fast dreißig Jahre vergangen. Wieso jetzt noch? Und wer? Gasser beschleunigte und bog nach zwei Kilometern in eine Tankstelle ein. Er stieg aus, ging in den Verkaufsraum und kaufte sich drei Miniflaschen Ballantines.

„Aber erst, wenn das Auto schlafen gegangen ist", zwinkerte ihm der Verkäufer zu.

Gasser blieb eine Antwort schuldig, bezahlte und ging wieder zu seinem Wagen. Er öffnete eine der Flaschen und trank den Whisky in einem Schluck. Dann nahm er sein Mobiltelefon und wählte die Nummer der Auskunft. Weil er nicht daran gedacht hatte, sich einen Zettel bereitzulegen, klemmte er das Telefon zwischen Schulter und Wange und schrieb mit einem Kugelschreiber ein paar Zahlen auf die Innenfläche der linken Hand. Er legte auf und tippte die erhaltene Nummer ein.

„Grüß Gott, Horst Gasser hier, entschuldigen Sie vielmals, dass ich so spät störe ... Ja genau, der Auto-Gasser ... Ich würde gern mit Ihnen sprechen ... Also wenn es geht, jetzt gleich ... Ich weiß, aber es ist wirklich wichtig ... Danke ... Ja, danke, ich bin in zehn Minuten bei Ihnen, danke."

Er beendete das Gespräch, legte das Telefon auf die Mittelkonsole und startete den Wagen. Nachdem er ein paar Minuten in Richtung Stadtzentrum gefahren war, spielte sein Telefon die computerisierte Version von Mozarts „kleiner Nachtmusik".

Gasser sah auf das Display: Unbekannter Teilnehmer. Er drückte auf den Empfangsknopf und lauschte. Sekunden später hielt er am Straßenrand und brach in Tränen aus.

„Bitte, tun Sie ihnen nichts ... die können nichts dafür, die wissen doch gar nichts davon", schluchzte er ins Telefon. „Ja, hab ich, einen Moment." Zitternd schloss er sein Telefon an die Freisprechanlage an und bog wieder auf die Straße ein. Er hielt auf einem Parkplatz am westlichen Ende der Stadt. Er solle aussteigen und zum Friedhof gehen, befahl ihm die Stimme. Gasser tat, wie ihm geheißen. Während er die einspurige Straße zum Friedhof hinaufging, überlegte er verzweifelt, wie er sich aus dieser Situation befreien könnte. Sollte er das Mikrofon zuhalten und um Hilfe rufen? Und wenn er einfach zur Polizei ginge? Der andere konnte ihn doch unmöglich sehen. Seine Angst war zu groß; er folgte der Stimme, die ihn jetzt auf einem Umweg ins Stadtzentrum führte, wo er vor dem Eingang der Kirche stehen blieb. Er ging um die Kirche herum und stieg die hölzernen Treppen zu einer Tür hinauf, hinter der sich der Aufgang zum Glockenturm befand. Er öffnete die Tür und stieg die steilen Wendeltreppen empor, bis er in eine kleine Holzstube kam, wo er das Glockenspiel sah, das täglich um elf Uhr vormittags und fünf Uhr nachmittags erklang. Auf dem Boden stand ein Paar Schuhe. Gasser legte das Telefon weg, zog seine eigenen Schuhe aus und die fremden an. Er glaubte sich übergeben zu müssen, so peinigte ihn die Angst; und wie um ihn zu beruhigen, produzierte sein Gehirn plötzlich Erinnerungen an die Schulzeit, wo sie über die Geschichte der Kirchturmglocken unterrichtet worden waren. Der Gussfehler in der einen, weswegen sie von den Innsbruckern nicht genommen und stattdessen nach Kitzbühel gekommen war. Das Einschmelzen der Glocken im Krieg, um Waffen daraus zu bauen. Die große Glocke, die der Ort nach Fürsprache einiger regimenaher Kitzbüheler behalten durfte. Und das Wetterläuten, das die Gewitterwolken auseinandertreiben sollte. Sogar der Name der großen Glocke fiel ihm jetzt ein. Annemarie. Annemarie heiß ich, alle Wetter weiß ich, alle Wetter vertreib ich. Gasser nahm sein Telefon. Sagen Sie ihnen bitte, dass es mir leidtut. Ich liebe sie. Er stieg auf die steinerne Fensterbrüstung, machte zwei Schritte nach vorne und ließ sich fallen.

13

Als Schäfer aus dem Taxi stieg, hatten sich rund um den Toten bereits zahlreiche Schaulustige versammelt. Aus den Fenstern der Häuserreihen zu beiden Seiten schauten neugierige Anrainer, deren Gesichter durch die rotierenden Blaulichter der Einsatzwagen zu gespenstischen Fratzen wurden. Verärgert drängte sich Schäfer zwischen den Leuten durch und herrschte die beiden anwesenden Polizeibeamten an, den Tatort abzusperren und die Gaffer wegzuschaffen.

„Aber der hat sich umgebracht“, erwiderte ihm der Ältere der beiden, während der Jüngere sich bemühte, die Menschen wegzuschicken. Hier gäbe es nichts zu sehen? Das sahen sie aber ganz anders. Schäfer wurde wütend.

„Das ist ein Tatort, wenn ich ihn dazu erkläre. Sie rufen jetzt sofort die Chefinspektorin Baumgartner an und sagen ihr, sie soll mit der Spurensicherung hier antanzen. Außerdem will ich jeden Ihrer Kollegen sehen, der verfügbar ist.“

Danach wandte er sich an die Menge rundum: „Wenn einer von Ihnen etwas Wichtiges beobachtet hat, bleibt er bitte hier und meldet sich bei mir. Alle anderen sind in den nächsten zwei Minuten von hier verschwunden und geben das Geld, das ich ihnen sonst wegen Behinderung der Polizeiarbeit abnehme, im nächsten Wirtshaus aus.“

Die Leute verließen langsam und murrend den Tatort; Schäfer wandte sich dem Toten zu und erschrak.

„Haben Sie ihn gekannt?“, fragte ihn der Notarzt.

„Nein“, gab Schäfer zurück und zwang sich, seinen Blick von den Füßen des Toten abzuwenden. Wie hoch war die Wahrscheinlichkeit, dass er die gleichen Schuhe wie Schäfer besessen hatte? Er bückte sich und besah sie sich genauer. Der kleine graue Fleck auf dem schwarzen Rauleder, den er beim Putzen nie wegbekommen hatte. Die Enden der Schuhbänder, die er abgeschnitten und mit einem Feuerzeug verschweißt hatte. Es waren seine Schuhe.

„Von wo ist er gesprungen?“

„Ziemlich sicher aus dem vorderen Turmfenster. Wenn er nicht aufs Dach gestiegen ist. Aber warum hätte er das machen sollen."

„Gut, ich gehe jetzt hinauf. Rühren Sie ihn bitte nicht an, bis die Spurensicherung da ist. Den Tod haben Sie ja sicher schon festgestellt?"

Der Notarzt nickte und Schäfer ging um die Kirche herum, wo er den Aufgang zum Glockenturm wusste. Er stieg die Holztreppen hinauf, zog sich den rechten Hemdsärmel über die Hand und stieß die Tür auf. Das letzte Mal, dass er die steile Wendeltreppe hinaufgestiegen war, war in der Volksschule gewesen. Der Schüler vor ihm, sein Klassenkamerad Hutter, hatte sich ein Vergnügen daraus gemacht, Schäfer einen stinkenden Furz ins Gesicht fahren zu lassen, sooft sein Darm es ihm erlaubte. Bis sie oben waren, hatte er sicher zehnmal „Sau" geschrien und war dafür vom Pfarrer, der auch ihr Religionslehrer war, kräftig an den Ohren gezogen worden.

Als er oben ankam, schaute er zuerst aus dem Fenster, unter dem die Fußgängerzone lag. Gasser mit zertrümmertem Schädel und in einer grotesken Verrenkung; neben ihm stieg blauer Rauch in die Luft, den die Sanitäter, die am Krankenwagen lehnten, wie aus Pietät steil nach oben bliesen. Der Leichenwagen fuhr langsam in die Fußgängerzone ein. Schäfer drehte sich um und sah die schwarzen Slipper, die wohl Gasser gehört hatten. Daneben lag ein Mobiltelefon. Einen Moment zögerte Schäfer, dann hob er die Schuhe auf und steckte sie sich hinten in den Hosenbund unter sein Jackett. Da läutete sein Telefon und er drehte sich erschrocken um, als hätte ihm jemand bei seiner Unterschlagung zugesehen. Bergmann.

„Was gibt's? ... Was für eine Hellabrunner Mischung? ... Ach, das Betäubungsmittel ... Bergmann, ich will nicht wissen, wer das erfunden hat, sondern ... Also nichts ... Na ja, ein Autohändler hat sich vom Kirchturm gestürzt, wobei ich sicher bin, dass er nicht ganz freiwillig gesprungen ist ... Wieso ‚Vertigo'? ... Stimmt ... Sagen Sie, Bergmann: der Polizist in ‚Vertigo', das war doch James Stewart ... Und die Frau, die ... Kim Novak!?"

Schäfer setzte sich auf die Holzbank an der Wand und drückte sich mit Daumen und Zeigefinger der linken Hand gegen die Schläfen.

„Bergmann, ich brauche Sie jetzt. Ich schreibe Ihnen heute noch die Eckpunkte zusammen von dem, was hier alles passiert ist. Die Ziposchka soll inzwischen wer anderer übernehmen. Wenn Ihnen jemand blöd kommt, soll er mich anrufen. Das wär's fürs Erste. Danke, Bergmann."

Hellabrunner Mischung ... ein spezieller Narkosecocktail für Tiere ... ein Tierarzt, ein Pfleger? Bergmann hatte keine Anzeigen gefunden, dass irgendwo eingebrochen und das Mittel gestohlen worden wäre. Doch ohne Rezept ... Schäfer steckte sein Telefon ein und sah sich noch einmal um. Dann zog er sich abermals seinen Hemdsärmel über die Hand, hob Gassers Telefon auf und stieg die Treppen hinunter. Die Spurensicherung war immer noch nicht da, dafür standen Aufschnaiter, Walch und Kern unschlüssig herum und unterhielten sich mit den Sanitätern.

Warum hatte er die Polizisten allesamt herbestellt? Er wusste gar nicht, wie er sie sinnvoll einteilen sollte. Um ihnen einen Beweis zu liefern, dass Gasser nicht freiwillig gesprungen war, müsste er sie über die Schuhe aufklären. Und das würde wahrscheinlich nicht nur seine Autorität untergraben, sondern auch seine Rolle in diesem Fall in Frage stellen. Er ging zu den Polizisten und trug ihnen auf, die noch anwesenden Zivilpersonen zu befragen, sofern das noch nicht geschehen war. Dann fragte er einen der Sanitäter um eine Zigarette, ließ sich Feuer geben und setzte sich auf die Bank vor der Kirche. Das Kreuz, der Beton, die Graffl-Wetti, seine Schuhe, Rohrschacher, das Ketamin, Obernauer, der Jude Steiner, der Kirchturm, Hinterholzer und sein Schwede, Kim Novak ... in seinem Kopf drehte sich alles wie in einer Zentrifuge, die versucht, das Notwendige vom Unnötigen zu trennen.

Der Notarzt holte ihn aus seinen Gedanken zurück in die Kitzbüheler Altstadt. „Was ich Ihnen zuvor schon sagen wollte: Der Tote hat auf seiner linken Hand eine Nummer stehen. Wenn er sich die Hände regelmäßig gewaschen hat, ist die erst vor kurzem aufgeschrieben worden."

Schäfer trat seine Zigarette aus, stand auf und ging zu Gassers Leiche. Vorsichtig drehte er dessen linke Hand um. 75892. Fünf Stellen. Wahrscheinlich eine lokale Telefonnummer. Hoffentlich. Er nahm sein Telefon heraus und gab die Nummer samt Kitzbüheler Vorwahl ein. Nachdem eine Minute lang niemand abgehoben hatte, legte er auf und trat auf seine Kollegen zu. „Finde mir bitte einer heraus, wem diese Nummer gehört."

Schäfer drehte sich abrupt zu Gassers Leiche um und schlug sich mit der Faust an die Stirn. „Verdammt, ich Idiot", presste er zwischen den Zähnen hervor. „Hat Gasser Familie?"

„Ja", antwortete Aufschnaiter verunsichert, „Frau und zwei kleine Kinder."

„Wo wohnen die?"

„Hintergrub ... ich weiß, wo."

„Fahren Sie mich hin. Kern, du kommst auch mit. Aufschnaiter, Sie warten hier, bis die Kollegin Baumgartner mit der Spurensicherung da ist. Die sollen sich den Turm vornehmen. Und dann die Baumgartner sofort zu uns."

Walch startete den Wagen, schaltete Folgetonhorn und Blaulicht ein und fuhr mit quietschenden Reifen weg. Während der Fahrt sagte keiner ein Wort. Schäfers offensichtliche Nervosität hatte sich auf die beiden Polizisten übertragen, obwohl sie nicht wussten, was der Major eigentlich befürchtete.

„Kern, gib mir deine Glock." Schäfer entsicherte die Waffe und sprang aus dem Wagen, kaum dass Aufschnaiter in die Einfahrt zu Gassers Haus eingebogen war. Die Haustür war versperrt. Schäfer läutete, hämmerte mit der Pistole an die Tür und schrie: „Ich bin von der Polizei. Wenn niemand die Tür aufmacht, brechen wir auf."

Dann drehte er sich zu Walch und Kern um und befahl ihnen, ums Haus zu gehen und alle möglichen Ausgänge zu überwachen. Und sie sollten verdammt noch mal vorsichtig sein. Im Schloss drehte sich ein Schlüssel. Die Tür ging langsam auf und Schäfer stand einer Frau um die vierzig gegenüber, deren von Angst, Schrecken und Tränen gezeichnetes Gesicht ihm sofort bestätigte, dass er recht gehabt hatte.

14

Die Frau zitterte so stark, dass Schäfer sie stützen musste, als er sie ins Wohnzimmer begleitete. Auf dem Sofa saßen zwei verängstigte Mädchen, die sich bei Schäfers Anblick panisch aneinanderdrückten. Er setzte ihre Mutter neben sie und bemühte sich, die Kleinen zu beruhigen. Redete sanft auf sie ein, zog seinen Ausweis heraus und legte ihn auf den Couchtisch. Die Pistole versteckte er vorne im Hosenbund. Bei dem, was die Kinder eben erlebt haben mussten, würde sie eine Waffe eher nicht beruhigen. Er setzte sich in einen Fauteuil und fragte Gassers Frau, ob sie irgendwen hätte, der vorübergehend auf die Kinder aufpassen könnte. Weil er jetzt ein paar Informationen von ihr bräuchte, die umso wertvoller wären, je schneller er sie bekäme. Die Frau schien nachzudenken und schaute Schäfer schweigend an. Er begann zu ahnen, was in ihrem Kopf vorging. Wenn jemand hier gewesen war, der die Familie als Geisel genommen und damit Gassers Selbstmord erzwungen hatte, war es gut möglich, dass er auch sie unter Druck gesetzt hatte. Wenn sie der Polizei etwas verriet, würde er ihren Kindern etwas antun. Schäfer entschied sich für eine Notlüge.

„Frau Gasser, wir wissen, was hier passiert ist. Und um den Mann zu fassen, der dafür verantwortlich ist, brauche ich Ihre Hilfe."

In diesem Moment traten Walch und Kern ins Zimmer. Schäfer stand schnell auf, ging ihnen entgegen und flüsterte ihnen zu: „Rufen Sie mir eine Psychologin oder Therapeutin an. Irgendwen, der die Frau und die Kinder betreuen kann. Und außerdem soll die Baumgartner sofort herkommen. Ich brauche eine Polizistin hier. Und die Spurensicherung. Niemand geht heute schlafen, bis ich es ihm erlaube."

Während er mit seinen Kollegen sprach, hatte das jüngere Mädchen heftig zu schluchzen begonnen. Schäfer fuhr Walch an, gefälligst seine Waffe zu verstecken, und schickte die beiden aus dem Raum. Als er sich umdrehte, hatten die beiden Mädchen ihre Köpfe unter den Achseln ihrer Mutter versteckt und weinten leise.

„Es tut mir leid“, sagte er, „es wird gleich eine Kollegin hier sein, die sich um sie kümmert.“

„Mein Mann ...?“, fragte Frau Gasser fast unhörbar.

Schäfer schluckte. Warum hatte er angenommen, dass sie bereits von seinem Tod wusste? Die drei Sekunden, die er schwieg, genügten als Antwort. Frau Gasser bemühte sich, das Zittern, das sie überkam, unter Kontrolle zu bringen, während ihr die Tränen über die Wangen liefen. Schäfer nahm an, dass sie sich beherrschen wollte, um ihre Kinder zu schützen. Ohne Erfolg. Hilflos stand er den Resten einer Familie gegenüber, deren Leben soeben zerschlagen worden war. Er ging zu den dreien hinüber, stellte sich hinter das Sofa und legte der Mutter die Hand auf die Schulter.

Ob Chefinspektorin Baumgartner nach zwei Minuten oder einer Stunde eingetroffen war, konnte Schäfer nicht mehr beurteilen. Außer Atem kam sie ins Wohnzimmer und schaute sich verstört um. Hinter ihr stand eine zweite Frau, die mit der Situation ebenso wenig anzufangen wusste. Schäfer löste sich von Frau Gasser und ging zu den beiden. Er erklärte ihnen leise, was seiner Meinung nach passiert war. Baumgartner fragte ihn, ob er schon irgendetwas wusste: ob die Frau den Täter kannte, womit er sie bedroht hatte ... Schäfer schüttelte den Kopf. Unter dem Vorwand, dass er einer wichtigen Spur nachgehen müsse, wandte er sich zum Gehen, nachdem er die Frauen noch einmal eindrücklich gebeten hatte, sich um die Mutter und ihre Kinder zu kümmern und sie keinesfalls allein zu lassen. Er würde ihnen Walch zur Seite stellen, sodass sie sich abwechselnd ausruhen könnten.

Vor dem Haus atmete er tief durch und sah in den sternenklaren Himmel. Walch und Kern standen rauchend und betreten schweigend neben dem Wagen.

Schäfer trat zu ihnen. Walch solle ins Haus gehen und über Nacht dort bleiben. Ein Kleinbus bog zügig in die Auffahrt ein und bremste scharf ab. Zwei Beamte der Spurensicherung sprangen aus dem Auto.

Er erklärte ihnen, was zu tun sei und dass sie im Haus erst anfangen sollten, wenn die Kinder im Bett wären. Er nahm die Glock aus seinem Hosenbund und gab sie Kern zurück. Dann stieg er in den Wagen und gab Kern mit einer stummen Geste zu verstehen, dass sie aufbrächen. Während der Fahrt hielt er für ein paar Minuten die Augen geschlossen. Er fühlte sich erschöpft. Der tote Mann – Schäfer war es einigermaßen gelungen, Distanz zu ihm herzustellen. Doch die Frau; und die Mädchen.

Sie war jung, bestimmt zwanzig Jahre jünger als Gasser; vielleicht war es ja eine Geldheirat gewesen und ... Was wollte er sich jetzt schönreden ... er hatte sie gesehen. Schäfer öffnete die Augen und sah zu Kern hinüber, der gelassen und offensichtlich unberührt mit einer Hand den Wagen lenkte.

„Hast du nicht mitbekommen, worum es hier geht?", schrie er Kern an. „Glaubst du, du bist in einem Film und endlich passiert einmal was Spannendes?"

Kern verlor vor Schreck die Beherrschung über das Fahrzeug und konnte gerade noch verhindern, über die Gehsteigkante zu fahren.

„Ich ... Entschuldigung ... Ich wollte mich nur ... ich wollte nur zeigen, dass ich professionell mit so was umgehen kann."

Dann hielt er den Wagen mitten auf der Straße an, klammerte sich mit beiden Händen ans Lenkrad und bemühte sich augenscheinlich, die Tränen zurückzuhalten.

„Entschuldige bitte ... Es tut mir leid. Ich müsste mich professioneller benehmen. Fahr mich zurück und dann geh schlafen."

Als sie im Stadtzentrum hielten, legte Schäfer dem Inspektor die Hand auf die Schulter und sah ihn schweigend an. Er entschuldigte sich erneut, wünschte ihm eine gute Nacht, stieg aus und drückte die Autotür zu. Auf dem Pflaster vor der Kirche waren nur mehr mit grüner Sprühfarbe aufgetragene Umrisse und ein dunkelbrauner Fleck zu sehen. Aus dem Kirchturmfenster drang das grelle Scheinwerferlicht der Spurensicherung. Wie in Trance stieg Schäfer noch einmal die steilen, gewundenen Treppen hoch. Der Beamte erschrak, als er Schäfers bleiches Gesicht im Türrahmen sah, hatte sich jedoch bald wieder gefangen. Es gäbe reichlich verschiedene Fingerabdrücke auf dem Glockenspiel und rundherum, das würde dauern.

Schäfer erinnerte sich daran, wie er und seine Schulkameraden das kalte Metall angetappt hatten – das wäre bei den jetzigen Schulklassen, die hier herauf kamen, bestimmt auch nicht anders. Er wollte sich schon umdrehen und gehen, als ihm das Telefon einfiel, das er im Kirchturm gefunden hatte. Er bat den Beamten um einen Schutzhandschuh, zog ihn über und sah sich die Anrufliste an. Er notierte sich alle getätigten und erhaltenen Anrufe und gab das Telefon anschließend dem Kollegen von der Spurensicherung. Wieder auf der Straße, setzte er sich auf die Bank vor der Kirche und versuchte Ordnung in seine Gedanken zu bekommen. Ein paar Stunden schlafen, das würde ihm guttun. Er nahm sein Telefon und wählte die Nummer des Postens.

„Schäfer hier ... Haben Sie schon die Nummer ... ich meine, wem die Nummer gehört, die ... Danninger ... dem Pfarrer? ... Gut. Ich bin morgen um acht am Posten. Rufen Sie mich an, wenn irgendetwas passiert ... Ihnen auch."

Pfarrer Danninger. Schäfer ging die Fußgängerzone hinunter in Richtung Hotel. Als er schon die Nachtglocke betätigen wollte, drehte er sich um und begann zu laufen. Nach fünf Minuten drückte er völlig außer Atem mehrmals auf den archaisch anmutenden schwarzen Klingelknopf aus Bakelit, der schon in seiner Kindheit neben der Tür des Pfarrhauses angebracht gewesen war.

15

„Johannes", stellte Pfarrer Danninger fest, ohne irgendwelche Anzeichen von Überraschung oder gar Ärger zu zeigen. Er musterte Schäfer einen Augenblick, trat zur Seite und ließ ihn eintreten. Schäfer erkannte den Geruch im Pfarrhaus sofort wieder. Modriger Marmor, Lavendelseife, dazu der ewige Duft nach frischem Brot, das Danningers Köchin schon damals scheinbar pausenlos gebacken hatte, als ob sie damit die himmlischen Heerscharen versorgen müsste. Schäfer folgte Danninger in dessen Studierzimmer – ein ebenerdiger Raum mit altem Deckengewölbe und zwei kleinen Fenstern, die auf den Wildwuchs im Garten blicken ließen. Obwohl es ihn drängte, sein Anliegen vorzubringen, wartete er, bis ihn der Pfarrer dazu aufforderte. Der räumte umständlich einen Stuhl von Büchern und Papieren frei, legte einen Polster darauf und bot Schäfer einen Platz an.

„Wenn du etwas anderes als Wasser trinken willst, musst du es dir aus der Küche holen", füllte Danninger zwei Gläser am Waschbecken in der Ecke und stellte sie auf den Tisch. Er setzte sich und sah Schäfer forschend an. „Wie geht es dir, Johannes?"

„Heute Nacht ist ein Mann ermordet worden ... vor seinem Tod hat er mit Ihnen telefoniert."

„Wir haben schon einmal Du zueinander gesagt ..."

„Entschuldige ... ich bin müde."

Schäfer senkte das Kinn auf die Brust, worauf ihm der Pfarrer die Hand auf die Schulter legte, sie jedoch gleich wieder wegnahm.

„Dann ist der Gasser jetzt tot ..."

„Was wollte er von dir?"

„Ich weiß es nicht. Er war aufgeregt und wollte mich unbedingt sprechen. Zuerst hab ich ihm gesagt, dass er morgen kommen soll. Aber es schien wirklich dringend zu sein. Worum es ging, hat er mit keinem Wort erwähnt."

„Hast du ihn besser gekannt?"

„Nein. Er war nicht das, was man einen praktizierenden Christen nennt. Ich hab seine Mädchen getauft. Und die Trauung natürlich, dafür ist er schon in die Kirche gekommen. Aber sonst ... du weißt ja, wie es ist: Geht's ihnen gut, gibt's mich nicht, geht's ihnen schlecht ... ich fühle mich manchmal wie ein Lackmuspapier, dessen Farbe sie erst sehen, wenn was Schlimmes in ihr Leben tritt."

Schäfer musste lächeln. Der Pfarrer hatte seine Suche nach ausgefallenen bis unverständlichen Vergleichen noch nicht aufgegeben.

„Was ist mit den anderen beiden, Steiner und Krassnitzer?"

„Steiner war Jude, genau so wie Krassnitzer Katholik war ... in der Kirche hab ich die beiden, glaub ich, nie gesehen. Beim Skifahren sind sie mir oft begegnet. Als ich noch besser unterwegs war", lächelte der Pfarrer und schlug mit den Handflächen auf seine Oberschenkel.

„Du weißt, wie sie umgebracht worden sind?"

„Ja. Nicht schön. Ich meine, das ist nie schön, aber so was ..."

„Kannst du dir vorstellen, warum jemand hier so was macht, ich meine diese inszenierte Hinrichtung?"

„Weil er verrückt ist? Oder soll ich sagen: von Dämonen besessen, wenn dir das besser zu mir passt?"

„Es könnte beides sein. Aber welche Dämonen? Krassnitzer, Steiner und Gasser waren früher in der gleichen Skischule ... die haben sich gekannt ... irgendwas muss damals oder später passiert sein, in das die drei verwickelt waren. Und ich hoffe, dass nicht noch mehr dabei waren."

„Das vom Obernauer hast du ja sicher gehört?"

„Dass der sich erschossen hat, ja. Weißt du, warum?"

„Um ein Haus ist es gegangen, das der Obernauer gekauft hat. Dafür hat er einen anständigen Kredit aufnehmen müssen, obwohl es nur so eine Bruchbude war ... du weißt ja, wie es ist hier ... dann wollte er umbauen und da hat ihm der Krassnitzer reingepfuscht ... warum, hat keiner genau gewusst ... da ist eine Umwidmung nicht durchgegangen ... der damalige Bürgermeister, der Kranz, ist da auch mit von der Partie gewesen ... dann hat der Krassnitzer plötzlich den Kredit vom Obernauer übernommen und es hat so ausgeschaut, als ob sie sich geeinigt hätten. Und ein paar Wochen später hat sich der Obernauer erschossen. Schrecklich ... der Bub hat ihn finden müssen."

„Sein Sohn? Wo ist der jetzt?", fuhr Schäfer aus seiner Versunkenheit hoch.

„In Kufstein war er einmal, der Hansi, dann in München, glaub ich, und was er jetzt macht, das weiß ich nicht. Da fragst du am besten seine Mutter."

„Wohnt die hier?"

„In St. Johann ... kommt aber immer zu mir in die Messe, wenn du so lange Zeit hast."

Schäfer sah aus dem kleinen Fenster in den Garten, wo im silbrigen Nachtlicht das Violett des üppigen Lavendelbusches leuchtete.

„Machst du deine Seife immer noch selbst?"

„Natürlich. Magst du eine? Ist gut für die Nerven."

Danninger ging zur Holzkredenz, die neben der Tür stand, öffnete eine Schublade und nahm ein in Butterbrotpapier gewickeltes Stück Seife heraus, das er Schäfer gab.

„Danke", sagte Schäfer und stand auf, weil er sonst am Tisch eingeschlafen wäre.

„Kommst du wieder?"

„Bestimmt."

Als sie an der Tür standen, wollte der Pfarrer wissen, wie denn Gasser eigentlich umgekommen sei.

„Er hat ihn vom Kirchturm springen lassen. Zumindest gehe ich davon aus, dass es ein Mann ist. Wahrscheinlich ist Gassers Familie bedroht worden und er hat sich vor seinem Tod doch noch einmal als Christ erwiesen."

„Vom Kirchturm herunter", murmelte Danninger.

„Ja, wie in ‚Vertigo'", sagte Schäfer und konnte ein Gähnen nicht mehr unterdrücken.

„Was meinst du?"

„‚Vertigo' ... ein Hitchcockfilm ... da ist auch eine Frau vom Kirchturm gestoßen worden und es hat so aussehen sollen, als ob sie selbst gesprungen wäre."

„Was für eine grausame Welt ..."

„Wenn du das schon sagst, dürfte es wirklich schlimm stehen ...“

„Nein“, legte der Pfarrer Schäfer die Hand auf den Oberarm, „der Glaube und die Hoffnung, Johannes ... damit geht's schon ...“

„Und die Liebe ...“

„Die Liebe ... natürlich“, lächelte der Pfarrer müde, „gute Nacht, Johannes.“

16

Warum hatte er sich geschämt, als er seinen Schlüssel an der Rezeption geholt hatte? Weil es schon so spät gewesen war? Er war erst zwei Tage hier, und schon begann seine mühsam über die Jahre gewonnene Stabilität zu bröckeln. Dann fielen ihm seine Eltern ein, die er aufsuchen sollte. Und er fragte sich, wann er die Ruhe bekäme, um die Erfahrungen und Erkenntnisse der letzten Tage in eine Ordnung zu bringen. Er sperrte seine Zimmertür auf und ließ sich aufs Bett fallen. Ob er überhaupt dazu fähig wäre. Gassers Schuhe drückten ihm in den Rücken. Er setzte sich auf, zog sie aus dem Hosenbund und stellte sie vor sich auf den Boden. Er zog seine Trekkingschuhe aus und schlüpfte in die fremden Lederslipper. Sie passten. Das konnte er bei Größe 43 als Zufall durchgehen lassen. Doch wie seine eigenen an Gassers Füße gekommen waren ... sie mussten ihm gestohlen worden sein, als er am Hotelflur geschlafen hatte. Demnach war er an diesem Abend oder schon davor beobachtet worden. Schäfer stand auf und ging in Gassers Schuhen im Zimmer herum. Wer hat mich hierher geschickt? Kamp. Beziehungsweise der Bürgermeister und der Chef vom Landeskriminalamt. Weil es sich um einen Mord handelte, der Aufsehen erregen würde. Weil ich mich hier auskenne. Davon kann der Mörder aber nicht ausgehen. Außerdem: Was habe ich mit den dreien zu schaffen? Ich bin zurückgekommen, hat die Graffl-Wetti gesagt. Und was noch? Dass es so weit ist. Der Obernauer hat sich erschossen. Ich muss mit seiner Frau reden, um den Sohn zu finden. Und Kim Novak? Da setze ich Bergmann drauf an, das ist zu absurd. Obwohl: Der Ort hier ist absurd. Ich muss noch einmal zum Hinterholzer, um mir das Buch zu holen. Alle, mit denen die drei was zu tun hatten. Und der Bürgermeister von damals; der Kranz, das korrupte Schwein; dem soll die Baumgartner auf die Füße treten. Und wenn es nur dazu ist, dass er eine schlechte Nachrede bekommt. Schäfer nahm sein Telefon heraus, stellte den Wecker auf sieben und legte den Apparat auf den Fernseher, damit er den Alarm nicht im Bett abstellen konnte.

Unbekannte Gesichter zogen im Traum an ihm vorbei; verzerrt, als ob sie hinter einer Kerze stünden, die kurz vor dem Erlöschen noch ein paar Mal aufflackerte. Erleichtert vernahm er das schrille Piepsen des Weckers. Er stand auf und ging unter die Dusche. Während er das warme Wasser auf sich herabregnen ließ, bemühte er sich, einen ungefähren Plan für die kommende Besprechung aufzustellen. Danningers Seife. Für die Nerven. Er stieg tropfnass aus der Dusche, ging ins Zimmer und nahm den duftenden Block aus seiner Hosentasche. Zurück unter der Dusche, seifte er sich kräftig damit ein. Immer noch müde, aber nicht mehr ganz so aufgewühlt, trocknete er sich ab, putzte sich die Zähne und begann sich anzuziehen.

Zum Glück hatte er einen zweiten Anzug eingepackt. Den anderen würde er an der Rezeption abgeben und in die Reinigung bringen lassen. Seine Trekkingschuhe. Die machten kein gutes Bild. Zumal er an diesem Tag einigen Leuten einen Besuch abstatten müsste. Dann zog er eben Gassers Schuhe an. Wenn er Zeit fände, würde er sich heute noch neue kaufen. Er stellte sich vor den Spiegel und schaute sich an. Der beige Anzug war eine gute Wahl. Der würde ihn zusammenhalten und das Ablaufdatum seiner Seriosität gegebenenfalls um einige Tage verlängern. Er schloss sein Zimmer ab und nahm den Aufzug in die Empfangshalle. An der Rezeption gab er seinen schmutzigen Anzug ab und ersuchte die Rezeptionistin, ihn so bald wie möglich reinigen zu lassen. Er stand schon auf der Straße, als er noch einmal kehrtmachte, zurück in sein Zimmer ging und sein Achselholster anlegte. Noch einmal wollte er nicht in die Verlegenheit kommen, Kern um seine Dienstwaffe bitten zu müssen.

Bevor er auf den Posten ging, kaufte er in einer Bäckerei zwei Kornsemmeln, ein Stück Butter, Marmelade und zwei Becher Joghurt. Da standen immer noch die runden Plastikdosen mit Lakritzestangen und Colafläschchen, die zu seiner Schulzeit ohne das Wissen der Eltern die Jause ergänzt oder ganz ersetzt hatten. Er füllte ein Papiersäckchen und gab es der Verkäuferin über die Budel hinweg. Bei diesen Sachen würden die Leute wohl immer Kinder bleiben, meinte sie lächelnd. Schäfer freute sich über die unerwartete Offenheit der Frau, war jedoch um eine noch so belanglose Antwort verlegen. Also lächelte er zurück, bezahlte und wünschte ihr einen schönen Tag.

Auf dem Posten waren bereits alle versammelt. Er entschuldigte sich für seine Verspätung und fragte pro forma, ob es jemanden störe, wenn er während der Besprechung frühstücke. An den Gesichtern seiner Kollegen meinte er zu erkennen, dass sie diese Frage eher erleichterte als empörte – Aufschnaiter bot sich sogar umgehend an, ihm einen Kaffee zu machen. Sie setzten sich alle an den Besprechungstisch und Schäfer gab einleitend eine kurze Zusammenfassung der Geschehnisse der letzten beiden Tage, ohne seine mittlerweile besondere Rolle dabei zu erwähnen. Dann bat er Chefinspektorin Baumgartner um einen Bericht der Ereignisse in der vergangenen Nacht.

„Ich war bis heute Morgen im Haus der Gassers, also hab ich den Bericht erst stichwortartig. Frau Gasser ist um halb sechs mit den Kindern vom Einkaufen zurückgekommen. Die Mädchen sind in den Garten spielen gegangen, während sie die Einkäufe ausgepackt und angefangen hat, das Abendessen zu machen. Gegen sieben hat ihr Mann angerufen und ihr mitgeteilt, dass er in einer halben Stunde zu Hause sein würde. Dann hat sie die Mädchen aus dem Garten geholt und ist mit ihnen ins Bad. Während die Kinder in der Badewanne gesessen haben, hat Frau Gasser das Abendessen fertig zubereitet und mit einer Freundin telefoniert. Während dieses Telefonats hat es an der Tür geläutet. Wir haben die Anrufliste durchgesehen. Demnach hat der Täter ziemlich genau um 7:25 Uhr das Haus betreten. Sie hat ihm die Haustür geöffnet, ohne zu fragen, weil sie angenommen hat, dass es ihr Mann wäre. Laut ihren Angaben war der Täter mit einer Wollmütze vermummt, aus der zwei Löcher geschnitten waren. Er hat sie mit einer Pistole bedroht, gleichzeitig jedoch sehr ruhig und höflich auf sie eingeredet. Es täte ihm sehr leid, dass er ihr Unannehmlichkeiten bereite, aber er bräuchte ihre Hilfe und so weiter. Dann hat er nach den Kindern gefragt und ist mit ihr ins Badezimmer gegangen. Er hat sie die Mädchen abtrocknen und anziehen lassen, anschließend sind sie alle gemeinsam ins Wohnzimmer. Von dort aus hat er ihren Mann angerufen. Nach ein paar Sätzen, die sie aufgrund seines Flüsterns nicht verstanden hat, hat ihr der Täter das Telefon hingehalten und sie aufgefordert, ihrem Mann mitzuteilen, dass alles in Ordnung sei. Dann hat er Frau Gasser ein Handwerkerklebeband gegeben und sie ersucht, die Hände und Füße der Kinder zu fesseln und ihnen den Mund zu verkleben. Ihr selbst hat er Handschellen angelegt und ebenfalls den Mund zugeklebt. Danach ist er für etwa zehn Minuten weggegangen, wobei Frau Gasser nicht sicher sagen kann, ob er das Haus verlassen hat oder in einem der anderen Zimmer war. Als er zurückgekommen ist, hat er zuerst die Kinder und dann die Mutter von ihren Fesseln befreit. Bevor er gegangen ist, hat er noch gesagt, dass sie der Polizei nichts von ihm erzählen soll, weil er sonst zurückkäme. Als er weg war, hat sie sich mit den Kindern auf die Couch gesetzt und einfach nur abgewartet.

Um neun Uhr dreißig ist Major Schäfer gemeinsam mit Gruppeninspektor Walch und Inspektor Kern eingetroffen und hat den Tatort gesichert. Eine Psychotherapeutin aus Wörgl ist mit mir eine halbe Stunde später dort gewesen.

Ich habe Frau Gasser gemeinsam mit der Therapeutin befragt, nachdem sie die Kinder ins Bett gebracht hatte. Die Spurensicherung hat übrigens Schuhabdrücke im Garten gefunden, die stammen allerdings leider von unseren Kollegen Walch und Kern. Das war's eigentlich. Ach so: Frau Gassers Beschreibung des Täters: ungefähr 1,85 groß, schlank, sportlich, der Stimme nach eher jung, schätzungsweise dreißig. Was vielleicht auch noch interessant ist: Er hat keinen Dialekt gesprochen. Außerdem war er, so weit man das sagen darf, höflich und hat gegen Frau Gasser und die Kinder keinerlei Gewalt angewendet – wenn man von den Klebebändern und den Handschellen einmal absieht.

Was jetzt die Befragung von Steiners Witwe betrifft: die war eher mühsam. Die Frau hat sich alles aus der Nase ziehen lassen. Sie hat keinerlei Verdacht gegen irgendwen geäußert, obwohl sie zugegeben hat, dass ihr Mann sich nicht überall nur

Freunde gemacht hatte. Ich habe das Gefühl gehabt, dass sie es als Beleidigung empfunden hat, von einer Frau befragt zu werden. Außerdem hat sie die ganze Zeit ein Gesicht gemacht, als ob sie panische Angst vor mir hätte. Vielleicht wäre es ganz gut, wenn Sie mit ihr sprechen, Major Schäfer. Steiners Tochter ist erst gestern Nachmittag eingetroffen, wir hatten noch keine Zeit, sie zu befragen. Die Freundin von Krassnitzer nehmen wir uns ebenfalls heute vor."

„Kompliment, Kollegin ... da haben Sie mit dem Stichwortbericht ganz schön tiefgestapelt." Schäfer nahm den letzten Schluck von seinem Cappuccino, stand auf und ging zur gegenüberliegenden Wand, wo er mit einem schwarzen Faserschreiber die Namen der Opfer in einer einstweilen nur ihm bekannten Ordnung auf das Wandbord schrieb.

„Also. Wir haben drei Morde. Zwei auf die euch bekannte Weise getötet, der Dritte, Gasser, zum Selbstmord genötigt. Nach Frau Gassers Einvernahme wissen wir, dass es sich um einen Mann handelt. Was das Alter betrifft, sollten wir uns noch nicht festlegen. Da kann eine Stimme leicht täuschen. Weiters können wir davon ausgehen, dass sich der Täter in der Gegend sehr gut auskennt und seine Opfer längere Zeit beobachtet hat – was nahelegt, dass es jemand von hier ist beziehungsweise aus den umliegenden Orten. Der jeweilige Zeitpunkt der Verbrechen sowie die Vorgehensweisen waren meines Erachtens sehr sorgfältig und langfristig geplant. Sonst hätten wir bei so aufwendigen Hinrichtungen auf jeden Fall Zeugen.

Jetzt zu dem, was ich gestern in Erfahrung gebracht habe: Steiner, Krassnitzer und Gasser haben vor fast vierzig Jahren in derselben Skischule gearbeitet. Wann genau, werde ich heute noch feststellen. Ich habe mit dem damaligen Leiter der Skischule, einem Herrn Hinterholzer, gesprochen, der über ausführliches Bildmaterial aus jener Zeit verfügt. Ich werde die Fotos heute noch abholen, dann werden wir darangehen, soweit das möglich ist, alle zu befragen, die damals in der Skischule gearbeitet haben. Das klingt nach Klinkenputzen, ich weiß, aber trotzdem bitte ich Sie, alle Gespräche, soweit die Befragten es erlauben, mit einem Diktiergerät aufzunehmen, damit uns wirklich nichts entgeht. Wenn es möglich ist, bitte ich Sie, die Befragungen in Zweierteams durchzuführen. Und seien Sie mir bitte nicht böse, wenn ich selbst das nicht so handhabe.

Dann gibt es noch etwas, womit wir gleich nach der Besprechung anfangen können: Obernauer, ein Einheimischer, der sich erschossen hat, nachdem er mit Krassnitzer Probleme wegen einer Grundstücksumwidmung hatte. Ich möchte wissen, wann genau, ob der Fall genauer untersucht wurde, welche Waffe, um welches Grundstück es da ging, wem es davor gehört hat, wo Obernauer seinen Kredit aufgenommen hat und so weiter. Was noch wichtiger ist: Obernauers Sohn, Hans. Den müssen wir so schnell wie möglich finden.

Wie Sie diese Arbeit aufteilen, überlasse ich Ihnen. Ich gehe davon aus, dass Gruppeninspektor Walch weiß, wen er wo am besten einsetzt. Frau Baumgartner, für Sie habe ich eine etwas heikle Aufgabe. Mir wurde mitgeteilt, dass der damalige Bürgermeister Kranz bei dieser Umwidmungsgeschichte ebenfalls seine Hände im Spiel hatte. Suchen Sie sich einen Kollegen aus und treten Sie dem Mann auf die Zehen. Er wird Sie wahrscheinlich als Frau zuerst gar nicht ernst nehmen, soweit kenne ich diese Stadtkaiser. Aber es ist mir lieber, Sie geben ihm das Gefühl, dass ihm nichts passieren kann, als dass er gleich zum Telefon greift und seine Politkameraden aufhetzt. Gibt's Fragen, habe ich was vergessen?"

„Ja", meldete sich Halder, „ich frage mich, wie der Täter überhaupt gewusst haben kann, dass Gasser gesprungen ist. Vom Haus der Gasser sieht man den Kirchturm nicht. Ich hab mir überlegt, ob er vielleicht den Polizeifunk abgehört und gewartet hat, bis etwas über einen Selbstmord im Stadtzentrum reinkommt, aber dafür hat er das Haus der Gasser zu schnell verlassen. Und die Frau hat davon auch nichts bemerkt."

Schäfer ließ sich das Gesagte durch den Kopf gehen und wunderte sich, dass er sich diese Frage nicht selbst gestellt hatte. Halder hatte zweifelsohne recht. Irgendwie musste der Täter den Kirchturm beobachtet haben.

„Eine mehr als berechtigte Frage ... gut gedacht, Halder. Wenn Sie sich dieser Sache annehmen könnten, wäre ich Ihnen dankbar. Na gut, an die Arbeit. Wir sehen uns spätestens heute Abend wieder."

Während die Polizisten nacheinander den Raum verließen, blieb Schäfer noch sitzen und strich sich seine zweite Semmel. Wieder einmal hatte er das Gefühl, etwas Wichtiges übersehen zu haben. Er schaute auf die Schreibtafel und biss gedankenverloren in die Semmel. Obernauer war eine gute Spur. Aber warum dann die Schuhe? Und die Todesarten ... standen sie in irgendeiner Weise zum Motiv ... was erzählte ihm der Täter damit? Er würde Pfarrer Danninger nochmals aufsuchen und mit ihm sprechen, bevor er dieses Thema in die offiziellen Ermittlungen einbrächte. Er stand auf, wischte die Brösel vom Tisch und stellte Tasse und Teller in die Spüle der kleinen Küchennische. Dann bat er Halder, ihm die Adresse von Obernauers Witwe zu suchen. Er schrieb sich den Straßennamen und die Telefonnummer in seinen kleinen Notizblock.

17

Auf seinem Zimmer legte er Schuhe und Jackett ab, schaltete seinen Laptop ein und stellte ihn auf den kleinen Tisch am Balkon. Er wählte die Nummer vom Zimmerservice und bestellte sich ein Kännchen Kaffe mit heißer Milch. Nachdem der Kellner das Zimmer mit einem Trinkgeld verlassen hatte, das Schäfers Eltern Verschwendung genannt hätten, setzte er sich in den Liegestuhl auf dem Balkon und stellte sich seinen Laptop auf den Schoß. Er speicherte drei neue Dokumente ab: einen offiziellen Bericht, einen für Bergmann, einen für sich selbst.

Nachdem er die wichtigsten Fakten zusammengefasst hatte, schrieb er eine Liste mit den Aufgaben, die es am dringendsten zu erledigen galt. Die Ergebnisse der Spurensicherung hatten Zeit. Schäfer glaubte nicht, dass der Täter im Kirchturm oder im Haus der Gassers etwas von Bedeutung hinterlassen hatte. Wenn er will, dass ich was finde, dann stößt er mich wahrscheinlich wieder mit der Nase drauf, sagte Schäfer laut zu sich und ergänzte die Liste gleich um den Kauf neuer Schuhe. Er nahm sein Telefon zur Hand und wählte die Nummer von Obernauers Witwe. Nachdem er es mehrmals läuten gelassen hatte, legte er wieder auf. Eine Festnetznummer – das könnte dauern. Er ging sein Notizbuch durch und suchte die Nummer von Hinterholzer heraus. Nach dem ersten Läuten meldete sich Ekström. Schäfer erklärte ihm ohne genaue Begründung, dass er das Buch benötige, und fragte, wann er es abholen könnte. Ekström antwortete, dass er zuvor mit Hinterholzer sprechen müsse, weil er allein nicht über die Herausgabe dieses Heiligtums entscheiden könne. Er würde sich in der nächsten halben Stunde bei ihm melden.

Schäfer goss sich einen zweiten Kaffee ein und öffnete den Webbrowser, um sich in der Polizeidatenbank einzuloggen. Irgendetwas musste es geben über die drei Opfer. Fehlanzeige. Entweder sie waren nie offiziell straffällig geworden oder die Akten waren noch nicht digitalisiert und verstaubten in irgendeinem Archiv. Schäfer gab Obernauers Namen ein. Mehrere Anzeigen und Festnahmen wegen Raufhandels, Körperverletzung, gefährlicher Drohung und Hausfriedensbruchs. Schäfer ging die Namen derer durch, die Obernauer angezeigt hatten. Ein paar kannte er von früher, ein paar sagten ihm gar nichts. Als er den Browser schon schließen wollte, ging ihm plötzlich auf, wie der Täter Gassers Fall beobachten hatte können. Er ging auf ein Suchportal und gab „Webcams Kitzbühel" ein. Der erste Eintrag brachte ihm das gewünschte Ergebnis. Fünf steuerbare Kameras, mit denen man die gesamte Innenstadt und die beliebtesten Wandergebiete in Echtzeit im Blick hatte. Aufgeregt griff er zum Telefon und rief Halder an.

„Halder, Schäfer hier. Ich glaube, der Täter hat den Gasser über die Webcams beobachtet, die in der Innenstadt montiert sind. Können Sie mir irgendwie herausfinden, wer in den letzten Tagen auf diese Seite zugegriffen hat? ... Danke ... Nein, Halder, das habe ich Ihnen zu verdanken."

Ein kleiner Schritt, dachte sich Schäfer, als es an der Tür klopfte. Er stand auf und ging ins Zimmer. Hinterher konnte er sich selbst nicht erklären, warum er sich seine Dienstwaffe gegriffen hatte, bevor er zur Tür ging. Wahrscheinlich war es die kurze Gewissheit, dem Täter näher gekommen zu sein, die ihn in Verbindung mit dem resoluten Klopfen nervös gemacht hatte. Mit Ekström hatte er allerdings gar nicht gerechnet. Der blonde Riese schaute den bewaffneten Schäfer entgeistert an und hielt ihm eine Papiertasche entgegen.

„Herr Hinterholzer lässt Sie schön grüßen und bittet Sie, das Buch mit der gebührenden Sorgfalt zu behandeln", sagte er formelhaft und verabschiedete sich auch gleich wieder.

Schäfer stand in der offenen Tür, hielt in der linken Hand die Tragetasche, in der rechten die entsicherte Glock, und starrte Ekström ungläubig hinterher. Jetzt hatte nur noch die Livree gefehlt. Konnten sich denn die Menschen in diesem Ort nicht wenigstens halbwegs so benehmen, wie man es von ihnen erwartete? Er ging ins Zimmer zurück, legte seine Waffe ab und zog das schwere Lederalbum aus der Papiertasche. Andererseits hatte Hinterholzers Vorgehensweise auch Vorzüge, gestand sich Schäfer ein und setzte sich mit dem Buch auf den Balkon. Er zerriss ein paar Seiten seines Notizblocks, um sie als Merkzeichen zu verwenden, und schlug den Ledereinband auf.

Skischule Kitzbühel, 1965–1985. Vorsichtig blätterte Schäfer die erste Seite um und widmete sich den Bildern. Nach weiteren drei Seiten wusste er, warum Hinterholzer das Buch wie einen Schatz behandelte: Grace Kelly, Prinzessin Soraya, Prinz Edward … die meisten Fotos zudem mit Autogrammen versehen. Schäfer fragte sich, warum er aus seiner Jugend ein ganz anderes Bild seiner Heimatstadt hatte. Anstelle einer zurückhaltenden Prinzessin wäre ihm eher Attila der Hunnenkönig eingefallen: randalierende Schwedenhorden, grölende Deutsche, Kotzlacken im Schnee … die Schattenseiten waren es, an die er sich erinnerte – aber davon wollte verständlicherweise niemand Fotos aufbewahren. Auf der fünften Doppelseite fand er erstmals ein Bild, auf dem Steiner abgebildet war. Gemeinsam mit Hinterholzer und einem anderen Skilehrer, der, falls er nicht in einer Gletscherspalte konserviert lag, sicher längst schon zu Humus geworden war, wie Schäfer aus dem etwa siebzigjährigen Gesicht des Mannes schloss. Auf derselben Seite war Steiner auf der Übungswiese am Fuß des Hahnenkamms mit zwei Erwachsenen und einem vielleicht fünfjährigen Jungen zu sehen. Während die Frau und der Mann Pelz- beziehungsweise Lodenmantel trugen, war der Junge in dicke Skikleidung gehüllt und hob stolz beide Skistöcke in die Höhe. Schäfer legte ein Stück Papier ein und blätterte weiter. Nachdem gut zwanzig Merkzettel zwischen den Seiten steckten, wurde sich Schäfer bewusst, dass sein Tun Zeitverschwendung war. So gern er in der Sicherheit vergangener Zeiten blätterte, so wenig brachte ihn diese Arbeit voran. Er brauchte jemanden, der die Leute kannte und ihm beim Betrachten der Bilder die Erklärungen dazu lieferte. Hinterholzer hatte ihm gesagt, dass Danninger zu dieser Zeit viel fotografiert hatte und Schäfer wusste, dass der Pfarrer über ein außergewöhnliches Gedächtnis verfügte. Er legte das Album beiseite und griff zum Telefon.

Die Pfarrköchin nahm den Hörer ab. Schäfer stellte sich so umfassend vor, bis sie ihn wieder in Erinnerung hatte, und fragte dann nach dem Pfarrer.

„Der ist außer Haus, Johannes. So schade“, bedauerte die Köchin den Umstand, einem ehemaligen Ministranten eine negative Antwort geben zu müssen. Doch da Schäfer wusste, dass ihre Fähigkeit, chronologisch zu denken – also etwa die Rückkehr des Pfarrers in Erwägung zu ziehen oder ihm vielleicht sogar den genauen Zeitpunkt mitzuteilen – bei weitem nicht mit ihren Brotbackkünsten mithalten konnte, fragte er sie nach dem Grund seiner Abwesenheit und nach seinem voraussichtlichen Wiederkommen.

„Ja, das ist eine gute Frage“, musste sie selbst feststellen, „mehr als dass er kurz weg ist, hat er nicht gesagt ... aber zum Essen wird er wieder da sein.“

„Bist du sicher?“, konnte sich Schäfer eine kleine Verunsicherung nicht verkneifen.

„Aber ja, heute hab ich ein Schweinernes im Rohr, das riecht der doch bis nach Brixen hinauf“, lachte sie, ohne Schäfers Provokation zu bemerken.

„Na gut, dann“, meinte Schäfer, bevor ihm die Pfarrköchin ins Wort fiel.

„Ja, magst kommen? Ist mehr als genug da, und wegen dem Cholesterin soll er eh aufpassen, hat der Doktor gesagt.“

Er überlegte nicht lange und sagte, dass er um Punkt zwölf Uhr dreißig da sein würde.

Nachdem Schäfer das Bild saftiger Serviettenknödel und leicht gezimteten Blaukrauts vertrieben hatte, fiel ihm wieder ein, dass er Bergmann seine Zusammenfassung schicken musste. Er öffnete das Mailprogramm, verfasste eine neue Nachricht, hängte die Datei an und schickte sie vorsichtshalber an Bergmanns private Mailadresse.

Weil er noch eine gute halbe Stunde Zeit hatte, nahm er sein Mobiltelefon und wählte erneut die Nummer von Obernauers Witwe. Wider Erwarten meldete sie sich nach dem zweiten Läuten.

„Grüß Gott, Frau Obernauer, hier ist Johannes Schäfer von der ... Ja, genau der ... Denen geht es gut ... Richte ich ihnen aus, ja, danke ... Gut gefällt es mir, danke ... Ja, schon seit über zehn Jahren ... Ja, schon, aber daran gewöhnt man sich auch ...

Irgendwer muss es ja machen ... Genau, Sie sagen es ... Frau Obernauer, ich müsste mit Ihnen reden, wegen Ihrem Mann ... Das kann ich noch nicht genau sagen, ob das was miteinander zu tun hat, aber ... Aber reden sollte ich schon noch mit ihm, weil, weil er ja Ihren Mann gefunden hat und ... Natürlich ... Frau Obernauer, bitte verstehen Sie mich, da sind drei Männer umgebracht worden und der Krassnitzer hat mit Ihrem Mann ... Ja, nur wegen dem Haus ... Wann sind Sie denn daheim, dass ich ... Den ganzen Nachmittag? ... So um fünf herum? ... Ja ... Nein, das brauchen Sie nicht, wirklich nicht ... Also gut, auf Wiedersehen, bis bald, Frau Obernauer."

Er versuchte sich an den alten Obernauer oder seinen Sohn zu erinnern. Doch bis auf ein halbfertiges Gesicht kam bei beiden nichts heraus. Wenn er um fünf bei der Obernauer in St. Johann wäre und davor beim Pfarrer zum Mittagessen, nein, da würden sie das Buch anschauen, die Steiner müsste er nachher treffen. Nach dem, was ihm die Baumgartner erzählt hatte, musste er sich hüten, Steiners Witwe gleich vorweg zu verurteilen. Urlaub in Florida und dann auch noch eine Kollegin von oben herab behandeln. Nun, er würde sich überraschen lassen.

Er sah in seinem Notizbuch nach, ob er sich ihre Nummer notiert hatte. Fehlanzeige; abermals öffnete er den Webbrowser und sah im Telefonverzeichnis nach. Er fand nur eine Festnetznummer; kurz darauf hörte er den Anrufbeantworter, der ihm mitteilte, dass sie nicht zu Hause wäre und man bitte eine Nachricht hinterlassen möge. Sie würde zurückrufen, sobald die Umstände es zuließen. Schäfer sprach eine kurze Nachricht aufs Band und legte auf. Seltsame Frau. Entweder sie hatte ihren Mann nicht als Teil der häuslichen Gemeinschaft betrachtet oder den Anrufbeantworter bereits neu besprochen. Und von welchen Umständen sprach sie? Schäfer konnte nicht anders, als an eine Trockenhaube oder eine Solariumbank zu denken, und schämte sich sofort wegen dieses Gedankens, der ihm trotz des Verlusts gekommen war, den diese Frau erlitten hatte.

Er sah auf die Uhr auf seinem Computer und fuhr ihn herunter. Eigentlich wäre es praktisch, ihn beim Pfarrer dabeizuhaben. Doch in der anachronistischen Sphäre des Studierzimmers oder der friedvollen Grünblase des Pfarrgartens konnte er sich einfach kein Gerät vorstellen, das nach der Glühbirne erfunden worden war. Er wickelte das Album vorsichtig in ein sauberes T-Shirt und gab es in die Papiertüte. Bevor er das Zimmer verließ, verschloss er seine Waffe im Wandtresor. So wäre er einstweilen vor ihr sicher.

18

Gut fünfzig Meter vor dem Pfarrhaus nahm Schäfer den Geruch des Bratens wahr, den die Pfarrköchin wohl eben erst aus dem Rohr genommen hatte. Wollte wer mit ihm über die Speisenfolge wetten? Grüner Salat, Schweinsbraten mit Blaukraut und Serviettenknödel, danach Apfelmus – die fünf Elemente der Johanna K. Da die Tür nur angelehnt war, trat er ohne zu läuten ein und ging in die ebenerdig gelegene Küche. Die Pfarrköchin war nicht da, hatte aber bereits aufgedeckt. Schäfer stellte die Tasche ab, setzte sich auf die Eckbank und sah sich in der Küche um, die er trotz ihrer Sauberkeit und Aufgeräumtheit in einem Dornröschenschlaf wähnte, der zumindest seit seiner Kindheit andauerte. Er befühlte das dunkelbraune, fast schon schwarze Eichenholz der Tischplatte. Druckspuren und Kerben, von Bratenspritzern und Bienenwachs versiegelte Löcher längst verendeter Holzwürmer, ein Relief, das von unzähligen Gästen erzählte, die in seinem Namen hier beisammen gewesen waren. Wo mochte Danninger dieses urtümliche Stück herhaben, das in die Pfarrküche passte, als wäre es aus ihrem Boden gewachsen? Eine Bohle der Arche Noah womöglich, von der Vorsehung hier angeschwemmt, um, auf schwere Holzfüße gebockt, zum Urahn aller Tische zu werden.

„Und schon wieder in den Wolken, der Johannes", erschreckte ihn die Pfarrköchin, „deswegen hast du auch bei der Eucharistie die Glöckerl nicht mehr bekommen, weil du das Läuten zweimal verschlafen hast. Und der Herr Pfarrer hat mir was von spiritueller Versenkung erzählen wollen. Dass ich nicht lache, wahrscheinlich warst mit deinem Kopf im Wald außen und hast Maipfeiferl geschnitzt, für die Dirndl warst ja wohl noch zu jung damals. Mein Gott, die Dirndl, die haben dich gern gehabt, ja ..."

Zu Schäfers großer Erleichterung kam der Pfarrer in die Küche, gab ihm die Hand und rieb sich dann den Bauch, was in der Köchin den Reflex auslöste, sofort zu verstummen und sich darum zu kümmern, so schnell wie möglich das Essen auf den Tisch zu bringen. Als sie zu dritt am Tisch saßen, fragte

Danninger Schäfer, ob er das Tischgebet sprechen wolle. Schäfer zögerte. Mit einem kindlichen Reim wollte er in diesem Haus keinen Segen erbitten.

„Danke, dass wir was zu essen haben und dass ich hier sein darf bei Leuten, die mich gern haben, und dass die Johanna so gut kochen kann", improvisierte er und schaute die beiden fragend an, ob es schon genug war. Amen.

Während des Essens sprach der Pfarrer fast durchgehend – was die nun schweigsame Köchin vor zwanzig Jahren vermutlich als lässliche Sünde aus den Wirrungen der Befreiungstheologie angesehen hatte, mittlerweile aber wohl gewohnt war.

Schäfer stimmte Danningers Ausführungen immer wieder mit einem stummen Nicken zu, da er seinen Mund immer zu voll zum Reden hatte. Die Pfarrköchin strahlte vor stolzer Freude, während sie Schäfer beim Hineinschaufeln zusah.

Schäfer lehnte sich zurück und legte beide Hände auf den Bauch. „So gut hab ich sicher schon seit zwanzig Jahren nicht mehr gegessen. Oder wann war ich das letzte Mal da?", lächelte er sie an.

„Ach der Johannes, hast schon immer gewusst, wie es mit den Frauen geht", tätschelte sie ihm die Hand.

Danninger stand auf und half seiner Köchin, den Tisch abzuräumen. Ob er einen Kaffee wolle? Schäfer stimmte zu. Schläfrig vom schweren Essen, saß er auf der Eckbank und beobachtete die fast liebevolle Choreografie, mit der die beiden an der Küchenzeile hantierten. Sie setzte den Wasserkocher auf, er räumte das Geschirr in den Spüler, sie nahm drei Tassen aus dem Oberschrank, er stellte ihr die Milch hin. Schäfer hatte sich selten so geborgen gefühlt.

Der Pfarrer stellte zwei Kaffeetassen, ein Milchkännchen und eine silberne Zuckerdose auf ein Tablett, nahm es mit beiden Händen und bat Schäfer, ihm die Tür aufzuhalten, damit sie in den Garten gehen konnten.

„Und, bist du weitergekommen?" Danninger stellte das Tablett auf einen Stuhl und wischte mit der Handfläche Pollenstaub und Blüten vom Gartentisch, dessen Verwitterungszustand zeigte, dass ihn der Pfarrer Winter wie Sommer dort stehen ließ.

„Ja und nein … ich habe ein paar Fakten mehr, aber es fehlt mir der Zusammenhang. Dass Kim Novak die Hauptrolle in ‚Vertigo' gespielt hat und vor vierzig Jahren in Kitzbühel war, wo sie Steiner und vielleicht auch Gasser als Skilehrer hatte, das wird wohl eher Zufall sein. Wenn man lange genug darüber nachdenkt und alle möglichen Bücher und Filme durchschaut, gibt es sicher noch unzählige Parallelen mehr."

„Zufall ist es keiner, Johannes. Nicht weil ich nicht an Zufälle glaube, aber wer treibt so einen Aufwand, um jemanden vom Kirchturm stürzen zu lassen, wenn er dir nicht was sagen will?"

„Und was ist mit der Kreuzigung? Und wofür steht das Betongrab?"

„Das ist weitaus schwieriger, weil so viele gekreuzigt worden sind. Und wenn du nicht zufällig einen Jesus kennst, hast du eine ziemliche Märtyrerliste. Lebendig begraben, da weiß ich nur einen: Simeon, ein früher Christ aus Persien, der zusammen mit Abraham und Mahanes eingesperrt wurde, weil er den persischen Sternenkult ablehnte. Abraham haben sie mit einem glühenden Eisen die Augen ausgestochen, Mahanes wurde vom Kopf bis zum Nabel aufgeschlitzt, und Simeon eben lebendig begraben."

„Der Steiner hat zwar Simon geheißen, aber das passt nicht ins Schema."

„Vielleicht ist es kein Schema, wie du es dir vorstellst oder wünschst."

„Möglich", murrte Schäfer und holte das Album aus der Papiertasche, um mit Danninger die Bilder durchzugehen. Als er die Seite mit dem Bild aufschlug, das Steiner und das Paar mit dem Kind zeigte, hielt der Pfarrer inne.

„Ja, der Julius", sagte er lächelnd.

„Julius wer?", fragte Schäfer nach.

„Der Kleine von Habermann, die Deutschen, die oben am Römerweg wohnen."

„Und das da sind seine Eltern?"

„Ja, Julius der Dritte und seine Frau, eine Habsburg aus der Toskanalinie."

„Ich bin am Berg oben bei einer Bank vorbeigekommen, die der Habermann der Stadt geschenkt hat ..."

„Ja, der hat viel getan für die Stadt, war ja selbst dauernd in den Bergen unterwegs."

„Was heißt war? Lebt er nicht mehr?"

„Nein, der ist vor ... lass mich nachdenken, neunzig muss das gewesen sein, da hat er einen Schlaganfall gehabt und ein paar Wochen später war er tot."

Danninger blätterte weiter und kommentierte viele der Bilder, während Schäfer wie ein Stenograf daneben saß, seine Merkzettel mit Ortsangaben, Jahreszahlen und Namen versah und über das famose Gedächtnis des Pfarrers staunte. Sie kamen zu einer Doppelseite, die ausschließlich Fotos von einem Faschingsball zeigte, den eine handschriftliche Notiz auf 1976 datierte. Eins der Bilder erregte sofort Schäfers Aufmerksamkeit. Steiner, Krassnitzer, Gasser und ein vierter Mann saßen rund um einen Tisch, auf dessen verschmutzter Tischdecke mehrere Zigarettenschachteln lagen, zwei volle Aschenbecher und unzählige leere Gläser standen. Die vier Männer, sichtlich angetrunken und bester Laune, hielten ihre gefüllten Weingläser hoch und prosteten dem Betrachter zu. Irgendwo glaubte Schäfer den ihm Unbekannten schon einmal gesehen zu haben.

„Wer ist der Vierte da?", wandte sich Schäfer an den Pfarrer. Danninger hob das Buch und drehte es in den Schatten, um das Gesicht des Mannes besser erkennen zu können.

„Das war ein Deutscher, glaub ich, den hab ich schon ein paar Mal gesehen, aber frag mich jetzt nicht nach dem Namen. Wer könnte das wissen ... Johanna!", drehte sich der Pfarrer zur offenen Tür hin.

Die Köchin kam in den Garten und schaute sich, ohne weiter nachzufragen, das Bild an, auf das Danninger mit seinem Zeigefinger deutete.

„Weißt du, wie der da geheißen hat? Das war doch ein Deutscher, oder? Der ist viel herumspaziert damals, ein paar Mal hat er wen dabeigehabt."

„Ja", ließ die Köchin ihr Gedächtnis an, „ja, hm, ich weiß schon, so ein großer Fescher war das, vielleicht ein Künstler oder so, weil der im Winter in der größten Kälte herumspaziert ist und nie was Gescheites angehabt hat, der arme Teufel, aber wie hat der geheißen ... war's Friedrich?"

„Friedrich und wie noch?", mischte sich Schäfer wieder ein.

„Friedrich mit Nachnamen", stellte die Köchin fest, „nein nein, manchmal lässt es jetzt schon aus bei mir, ich muss wieder zum Brot, vielleicht fällt es mir ja wieder ein."

Schäfer notierte sich den Namen und blätterte weiter. Friedrich. Woher kannte er diesen Mann? Ein paar Seiten weiter stieß er erneut auf ihn. Diesmal war er zufällig aufs Foto geraten, das in einem Wirtshaus aufgenommen worden sein musste. Das Hauptaugenmerk des Fotografen hatte wiederum einer gut gelaunten Gruppe gegolten, die eng aneinander rund um einen Tisch saß. Friedrich, falls er denn so hieß, stand am rechten Bildrand, hielt ein Weinglas in der Hand und zog an einer Zigarette, während ein zweiter Mann, der dem Fotografen den Rücken zukehrte, sein Gesicht sehr dicht an das von Friedrich herangeführt hatte und auf ihn einzusprechen schien. Schäfer versenkte sich in das Bild, an dem ihn irgendetwas irritierte. Die Kleidung vielleicht. Denn während die anderen Gäste in ihren Rollkragenpullovern offensichtlich gleich nach dem Skifahren eingekehrt waren, trug Friedrich ein abgewetztes schwarzes Samtjackett und sein Gegenüber eine schwarze Motorradjacke.

Das Läuten seines Handys riss Schäfer aus seinen Gedanken.

„Guten Tag, Frau Steiner ... Ja ... ich möchte Ihnen zuerst mein Beileid aussprechen, das ist sicherlich ... Ja ... Gegen sieben könnte ich bei Ihnen sein, wenn Ihnen das recht ist ... Gerne ... Dann bis später, Frau Steiner, auf Wiedersehen."

Schäfer sah auf die Uhr. In zwei Stunden sollte er bei Obernauers Witwe sein, zwei Stunden später bei der von Steiner. Er sah zu Danninger hinüber, dessen Kinn auf seiner Brust lag, die sich ruhig hob und senkte. Schäfer dachte nicht lange nach. Er stellte den Wecker seines Telefons auf vier Uhr und streckte sich auf der Gartenbank aus. So ruhten die beiden, im Schatten der alten Linde, unter den wachsamen Augen der Köchin Johanna.

19

Schäfer öffnete die Augen. Über ihm herrschte reger Flugverkehr: Schwerfällige Hummeln kreuzten die Bahnen von zu Recht in Eile befindlichen Eintagsfliegen, zielstrebige Bienen bemühten sich, das euphorische Geflatter einzelner Schmetterlinge zu ignorieren, hysterische Mücken versetzten ihre Schwarmwolke im Zickzack über den Lavendelbüschen, aus der Wiese ploppte immer wieder ein Grashüpfer auf.

Er nahm sein Telefon vom Tisch. Viertel vor fünf. Weder konnte er sich an das Alarmsignal erinnern, noch daran, es abgestellt zu haben. Mürrisch erhob er sich und kratzte sich an der Nase. Wo war denn Danninger hin? Schäfer stand auf, packte das Buch ein und ging in die Küche. Von der Sonne beschienen, lagen auf der Anrichte zwei Laib dunkles Roggenbrot. Von der Köchin keine Spur. Er ging den Gang entlang, bis er zum Arbeitszimmer des Pfarrers kam. Klopfte.

„Komm herein!"

Danninger saß an seinem Schreibtisch und schrieb in einen Kollegblock.

„Ich bereite die Predigt für morgen Abend vor."

„Gut ... wird sicher schön werden."

Danninger drehte sich zu Schäfer hin und sah ihn fragend an. „Was meinst du?"

„Nichts, nur, dass sie schön werden wird – ich bin noch nicht ganz wach. Sag, hast du eigentlich ein Auto?"

„Ja, meinen alten Subaru. Brauchst du ihn?"

„Das wäre nett von dir. Ich muss in einer Viertelstunde in St. Johann bei der Frau Obernauer sein."

Danninger rückte mit dem Stuhl zurück, öffnete die Schreibtischschublade, holte den Autoschlüssel heraus und hielt ihn Schäfer hin. „Er steht gleich gegenüber, neben den Mülltonnen. Die Gänge gehen ein bisschen schwer hinein, drück ruhig fest an. Und lass sie schön von mir grüßen, die Obernauer."

„Mach ich, danke."

Schäfer war schon an der Tür, als er sich noch einmal umdrehte. „Wo ist eigentlich das Haus, um das es damals gegangen ist?"

„Das vom Obernauer? Oben am Sonnberg, wenn du den Waldweg zu Unterleiten hinaufgehst, das letzte am Waldrand, das davor so lange leer gestanden hat. Da steht aber jetzt ein neues Haus. Der Krassnitzer hat das alte abreißen lassen und eine Riesenvilla hingesetzt, die er einem Wiener Rechtsanwalt verkauft hat. Wenn du vorbeischaust, pass auf den Rottweiler auf."

„Mach ich. Brauchst du das Auto heute noch? Sonst bring ich es dir morgen früh vorbei."

„Wann du willst. Wenn ich es dringend brauche, ruf ich dich an. Lässt du mir deine Nummer da?"

Schäfer holte eine Visitenkarte aus seinem Jackett und gab sie Danninger, der sie eingehend musterte.

„Major. Schon komisch. Bei dir war ich mir nie sicher, auf welche Seite du wechselst ... Na ja ... jetzt hast du dich zum Glück entschieden."

Sie schauten sich schweigend in die Augen und reichten sich die Hand. Dann drehte Schäfer sich um und verließ den Raum.

Er sperrte die Fahrertür auf, stellte die Papiertasche auf den Beifahrersitz, setzte sich hinters Lenkrad und machte sich mit den Armaturen vertraut. Als er den Gurt anlegte, fiel ihm ein, dass er keinen Führerschein mithatte. Gut, er verfügte ohnehin über einen Universalausweis – ein Privileg, das ihm noch nie ein schlechtes Gewissen bereitet hatte. Er ließ den Motor an und setzte vorsichtig zurück.

Der erste Gang ließ sich tatsächlich sehr schwer einlegen. Als das Getriebe verwundet aufheulte, stieg Schäfer auf die Kupplung, ließ den Wagen den Pfarrhügel hinabrollen und legte gleich den zweiten Gang ein. Schäfer war gereizt. Die schwere Mahlzeit und der Nachmittagsschlaf hatten ihn niedergeschlagen – hungrig und erschöpft fühlte er sich für gewöhnlich wohler. Bei der ersten Tankstelle bog er ein und kaufte sich eine Schachtel Zigaretten. Wieder auf der Straße, öffnete er die beiden vorderen Fenster und zündete sich eine an. War er eigentlich auch nur einen Schritt weiter gekommen? Drei Tote, und die bisherigen Ergebnisse hätte jeder seiner ortsansässigen Kollegen erzielen können. Was, wenn die

Spuren, denen er folgte, plötzlich endeten und nirgendwohin führten? Was, wenn sich ein beliebiger Irrer eingebildet hatte, die Hand Gottes zu sein und den Ort von allen Dämonen der Gier und Niedertracht befreien zu müssen? Dann könnte Schäfer seine verfügbaren Beamten nach dem Zufallsprinzip ein paar hundert Leute überwachen lassen und hoffen, dass bei der nächsten Hinrichtung einer von ihnen in der Nähe wäre. Das könnte sich hinziehen – sowohl an Irren als auch an Gierigen herrschte in dieser Stadt wahrlich kein Mangel. Schäfers Blick fiel auf den Tachometer und er nahm Gas weg. Da gab es allerdings auch eine Spur, die zu ignorieren, fahrlässig gewesen wäre. Die Schuhe, die Gasser trug, als er vom Kirchturm sprang. Schäfer konnte keinerlei Anhaltspunkte finden, die ihn mit den Getöteten in Verbindung gebracht hätten. Andererseits: Es gab genug Tage in seiner Vergangenheit, an die ihm jede Erinnerung fehlte; Schnaps, Pilze, Gras ... Was wusste er schon, was ihn jetzt einholen konnte. Er würde mit Maria sprechen müssen. Ein Stechen machte sich in seiner Brust breit. Er bemühte sich, in sein Herz hinein zu atmen, wie es der Ratgeber empfahl, den er auf Bergmanns Schreibtisch gesehen und in dessen Abwesenheit heimlich gelesen hatte. Der Schmerz ließ langsam nach. Er bog von der Bundesstraße ab und in eine alte Landstraße ein, so würde er schneller bei Obernauers Witwe sein.

Vor dem Haus, in dem sie wohnte, blieb er noch fünf Minuten im Auto sitzen und rauchte eine Zigarette. Dann nahm er die Papiertasche mit dem Album, stieg aus und sah an dem Gemeindebau hoch, wo im ersten Stock bereits zwei Gesichter hinter den Fenstern aufgetaucht waren, die ihn neugierig musterten. Mit dem Wagen des Pfarrers und dessen einheimischem Kennzeichen würden sich die Spekulationen allerdings in Grenzen halten. Er öffnete die Eingangstür und stieg die Treppen in den zweiten Stock hinauf. An der mittleren der drei Türen hing ein liebevoll gemachter Kranz aus Trockenblumen, dahinter konnte Schäfer das Schild mit dem Namen Obernauer ausmachen. Sie öffnete, bevor er überhaupt geläutet hatte.

„Ich hab das Auto gehört und da hab ich mir gedacht, dass Sie das sind. Kommen Sie herein."

Schäfer trat ein, zog seine Schuhe aus und folgte ihr ins Wohnzimmer. Auf dem Esstisch standen zwei Tassen, eine Kaffeekanne, zwei Teller und ein Guglhupf. Sie bat ihn, sich zu setzen, und ging mit der Kaffeekanne in die Küche.

„Ich soll Sie vom Pfarrer schön grüßen lassen." Schäfer sah sich um. Auf dem Regal eines Einbauschranks stand ein Foto, auf dem sie mit einem Mann und einem kleinen, etwa fünfjährigen Jungen abgebildet war. Er nahm das gerahmte Bild aus dem Regal und sah es sich genauer an. Frau Obernauer blickte etwas verlegen in die Kamera, während ihr Mann lachte, als hätte der Fotograf eben einen wirklich guten Witz erzählt. Der Junge, dem seine Eltern jeweils eine Hand auf die Schultern legten, sah trotzig drein – vielleicht hatten ihm die beiden gerade einen wichtigen Wunsch abgeschlagen.

Frau Obernauer war mit der nun vollen Kaffeekanne ins Wohnzimmer zurückgekommen.

„Ja, da waren wir in der Wachau ... mit dem Hansi." Sie stellte die Kaffeekanne auf den Tisch und setzte sich. Schäfer stellte das Bild zurück, lehnte die Papiertasche an ein Tischbein und setzte sich ebenfalls. Obwohl er keinen Hunger hatte, ließ er sich zwei Stück Guglhupf auf den Teller legen. Nachdem er die Hälfte des ersten gegessen hatte, wandte er sich an seine Gastgeberin.

„Frau Obernauer, wissen Sie, wo Ihr Sohn ist?"

Sie schaute ihn an, als wäre er nicht ganz bei Trost. „Natürlich weiß ich das, ich bin ja seine Mutter. In Salzburg, er arbeitet bei einer Firma für Computerirgendwas."

„Könnten Sie ihn anrufen?"

„Jetzt?", fragte sie erstaunt, was Schäfer mit einem Nicken beantwortete.

Sie stand auf, ging zum Kästchen, auf dem das Telefon stand, blätterte in einem Adressbuch und tippte die Nummer ein.

„Hallo ... Ja ... Nein, da ist ein Kommissar da, der will was von dir wissen, weißt schon, wegen dem Krassnitzer und ... Ja, ich geb ihn dir."

Sie hielt Schäfer, der mittlerweile neben ihr stand, den Hörer hin und setzte sich wieder an den Tisch.

„Grüß Gott Herr Obernauer, Major Schäfer von der Kriminalpolizei. Ich untersuche die Mordfälle Steiner, Krassnitzer und Gasser. Dabei bin ich auch auf Ihren Vater gestoßen und ... Natürlich nicht ... Das ist Routine, wie man so schön sagt ... Wir müssen miteinander sprechen, je eher, desto besser. Sind Sie am Wochenende hier oder ... Gut ... Ich rufe Sie morgen gegen Mittag an ... Können Sie mir noch Ihre Nummer geben? ... Moment ... Ja, ich schreibe mit ... Danke ... Mache ich."

Schäfer legte den Hörer auf und setzte sich wieder an den Tisch. Frau Obernauer sah ihn missmutig an.

„Das ist mein Beruf", rechtfertigte er sich, „Ihr Mann hat zumindest mit einem der Toten zu tun gehabt und deshalb muss ich mit Ihnen und Ihrem Sohn reden. Wäre es Ihnen lieber, wenn die Polizei sich vor ihrer Arbeit drückt und nur macht, was ihr gefällt?"

Sie sah ihn an, nahm die Kaffeekanne und schenkte ihm nach.

„Entschuldigen Sie, ich weiß eh, dass Sie das machen müssen. Ist nur so, dass der Hansi ... es war schwierig genug damals für ihn ... er war ja noch ein Kind, als der Gerhard ..."

Sie stand abrupt auf und ging aus dem Raum. Schäfer fühlte sich unbehaglich und wusste nicht, ob er ihr nachgehen sollte oder nicht. Als sie wenig später zurückkam und sich an den Tisch setzte, hatte sie sich wieder gefangen.

„So, was wollen Sie denn alles wissen?", fragte sie ihn mit einem bemühten Lächeln.

Schäfer zögerte, nahm einen Schluck Kaffee und sah Frau Obernauer in die Augen.

„Warum hat sich Ihr Mann umgebracht?"

„Das frage ich mich jetzt schon seit fast zwanzig Jahren ... ich weiß es nicht."

„Hat Ihr Mann an Depressionen oder sonst einer Krankheit gelitten?"

„Nein, der Gerhard hat gern gelebt. Unbeherrscht war er halt, aber mir und dem Buben hat er nie was getan, das müssen Sie wissen."

„Wissen Sie, dass Ihr Mann eine ganze Reihe von Anzeigen bekommen hat?“

„Ja ja, das war früher, da ist er ein Draufgänger gewesen, und wenn es zum Raufen gekommen ist, dann war er halt immer der Stärkere, Kraft hat er ja gehabt wie ein Holzarbeiter.“

„Woher hat Ihr Mann die Pistole gehabt?“

„Das weiß ich nicht. Ich hab mich danach schon ein paar Mal gefragt, ob er mir irgendwas verheimlicht hat, aber das glaub ich nicht. Ich verstehe das immer noch nicht.“

„Das Haus, das Ihr Mann kaufen wollte: Warum hat der Krassnitzer sich da eingemischt?“

„Das hat wohl nur er selbst gewusst. Der war kein guter Mensch, der Krassnitzer, Toten soll man ja nichts Schlechtes nachsagen, aber der ... Der wird halt gerochen haben, dass sich mit dem Grundstück viel mehr Geld machen lässt. Dem Gerhard sein Traum war es, da oben auf der Sonnseite ein Haus zu haben mit einem Garten für mich und den Buben ... Und wie er dann die alte Hütten bekommen hat ... Er hat ja schon selbst angefangen, umzugraben ... Ein Schwimmbecken wollte er ausheben, der Spinner ...“

Schäfer reichte ihr ein Taschentuch und wartete einen Augenblick.

„Hat Ihr Mann irgendwann mit Ihnen über den Krassnitzer gesprochen? Ich meine, da macht man sich doch sicher Gedanken oder überlegt, was man tun kann.“

„Wie der Gerhard mitbekommen hat, dass ihn der Krassnitzer ausbooten will, ist er weniger daheim gewesen. Er hat zu viel getrunken damals. Und wenn ich ihn gefragt habe, hat es immer geheißen: Lass mich nur machen, der kriegt schon, was er verdient. Irgendwas hat er sich ausgedacht gehabt, wie er das Haus behalten kann, da bin ich mir sicher. Der Krassnitzer hat ihm ja dann auch zugesichert, dass er es kriegt. Da hat es dann eine Zeitlang ganz gut ausgeschaut. Was weiß denn ich ...“

Schäfer zögerte, weil er merkte, dass sie sich und ihre Geschichte zu verschließen begann. Er aß sein zweites Stück Guglhupf und fragte, ob er sich noch ein weiteres nehmen könne. Aber sicher, den habe sie ja für ihn gebacken, erwiderte sie.

„Frau Obernauer, ich weiß, dass das schwierig und schmerzhaft für Sie ist, jetzt, nach so langer Zeit, wenn ich das alles wieder aufwärme. Aber ... nach allem, was Sie mir erzählen und was ich bisher gehört habe, kann ich mir immer weniger vorstellen, dass Ihr Mann sich umgebracht hat. Glauben Sie, dass ihn der Krassnitzer oder jemand anderer erschossen haben könnte?"

Sie schaute aus dem Fenster und sagte lange nichts. Schäfer folgte ihrem Blick nach draußen, wo sich vom Westen her dunkle Gewitterwolken über die Berge schoben.

„Natürlich hab ich mich das auch gefragt. Aber, wissen Sie, ich hab danach so viel zu tun gehabt mit dem Kleinen und dass ich eine Arbeit habe, da habe ich keine Zeit gehabt, viel darüber nachzudenken ... das war auch besser so ... dass ich nicht zu viel nachgedacht habe, meine ich ... der Gerhard war tot und für uns hat es weitergehen müssen ..."

„Es gibt da noch was, wo Sie mir weiterhelfen könnten ... der alte Bürgermeister, der Kranz, ich hab gehört, dass der da auch seine Finger im Spiel gehabt hat ..."

„Der hat doch überall seine Finger im Spiel gehabt damals ... der Gerhard hat auf jeden Fall kein gutes Haar an dem gelassen ... ein Sauhund ... entschuldigen Sie bitte ..."

„Ist schon gut. Was gesagt gehört, gehört gesagt", lächelte Schäfer sie an.

„Aber was genau da war ... Mit der Politik hab ich mich damals nicht so beschäftigt ... Das haben ja auch die Männer unter sich ausgemacht ... ist ja heute nicht viel anders, wenn man sich so umschaut ..."

„Da haben Sie wohl recht", sagte Schäfer, aß sein drittes Stück Guglhupf und stand auf. Da fiel ihm ein, dass er ihr noch das Foto zeigen wollte. Er holte das Album aus der Tasche, legte es auf den Tisch und schlug es an der entsprechenden Stelle auf.

„Der Gasser, der Steiner, der Krassnitzer und der da ... warten Sie, wer war jetzt der ... ja, der Friedrich, ein Deutscher, aber ganz ein Netter ..."

„Was hat der gemacht?“

„Als Abwäscher hat er gearbeitet, im Winter, auf der Kaiserhütte in Kirchberg ...“

Schäfer holte sein Notizbuch aus dem Jackett und schrieb sich den Namen des Gasthauses auf. Er schlug das Album zu, gab es in die Papiertasche und bedankte sich bei Frau Obernauer. Als er sich verabschieden wollte, drückte sie ihm den in Alufolie eingewickelten Guglhupf in die Hände, den er ohne zu zögern annahm, weil er wusste, dass dies einer der wenigen Momente war, in dem er ihr eine Freude machen konnte.

Er gab ihr die Hand, bedankte sich noch einmal und stieg die Treppen hinab. Als er vor die Tür trat, fielen bereits die ersten schweren Regentropfen auf den warmen Asphalt.

Er lief zum Auto, sperrte die Tür auf und stieg schnell ein. Er öffnete das Fenster auf der Fahrerseite einen Spalt, zündete sich eine Zigarette an und sah zu, wie der stärker werdende Regen über die Windschutzscheibe lief. Obernauer hatte sich nicht selbst erschossen, da war sich Schäfer jetzt sicher. Er steckte den Schlüssel in den Anlasser und startete den Wagen. Als er in die Bundesstraße einbog, brach das Gewitter los. Der heftige Regen, in den sich einzelne Hagelkörner zu mischen begannen, ließ ihn kaum zehn Meter weit sehen. Er fühlte sich seltsam wohl dabei.

20

Im Vergleich zum Gemeindebau, in dem Schäfer eben zu Besuch gewesen war, nahm sich das Haus der Steiners wie ein Palast aus. Allein das Grundstück schätzte Schäfer auf zwei- bis dreitausend Quadratmeter. Vor dem verschachtelten, zweistöckigen Gebäude, das südseitig einen langen Balkon und zum Westen hin eine riesige Sonnenterrasse hatte, lag ein vergleichsweise bescheidener Pool, der in seiner blauen Chlorsauberkeit wie ein Ziergegenstand wirkte. Beim Haus selbst hatte Schäfer den Eindruck, als hätte sich der Architekt nicht zwischen der so bewährten wie einfältigen Bauernhausadaptionsoptik und einem modernen Wagnis entscheiden können. So war ein unglücklicher Bastard aus gemauertem Parterre und einem protzigen Aufbau mit reichlich Glas und auf alt geflämmtem Fichtenholz entstanden. Schäfer blieb am Anfang der gekiesten Auffahrt stehen, stellte den Motor ab und betrachtete das Gebäude: kein einziges offenes Fenster, keine benutzte Wäscheleine, keine herumstehenden Gartengeräte, kein Wagen in der Auffahrt ... wohnte hier überhaupt jemand? Der Regen hatte mittlerweile aufgehört, die Wolken zogen ins nächste Tal weiter. Bevor Schäfer den Wagen startete, um die letzten hundert Meter zum Haus zu fahren, nahm er das Telefon aus seinem Jackett und wählte die Nummer des Postens.

„Hallo Kern, Schäfer hier. Gibt's was Neues? ... Ja, war ich ... Schon in Ordnung ... Kern, ich brauche was: Besorg mir bitte umgehend den Bericht zu Obernauers Selbstmord. Ich brauche dringend die Waffe, mit der er sich erschossen hat ... Ja, alles ... Noch was: Habt ihr einen Scanner auf dem Revier? ... Gut ... Ich komme in ungefähr zwei Stunden mit dem Buch vorbei und da bräuchte ich jemanden, der sich damit auskennt, um mir die alten Bilder zu digitalisieren ... Und wenn du Zeit hast, schau bitte in der Datenbank nach, ob du was zu einem Friedrich herausfinden kannst, mit Nachnamen Friedrich, Vornamen hab ich noch keinen, ein Deutscher, der hat Ende der Siebziger auf der Kaiserhütte in Kirchberg gearbeitet, als Abwäscher ...

Meldezettel, Arbeitsgenehmigung, alles, was du auftreiben kannst ... Ja, das wär's einstweilen ... Bis später."

Schäfer beendete das Gespräch und überlegte, ob er noch Bergmann anrufen sollte, bevor er ins Geisterhaus der Steiners ging. Doch eigentlich hatte er ihm nichts Wesentliches mitzuteilen. Und wenn Bergmann etwas herausgefunden hätte, würde er sich sofort melden, darauf konnte Schäfer sich verlassen.

Er startete den Wagen und fuhr vor die Garage. Nahm die Papiertasche mit dem Buch, stieg aus, schloss ab und ging zur Eingangstür. Nach zweimaligem Läuten hörte er Schritte – Stöckelschuhe, die eine Treppe hinabschritten, wie er sich vorstellte.

Als eine Frau Ende vierzig die Tür öffnete, drehte sich Schäfer instinktiv um, weil er ihren erstarrten Gesichtsausdruck so deutete, dass sich etwas Bedrohliches hinter ihm befände. Doch da stand nur der Subaru des Pfarrers. Die Frau räusperte sich und trat zur Seite, um ihn ins Haus zu lassen. Schäfer war irritiert. Was war mit ihrem Gesicht? Hatte sich der Schock über den Tod ihres Mannes eingeätzt oder war sie eben aus einem Albtraum erwacht, der sie noch nicht losgelassen hatte? Unschlüssig stand er auf der Schwelle zum Wohnzimmer und wartete, bis sie etwas sagte.

„Möchten Sie etwas trinken, Herr ... wie war noch mal der Name?", wandte sie sich ihm zu, während sie hinter den Tresen der Hausbar ging und eine Glasvitrine öffnete.

„Schäfer, Major ... mein Beileid noch einmal. Wenn Sie einen Averna oder was in Richtung Magenbitter haben, wäre ich Ihnen dankbar ... darf ich mich setzen?"

„Natürlich, nehmen Sie Platz", deutete sie auf die lederne Sitzgarnitur, die mehr Geld als Stil verriet. Schäfer nahm das Album aus der Papiertasche und ging damit entgegen ihrer Aufforderung zur Bar, wo er sich auf einen unbequemen Edelstahlhocker setzte und das Buch auf den Tresen legte.

„Weil Sie das Thema sowieso irgendwann anschneiden werden, erspare ich Ihnen die Umwege", drehte sie sich zu ihm hin und stellte ein Glas mit brauner Flüssigkeit und zwei Eiswürfeln vor ihn auf die Bar. „Mein Mann und ich sind in den letzten zwei Jahren getrennte Wege gegangen. Wir haben hier zusammen gewohnt, aber ich war zumeist im Ausland und wenn wir uns gesehen haben, war der Kontakt freundschaftlich, aber auf das Nötigste beschränkt. Bezüglich seiner Aktivitäten in den letzten beiden Jahren kann ich Ihnen also kaum Auskunft geben."

Schäfer nahm einen Schluck von dem Magenbitter, der vorzüglich schmeckte.

„Ein schönes Haus haben Sie da", ging er gar nicht erst auf das angesprochene Thema ein, „geerbt oder selbst verdient?"

Sie schaute ihn etwas konsterniert an, ging um die Bar herum und stellte sich mit dem Rücken zu ihm an die Terrassentür, was Schäfer gar nicht so unangenehm war, da er sich dann nicht mehr von ihrer panischen Mimik ablenken lassen musste, deren Ursache ihm ebenso ein Rätsel war wie sie ihn neugierig machte.

„Mein Mann hat ausreichend verdient. Als wir vor zwanzig Jahren geheiratet haben, war er vermögend genug, um sich dieses Anwesen hier zu leisten. Da ich allerdings auch über eigene Kapitalkraft verfüge, erübrigt sich die Frage nach einer Geldheirat. Damals habe ich ihn geliebt. Menschen ändern sich eben."

„Und was war der Grund für diese Änderung?"

Sie drehte sich um, ging ohne zu antworten zum gläsernen Couchtisch, nahm die Fernbedienung und drückte einen Knopf, worauf aus unsichtbaren Boxen fast schmerzhaft laute Punkmusik drang. Frau Steiner zuckte zusammen, drückte abermals auf die Fernbedienung und murmelte unverständlich vor sich hin. Dann setzte sie sich ebenfalls an die Bar, wobei sie zwei Hocker zwischen ihnen frei ließ.

„Ich weiß nicht, ob Sie in einer Beziehung leben ... aber nach ein paar Jahren ist es bei vielen Paaren so, dass sich gewisse Differenzen bemerkbar machen ..."

„Oder ein Bergführer", kam es für beide überraschend von der in den oberen Stock führenden Holztreppe, auf der eine junge, dunkelhaarige und sehr hübsche Frau langsam und sich ihres Auftritts sichtlich bewusst nach unten schritt.

„Sarah, meine Tochter", bemerkte Frau Steiner trocken und ging hinter die Bar, wo sie sich ein zweites Glas Rotwein einschenkte.

„Major Schäfer ... von der Kriminalpolizei in Wien", kam Schäfer nicht umhin, länger als unauffällig in ihr Gesicht zu starren.

Sie erwiderte seinen Blick, lächelte und setzte sich auf die Couch. Schäfer ahnte, warum seine Kollegin eine weitere Befragung verweigert und ihn ersucht hatte, hierherzukommen. Obwohl die Tochter sehr schön anzusehen war, legte Schäfer keinen Wert darauf, sich länger als nötig aufhalten zu lassen, und begann Frau Steiner zu den Bildern zu befragen. So gleichgültig sich die Tochter gab, sie stellte sich dennoch hinter die beiden, nachdem Frau Steiner an Schäfers Seite Platz genommen hatte. Etwas Neues erfuhr er in der folgenden halben Stunde von den beiden nicht. Da sie ihren Mann erst nach dessen Skilehrerkarriere kennengelernt hatte und zudem aus München hierher gezogen war, konnte sie zu keinem der Männer auf den Bildern etwas sagen, das Schäfer nicht ohnehin schon wusste. Er schlug das Album zu und sah ihr in die Augen.

„Wer hat Ihren Mann Ihrer Meinung nach umgebracht?"

Nach einem längeren Moment der Stille meinte sie: „Ich habe keine Ahnung. Ein Irrer? Er ist an ein Gipfelkreuz gehängt worden, nicht? Da drängt sich doch der Gedanke auf, dass es um mehr geht als um ein krummes Geschäft."

„Wissen Sie konkret von so einem Geschäft?"

Sie überlegte abermals. „Da gehen Sie lieber seine Firmenbücher durch. Ich hab mich aus seinen Geschäften so gut es ging herausgehalten. Aber bevor Sie falsche Schlüsse ziehen: Ich habe nie das Gefühl gehabt, dass mein Mann in irgendwelche illegalen Machenschaften verstrickt wäre. Er hat genug Aufträge gehabt, gute Arbeiter, er war ein intelligenter und ehrgeiziger Mensch, da ist es nicht ungewöhnlich, dass man entsprechenden Erfolg hat, oder?"

„Und sein Privatleben, ich meine, außerhalb Ihrer Ehe, die ja, wie Sie gesagt haben ... ich meine ..."

„Ob er eine Geliebte hatte, meinen Sie ... Ich glaube nicht. Es wäre mir auch gleichgültig gewesen, aber er war zu egozentrisch, um sich eine neue Beziehung aufzubauen ... vielleicht ist er zu den Nutten gegangen“, sagte sie und Schäfer erkannte mehr an ihrem Tonfall als an ihrer grotesken Miene erstmals Anzeichen von Erregtheit.

„Papa ist sicher zu keinen Nutten gegangen“, mischte sich die Tochter ins Gespräch ein, „das hat er sicher nicht nötig gehabt.“ Dass sie dabei die Betonung auf das „er“ legte, wertete Schäfer als Angriff auf ihre Mutter, was ihm wieder den Bergführer in Erinnerung rief.

„Ich möchte nicht indiskret sein ... aber Ihre Tochter hat vorhin etwas erwähnt von einem Bergführer.“

„Josef Rohrschacher“, kam es ohne Umschweife, „ich hatte eine Affäre mit ihm, die knapp ein Jahr dauerte, aber das ist schon eine Ewigkeit her. Damals war er ja auch noch, na ja ... wir haben die Beziehung jedenfalls in gegenseitigem Einverständnis beendet.“

Schäfer schluckte. Der Rohrschacher? Dieser Trunkenbold? Gut, er war groß, kräftig und konnte sicher auch charmant sein – aber mit dieser Frau?

„Sie kennen ihn“, holte ihn Frau Steiner aus seinen Gedanken.

„Flüchtig“, antwortete er, „ich hab ihn vor kurzem in einem Gasthaus getroffen.“

„Wo sonst“, stellte sie mit dem Anflug eines Lächelns fest, um dann abrupt aufzustehen.

„Wenn Sie noch mehr Fragen haben, würde ich Sie bitten, morgen nochmals zu kommen. Ich habe heute Abend noch eine Verabredung“, sagte sie zu Schäfers Überraschung, die bald einer gewissen Erleichterung Platz machte.

„Ja, falls es noch Fragen gibt, melde ich mich morgen.“ Schäfer packte das Album weg und stand auf. Er gab ihr die Hand und verabschiedete sich.

„Sarah begleitet Sie sicher gerne hinaus“, sagte Frau Steiner mit einem spitzen Unterton und räumte die Gläser weg.

Steiners Tochter stand sofort auf und ging vor Schäfer zur Tür. Er wollte sich eben verabschieden, als seine Neugier endgültig die Oberhand gewann.

„Ich weiß, dass es unhöflich ist … aber warum schaut Ihre Mutter so verschreckt?“

Sie sah ihn grinsend an, als hätte sie nur auf diese Frage gewartet.

„Sie hat letztes Jahr bei einer Charity-Gala einen Schönheitschirurgen aus Florida kennengelernt. Waren wohl verknallt, die beiden – jedenfalls ist sie immer wieder zu ihm hinüber und mit dem gleichen Gesicht zurück. Dann hat sie die Gelegenheit wohl doch nicht auslassen wollen, hat aber leider übersehen, dass der Herr Chirurg dank seines Whiskykonsums kein so ruhiges Händchen mehr hat. Zack, verschnitten und ihren Nervus facialis erwischt. Jetzt schaut sie aus wie ein Munch, oder?“

„Gibt es sonst irgendetwas, das Sie mir über Ihre Eltern erzählen möchten?“

Sie schaute ihm fragend in die Augen und blickte dann über seine Schulter hinweg ins Freie.

„Nein“, hielt sie ihm ihre Hand hin.

Er wusste nicht recht, ob sie von einem Polizisten aus Wien einen Handkuss erwartete, beschränkte sich jedoch darauf, ihr die Hand zu schütteln.

Zügig fuhr er vom Steiner'schen Grundstück ab. Unterwegs beschloss er, Danninger den Subaru sofort zurückzubringen. Falls er am nächsten Tag ein Auto bräuchte, würde er sich eins von seinen Kollegen ausleihen. An diesem Abend reichten seine Füße aus, um ihn dorthin zu bringen, von wo er sich eigentlich lieber eine Zeitlang ferngehalten hätte. Schäfer seufzte, als er den Wagen vor dem Pfarrhaus abstellte. Wohl oder übel sollte er heute noch Rohrschacher treffen.

21

Schäfer sperrte die Tür seines Hotelzimmers auf, trat ein, ging zum Telefon, rief den Zimmerservice an und bestellte eine Kanne Pfefferminztee. Nachdem er seinen Computer hochgefahren hatte, nahm er ein Handtuch und ging auf den Balkon, um den Tisch und seinen Liegestuhl abzutrocknen. Das Album ... er wollte es aufs Revier bringen, damit Halder die Fotos scannen konnte. Er überlegte kurz, nahm das Telefon heraus und rief am Posten an. Aufschnaiter meldete sich und berichtete ihm über die Ergebnisse ihrer Arbeit: Aus Steiners Geschäftskontakten hatte sich noch kein Hinweis auf jemanden ergeben, der ernsthaft tatverdächtig wäre. Gut, laut Aussagen von zwei ehemaligen Mitarbeitern gab es genug Leute in der Region, die auf Steiners Ableben womöglich mit einem Glas Champagner anstießen – spontan gekündigte Familienväter, ehemalige Geschäftspartner –, aber keinen, dem man ein dermaßen brutales Verbrechen zutraute – ganz zu schweigen von jemandem, der alle drei Mordopfer aufs Tiefste gehasst hatte. Schäfer war nicht weiter verwundert. Nach allem, was er bisher erfahren hatte, ging es hier um keine der üblichen Betrügereien und Übervorteilungen, mit denen die heimischen Hyänen ihre Skrupellosigkeit in Geld verwandelten. Die Geschichte war älter und die Wunde saß tiefer. Schäfer ließ Kern ans Telefon holen und bat ihn, ins Hotel zu kommen, um das Album abzuholen. Er hätte genauso gut ins Revier spazieren können, doch er wollte kurz mit Kern allein sein. Möglicherweise würde er ihn bald für ein paar Dinge brauchen, die nicht unbedingt jeder auf dem Revier wissen musste. Er legte auf und ging an die Tür, um sich seinen Tee geben zu lassen.

Auf dem Balkon fasste er die Ergebnisse des Tages in einem Word-Dokument zusammen, startete das Mailprogramm und schickte den Bericht an Bergmann. In seiner Inbox befanden sich achtundzwanzig Mails, die er schnell überflog. Wenn er ferngesehen oder ein paar Zeitungen gekauft hätte, wäre ihm nicht entgangen, dass sich mittlerweile auch die deutschen Medien auf den „Ritualmörder von Kitz“ gestürzt hatten. Das hieß wohl, dass die nächste Pressekonferenz anstand, ohne dass er nennenswerte Fortschritte vorweisen würde können. Nun, auch das war er gewohnt. Das launische E-Mail von Oberst Kamp war wohl auch aus derselben Sorge heraus entstanden. Ergebnisse, Ergebnisse, Ergebnisse! Schäfer kam nicht umhin, aus seinen bisherigen Aufzeichnungen einen kurzen Bericht zu destillieren, der Kamp über die Sachlage informierte. Auf einen vorzeitigen Kontakt mit den Journalisten, die ihm teilweise sogar ein „Entgegenkommen" anboten, wollte er vorerst verzichten. Er beantwortete ihre Mails kurz und mit den Phrasen, die er sich von Kamp abgehört hatte, wenn diesem jeder Plan fehlte.

Es klopfte an der Tür. Schäfer stand auf und ließ Kern ins Zimmer. Er bot ihm an, sich aus der Hausbar zu bedienen, was Kern höflich, aber bestimmt ablehnte. Sie gingen auf den Balkon und setzten sich jeder in einen Liegestuhl. Schäfer überlegte, inwiefern er Kern in die bisherigen Ergebnisse und vor allem in seine Vermutungen einweihen konnte.

„Hör zu ... ich werde in diesem Fall jetzt mehrere Fronten aufmachen. Auf der einen Seite werden sich deine Kollegen darum kümmern, alle geschäftlichen und privaten Tätigkeiten der Opfer so weit wie möglich zu durchleuchten. Geschäftsbücher ... Mitarbeiter und Geschäftspartner vernehmen, das ist mehr als genug Arbeit für euch und die Kollegen aus Innsbruck. Dich möchte ich vorerst für ein paar andere Sachen einsetzen. Und bevor du dir jetzt als Spezialagent vorkommst: Ich glaube, dass Aufschnaiter und seine Truppe mehr Erfahrung haben als du, was gewisse Routineaufgaben betrifft. Das kannst du bei weniger wichtigen Fällen auch noch lernen, aber erstmal wirst du direkt mir unterstellt. Was genau da auf dich zukommt, kann ich dir noch nicht sagen. Aber wenn du einverstanden bist, dann gibst du mir jetzt deine private Mobilnummer und bist ab sofort rund um die Uhr für mich zu erreichen. So weit klar?"

Kern schaute Schäfer zuerst entgeistert an, fasste sich aber gleich wieder und antwortete so souverän, wie er konnte. „Natürlich, Herr Major, ich bin ab jetzt ... ich werde Sie nicht enttäuschen ... ähm ... Danke." Er überlegte kurz und fügte hinzu: „Und wann fange ich an?"

Schäfer musste lächeln. „Jetzt gleich. Du bringst Halder dieses Album und bittest ihn, alle Bilder darin einzuscannen. Parallel dazu wirst du dir die Fotos, die er schon digitalisiert hat, am Computer ansehen und zu allem, was dir auffällig erscheint, Notizen machen. Das heißt: Ist einer auf den Bildern, dessen Gesichtsausdruck nicht zu dem der anderen passt? Gibt es eine Person, die mit den dreien öfter als einmal abgebildet ist? Gibt es ein Lokal, wo überdurchschnittlich viele Bilder gemacht worden sind? Wenn ja, hat es dort zum Beispiel einen Stammkellner gegeben, der uns weiterhelfen könnte. Und und und. Das wirst du in den nächsten paar Tagen angehen. Aber bevor du im Übereifer wen verschreckst: Du bringst mir jeden Tag deine Ergebnisse, ich entscheide, wer von wem befragt wird. Also keine Alleingänge. Wenn Halder heute nicht mehr alle Bilder schafft, lässt du dir von ihm erklären, wie es geht, und scannst die restlichen selbst ein. Gut zweihundert Seiten, das sollte bis morgen früh zu schaffen sein – oder bist du ein Computerverweigerer?"

„Nein, überhaupt nicht, ich hab den europäischen IT-Führerschein, morgen früh bringe ich Ihnen das Album zurück", antwortete Kern eifrig.

„Gut ... schreib mir da deine Nummer auf und dann: gute Nachtschicht."

Kern tat, wie ihm geheißen, stand auf, nahm die Papiertasche mit dem Album und führte seine rechte Hand zum Salutieren in Richtung Stirn, hielt jedoch auf halbem Weg inne und gab Schäfer stattdessen die Hand, was dieser erheitert mit einem kräftigen Händedruck erwiderte.

Nachdem Kern gegangen war, stellte sich Schäfer an die Balkonbrüstung und starrte in die Nacht hinaus. Er bemerkte, wie die Versagensängste, die er vor drei Tagen noch ausgestanden hatte, einem anderen Gefühl zu weichen begannen. Das Heranwehen einer Ahnung; ein Detail, das man erhascht, wenn man wie die Kinder durchs Schlüsselloch ins Zimmer schaut, in dem erst in einer halben Ewigkeit die Weihnachtsbescherung stattfinden würde. Geduld, Geduld, Geduld, sagte er sich und ging ins Zimmer zurück. Er legte sein Jackett an, nahm seine Glock aus dem Wandtresor und machte sich auf den Weg, um Rohrschacher zu finden.

Mit dem Widerwillen, den ein alkoholbedingter Verlust der Selbstbeherrschung im Nachhinein meist mit sich bringt, drückte Schäfer die Tür zum Wirtshaus auf. Zum Glück war es so gut besucht, dass zuerst kaum jemand von ihm Notiz nahm. Die Ersten, die sich nach ihm umdrehten, waren die Besucher des Stammtisches. Schäfer nickte ihnen kurz zu und stellte sich an die Bar. Von Rohrschacher keine Spur. Es dauerte, bis er den überforderten Schankburschen zu sich holen konnte. Nein, Rohrschacher wäre vorgestern das letzte Mal hier gewesen. Er solle doch im Stadtcafé nachschauen, dort wäre Rohrschacher ebenfalls Stammgast.

Schäfer wandte sich zum Gehen, als eine gut aussehende Frau Mitte dreißig ihm den Weg verstellte und einen verzückten Gesichtsausdruck aufsetzte, als wäre sie ein Groupie und er der einsame Rockstar, der am Abend vor dem Auftritt durch die Wirtshäuser zieht, wo keiner mit ihm rechnet, weil er in Wahrheit doch ein einfacher und sich nach menschlicher Nähe sehnender Bauernbub ist ... Schluss jetzt, Schäfer. Sie stellte sich als Kerstin Unseld vor. Sie arbeite bei einer deutschen Tageszeitung und Schäfers kriminalistische Erfolge seien natürlich auch über die Grenzen Österreichs hinaus bekannt. Er musste lächeln. Kenntnis und Anerkennung: die erste Lektion der Verführung. Obwohl er genau wusste, worauf sie hinauswollte, ließ er sich auf ihr Spiel ein. Ja, es gäbe Fortschritte, aber Details könne er zurzeit natürlich noch keine preisgeben. Ein Serienmörder? Das wolle er noch nicht bestätigen, zumal noch nicht eindeutig geklärt sei, ob es sich um einen einzigen Täter handelte. Wobei diese Auffassung angesichts der Tötungsart und des Umstands, dass in Kitzbühel in den letzten zwanzig Jahren gerade einmal zwei Morde, beides Beziehungstaten, passiert waren, nicht gänzlich von der Hand zu weisen wäre. DNA-Spuren? Auf einem Berggipfel, wo der Wind jeden Tag ein paar Mal staubsaugt? Im Beton, der alles zerfrisst? Bis jetzt noch nicht, nein, aber er glaube ohnehin nicht, dass er es mit einem bereits straffällig gewordenen Täter zu tun habe. Vielleicht wolle er ja etwas trinken und sich an einen Tisch setzen. Nein, danke, er müsse noch ein Gespräch führen. Zögern, Blickwechsel, die roten Haare, die Einsamkeit. Na ja, wenn sie Zeit habe, könnten sie ja nachher an der Hotelbar noch etwas trinken und weiterreden; allerdings: den Fall betreffende Informationen, die nicht auch allen anderen Journalisten zur Verfügung stünden, könne er ihr keine geben; nur damit das klar sei. Sie willigte ein und gab Schäfer ihre Karte, die er manierlich musterte und dann in die Innentasche seines Jacketts schob. „Na dann, bis bald", verabschiedete er sich von ihr und hoffte, Rohrschacher sofort oder gleich gar nicht zu finden.

Als er fünf Minuten später die Tür des Stadtcafés aufzog und sich im bis auf drei Gäste leeren Lokal umsah, entdeckte er Rohrschacher an der Bar; mit einem Fuß auf der messingfarbenen Fußleiste und einem auf den Tresen gestützten Ellbogen bemüht, sein Gleichgewicht zu halten. Aufgekratzt, aufgrund des Treffens mit der hübschen Journalistin, und weil er zudem der Meinung war, dass Rohrschacher ihn hintergangen hatte, ging Schäfer auf ihn zu und gab ihm einen kräftigen Klaps auf die Schulter. Rohrschacher erschrak, machte eine halbe Drehung und hob instinktiv, doch fast lächerlich langsam, beide Fäuste vors Gesicht. Als er nach einer Zeitspanne, die Schäfer genug über den Grad seiner Alkoholisierung erzählte, sein Gegenüber erkannte hatte, ließ er die Fäuste sinken.

„Der Komm... der Major natürlich. Womit kann ich dienen?", fragte Rohrschacher in einem Tonfall, als hätte er die Rolle des trunkenen Pagen in einem Nestroy-Stück.

Schäfer zog einen Barhocker heran und bestellte einen Gin Tonic. Gin ist leider aus. Na dann eben ein kleines Bier. Er nahm einen Schluck, griff sich Rohrschachers Zigarettenschachtel und zündete sich eine an.

„Steiner ... da hast du wohl vergessen, mir etwas zu erzählen."

Rohrschacher schaute zuerst Schäfer und dann wieder den kargen Inhalt seines Bierglases an.

„Hast ja nicht danach gefragt", bemühte er sich um eine Ausrede.

„Rohrschacher“, brachte Schäfer sein Gesicht nahe an das seines Gesprächspartners, „glaubst du, dass ich auf der Brennsuppe dahergeschwommen bin? Du machst auf lebendige Stadtchronik und weißt sogar, wo der Steiner als Kind war ... aber dass du ein Jahr lang mit seiner Frau bei euren Bergausflügen die Fichten hast wackeln lassen, das vergisst du?“

„Warum die Fichten wackeln lassen?“, schaute ihn Rohrschacher begriffsstutzig an.

„Egal ... aber irgendwo da drinnen“, stupste Schäfer an Rohrschachers Stirn, „hat dir doch was gesagt: Obacht, das verschweig ich lieber! Nur dass du damit jetzt mein erster Verdächtiger bist, ist zwischen den Zahnrädchen da oben zerrieben worden, oder? Und jetzt schau nicht wie ein Ochse ... ich weiß, dass du nicht blöd bist.“

Rohrschacher gab der Barfrau mit dem Zeigefinger zu verstehen, dass er noch ein Bier brauchte, und wandte sich Schäfer zu.

„Das mit der Steiner hab ich dir nicht gesagt, weil ... so weit hab ich doch nicht denken können ... das ist doch schon lange vorbei und ... außerdem: Wieso soll ich deswegen den Steiner umbringen?“

„Na, weil ihr eure Beziehung vielleicht nur alibihalber beendet habt ... Ein paar Jahre Pause, damit nichts verdächtig ist, dann den Ehemann auf die Seite schaffen, zwei andere Spitzbuben für die falsche Spur umbringen ... und dann ab zum Notar, Vermögen kassieren.“

Er schaute Rohrschacher eindringlich an: ein hervorragender Schauspieler; oder diese Möglichkeit ging ihm tatsächlich zum ersten Mal durch den Kopf. Schäfer schaltete einen Gang zurück.

„Na gut. Lassen wir das so stehen. Wenn da irgendwas dran ist, dann krieg ich es sowieso heraus. Was anderes: Der Obernauer, ist da irgendeinmal was gefallen, dass sich der vielleicht gar nicht selbst umgebracht hat?“

Rohrschacher schaute abermals verdutzt.

„Wieso? Der ist in seinem Haus gewesen, da haben sie die Pistole in seiner Hand gefunden. Wer hätte das denn sonst machen können?“

„Keine Ahnung. War nur so eine Idee."

Schäfer nahm sein Bierglas und hielt es Rohrschacher zum Anstoßen hin. Sie tranken jeder einen ordentlichen Schluck und schwiegen einen Augenblick, bevor Rohrschacher das Gespräch wieder aufnahm.

„Der Obernauer hat damals, wie das mit dem Haus so eine Streiterei geworden ist wegen dem Krassnitzer ... da hat er schon viel herumgeredet ... aber der war ja damals schon ab Mittag beim Schnaps ... da hat ihm am Abend keiner mehr zuhören wollen ... mir ist er ja auch schon zu viel geworden ... aber da war was, das er mir einmal erzählt hat, dass der Krassnitzer und der Steiner was getan haben, mit dem er sie drankriegen würde ... das hat mit dem Haus zu tun gehabt."

„So was hast du mir das letzte Mal schon erzählt", erinnerte sich Schäfer wieder, „aber was genau, hat er nie gesagt?"

Rohrschacher griff sich an den Kopf und schien ernsthaft nachzudenken.

„Da kommt einem manchmal alles durcheinander, wenn man zu viel trinkt", gab er scheinbar ernüchtert zu und stellte wie für sich selbst eine ungefähre Chronologie der Ereignisse auf: „Der Obernauer hat die Bude von einer alten Frau gekauft ... die war damals schon lange im Altersheim und wollte auch nicht, dass ihr Haus zusammenfällt. Die hat noch Anstand gehabt, nichts mit Immobilienmakler, die hat gemerkt, dass der Obernauer das Haus für seine Frau und den Buben will, und dann hat sie es ihm gegeben. Dann hat er umbauen angefangen, dann ist ihm der Krassnitzer dazwischen ..."

Rohrschacher hielt inne, weil Schäfers Telefon läutete.

„Wer? Ach ... Leutnant Foidl ... Ja ... Ich glaube, Inspektor Kern hat Sie einmal erwähnt ... Ist ja interessant, und woher wissen Sie über die Ermittlungsergebnisse Bescheid? ... Quellen ... Das werde ich demnächst im Revier ansprechen, darauf können Sie sich verlassen ... Herr Foidl, ich bin mitten in einem wichtigen Gespräch, also ... Ja ... Ah, das mit den Bildern wissen Sie auch schon ... Ja, ich rufe Sie an ... Ja, Ihre Nummer habe ich jetzt."

„Verdammte Dorfgendarmen", murmelte Schäfer vor sich hin und verstaute sein Telefon. Amtsgeheimnis gab es wohl überhaupt keines mehr. Denen würde er den Kopf waschen. Er trank sein Bier aus und gab der Kellnerin zu verstehen, dass er zahlen wollte. Was würde ihm der Rohrschacher schon erzählen können außer irgendwelchen Schnapsfantasien aus zweiter Hand. Wenn zudem die Möglichkeit bestand, sich mit einer intelligenten und gut aussehenden Frau zu unterhalten. Er klopfte Rohrschacher freundschaftlich auf die Schulter und meinte, dass sie sich ohnehin bald wieder einmal treffen würden. Als er vor dem Lokal stand, griff er in die Innentasche seines Jacketts und holte die Karte von Kerstin Unseld heraus.

22

Der Radiowecker auf dem Nachtkästchen zeigte kurz vor halb fünf. Schäfer hatte schlecht geträumt. Von einem Rudel Hunde, das über ihn herfiel und sich in seine Gliedmaßen verbiss. Er hatte seine Pistole gezogen, brachte aber weder die Kraft auf, einen Arm aus den geifernden Mäulern der Tiere zu befreien, noch den Abzug zu drücken. Er fühlte den Schmerz immer noch, als er behutsam aufstand, um sich im Badezimmer ein Glas Wasser zu holen. Die Laute der Frau in seinem Bett waren zum Glück mehr ein Schnurren denn ein Schnarchen. Der späte Abend, die Hand auf seinem Ellbogen, die zweite Flasche Rotwein. Hatte er ihr zu viel über den Fall erzählt? Aber das Reden war notwendig gewesen; eine gute Möglichkeit, die Gedanken zu ordnen, eine klare Struktur der Ereignisse zu schaffen, um daraus neue Erkenntnisse zu gewinnen. Außerdem hatte er es nicht nötig, Zuneigung mit Informationen zu bezahlen. Nein, mehr als jedem anderen Journalisten hatte er ihr bestimmt nicht gegeben. Er trank das Glas leer und schaute sich im Spiegel an. Eine schöne Frau lag in seinem Bett. Und er fühlte sich allein. Mit einem vollen Wasserglas kehrte er ins Zimmer zurück, nahm sich eine Zigarette aus der auf dem Boden liegenden Handtasche und ging auf den Balkon. Die Teetasse vom Nachmittag stand noch auf dem Tisch; auf dem Bierdeckel, den er im Wirtshaus mit Stichworten bekritzelt hatte. Er nahm das Stück Karton und sah es sich noch einmal an: Skilehrer, Hinterholzer, Knochen, Zillertal ... Knochen ... Schäfer stockte. Er stellte das Glas ab und hastete ins Zimmer, um sein Telefon und seinen Computer zu holen. Nachdem er ihn hochgefahren hatte, öffnete er den Webbrowser und suchte im Telefonverzeichnis Rohrschachers Nummer. Er tippte sie in sein Mobiltelefon und wartete.

„Mhm ...“, brummte es am anderen Ende.

„Rohrschacher!“, presste Schäfer ins Telefon, „ich muss was wissen!“

„Chmmh ...“

„Rohrschacher, Sepp! ... Wenn du jetzt aufstehst, dir ein Glas Wasser holst und eine rauchst, dann hast du wirklich was gut bei mir!“

Er hörte nichts mehr und nahm an, dass Rohrschacher wieder eingeschlafen war, als er dessen Stimme hörte.

„Ist schon gut“, knurrte er, „was ist denn so dringend ... wenn schon wieder einer hin ist, dann kann ich's ehrlich nicht gewesen sein. Ich hab Zeugen, die sich erinnern können.“

„Gar niemand ist hin“, beruhigte ihn Schäfer, „es geht noch einmal um den Obernauer. Als wir im Wirtshaus beisammen gesessen sind, hat irgendwer was von einem archäologischen Fund erzählt, warst du das?“

„Kann schon sein“, gähnte Rohrschacher ins Telefon.

„Und was genau war da?“

„Wir haben ja geglaubt, dass der Obernauer endgültig den Verstand verloren hat, wie er einmal am Abend zum Wirt gekommen ist, ganz aus dem Häuschen, weil er angeblich auf ein Keltengrab gestoßen ist ... wie er für sein Schwimmbecken gegraben hat. Und da hat er seine Chance gesehen ... wenn ihm der Krassnitzer das Haus wegnimmt, dass der vielleicht auch nichts damit anfangen wird können ... weil, wenn das eine archäologische Fundstätte ist und noch mehr zum Vorschein kommt, dann ist erst einmal Schluss mit Bauen ... der Obernauer, der hat einen Vogel gehabt ...“

„Was hat er gefunden?“

„Ein paar Knochen. Und ein paar Scherben ... glaube ich. Ist irgendwem wahrscheinlich einmal ein Hund eingegangen und den haben sie dann gleich im Garten eingegraben. Soll ja gut für die Rosen sein ...“

„Welche Rosen?“

„Irgendwelche. Ein toter Hund, wenn du ihn unter den Rosen vergräbst, das soll der beste Dünger sein ... ich hab ja keinen, keinen Hund, und Rosen sowieso nicht“, bekam Rohrschacher nach Schäfers Ermessen langsam seine postalkoholische Depression.

„Sepp, leg dich wieder schlafen ... ich schulde dir was.“

Wo waren eigentlich seine Zigaretten? In Danningers Auto? Egal. Schäfer stellte sich an die Balkonbrüstung und blickte in Richtung Sonnberg, wo das Dach der riesigen Villa des Wiener Anwalts gut zu sehen war. Eine Amsel begann das Geräusch einer Autoalarmanlage zu imitieren. Über den Grasbergen im Osten würde jeden Moment die Sonne aufgehen. Schäfer war froh über das Ende der Nacht. In seinem Kopf trudelten die Gedanken ein wie aufgeregte Brieftauben in ihren Schlag. Knochen aus einem Keltengrab, nein, diese Möglichkeit musste er ganz einfach ausschließen. Und ein toter Hund? Jeder könnte doch Menschenknochen von Hundeknochen unterscheiden. Auch der versoffene Obernauer, oder? Er müsste das Grundstück umgraben lassen; vielleicht nur eine kleine Fläche, wenn klar wäre, wo Obernauers Schwimmbecken entstehen hätte sollen. Aber wie sollte er Kamp davon überzeugen, dass es hier um eine wichtige Spur ging? Ein anti-anonymer Alkoholiker faselt was von einem Keltengrab, das er gefunden hat, als er mit einer Schaufel eine Grube für einen Swimmingpool aushebt. Und fast zwanzig Jahre später will Major Schäfer das Haus eines Wiener Anwalts verwüsten, weil er der Meinung ist, dass ein nicht einmal bestätigter Knochenfund etwas mit den Morden an drei heimischen Geschäftsleuten zu tun hat. Nach über zehn Jahren bei der Polizei war Schäfer erfahren genug, um zu wissen, dass ihm unter diesen Umständen kein Staatsanwalt die Erlaubnis geben würde, das Grundstück einer unbescholtenen Privatperson zu durchsuchen. Er nahm seinen Computer und erstellte ein neues Dokument, um seine Gedankenflut in eine brauchbare Aufgabenliste zu verwandeln.

Aufschnaiter, Jöchl: alle Verwandten und Bekannten von Obernauer fragen, ob er ihnen etwas von dem Fund erzählt bzw. vielleicht sogar gezeigt hat. Außerdem: Wo genau hat er die Grube für den Pool ausgehoben?

Halder: Grundrisse des alten Hauses und des neuen finden; Internetzugriffe wegen Webcam; Obernauers Waffe!

Baumgartner, Walch: Fotos identifizieren, Strafregister durchgehen, Spurensicherungsergebnisse.

Schäfer: Friedrich und den anderen finden; Obernauer Hans treffen; Bergmann nach Kitzbühel holen; mit Maria sprechen. Neue Schuhe kaufen.

Er speicherte das Dokument, klappte den Laptop zu und ging ins Zimmer. Halb sechs. Er legte sich aufs Bett, schloss die Augen und ermahnte sich, dass er schlafen musste, um für den neuen Tag Kraft zu haben. Doch die Amsel lärmte, seine Gedanken rotierten, die Sonne blendete. Ganz eigennützig beschloss er, Kerstin Unseld zu wecken.

23

Es war ihm doch noch gelungen, eine halbe Stunde zu schlafen. Umso mehr beeilte er sich nun, aufs Revier zu kommen. Um bei der trägen Provinztruppe endlich die Handbremse zu lösen. Nein, er war unfair. Hätte er selbst die Männer im Wirtshaus vorschriftsmäßig befragt, wäre die Geschichte mit Obernauers Keltengrab bestimmt schon früher aufgetaucht. Und seine Schuhe wären ihm nicht gestohlen worden und mit Gasser vom Kirchturm gefallen. Schäfer, du Idiot. So viel Ehrlichkeit musste sein. Er wusch sich die Reste des Rasierschaums aus dem Gesicht, trocknete sich ab und begann sich anzuziehen. Kerstin Unseld saß auf der Bettkante und schaute ihn verschlafen an.

„Guten Morgen, Herr Major."

„Ebenso, Frau Journalistin", lächelte er zurück und bückte sich, um ihr einen Kuss zu geben. Er löste sich von ihr, knöpfte sein Hemd zu und griff sich sein Achselholster, das er am Vorabend einfach auf den Boden fallen lassen hatte; wie sein Jackett, das auch dementsprechend aussah. Hoffentlich kam heute sein anderer Anzug aus der Reinigung.

„Tut mir leid, dass ich nicht mit dir frühstücken kann", sagte er, während er in Gassers Schuhe schlüpfte, „ich hab ein ziemliches Programm heute."

„Was genau denn?", fragte sie keck. Fast hätte er ihr von seiner morgendlichen Unterhaltung mit Rohrschacher erzählt. Doch er schaffte es, den Satz zurück in seinen Käfig zu holen, und grinste sie belustigt an.

„Guter Versuch, Frau Unseld. Polizeiarbeit eben. Du erfährst aus den Medien davon."

Sie gab ihm einen leichten Klaps auf den Oberschenkel und stand auf, um ins Badezimmer zu gehen. Er hörte die Klospülung, kurz darauf die Dusche. Würde er sie wiedersehen wollen? Darüber könnte er sich später Gedanken machen, einstweilen befreite ihn seine Arbeit von solchen Entscheidungen. Er ging ins Bad, um sich von ihr zu verabschieden, und verließ das Hotel.

Als Schäfer den Parkplatz vor dem Posten überquerte, stieg Walch eben aus seinem Privatauto. Schäfer begrüßte den Inspektor und begleitete ihn hinein. Kern saß an seinem Schreibtisch und bearbeitete mit müden Augen die eingescannten Bilder. Schäfer stellte sich hinter ihn, schaute ihm eine Weile schweigend zu und fragte, ob er schon etwas Interessantes herausgefunden hätte.

„Ich weiß es nicht", gähnte Kern in seine Hand hinein. „Da sind Hunderte Bilder drin mit Tausenden Leuten drauf, und ich kenne vielleicht gerade mal zwanzig. Und Leute wie Roman Polanski und Aga Khan kann ich wohl weglassen, oder?"

„Reden wir später drüber ... komm jetzt erstmal mit hinüber und geh nach der Besprechung ein paar Stunden schlafen."

Im Besprechungszimmer saß Jöchl am Tisch und las in einer Tageszeitung. An den Bildern konnte Schäfer erkennen, dass es um ihren Fall ging. Das Gipfelkreuz, die Baustelle, der Kirchturm; und ein Bild von Gasser, der tot in der Fußgängerzone lag. Schäfer bat Jöchl, ihm kurz die Zeitung zu geben. Er suchte das Impressum und schrieb sich die Nummer der Chefredaktion heraus. Die Erinnerung an Gassers Frau und seine Töchter war noch zu lebendig, als dass er Verständnis für diese Art der Auflagensteigerung aufbringen konnte. Was Schäfer allerdings verwunderte, war zum einen die schlechte Qualität der Bilder und zum zweiten, dass niemand rund um den Toten zu sehen war. Er nahm sein Telefon aus dem Jackett und tippte die Nummer der Chefredaktion ein.

„Major Schäfer von der Kriminalpolizei Wien. Sie haben in der heutigen Ausgabe Bilder des Mannes veröffentlicht, der vorgestern in Kitzbühel vom Kirchturm gesprungen ist ... Woher haben Sie diese Fotos? ... Na, dann holen Sie ihn ans Telefon ... Darauf kann ich leider keine Rücksicht nehmen ... und wenn Sie von uns noch irgendwann Informationen beziehen wollen, holen Sie ihn jetzt aus seiner wichtigen Besprechung heraus ..."

Schäfer hatte richtig vermutet: Bildschirmaufnahmen von einem Computer; sie waren der Zeitung per E-Mail zugeschickt worden. Und der Absender: Frau Gasser persönlich, mit der Bitte, dem Land zu zeigen, auf welch grausame Weise ihr Mann in den Tod getrieben worden war. Jetzt wusste Schäfer auch, wo der Täter die Bilder der Webcam abgerufen haben musste: am Computer der Gassers. Also hatte er deren Haus zumindest einmal schon zuvor aufgesucht. Aber wozu diese öffentliche Vorführung? Mittlerweile war der Rest der Mannschaft versammelt und Schäfer konnte mit der Besprechung beginnen. Er hatte beschlossen, Rohrschachers Erzählung nicht für sich zu behalten. Wenn an der Geschichte was dran war, konnte er jede Hilfe brauchen.

„Vielleicht klingt es für den einen oder anderen von euch weit hergeholt. Aber im Moment haben wir keinen weiteren Anhaltspunkt und deshalb möchte ich der Sache mit eurer Hilfe nachgehen. Kern, sind die Berichte und die Waffe schon da?"

Kern, der am Tisch schon fast eingeschlafen war, schreckte hoch.

„Der Bericht ja, die Waffe haben sie bisher noch nicht auftreiben können."

„Was heißt da nicht auftreiben können?", regte sich Schäfer auf. „Aufschnaiter, machen Sie den Kollegen in Innsbruck bitte Druck, damit sie die Waffe herschaffen. Nur mit den Aussagen von Frau Obernauer und dem Rohrschacher brauche ich keinem Staatsanwalt kommen. Ist das Projektil wenigstens noch da?"

An Kerns Gesichtsausdruck konnte jeder in der Runde ablesen, dass er sich nicht nur seiner Müdigkeit wegen unter die Decke wünschte.

„Das ... das habe ich nicht nachgefragt", gab er kleinlaut zu.

„Gut", nahm sich Schäfer zusammen, „Kollege Walch, kümmern Sie sich bitte um diese Angelegenheit. Des Weiteren muss einer von euch, der aus dem Ort ist, alle Verwandten und Bekannten von Obernauer befragen, ob er ihnen was zu diesem Knochenfund erzählt hat und wo genau er die Grube für sein Schwimmbad ausgehoben hat ..."

„Was ist eigentlich mit seinem Sohn?", unterbrach ihn Jöchl.

Schäfer sah ihn an und überlegte kurz.

„Der kommt heute aus Salzburg. Frau Baumgartner, übernehmen Sie den bitte? Ich gebe Ihnen nachher seine Nummer. Das Grundstück, auf dem das Haus stand, davon brauche ich den Grundriss. Vielleicht könnten Sie das machen, Kollege Halder."

Schäfer machte eine Pause, um seine Gedanken zu ordnen. Da meldete sich Kern zu Wort.

„Ich weiß nicht, ob es wichtig ist ... aber vor einem Jahr bin ich mit Inspektor Jöchl bei den Gassers gewesen. Jemand hatte eine Scheibe eingeschlagen. Weil es im Haus aber sonst keine Spuren gegeben hat und nichts weggekommen ist, haben wir angenommen, dass ein paar Buben mit einer Steinschleuder unterwegs gewesen sind."

Schäfer lächelte Kern an, um ihm zu verstehen zu geben, dass er den Schnitzer mit der Pistole soeben wieder gutgemacht hatte.

„Danke, Kern, das ist sogar sehr wichtig", nahm er die Tageszeitung zur Hand und zeigte Gassers Bild in die Runde. „Dieses Foto ist von der Webcam in der Innenstadt aufgenommen und in der Nacht von Gassers E-Mail-Account an die Zeitung geschickt worden. Natürlich kann der Täter auch irgendwie an den Webmail-Zugang gekommen sein, aber nach dem, was Kollege Kern uns eben erzählt hat, gehe ich davon aus, dass er davor schon einmal im Haus war, um sich zu vergewissern, dass dort ein Computer ist. Den lassen Sie bitte heute noch abholen und geben ihn der Spurensicherung – wer immer von euch das machen will. Dann gibt es noch was zu tun: die Bilder, die ich von Hinterholzer bekommen habe: Schaut euch die bitte alle einmal an, ob euch dazu etwas einfällt oder ob ihr jemanden kennt. Ich gehe nachher gleich mit euch hinüber und zeige euch ein Bild von einem gewissen Friedrich, der in Kirchberg als Abwäscher gearbeitet haben soll. Von dem will ich alles, was ihr auftreiben könnt: Meldezettel, Arbeitsgenehmigung ... und vor allem seinen ganzen Namen, sonst komme ich da nicht weiter. Ja, und den Bericht vom Einbruch bei den Gassers brauche ich natürlich auch noch. Gibt es von eurer Seite was Wichtiges?"

„Von der Spurensicherung brauchen wir uns nicht zu viel erwarten", ergriff Baumgartner das Wort, „auf der Baustelle sind zwar genug Schuhabdrücke, aber bei den ganzen Arbeitern, die dort herumlaufen, ist das eher sinnlos. Am Karstein oben geht es uns gleich: jede Menge Spuren, Fingerabdrücke am Kreuz, aber keine Treffer in der Datenbank. Im Kirchturm haben sie ebenfalls unzählige Fingerabdrücke gefunden, da läuft die Überprüfung noch."

Schäfer ließ sich Baumgartners Bericht durch den Kopf gehen: nicht wirklich überraschend. Wer so akribisch vorgeht, hinterlässt meistens keine unabsichtlichen Spuren. Dennoch musste er seine Kollegen und vor allem sich selbst anhalten, die Augen für jedes noch so kleine Detail offen zu halten. Und sei es nur, um seinen Verdacht, der ohnehin kaum Nahrung fand, mit ein paar neuen Brocken zu füttern. Dank Baumgartners Erwähnung des Kreuzes war ihm auch wieder das Gipfelbuch eingefallen, das er in die Schreibtischschublade im Hotel gelegt hatte. Das musste er auf jeden Fall noch durchblättern. Er schaute fragend in die Runde und beendete, da keiner mehr etwas zu berichten hatte, die Besprechung. Als schon alle aufgestanden waren, fiel es Schäfer wieder ein: „Übrigens: Ich habe gestern einen Anruf von Leutnant Foidl erhalten. Euer ehemaliger Chef scheint sich ja bei den Ermittlungen ganz gut auszukennen. Ich spare mir jetzt Schuldzuweisungen, aber damit das klar ist: Wer welche Informationen bekommt, entscheide ich – auch wenn es sich um den früheren Sheriff handelt. Und wenn noch einmal so was vorkommt, arbeitet mindestens einer weniger an dem Fall."

Bis auf Baumgartner, die überrascht in die Runde schaute, konnte Schäfer in den Gesichtern seiner Kollegen kaum Erstaunen erkennen. Er hatte sich schon gedacht, dass Foidl hier keinen heimlichen Maulwurf brauchte, um an Informationen zu kommen. Nun, vielleicht könnte ihm der Leutnant in Ruhe auch noch nützlich sein. Als versöhnliche Geste fragte Schäfer Aufschnaiter, ob er ihm einen vergleichbar guten Cappuccino wie letztes Mal zubereiten könnte, und setzte sich dann mit Halder an dessen Computer. Während er den Kaffee trank, überflog er die eingescannten Bilder und ließ sie sich auf eine CD brennen. Dann packte er Hinterholzers Album in die mittlerweile schon eingerissene Papiertasche und verabschiedete sich. Als er über den Gang mit den Bildern heimischer Künstler zum Ausgang ging, fühlte er sich erleichtert. Zwar hatte er noch viel zu wenig, um Kamp von irgendwelchen Erfolgen berichten zu können. Doch es war Bewegung in den Fall geraten. Er hatte sich für eine Fährte entschieden, die Hunde von der Leine gelassen, die Jagd begonnen. Dieses Gefühl, diese Gedanken gaben ihm Kraft. Das war allein am schnellen und energischen Schritt zu erkennen, mit dem er über den Parkplatz vor dem Revier ging. Das sah voller Zufriedenheit auch das Augenpaar, das Schäfer folgte, bis er aus dem Blickfeld verschwand.

24

Gut gelaunt schlenderte Schäfer durchs Stadtzentrum und schaute in die Auslagen der Geschäfte, die es in seiner Jugend großteils noch nicht gegeben hatte. Ein paar Einheimische, deren Gesichter er noch von früher kannte, spazierten an ihm vorbei und grüßten ihn; wobei er an ihrem Blick erahnte, dass sie ihn nicht eindeutig zuordnen konnten. Sie sind älter geworden; sie haben dem Ort die Treue gehalten. Eine leichte Wehmut beschlich ihn. Ein leises Echo der Gefühle, die er empfunden hatte, als er weggegangen war. Das schmerzhafte Oszillieren zwischen der Sehnsucht nach Geborgenheit, die er hier immer noch irgendwo zu finden geglaubt hatte, und der immer stärker werdenden Gewissheit, dass er fliehen musste, bevor es ihn oder er sich zerstören würde; fliehen vor der saisonalen Euphorie und Geilheit, die der Fremdenverkehr erzeugte, die sich auf Dauer nur im künstlichen Rausch ertragen ließen; fliehen vor der Lähmung und Depression, die den Ort und insbesondere die Sensiblen in der Nachsaison hier niederdrückten, die einige in die Karibik und andere in den Suff führten oder zu den anderen Drogen, die es offiziell hier nie gegeben hatte; eine Überdosis hieß hier Herzversagen, wobei die wenigsten begriffen, wie viel Wahrheit in dieser Lüge steckte; wie vielen seiner Freunde und Bekannten hatte hier das Herz versagt, wer wollte sich schon mit den Gefühlen und Sehnsüchten derer befassen, die scheinbar so lebensfroh waren, dass sie sich so oft wie möglich in die karge und versteinerte Schroffheit des Hochgebirges begaben, stundenlang durch Sturm und Eiseskälte hasteten, Gipfeln zu, ja, sie trugen Skier und Kletterausrüstung, sie waren trainiert, muskulös und ausdauernd, das zeigte doch ihre Liebe zum Leben, sie liebten die Bewegung, die sie fortbrachte und zurückbrachte, zu oft auch nicht mehr; gewiss, wer unter eine Lawine kam oder Hunderte Meter in die Tiefe stürzte, dessen Familie konnte zumindest auf ein kirchliches Begräbnis zählen, während sich der Jungbauer, der in der Tenne am Balken hing, weil er alles zusammen nicht mehr aushielt, mitsamt Schuld und Schulden, ohne Segen verscharrt wurde. Zum Glück, sagte sich Schäfer im Nachhinein, war die Besitzerin des Schuhgeschäfts, an dessen kühlem Schaufenster seine Stirn lange Minuten gerastet hatte, eine warmherzige und im wahrsten Sinne christliche Frau, die bei seinem Anblick nur ihn und nicht sich selbst gefragt hatte, ob alles in Ordnung wäre, worauf er ihr ohne Antwort ins Geschäft gefolgt war und sie fragte, ob sie ein Paar schöne Schuhe für ihn hätte.

„Ja, Johannes, du hast Glück, eins habe ich noch", sagte sie und bot ihm an, sich zu setzen. Schäfer, der im ersten Moment geglaubt hatte, dass wirklich nur mehr ein Paar in seiner Größe vorrätig wäre, lachte auf, als er ihren Scherz verstand, und nahm auf der ledergepolsterten Probierbank Platz.

„Also nicht in dem Stil, wie ich sie jetzt anhabe", zeigte er auf Gassers Schuhe, „schon robuster und dass ich lange damit gehen kann."

Die Frau nickte und ging, um ihm ein paar Modelle zu holen. Schäfer gefielen ein Paar schwarze Schnürschuhe aus genarbtem Rindsleder sowie ein Paar aus dunkelbraunem Rauleder und er ließ sich die beiden in seiner Größe bringen.

„Du bist wegen der Morde hier", sagte die Frau, öffnete die Schachteln, nahm die Schuhe heraus und fädelte die Bänder ein.

„Ja, leider", schmunzelte Schäfer und schlüpfte in den Raulederschuh.

„Das ist schlimm ...", meinte sie und stand auf, um die neuen Schuhe an Schäfers Füßen zu betrachten.

„Die Schuhe?" fragte er, weil er sich nicht allzu ernsthaft über den Fall unterhalten wollte.

„Nein, die schauen sehr gut an dir aus. Dass jemand bei uns drei Menschen umbringt, das ist schlimm. Warum macht einer so was?"

Schäfer blickte ihr in die Augen und überlegte einen Augenblick, während er das andere Paar anzog.

„Wenn du mir versprichst, dass du es niemandem weitererzählst, sag ich dir, was ich glaube."

Sie schaute ihn überrascht an und schien nicht zu wissen, ob er es ernst meinte.

„Nein, das kann ich dir nicht versprechen. Irgendwann erfahren wir es sowieso alle, oder?"

„Sicher“, sagte er und stand auf, um ein paar Schritte in den Rindslederschuhen zu gehen, „es kann noch eine Zeitlang dauern, aber ich kriege ihn, das kann ich dir versprechen. Ich nehme beide, also die Schuhe.“

Nachdem er das Schuhgeschäft verlassen hatte, blieb er zwei Häuser weiter vor einem Bekleidungsgeschäft stehen, das mit Sommerschlussverkaufspreisen warb, die bis zu siebzig Prozent unter den bisherigen lagen. Schäfer wusste, dass die Geschäftsleute der Nobelboutiquen im Ort Spannen hatten, die sie solche Rabatte locker verschmerzen ließen. Wucherer. Dennoch betrat er das Geschäft und probierte ein paar italienische Hemden und leichte Sommerpullover an. Mit einer so schön gestalteten wie gut gefüllten Papiertasche verließ er die Boutique und ging in Richtung Hotel, wobei er sich vorkam wie ein wohlhabender Tourist. Drei handgemachte Hemden und zwei Seide-Kaschmir-Pullover: War es wegen Maria, die er bald treffen würde und die er beeindrucken wollte? Nein, ich entschädige mich für die Arbeit hier, sagte er sich und betrat die Empfangshalle. Die Rezeptionistin sah seine Tasche und fragte, ob er etwas Schönes gefunden habe; er ließ es sich nicht nehmen, seine Einkäufe auf dem Rezeptionstresen auszubreiten und von ihr begutachten zu lassen.

„Ach ja, Ihr Anzug ist gekommen. Ich hab ihn aufs Zimmer bringen lassen“, sagte sie, nachdem sie seine Hemden und Pullover mit einem Blick gewürdigt hatte, den Schäfer dahingehend interpretierte, dass sie seinen Geschmack konservativ bis langweilig fand. Er packte seine Sachen wieder ein, ließ sich den Zimmerschlüssel geben und nahm die Treppen in den zweiten Stock hinauf.

Er legte seine neuen Kleidungsstücke in den Schrank, zog Gassers Schuhe aus und verstaute sie in der Sockenlade. Dann nahm er seinen Laptop sowie sein Notizbuch und ging auf den Balkon. Unseld hatte ihm ein Mail geschrieben. Er verfasste eine knappe Antwort und versprach, sich bald wieder zu melden. Bergmann wollte wissen, wie er vorankomme; ohne einen Vornamen würde es übrigens lange dauern, bis er einen Friedrich fände, der vor dreißig Jahren in Kitzbühel war. Schäfer ging ins Zimmer zurück und holte die CD mit den Bildern, die Halder und Kern gescannt hatten. Er schob sie ins Laufwerk, schaute sich eine Übersicht der Fotos an und erstellte dann fünf neue Ordner auf dem Desktop: Je einen benannte er nach den Namen der Opfer, einen nach Friedrich und einen für Diverses. Da seine Kollegen jeweils die ganze Seite gescannt hatten, ohne die einzelnen Bilder freizustellen, was in einer einzigen Nacht gar nicht möglich gewesen wäre, blieb es nun ihm, die Fotos digital auszuschneiden, zu benennen und in den entsprechenden Ordner zu kopieren. Obwohl er davon ausging, dass ihn diese Arbeit ein paar Stunden in Anspruch nehmen würde, störte sie ihn nicht im Geringsten. Es war eine monotone und spannungsfreie Tätigkeit, die seinem Gehirn ermöglichte, seine Gedanken zu ordnen, ohne dass er es mitbekam. Abermals verbrachte er beim Ansehen der Bilder mehr Zeit als notwendig. Es war die Kombination von wahren Berühmtheiten und der Kulisse seiner Heimat, die ihn faszinierte. Erol Flynn war dieselbe Runde im Wald gegangen wie er. Ava Gardner war dort im Schnee gesteckt, wo er seinen ersten Pflug geschafft hatte. So war es bereits früher Nachmittag, als er auf ein Foto stieß, das er sofort auf den gesamten Bildschirm vergrößerte. Friedrich, an seiner Seite ein junger Mann, der nach Schäfers Ermessen der war, der auf einem anderen Bild dem Fotografen den Rücken zugewandt hatte, und eine junge Frau, die verstohlen lächelnd neben ihm stand. Das Gesicht erinnerte ihn an jemanden. Schäfer kopierte das Foto in den Ordner „Friedrich" und markierte die Datei rot. Als sein Blick auf die Uhr am oberen Bildschirmrand fiel, griff er zu seinem Mobiltelefon und wählte eine Nummer, die er schon unzählige Male am Display gehabt hatte, ohne den Mut zu finden, die Anruftaste zu drücken.

„Delavigne", meldete sich eine Frauenstimme, die sich anhörte, als wäre sie gerade einen halben Kilometer zum Telefon gerannt. Schäfer schluckte.

„Ähm ... ich bin's ...", presste er hervor.

„Johannes? „, fragte sie erheitert, „ja, ich geb's zu: Ich habe die drei umgebracht, weil ich den Major endlich wiedersehen wollte. Verzeihst du mir?"

„Na, dein Humor war jedenfalls noch nicht totzukriegen ... wieso eigentlich drei?“

„Oh natürlich ... der Gasser hat sich ja selbst umgebracht, wie konnte ich das verwechseln.“

„Na gut, hier ist offensichtlich immer noch nichts geheim zu halten ... Können wir uns sehen?“

Eine Zeitlang konnte er nur ihren Atem hören und ein Kind, das im Hintergrund vor sich hin brabbelte.

„Bist du noch da?“

„Ja, sicher, ich hab nur überlegt, wann es mir am besten ausgeht. So gegen acht? Da ist die Kleine dann schon im Bett.“

„Gut. Ich bin um acht bei dir. Bis dann.“

„Johannes? Weißt du überhaupt, wo du ...?“

„Ich bin bei der Polizei, ich weiß mehr als die anderen“, unterbrach er sie und legte auf.

Er ging ins Zimmer, um sich eine Zigarette zu holen, musste aber feststellen, dass das ohne Unselds Handtasche unmöglich war. Er rief den Zimmerservice an und bestellte eine Schachtel Zigaretten und einen Cappuccino. Als es ein paar Minuten später klopfte, stand Schäfer vom Bett auf und ging zur Tür. Der Kellner schaute ihn erschrocken an, was Schäfer erst verstand, als er danach in den Spiegel blickte und das Blut aus seiner Nase rinnen sah. Er ging ins Badezimmer, riss ein Stück Toilettenpapier von der Rolle, knüllte es zusammen und steckte es in sein linkes Nasenloch.

Mit der vollen Kaffeetasse und einer brennenden Zigarette setzte er sich wieder in den Liegestuhl am Balkon und öffnete das Mailprogramm. „Anbei drei Bilder von besagtem Friedrich. Auf dem markierten steht ein Mann und eine Frau neben ihm, muss dringend wissen, wer die sind. Wenn Sie sich frei machen können ...“ Schäfer löschte den eben begonnenen Satz und fuhr fort: „Wenn es sich arbeitstechnisch ausgeht, wäre ich froh um Ihre Unterstützung. Außerdem passt Ihr Name so gut zur Gegend hier.“

Er fügte die drei Bilder mit Friedrich der Nachricht hinzu und schickte sie an Bergmann.

Sein Telefon läutete.

„Hallo Walch ... Was heißt, er ist nie obduziert worden? Der wird erschossen aufgefunden und dann einfach so beerdigt? ... Also steckt das Projektil noch in seinem Kopf ... Und die Waffe? ... Das ist jetzt nicht Ihr Ernst ... Wissen Sie wenigstens das Fabrikat ... Moment, ich hole mir einen Stift ... Heckler & Koch P7, Kaliber 9 Millimeter ... Wer? ... Na dann holen Sie ihn an den Apparat ... Jöchl? ... Ja ... Wieso weiß die seinen Vornamen nicht? Wenn Friedrich bei ihr gearbeitet hat, muss es doch eine Anmeldung geben ... Verstehe ... Ja, geben Sie mir ihre Nummer ... Vielleicht fällt ihr der Name ja noch ein ... Ja, sicher ... Und das nächste Mal bitte gute Nachrichten ... Das war ein Scherz ... Danke für die schnelle Arbeit."

Er legte sein Telefon weg, zündete sich noch eine Zigarette an und blies den Rauch wütend nach oben. Warum war er davon ausgegangen, dass sich jetzt ein Teil nahtlos an den anderen fügen würde? Dass Friedrich als Abwäscher nicht gemeldet gewesen war ... gut, das hätte er sich selbst denken können. Aber Obernauer ohne Obduktion zu bestatten ... welche Polizisten waren denn damals am Werk gewesen? Er wusste es, griff sich erneut sein Telefon und ging die Liste der angenommenen Anrufe durch. Er suchte eine Nummer heraus und drückte die Wähltaste.

„Tag, Herr Foidl, Major Schäfer hier ... Ja, da haben Sie richtig gedacht ... Sagen Sie, ich müsste mich mit Ihnen über den Obernauer Gerhard unterhalten ... Genau ... Und falls Sie die Bilder nicht ohnehin schon haben, würde ich Ihnen gern ein paar Aufnahmen zeigen ... Also: wann? ... Gut, ich schau, dass ich in zwei Stunden bei Ihnen bin ... In Fieberbrunn ... Ja, das kenne ich ... Wiedersehen."

Er legte auf, stellte sich an die Balkonbrüstung und schaute in den wolkenlosen Himmel. Eine gute Gelegenheit, sagte er sich, ging ins Zimmer und wählte die Nummer der Rezeption.

„Ja, Schäfer. Haben Sie eigentlich einen Fahrradverleih? ... Ein Mountainbike wäre besser ... So in einer halben Stunde ... Perfekt ... Ja, ich bin pünktlich unten."

25

Zwei orange Reflektorleuchten an jedem Pedal. Zwei Speichenreflektoren pro Laufrad. Ein rotes Katzenauge hinten. Ein weißes vorne. Eine Glocke so groß wie ein Apfel. Ein rosarotes Kabelschloss, das einen Fahrraddieb nur deshalb vom widerrechtlichen Entwenden abhielte, weil es seine Würde beleidigte. Ein Gepäcksträger! Schäfer schaute verwundert bis missmutig auf das Mountainbike, das vor dem Hotel auf ihn wartete – zur Verfügung gestellt vom Sportgeschäft Kalbacher, das neben Sportartikeln auch modische Damen- und Herrenbekleidung sowie ein breites Sortiment an typischen Tiroler Souvenirs führte, wie ihm der Aufkleber mitteilte, der das gesamte Unterrohr vollflächig überzog. Mit diesem Zirkusfahrrad würde er aussehen wie ein niederländischer Tourist. Doch zumindest entsprach es in jedem Punkt der österreichischen Straßenverkehrsordnung ... Vielleicht hatten sie es ihm ja genau aus diesem Grund hingestellt. Er setzte sich auf den ergonomischen und hodenschonenden Gelsattel, überprüfte die Sitzhöhe und drückte beide Bremsen. Mit einem Antritt, der allen in der Nähe befindlichen Passanten sofort klarmachen sollte, dass hier kein Sonntagsfahrer auf die Pedale losging, rumpelte Schäfer über die Gehsteigkante, zwang den Kleinlaster eines Gemüsehändlers zu einer Vollbremsung mit wütendem Hupen und fuhr wettkampfmäßig den Stadthügel hinab.

Der erste Anstieg zum Radweg nach St. Johann machte ihm allerdings gleich klar, dass ihn spätestens dort alle wahren Mountainbiker überholt hätten. Verdammtes Stadtleben, verdammte Büroexistenz, fluchte er vor sich hin, während ihm die ersten Schweißtropfen auf die Stirn traten; er schwor sich, ab jetzt besser auf seine körperliche Verfassung zu achten. Den weiteren Streckenverlauf wusste er jedoch frei von demütigenden Steigungen und er freute sich auf ein kommodes Dahinfahren, das er zwischendurch immer wieder mit kraftvollen Sprints zum Sport erheben würde. Gerade als ihm zwei rennmäßig gekleidete Mountainbiker im entsprechenden Tempo entgegenkamen, läutete im Rucksack sein Telefon. Die abschätzigen Blicke der beiden verleiteten Schäfer dazu, das Läuten zu ignorieren und erst ein paar hundert Meter weiter an einer Bank zu halten. Er lehnte das Rad an den Stacheldrahtzaun, der den Weg von der Weide abtrennte, setzte sich und holte das Telefon heraus. Bergmann. Er drückte auf die Wähltaste und wartete.

„Grüß Gott, Major. Wie läuft's in den Bergen? ... Das klingt ganz so, wie ich mir Tirol vorstelle ... Nein, war ich noch nie ... Jetzt? ... Ich weiß nicht ... Wenn Sie es für nötig erachten ... Ja ... Ich denke darüber nach ... Weswegen ich eigentlich anrufe: das Bild, von dem Deutschen, ich habe es einem alten Freund vom BKA in München geschickt ... Ja, ich bin halt ein sozialer Mensch ... also, das war jetzt nicht ... Ja ... Und: touché, Ihr Friedrich, übrigens ein Namenskollege von Ihnen ... Also Johannes Friedrich war Mitglied der RAF und 1983 an einem Anschlag auf eine amerikanische Militärbasis beteiligt, bei dem drei US-Soldaten umgekommen sind ... 1985 wurde er in den Niederlanden verhaftet und an Deutschland ausgeliefert, wo er die nächsten zehn Jahre inhaftiert war ... Gleich ... Nach seiner Freilassung hat er sein Studium an der Filmakademie beendet ... Mehr hat mir mein Kollege nicht sagen können, aber ich bin sicher, dass ich bis zum Abend ... Nein, dass er davor an irgendwelchen Aktionen beteiligt gewesen wäre, konnte ihm nie nachgewiesen werden ... Ja ... Danke ... Der andere ist ihm nicht bekannt ... Nein, die Frau auch nicht ... Mach ich ... Ich melde mich ..."

Bergmann, du gehörst befördert. Schäfer verstaute sein Telefon im Rucksack und ließ sich die neuen Informationen durch den Kopf gehen. Wieso arbeitet jemand, der sich im bewaffneten Kampf gegen das herrschende System engagiert, als Abwäscher auf einer Tiroler Skihütte? Oder hat ihn erst die Dekadenz des österreichischen Alpintourismus so weit gebracht, dass er anschließend Militärbasen in die Luft jagen musste. Friedrich war Ende der Siebzigerjahre in Kitzbühel gewesen. Ein Student der Filmakademie, der hier einen Ferialjob hat, dann möglicherweise an der Universität in Kontakt zur RAF kommt und sich zum Terroristen wandelt? Die RAF-Zeit. 1977 war in Österreich der Chef eines Textilkonzerns entführt worden. Schäfer erinnerte sich an den Vortrag eines Beteiligten an der Uni nach dessen Freilassung Anfang der Neunziger. Und an die Scham, die er selbst empfunden hatte, angesichts der unverhältnismäßig hohen Strafen und der inhumanen Haftbedingungen, die einen der drei Entführer schließlich in den Selbstmord getrieben hatten. Nach diesem Vortrag war Schäfer von Zweifeln bezüglich der Richtigkeit seiner Berufswahl und vor allem hinsichtlich seiner Auffassung von Recht und Unrecht gequält worden. Dieser Mann hatte mehr Intelligenz und Leidenschaft in sich gehabt als Schäfers gesamtes damaliges Korps. Und er war einer der wenigen in Österreich gewesen, die sich nicht mit dem En-vogue-Gewäsch der linken Studenten befriedigten, sondern Aktionen setzen wollte, um eine in seinen Augen bessere Welt zu schaffen. Die RAF hatte ihn verarscht, das Lösegeld genommen und ihn dann fallen gelassen. Der junge Mann war binnen kürzester Zeit zu einem Staatsfeind, in zwanzig Jahren Haft zu einem entmutigten Endvierziger, seine Leidenschaft zu giftigem Zynismus geworden.

Schäfer schulterte seinen Rucksack, stieg aufs Fahrrad und fuhr weiter. Diese Idylle aus wolkenlosem Himmel, zylindrischen Heuballen und alten Bauernhäusern, dieses Paradies, das sich bei widrigem Gedankenwetter schnell zum Gegenteil wandeln konnte, zu einem verkitschten Indikator der Existenz brutaler Gegensächlichkeiten, ein Paradies, das dem Sehenden die Hölle andeutete – Schäfer ermahnte sich, diese Gedanken abzuschütteln und nur den Tag zu genießen. Du bist ein Tourist hier, sagte er sich, schau nur dein Fahrrad an. So kam er in St. Johann an, wo er in einer Bäckerei einen Apfelkuchen und einen Orangensaft kaufte und sich an einen kleinen Tisch auf dem Gehsteig setzte. Während er vor sich hin kaute, versuchte er sich an einem alten Trick, den er schon als Jugendlicher angewandt hatte, wenn ihn das eigene Denken überforderte. Den Mund leicht offen halten; die Augen starr auf einen unbewegten Gegenstand vor sich richten; dabei an den apathischen Insassen einer psychiatrischen Heilanstalt denken, dessen Ausdruck es nun zu imitieren gilt.

Als ihm ein Stück Apfelkuchen aus dem Mund fiel, beendete Schäfer seine Übung. Er griff in den Rucksack, holte sein Telefon heraus und rief Konopatsch an.

„Knochen! Der Major hier ... Ja, das habe ich mir schon gedacht, dass da nicht viel dabei herauskommt ... Aber ich rufe wegen was anderem an: Kannst du mir nachschauen, ob du bei euch irgendwas über einen Gerhard Obernauer findest ... Der hat sich 1990 in Kitzbühel erschossen und angeblich hat es keine Autopsie gegeben ... Die Waffe? Eine Heckler & Koch P7, 9 Millimeter ... Ja ... Und noch was: Wie schwierig ist es eigentlich, diese Ketamin-Xylazin-Mischung zu dosieren? ... Also, dass der Betäubte dabei nicht stirbt ... Hmh ... Nein, ich wollte nur wissen, ob man dazu eine medizinische Ausbildung braucht oder ob man da im Internet nachschaut und ... Gut ... Knochen, danke dir einstweilen, und wenn bis bald, dann hoffentlich privat ... Ja, da hast du wohl recht ... Servus."

Bevor er das Telefon wegpackte, schaute Schäfer auf die Displayuhr und stellte fest, dass er die restlichen zehn Kilometer sehr zügig fahren musste, um pünktlich bei Foidl zu sein. Er stand auf, schüttelte sich die Kuchenbrösel vom T-Shirt, rief einen Gruß in die Bäckerei hinein und machte sich auf den Weg – eine teils asphaltierte, teils geschotterte, einspurige Straße, die ohne nennenswerte Steigungen nach Fieberbrunn führte, sodass Schäfer bereits nach zwanzig Minuten im Ortszentrum war. Foidl wohnte allerdings dreihundert Höhenmeter über dem Dorf, an einem sonnseitigen Hang, von dem sich das gesamte Tal überblicken ließ. Vermutlich, um stets auf die mögliche Ankunft der Russen, der Franzosen oder sonstiger Feinde des freiheitsliebenden Tirolers vorbereitet zu sein, ärgerte sich Schäfer, während er die steile Bergstraße im ersten Gang zu bezwingen versuchte. Als er keuchend und durchnässt bei Foidls Haus oder Horst ankam, schritt der ihm mit einem breiten Grinsen entgegen – um den Hals einen Swarowski-Feldstecher der jüngsten Generation.

„Bravo, Herr Major ... da muss ich mein Bild von der Wiener Polizei gleich revidieren ..."

„Und wie war das bisher?“, schnappte Schäfer nach Luft, „fettärschige Pragmatisierte, die für die Laufarbeit drahtige Ungarn und Slowaken einsetzen, die bei Brot und Wasser im Keller des Reviers schmachten?“

„So schlimm nun auch wieder nicht“, wiegelte Foidl ab und bat Schäfer ins Haus.

Sie gingen in die Küche, wo Foidl ihm ein Halbliterglas Mineralwasser einschenkte und dann für einen Moment verschwand, um mit einem frischen T-Shirt wiederzukommen, das Schäfer dankbar annahm, auch wenn ihn der Aufdruck „10. Hundeführertreffen der Tiroler Bezirksgendarmen“ ein wenig befremdete. Ob er lieber auf der Terrasse säße? Nein, er hatte in den vergangenen zwei Stunden ohnehin genug Sonne abbekommen; in der Küche passte es ihm ganz gut.

Die Familienfotos an der Wand, die Vase mit Wiesenblumen auf dem Tisch sowie das Fehlen jeglicher polizeilicher Urkunden, Pokale oder sonstiger Law-and-order-Devotionalien ließen den Rest von Misstrauen und Aggression, den Schäfer noch den Berg mit heraufgeschleppt hatte, verschwinden und er entschied sich für ein offenes Gespräch. Ohne Rücksicht darauf zu nehmen, was Foidl schon wissen mochte, gab ihm Schäfer eine detaillierte Beschreibung der Verbrechen und teilte ihm die bisherigen Ergebnisse seiner Ermittlungen mit. Als er fertig war, saßen sie sich schweigend gegenüber, die paar Minuten, die Foidl brauchte, um das Gehörte zu verarbeiten und in den Kontext seines Wissens einzuflechten.

„Obernauer ...“, begann er, als die Tür aufging und eine Frau in die Küche kam. Sie stellte einen vollgefüllten Einkaufskorb auf die Anrichte und ging zum Tisch, um Schäfer zu begrüßen. Er stand auf und gab ihr die Hand. Warum war er davon ausgegangen, dass der Leutnant Junggeselle war? Foidls Frau küsste ihren Mann auf die Wange und richtete ihm in einer offensichtlich rituellen Geste das zerzauste Haar, was Foidl mit einem leisen Murren hinnahm, das wohl so viel bedeuten sollte wie: Frau, das ist ein Kollege. Mit dem Hinweis, dass sie die beiden nicht lange stören würde, begann Frau Foidl die Einkäufe aus dem Korb zu räumen und im Kühlschrank beziehungsweise im Kasten unter der Anrichte zu verstauen. Ob er seinem Gast schon einen Kaffee oder ein Bier angeboten hätte, fragte sie ihren Mann, der Schäfer fragend ansah. Für einen Kaffee wäre er dankbar, worauf Frau Foidl die Espressomaschine einschaltete und einen Augenblick später zwei Tassen sowie ein Kännchen kalte Milch auf den Tisch stellte. Foidls verwunderten Blick sowie das gutmütige Lächeln seiner Frau deutete Schäfer dahingehend, dass der Koffeinkonsum des Leutnants einer gewissen Beschränkung unterlag, die seine Frau überwachte und anlässlich des Besuchs aufgehoben hatte, um ihn nicht vor einem Kollegen bloßzustellen. Nachdem Frau Foidl die Küche verlassen hatte, nahmen die beiden Männer einen Schluck aus ihren Kaffeetassen und warteten einen Moment mit der Fortsetzung ihres Gesprächs, als ob sich der Geist der Ehefrau erst verflüchtigen müsste.

„Ja, Obernauer ...“, setzte Foidl fort, „damals hat sich wirklich niemand von uns gefragt, ob das vielleicht doch kein Selbstmord war. Ohne meine Kollegen oder mich verteidigen zu wollen: Aber es ist schwierig, was zu sehen, was einem gar nie in den Sinn kommt, verstehst du“, war Foidl mit einem Mal zum Du übergegangen, „ich habe in meinen vierzig Jahren bei der Gendarmerie nur vier Morde erlebt, davon sind drei im Affekt passiert und den vierten hat eine Frau begangen, die von ihrem Mann jahrelang geschlagen worden ist, Rattengift, die hat gar nicht lange versucht, das abzustreiten, aber so was wie jetzt, das erlebt man ja nie ... zum Glück“, fügte Foidl hinzu, aber die Pause dazwischen war lang genug gewesen, um Schäfer begreifen zu lassen, dass der Leutnant sich den Fall wohl doch in die Zeit vor seiner Pensionierung gewünscht hätte.

„Ich bin froh um jede Hilfe, die ich kriegen kann ... wenn Sie wollen, kann ich Sie jederzeit als außerordentlichen Berater ...“

„Lass mal gut sein“, winkte Foidl ab, „wenn du was wissen willst, dann frag. Aber ich bin eigentlich ganz froh, dass ich nicht mehr dabei bin. Das jetzt hat mich halt neugierig gemacht. Und sag bitte Du.“

„Trotzdem ... was ich dir anvertraut habe, dafür muss die dienstliche Verschwiegenheit gelten ... Davon dürfen auch die Kollegen oben in Kitzbühel nichts wissen."

Foidl nickte gedankenverloren und sah dann angestrengt aus dem Fenster in den Garten, wo seine Frau an den Blumen herumzupfte.

„Ich weiß nicht, warum mir das jetzt einfällt ... das wird dir ohnehin nicht weiterhelfen ... aber das mit der Heckler & Koch ... neunundsiebzig hat es in der Aschau einen Banküberfall gegeben. Drei Täter und wahrscheinlich einer im Fluchtwagen ... der Filialleiter ist angeschossen worden und das Projektil war ein neun mal neunzehn. Als wir ihn in der Klinik den Waffenkatalog durchschauen haben lassen, hat er unter anderem die P7 als mögliche Tatwaffe identifiziert."

„Das heißt, die sind nie gefasst worden?"

„Ja. Der Fall ist an das Raubdezernat in Innsbruck gegeben worden ... wie die vorgegangen sind, gestohlene Nummernschilder, dann noch das Fluchtauto zweimal gewechselt, das war viel zu professionell, als dass es welche von hier gewesen sein könnten."

„Wo sind die Akten zu dem Fall?", fragte Schäfer aufgeregt. Drei Fluchtautos, Nummernschilder gewechselt ... die Dublettenmethode ... von der RAF zur Perfektion gebracht.

„In Innsbruck", antwortete Foidl überrascht und langte intuitiv hinüber zum Wandbord, wo das Festnetztelefon stand. Offensichtlich besaß er ein ausgezeichnetes Gedächtnis, denn ohne nachzudenken tippte er eine Nummer ein und trommelte mit den Fingerkuppen auf die Tischplatte, während er darauf wartete, dass sich am anderen Ende der Leitung jemand meldete.

„Grüß dich Siegfried, der Anton ... Ja ... Bestens, das Gute ist immer und überall, wie man in der Pension so sagt ... Ja ... Du, weswegen ich anrufe: neunundsiebzig, der Bankraub in der Aschau ... Genau ... Da sitzt jetzt ein Kollege aus Wien bei mir, der bräuchte die Akten ... Und wenn es sich machen lässt, auch die Kugel, die sich der Filialleiter eingefangen hat ... Nein, am besten nach Kitzbühel ins Revier ... Major Schäfer, wie der Hund ... Sonst alles klar ... Natürlich ... Also dann ... Richte ich ihr aus, danke ... Servus."

Foidl legte den Hörer auf und sah Schäfer zufrieden an. „Ist morgen am Revier."

„Nichts geht über gute Beziehungen", sagte Schäfer mit einem schelmischen Grinsen. Wie zur Bestätigung machte sich sein Mobiltelefon mit einem einzelnen Piepston bemerkbar, der ihn über eine neue Kurzmitteilung informierte. Er griff in den Rucksack, holte das Telefon heraus, löste die Tastensperre und las die Nachricht. Bergmann hatte Friedrichs Adresse und Telefonnummer herausgefunden. Als Schäfer die Tastensperre wieder aktivierte, sah er, dass es bereits sechs Uhr war. Er packte das Telefon ein und schnürte den Rucksack zu. Jetzt erst fielen ihm die Fotos ein, die er Foidl hatte zeigen wollen. Er öffnete den Reißverschluss der vorderen Tasche an seinem Rucksack, holte die CD heraus und legte sie vor dem Leutnant auf den Tisch.

„Tut mir leid, dass ich so schnell weg muss, aber ich hab um acht noch einen Termin ... auf der CD sind die Bilder aus dem Album vom ehemaligen Skischulleiter Hinterholzer. Wenn du die bei Gelegenheit anschauen könntest, wäre ich dir dankbar."

„Bei Gelegenheit heißt in diesem Fall jetzt gleich", grinste Foidl, als hätte er eben die Lottozahlen für die kommende Ziehung bekommen.

Schäfer reichte ihm die Hand und ließ sich zur Tür bringen. Auf dem Weg durch den Garten verabschiedete er sich von Foidls Frau, die erst umständlich aus ihren Gummihandschuhen schlüpfte, bevor sie ihm eine schweißnasse Hand reichte und ihn ersuchte, wieder einmal vorbeizuschauen. Schäfer versprach es, nahm sein an den Gartenzaun gelehntes Fahrrad, winkte den beiden zum Abschied und rollte die steile Straße hinab. Auf dem Radweg ließ er den drittschwersten Gang einrasten und trat so kräftig wie er konnte in die Pedale. Seine Gedanken rasten ebenso. RAF. Banküberfall. Heckler & Koch. Friedrich. Obernauer. Er wusste kaum, was er zuerst in Angriff nehmen sollte. Doch als er das Ortsschild von Kitzbühel passierte, hatten sein Denken und seine Gefühle ohnehin nur mehr eine Ausrichtung: Maria.

26

Von nun an musste er aufpassen, im Hotel nicht völlig in Verruf zu geraten. Erst die Sache mit dem Vor-Zimmer-Schlaf. Der verlorene Schlüssel. Die Journalistin, die er auf sein Zimmer mitgenommen hatte. Und jetzt die Aufregung, die er bei der Belegschaft verursacht hatte, um aus seinem neu gekauften Hemd die Falten herausgebügelt zu bekommen. Er hatte beim Packen seinen Kleidungsbedarf unterschätzt. Und vor allem hatte er die Gefühle unterschätzt, die ein Treffen mit Maria in ihm auslösen würde. Warum nicht in Jeans und T-Shirt bei ihr erscheinen? Weil er nicht mehr der Alte sein wollte? Er wollte ihr etwas beweisen. Dass es wenigstens für irgendetwas gut gewesen war, zu verschwinden. Für einen Maßanzug und handgemachte Hemden? Würde sie nur die Rüstung sehen, die er sich zugelegt hatte, oder auch die gewonnenen Tugenden erkennen? Er stand vor dem Spiegel und sah sich in die Augen. Ritter ... sollte er seine Waffe anlegen oder eingesperrt lassen? Er entschied sich für Letzteres. Nein, er holte sie aus dem Tresor und legte das Holster an. Delavigne. Sie hatte geheiratet. Aber das hatte ihm seine Mutter ohnehin am Telefon erzählt. Also warum sich überrascht zeigen. Er öffnete die Minibar, nahm eine Kleinflasche Gin heraus, goss den Inhalt in ein Glas und füllte es mit Tonic auf. Die erste Hälfte trank er im Zimmer, die zweite am Balkon, wo er den Himmel bestaunte, der im Nordwesten über dem Wilden Kaiser in einem satten Malveton leuchtete. Abendrot Schlechtwetterbot, oder Abendrot Schlechtwettertod, wie hieß es denn nun? Friedrich sollte er anrufen, um endlich zu erfahren, ob dessen Zeit in Kitzbühel etwas mit den Morden zu tun hatte. Das war schließlich seine Aufgabe hier. Seine Aufgabe, seine Pflicht, sein Telefon läutete. Kern. Hoffentlich war es wichtig.

„Hallo Herr Major, Kern hier. Ich hoffe, ich störe Sie nicht ... Ja ... Ich bin gerade auf dem Heimweg ... und heute am Posten ... ich würde sagen: Es tut sich was ... Na ja, nicht jeder geht mit Ihren Ermittlungsmethoden konform ... Entschuldigen Sie, wenn ich Ihnen das nicht sage, ich will jetzt auch nicht als

Verräter dastehen ... aber nach unserem Gespräch finde ich es wichtig, dass Sie es wissen ... Einige meinen, dass Sie sich zu sehr auf diesen nicht bestätigten Knochenfund konzentrieren, anstatt die Ermittlungen breiter zu führen. Der Chef ... Also manche sind der Ansicht, dass Sie sich Rohrschacher und die Steiner vornehmen sollten, und auch den jungen Obernauer, den Sie der Kollegin Baumgartner überlassen haben ... Vielleicht, ich meine, das ist jetzt ein Vorschlag von mir, vielleicht sollten Sie uns mehr darüber aufklären, was Sie eigentlich genau planen und machen ... Nein, natürlich glaubt niemand, dass Sie nichts tun, das sehen wir ja ... Ich denke nur ... niemand kennt sich hier wirklich aus ... Sie sind auch meistens nur recht kurz da ... Der Bürgermeister, die Zeitungen, das Fernsehen rufen an und wollen wissen, was wir eigentlich dagegen unternehmen, dass die Leute Angst haben, weil ein Mörder umgeht ... Das wäre gut ... Um acht? ... Ja, ich sage es ihnen ... Und bitte erwähnen Sie nicht ... Danke ... Schönen Abend."

Schäfer legte das Telefon auf die Balkonbrüstung, hätte es aber am liebsten auf den Hotelparkplatz hinuntergeschleudert. Wie konnten sie ihm seine Ermittlungsmethoden vorwerfen. Er hatte jedem klare Anweisungen erteilt, und ohne ihn hätten sie rein gar nichts. Nein, natürlich konnte er nicht sicher sein, dass der von ihm eingeschlagene Weg der richtige war, aber was sonst? Rohrschacher verhaften? Den jungen Obernauer in die Mangel nehmen? Wozu? Schäfer war sich sicher, dass die beiden mit den Morden nichts zu tun hatten. Doch wie konnte er seine Kollegen davon überzeugen? Ohne deren Rückhalt er das Grundstück nie durchsuchen würde können. Wer würde noch mit ihm reden, wenn sich ihm Ort herumspräche, dass er ein arroganter Einzelgänger war, der sich über die hiesige Polizei erhebt.

Er ging ins Zimmer und legte sich aufs Bett. Und was, wenn er völlig danebenlag? Wenn seine Vorgehensweise diesmal wirklich zum Scheitern verurteilt war? Er war keine gute Führungskraft, das wusste er selbst. Aber dass der Vorwurf im Raum stand, er würde nichts arbeiten, bedrückte ihn. Sollte er vielleicht einen täglichen Gehirnscan abliefern, der ihnen bewies, was sich da oben alles bewegte? Er hatte schon einige Male mit Kollegen über seine Ermittlungsmethoden gesprochen, die eigentlich keine waren – zumindest hatten seine Ermittlungen nichts Methodisches an sich. Die Dinge kreisten, alles war vorhanden, und wenn er ihnen einen leichten Stups gab, fügten sie sich in ein anderes Bild. Man durfte nur keine Möglichkeit ausschließen und schon gar nicht der Logik anheimfallen. Denn sobald man zu glauben anfing, dass jemand nur da oder nicht da sein kann, hatte man schon verloren. Aber wie sollte er diese Überzeugungen und Einsichten jemandem erklären, ohne für verrückt gehalten zu werden? War er denn ein Lehrer? Er legte sich den Polster über die Augen und versuchte, ruhig und gleichmäßig zu atmen.

Der Alarm des Radioweckers läutete. Wenn er pünktlich bei Maria sein wollte, musste er sich auf den Weg machen. Worüber wollte er denn überhaupt mit ihr reden? Hatte er sich das schon überlegt? Er stand auf, legte sein Jackett und seine neuen Schuhe an, schaute noch einmal in den Spiegel und verließ das Zimmer.

Maria öffnete ihm die Tür nach dem ersten Läuten. Sie trug die Haare jetzt kurz. Und weil Schäfer nicht glaubte, dass sie färbte, war sie wohl viel an der Sonne gewesen, die das Brünett in ein unregelmäßiges Dunkelblond verwandelt hatte. Das hellblaue Sommerkleid mit dem weiß-gelben Blumenmuster war für seinen Geschmack etwas mädchenhaft, aber er gestand sich ein, dass es sehr gut zu ihr passte. Sie legte das Geschirrtuch beiseite, mit dem sie sich eben noch die Hände abgetrocknet hatte, machte einen Schritt auf ihn zu und küsste ihn auf beide Wangen. Erst jetzt bemerkte er das kleine Mädchen, das sich hinter ihrem rechten Bein versteckt hielt, Marias Knie umklammerte und zu ihm aufschaute.

„Na, willst du dem Johannes gar nicht guten Tag sagen." Maria hob ihre Tochter hoch, die sofort das Gesicht an die Schulter ihrer Mutter drückte.

„Du hast eine Tochter", stellte Schäfer fest, als würde er sagen: Du hast da was in den Haaren.

Maria zog die linke Augenbraue hoch – eine Geste, die ihm allzu vertraut war – und sah ihn an, als ob er nicht ganz bei Trost wäre.

„Nein, die hab ich mir nur von der Nachbarin ausgeliehen, um dir klarzumachen, dass das nichts mehr wird mit uns", sagte sie mit einem herausfordernden Grinsen. „Das ist Katharina. Sie wollte unbedingt aufbleiben, um dich kennenzulernen", sprach sie nun ins Haar der Kleinen, „und jetzt traut sie sich nichts mehr saaaaagen."

Als ob sich das Mädchen diese Provokation nicht gefallen lassen wollte, drehte sie plötzlich ihren Oberkörper zu Schäfer hin und sagte: „Ich bin drei Jahre. Du bist Polizist."

Schäfer, der bis jetzt wie ein eben angeliefertes Möbelstück auf der Schwelle gestanden hatte, erwachte aus seiner Trance und meinte lächelnd: „Das stimmt. Willst du vielleicht auch einmal Polizistin werden?"

Das Mädchen, dem diese Überlegung noch so fremd war wie Algebra, drehte sich wieder zum Gesicht seiner Mutter und schaute sie fragend an.

„Erst einmal gehst du in den Kindergarten und dann sehen wir weiter", bestimmte Maria und küsste ihre Tochter auf die Stirn. „Und jetzt komm endlich herein; was sollen denn die Nachbarn denken." Sie trat schelmisch lächelnd zur Seite, um Schäfer ins Haus zu lassen, machte die Tür zu, meinte, dass er die Schuhe anlassen solle, und ging ihm voraus ins Wohnzimmer. Mit der freien Hand deutete sie in Richtung Küche und sagte, er solle sich etwas zu trinken nehmen – sie würde schnell die Kleine ins Bett bringen.

Schäfer nahm eine Flasche Bier aus dem Kühlschrank, öffnete sie mit seinem Feuerzeug und setzte sich an den kleinen Küchentisch, der wohl für den Fall gedacht war, dass Maria oder ihr Mann allein frühstückten oder eine schnelle Abendmahlzeit einnahmen. In drei hastigen Schlucken trank er die halbe Flasche leer – er war nervös, fühlte sich beklommen und wünschte sich im Moment nichts anderes, als dieses Haus fluchtartig zu verlassen. Er trank die Flasche aus, versteckte sie im Altglasbehälter und nahm ein neues Bier aus dem Kühlschrank. Außen würde es erträglicher sein. Er durchquerte das Wohnzimmer, öffnete die Terrassentür und ging in den Garten hinaus. Er hatte seine Zigarette eben auf dem Steinboden ausgedämpft und über die Hecke geworfen, als er ihre Schritte hörte.

„Du hättest auch einen Aschenbecher haben können. Marc weiß, dass du heute zu Besuch bist."

Schäfer drehte sich zu ihr um und versuchte ihren Gedankengang nachzuvollziehen. Ohne etwas zu erwidern, setzte er sich auf die Holzbank, die an der Mauer stand.

„Ich kann nicht lange bleiben."

„Das hat auch niemand verlangt", antwortete sie mit einem sanften Lächeln und setzte sich neben ihn. Für einen Moment dachte er, dass sie ihre Hand auf seinen Arm gelegt hätte, doch da war sie schon wieder aufgestanden.

„Aber für eine Jause hast du sicher Zeit", sagte sie und verschwand im Haus.

Er zündete sich eine weitere Zigarette an und schaute auf die Silhouette der Innenstadt, auf den beleuchteten Kirchturm, von dem sich Gasser gestürzt hatte. Warum die Schuhe? Warum verfolgte der Täter ihn? Kannte er ihn?

Maria kam zurück und stellte ein Tablett mit aufgeschnittenem Schwarzbrot, Butter, einem Stück Speck, Käse, Tomaten und Essiggurken auf den Gartentisch. Schäfer stand träge auf, setzte sich an den Tisch, nahm sich eine Scheibe Brot, legte es auf den Teller und bestrich es mit Butter. Dann starrte er das Stück Speck so lange an, bis Maria das Holzbrett zu sich zog, ein paar Scheiben abschnitt und sie ihm auf den Teller legte.

„Johannes", klopfte sie mit den Fingerknöcheln auf den Tisch, „sagst du jetzt bitte etwas oder soll ich mir selber zusammenreimen, was bei dir da oben vorgeht?"

Schäfer sah sie an und begann ihr die Geschehnisse der letzten Tage vorzutragen – wie aus einem unsichtbaren Buch, das nur er vor sich sah. Er erzählte ihr von seinem Rausch, den gestohlenen Schuhen, der Begegnung mit dem Pfarrer; ein paar Sachen behielt er für sich.

„Und was denkst du jetzt?", fragte sie ihn, nachdem er wieder in Schweigen verfallen war, „dass du der Nächste bist?

Warum sollte jemand gegen dich etwas haben? Ich meine: bis auf mich und ... Tschuldigung, war ein Scherz ..."

Sie hielt inne und legte diesmal wirklich ihre Hand auf seinen Arm. Dann zog sie sie plötzlich zurück, als hätte sie einen Stromschlag abbekommen; griff zu ihrem Glas und schenkte sich überhastet ein, was zur Folge hatte, dass der Bierschaum über den Glasrand quoll, auf den Tisch floss und zwischen den Teakholzbohlen auf ihre Oberschenkel tropfte.

„Mist!", sprang sie auf und lief in die Wohnung, um mit einem Geschirrtuch wiederzukommen, das sie benutzte, um den Tisch abzutrocknen.

Schäfer, der die Szene verwundert beobachtet hatte, konnte sich ein Lachen nicht verkneifen.

„Das ist nicht dein Ernst", hatte er ihre Gedanken erraten und lachte, „ich war in Wien, als Steiner und Krassnitzer ermordet worden sind. Und als der Gasser vom Kirchturm gesprungen ist, war ich beim Hinterholzer, wenn du dich erinnerst. Was glaubst du eigentlich von mir?"

„Tut mir leid", sah sie ihn entschuldigend an, „ich war nur ... du hast früher schon extreme Ansichten über ein paar Leute hier gehabt ... dass man die wegschaffen muss und so ... natürlich war das ... tut mir leid ... ich weiß auch nicht, warum ich so was von dir denken konnte."

Schäfer nahm sich eine Zigarette aus der Packung, zündete sie an und achtete darauf, den Rauch nicht in ihre Richtung zu blasen.

„Weil du mich kennst ... Aber was soll das mit den Schuhen? Das geht nur an mich ... er muss mich verfolgt haben, womöglich sogar bis ins Hotel ..."

„Vielleicht braucht er dich ..."

„Ich glaube, ich kenne ihn", sagte Schäfer leise in den Nachthimmel, obgleich davon keine Rede sein konnte.

„Glauben heißt nicht wissen. Das sind zwei Paar Schuhe", bemühte Maria sich, die angespannte Atmosphäre aufzulockern.

„Es sind so viele Zusammenhänge, das können nicht alles Zufälle sein", begann Schäfer seine Schläfen zu massieren, „die hatten alle drei Dreck am Stecken ... und ich selbst ..."

„Was willst du damit sagen? Weil du mich immer wieder verlassen hast und dann alles getan hast, damit ich dich zurücknehme ... weil du mich andauernd betrogen hast? Ja, du warst ein Arschloch, aber verdammt noch mal, nimm dich nicht so wichtig! Du verfolgst Spuren, die du dir selbst gelegt hast oder von mir aus auch der Pfarrer Danninger. Und der besoffene Rohrschacher, der dir was vom besoffenen Obernauer erzählt ... was willst du damit anfangen?“

„Ich bin hier, weil ich hier sein soll. Weil derjenige, der das angerichtet hat, genau mich hier haben will ...“

„Und wie soll er das hinbekommen haben ... und warum? Du hast selbst gesagt, dass dich dein Vorgesetzter hergeschickt hat, weil der Bürgermeister interveniert hat. Du bist ein erfahrener Polizist und kennst dich hier aus ... da geht es um deine Funktion und nicht um deine Person ... werde doch nicht paranoid.“

„Paranoid? Wenn ein Irrer, der hier Leute abschlachtet, mich verfolgt und mir im Schlaf die Schuhe auszieht ...“

„Deswegen musst du nicht gleich laut werden.“

„Entschuldige bitte.“ Schäfer sah ihr in die Augen, und im gleichen Moment, als er das Martinshorn hörte, läutete auch sein Handy. Er griff hastig in seine Jacketttasche und sprang auf.

„Ja ... Wer? Senn? ... Ja, Walch, ich weiß, wer Senn ist ... Und wo? ... Ich bin sofort da!“

Er steckte das Telefon ein, beugte sich zu Maria, um sie auf die Wange zu küssen, was in der Hast zur Berührung ihrer beider Lippen führte, der sie beide schnell auswichen; dann stand sie auf, sie standen sich einen Moment gegenüber, der wie ein Vakuum war, das keiner von ihnen zu füllen wusste; Schäfer stupste ihr mit der Hand an die Schulter, sie senkte den Blick, er drehte sich um und lief durch den Garten zur Straße; pass auf dich auf, sagte sie so leise, dass er es auf keinen Fall mehr hören konnte; bevor sie sich wieder hinsetzte, auf das Glas starrte, das sie wieder und wieder um seine Mittelachse drehte, bis sie sich mit zitternder Hand den Rest aus der Bierflasche einschenkte.

27

Kein Vergleich zum Szenario, das Schäfer nach Gassers Kirchturmsturz vorgefunden hatte. Fast schien es, als ob am Friedhof der Respekt vor den Toten auch auf die Beamten Einfluss nahm, die schweigend, oder höchstens flüsternd, den vermutlichen Tatort sicherten. Senn lag rücklings und wie schlafend auf einer Grabsteinplatte; darunter die Familie Rosental, deren zuletzt Verstorbener Richard Rosental war, heimgegangen 1990 im Alter von 97 Jahren. Schäfer wandte sich an den Arzt, der untätig neben der Leiche stand.

„Ich habe nicht gehofft, dass wir uns so bald wiedersehen."

„Jetzt reicht's dann aber auch einmal." Der Arzt ging neben dem Toten in die Hocke.

„Soweit ich es bislang beurteilen kann, ist er nach einem Schlag auf den Hinterkopf gestorben. Wobei er natürlich auch hingefallen und auf die Kante da aufgeschlagen sein kann. Dann müsste allerdings jemand das Blut abgewischt haben."

„Wie lang ist er schon tot?"

„Ich bin gerade erst gekommen, aber ... der gemessenen Körpertemperatur nach, und in Anbetracht der Totenflecken und der erst teilweise eingesetzten Leichenstarre: drei bis vier Stunden, aber das ist sehr grob geschätzt."

„Was ist mit dem Blut?"

„Keine Ahnung, wie gesagt: weggewischt oder er ist woanders erschlagen und dann hier abgelegt worden. Was auch die Art und Weise nahelegt, wie er aufgebahrt ist. Hingefallen ist er in diese Stellung sicher nicht."

„Danke, ich denke, dass Sie heimfahren können." Schäfer klopfte ihm auf die Schulter und wandte sich ab, um nach Walch Ausschau zu halten, den er ein paar Gräber weiter mit Jöchl stehen sah.

„Wer hat ihn gefunden?", fragte er die beiden.

„Der Mesner. Hat seinen Hund ausgeführt ... macht er jeden Abend, wie er sagt, weil es dem Hund am Friedhof am besten gefällt."

„Verdammt“, fluchte Schäfer, worauf ihn seine Kollegen fragend anschauten.

„Wir hätten ihn noch einmal vernehmen müssen ... er hat doch zugegeben, dass Krassnitzer noch am Leben war, als er ihn gefunden hat. Senn muss entweder gewusst haben, wer ihn eingegraben hat oder was die drei ausgefressen haben.“

„Er liegt auf dem Grab einer jüdischen Familie“, bemerkte Walch.

„Und?“

„Steiner war Jude. Erst das Kreuz, dann der Kirchturm, jetzt das Grab ...“

„Das muss nichts heißen“, beeilte sich Schäfer, den Ballast an vermeintlichen Zeichen, den er mit sich herumschleppte, nicht weiter zu vermehren.

Als er sah, wie sich Jöchl und Walch daraufhin anblickten, lenkte er gleich wieder ein.

„Natürlich kann es ein weiterer Hinweis sein, wir gehen dem auch nach. Aber zuerst sollten wir einmal darüber nachdenken, wer Senn umgebracht hat: der, der die anderen drei auf dem Gewissen hat? Oder gibt es einen Vierten, der mit ihnen in irgendein dubioses Geschäft verwickelt war und den Senn erpressen wollte, nachdem Krassnitzer ihm den Namen genannt hat?“

Walch und Jöchl erwiderten nichts, worauf Schäfer sich umdrehte und zurück zu Senns Leiche ging. Er lehnte sich an einen Grabstein und holte seine Zigaretten aus dem Jackett. Hatten sie überhaupt die Spurensicherung schon informiert? Ihm doch egal. Wenn sie mehr Verantwortung wollten: konnten sie haben. Dann sollten sie ihre eigenen Fehler machen. Er fühlte sich kraftlos und verlassen. Scheinbar ziellos schlenderte er die Gräberreihen entlang, sah sich die Namen der Verstorbenen an, bis er vor einem Grab stehenblieb, sich mit dem Rücken zur Inschrift auf die steinerne Beetumrandung setzte und still vor sich hin rauchte, bis die Spurensicherung eintraf. Er stand auf, wechselte ein paar Sätze mit ihnen, verabschiedete sich von seinen Kollegen mit dem Hinweis, dass er am folgenden Morgen um acht Uhr im Revier sein würde, und verließ den Friedhof. Er wusste, er hätte bleiben sollen – mit dem Mesner sprechen, vielleicht die ersten Ergebnisse der Spurensicherung abwarten; Senns Verwandte informieren, Freunde und Bekannte ausfindig machen, ob er ihnen etwas erzählt hätte – er sah sich einfach nicht imstande dazu.

Er war erschöpft und gleichzeitig zu erregt, als dass er damit rechnen konnte, sich hinzulegen und schlafen zu können. Meine Schritte lenken mich, sagte er sich, als er schließlich vor dem Haus seiner Eltern zu stehen kam. Sein Vater öffnete die Tür und sagte noch vor einer Begrüßung: „Deine Mutter schläft schon."

Was sollte das jetzt? Kein überraschtes oder vielleicht sogar erfreutes Gesicht. Nichts, das darauf hindeutete, dass er seine Eltern seit fast einem Jahr nicht mehr gesehen hatte. Als ob er jeden Abend hier anläutete. Da er jedoch im Tonfall seines Vaters keinerlei Verstimmung erkannte, nahm er an, dass dieser ihn nur ersuchen wollte, leise zu sein. Mit einer Geste deutete ihm der Vater, rasch einzutreten, was Schäfer verwundert befolgte, obgleich er keinen Grund dafür sah. Nachdem die Tür hinter ihnen ins Schloss gefallen war, wies ihn der Vater an, im Keller auf ihn zu warten, worauf Schäfer folgsam die steile Betonstiege hinabstieg. Er drückte die Brandschutztür auf und stand im Vorraum des Kellers, den der Vater schon Jahre vor seiner Pensionierung zu einer Werkstatt ausgebaut hatte, deren eigentümliche Zusammenstellung an Werkzeugen und Maschinen jeden Besucher im Unklaren darüber ließ, was hier eigentlich hergestellt werden sollte: Uhren? Möbel? Kostüme? Schäfer öffnete die Holztür zum eigentlichen Werkraum und lächelte verträumt. Er wusste nur zu gut, was sein Vater hier erzeugte: Marionetten, wie er sie sonst noch nirgendwo gesehen hatte. Kunstvolle Holzfiguren, die mit ihren alles andere als ungelenken Bewegungen immer wieder für neue Überraschungen sorgten. Schäfer erinnerte sich an den Jazzpianisten, den der Vater seinen Söhnen zu „I put a spell on you" von Screamin' Jay Hawkins vorgeführt hatte. Ohnehin schon kreischend vor Begeisterung wegen der irren Zuckungen, die der kleine schwarze Kerl am Piano vollführte, waren sie völlig aus dem Häuschen geraten, als dem Pianisten am Höhepunkt des Liedes auch noch der auf einer Art ausfahrbarem Mininotenständer steckende Augapfel heraussprang. Verständlich, dass der Vater in den folgenden Wochen angesichts der unbarmherzigen Forderungen seiner Söhne nach immer besseren Tricks beizeiten die Geduld verlor und die Tür zur Werkstatt einfach hinter sich verschloss. Schäfer setzte sich auf einen Holzschemel und atmete die nach Buchenholz, Leim und Lackfarben duftende Luft ein. Er nahm sein Telefon heraus und schaltete es auf Lautlos. Kurze Zeit später kam sein Vater zurück; mit einer geöffneten Weinflasche und zwei Gläsern, die er behutsam abstellte, halbvoll schenkte und seinem Sohn eins davon in die Hand drückte.

„Koste und staune", sagte er und sah Schäfer erwartungsvoll an.

Der schwenkte das Glas, wie es von ihm erwartet wurde, nahm einen Schluck und war ehrlich überwältigt.

„Ja ja", konnte der Vater nicht mehr an sich halten, „das bekommst du in Wien nicht. Château Lafite, 1983. War ein guter Tausch. Hölzernes Rotkäppchen mit aus dem Korb zu ziehendem Rothschild gegen einen echten. Was sagst du?"

„Bin beeindruckt", sagte Schäfer und nahm noch einen Schluck.

„Na na, nicht so hastig. Wir haben da ein Monatsgehalt vor uns stehen. Also dann: zum Wohl!"

Als sie die Gläser aneinanderstießen, war Schäfer nahe daran, in Tränen auszubrechen. Er atmete tief durch, stellte das Glas beiseite, stand auf und ging zum Wandregal. Die jüngsten Kunstwerke der Marionettenwerkstatt: ein nach außen hin schlichter Walfisch, dessen obere Hälfte sich jedoch aufklappen ließ und den Blick freigab auf Pinocchio und Gepetto, die an einem kleinen Tisch Karten spielten. Laokoon, der sehende Priester aus Troja, um den sich vier Schlangen wanden, die sich jede für sich bewegen ließen. Das Empire State Building, das in der Mitte auseinanderklappte und einen wütenden King Kong zeigte, der in jeder Pranke ein Flugzeug hielt und damit um sich schlug. Und auf dem obersten Regalbrett schließlich eine Puppe, die größer als die anderen war – größer als alle, die Schäfer in der Werkstatt seines Vaters je gesehen hatte, wie er sich zu erinnern meinte. Als Schäfer sie nehmen wollte, klopfte ihm sein Vater leicht auf die Finger und sagte, dass die Farbe noch nicht trocken wäre. Er nahm die Puppe vorsichtig an der obersten der fünf kreuzförmigen Aufhängungen und trug sie zu seinem Werktisch. Mit der freien Hand nahm er einen Industrieföhn, schaltete ihn ein und ließ die warme Luft mit einer gleichmäßigen Auf-und-ab-Bewegung auf die Puppe blasen. Schäfer schaute ihm wie hypnotisiert zu. Die Marionette hatte eindeutig seine Gesichtszüge, seine Haarfarbe, seine Frisur, sogar der schwarze Anzug mit dem schmalen aufsteigenden Revers und das weiße Hemd, dessen oberster Knopf offen stand, waren ihm abgeschaut. Der Vater schaltete den Föhn aus, stellte ihn beiseite und gab seinem Sohn die Premiere vom hölzernen Major Schäfer. Der mit lässigen Schritten, hin und her wippenden Schultern und einem sich immer wieder vorschiebenden Kinn eine fiktive Straße entlangspazierte. Dann hielt er plötzlich inne, schien die Gefahr zu wittern, die ihn bedrohte, blickte mit einer anatomisch nicht ganz korrekten Drehung des Kopfes zur Seite, griff mit der rechten Hand blitzschnell unter sein Jackett und zog eine Pistole heraus, die er synchron zu einem fast spagatartigen Ausfallschritt auf den Angreifer richtete. Der Vater brachte die Puppe wieder in die Ausgangsstellung und verbeugte sich. Schäfer applaudierte. Und weinte.

28

Als Schäfer das Revier betrat, fühlte er sich mehr im Traum als in der Wirklichkeit. Nach dem Besuch bei seinem Vater war er, begleitet vom verrückten Pfeifen der ersten Amseln, ins Hotel gegangen. Er hatte sich hingelegt und war nach gut einer Stunde wieder aufgewacht, ohne sich auch nur im Geringsten erholt zu fühlen. Schläfrig und im Kopf einen dahinschnellenden Gedankenstrom, der sich nicht aufhalten oder genauer betrachten lassen wollte, hatte er unter der Dusche gestanden; in der Hand Danningers Lavendelseife, die er so ausgiebig auf der Haut verrieb, dass bald nur mehr die Hälfte des Blocks übrig war. Er hatte sich rasiert, angezogen und auf den Balkon gesetzt, um drei Telefonate zu führen, wobei ihm erst im Nachhinein einfiel, dass die Uhrzeit der Anrufe im Grunde unverschämt gewesen war.

Zuerst rief er Obernauers Witwe an, um sich die Bewilligung für eine Exhumierung ihres Mannes geben zu lassen. Sie zögerte einen Augenblick, bekräftigte dann aber sein Ansuchen, als hätte sie ohnehin schon lange auf diesen Moment gewartet. Danach wählte er Friedrichs Nummer; als dieser abhob, war Schäfer so überrascht, als wäre ihm bei einer der kindlichen Séancen, die ein paar seiner Mitschülerinnen immer wieder, halb im Spaß, halb im Ernst, abgehalten hatten, tatsächlich ein Geist erschienen. Dementsprechend lang brauchte er auch, um Friedrich den Grund seines Anrufes zu erklären. Doch vielleicht war sein zusammenhangloses Gestammel sogar von Vorteil. Denn Friedrich, der immerhin bei der RAF und so naturgemäß nicht der beste Freund der Exekutive war, schätzte den offenkundig schwer verwirrten österreichischen Polizisten schon bald als ungefährlich ein und lud ihn nach Rom ein, wo er einen Werbefilm drehte.

Schäfers dritter Anruf, mit dem er einen Flug nach Rom buchen wollte, wurde direkt an den Anrufbeantworter weitergeleitet. Er riefe außerhalb der Geschäftszeiten an, die von acht bis achtzehn Uhr wären. Also nutzte er die halbe Stunde, die ihm blieb, um sich zum Frühstücksbuffet zu begeben, wo er in Gegenwart von ein paar aufgedrehten Frühaufstehern in offensichtlich neu gekaufter Bergmontur eine Schale Obst mit Joghurt und eine Honigsemmel aß.

Nun stand er an der Espressomaschine im Besprechungsraum und bemühte sich, einen Cappuccino hinzubekommen, der es halbwegs mit dem seines Kollegen aufnehmen konnte. Immerhin wurde es ein akzeptabler Milchkaffee. Walch, Kern, Jöchl und Halder kamen in kurzen Abständen in den Raum und setzten sich an den Besprechungstisch.

Schäfer wünschte ihnen einen guten Morgen und fragte nach Baumgartner. Die käme erst am Nachmittag, weil ihre Tochter krank sei. Schäfer begann mit der Besprechung. Den Blick die meiste Zeit auf den Notizblock vor ihm gerichtet und mit schwacher Stimme fasste er die Ereignisse des vorigen Tages zusammen, gar nicht erst bemüht, seine Niedergeschlagenheit zu verbergen.

„Bevor ich selbst wieder an die Aufteilung gehe", wandte er sich anschließend an die Runde, „möchte ich gern von euch hören, wie ihr selbst die Sache seht, und was für euch der beste Weg wäre, weiterzumachen."

Seine Kollegen schauten ihn verwundert an, wechselten gegenseitig Blicke, bevor Walch sich als Erster ein Herz fasste.

„Wir haben bis jetzt mindestens drei Personen, die ein Motiv haben", sagte er selbstsicher, „Josef Rohrschacher, Steiners Witwe und den jungen Obernauer. Dazu noch ein paar weniger Verdächtige aus dem Geschäftsumfeld von den dreien. Niemanden haben wir bis jetzt vorgeladen und verhört. Der Obernauer hat für zwei Tatzeiten zwar Alibis, die wir überprüft haben, aber es wäre ja möglich, dass er einen Komplizen hat. Und der Rohrschacher, der hat bis auf ein paar vage Aussagen, dass er in diesem oder jenem Gasthaus gewesen sein oder auch geschlafen haben könnte, gar kein Alibi. Gestern war der Bürgermeister da und hat uns angefahren, wofür wir eigentlich bezahlt werden. Die Zeitungen bis hinauf nach Norddeutschland ziehen über uns her. Jetzt ist auch noch ein Vierter tot und wir sind noch nicht viel weiter als am Anfang. Das wirft nicht gerade ein gutes Licht auf uns."

Schäfer rieb sich die Nasenwurzel, um sein beginnendes Kopfweh einzubremsen, und seufzte ungewollt, was er gleich darauf bereute, da Walch es unter Umständen falsch deuten könnte.

„In einigen Punkten haben Sie recht. Die drei besagten Personen werden wir vorladen und vernehmen. Dass wir kaum Fortschritte gemacht haben, dem kann ich allerdings nicht zustimmen. Wir haben die gemeinsame Vergangenheit der ersten drei Opfer in derselben Skischule. Wir haben Friedrich, der zur selben Zeit in Kitzbühel war und sich als ehemaliges RAF-Mitglied entpuppt hat. Mit dem habe ich übrigens heute Kontakt aufgenommen. Wir haben Leutnant Foidl, der auf einen Bankraub hingewiesen hat, bei dem die Täter eine typische RAF-Methode zur Flucht benutzt haben. Dabei ist ein Mann angeschossen worden, mit einer Waffe desselben Kalibers und möglicherweise desselben Fabrikats, wie sie Obernauer für seinen angeblichen Selbstmord verwendet hat. Und der Knochenfund, sofern es ihn gegeben hat, ist in diesem Zusammenhang auch nicht unwesentlich. Das ist deutlich mehr als nichts, würde ich meinen."

„Vermutungen", rutschte es dem in Fahrt gekommenen Walch heraus.

„Und was ist mit Rohrschacher und Frau Steiner?", wurde Schäfer nun ebenfalls lauter, „der Bergführer und die Millionärin, die gemeinsam die Ermordung des Gatten planen und gleich drei andere mit umbringen, nur um uns auf eine falsche Fährte zu locken? Das ist nicht nur ein Klischee, das ist absurd."

„Na und? Wir haben hier die meiste Zeit mit Klischees zu tun."

„Und wie sollen wir jetzt weitertun?", bemühte sich Halder, die Situation zu entschärfen.

Schäfer wartete ab, ob jemand anderer darauf erpicht wäre, seine Position zu übernehmen. Nach einer Minute zähen Schweigens ergriff er von neuem das Wort: „Was mich betrifft: Ich habe vor, heute noch nach Rom zu fliegen, um mich mit Friedrich zu treffen. Spätestens übermorgen bin ich wieder zurück. Für morgen schlage ich vor, dass ihr euch um Obernauers Exhumierung kümmert – seine Frau hat schon zugestimmt; ihr müsst nur noch mit dem Staatsanwalt sprechen. Eine Begründung schreibe ich heute noch. Außerdem fasse ich euch noch zusammen, was ich in den letzten zwei Tagen in Erfahrung habe bringen können: die Details zu Friedrichs Vergangenheit, der Banküberfall ... tut mir leid, dass ich damit nicht eher herausgerückt bin. Senn ist das nächste wichtige Thema. Die übliche Prozedur: Verwandte, Bekannte, Freunde von der Uni und so weiter. Kollege Walch, Sie haben gestern erwähnt, dass Senn auf dem Grab einer jüdischen Familie gefunden worden ist. Wenn Sie Zeit finden, ist das vielleicht auch eine Nachforschung wert. Hab ich irgendwas ausgelassen?"

„Wenn an der Geschichte mit den Knochen was dran ist, warum schauen wir nicht nach?", fragte Kern unbedarft, „warum graben wir nicht?"

„Weißt du, wer dort oben wohnt?", meinte Walch mitleidig, „ein Wiener Anwalt, der bissiger ist als sein Rottweiler. Der hat schon Eltern geklagt, deren Kinder von seinem Apfelbaum stibitzt haben. Vergiss es."

„Ihr habt beide recht", sagte Schäfer, „wenn es nach mir ginge, ließe ich heute noch einen Bagger auffahren. Aber mit den Indizien, die wir haben, unterschreibt uns kein Staatsanwalt einen Durchsuchungsbefehl. Da brauchen wir schon noch mehr."

„Die Spurensicherung hat übrigens Gassers Computer unter die Lupe genommen", wechselte Halder das Thema, „in der Tastatur haben sie ein Haar gefunden, das zu keinem Familienangehörigen passt."

„Wie haben Sie so schnell einen DNA-Abgleich gekriegt?"

„Freunde", grinste Halder stolz, „im DNA- Zentrallabor."

„Ein Computertechniker, ein Handwerker, eine Putzfrau ... sonst wer, von dem das Haar stammen könnte?"

„Laut Frau Gassers Aussage nicht. Ihr Mann hat sich um seinen Computer selbst gekümmert, Putzfrau gibt es keine und in den letzten Monaten war keine fremde Person im Arbeitszimmer. Und das hat Gasser penibel sauber gehalten."

„Gute Arbeit, Halder, Kompliment ... wenn die Datenbank etwas ausspuckt, geben Sie mir bitte sofort Bescheid."

„Wir haben auch zwei Kellner und eine Kellnerin befragt, die lang in dem Lokal gearbeitet haben, wo die Fotos mit Friedrich gemacht worden sind“, brachte sich Jöchl ein, „Sie können gern noch einmal mit ihnen reden, aber die haben in ihren dreißig Jahren Gastronomie so viele Gesichter gesehen und wieder vergessen, dass sie keine brauchbaren Aussagen liefern konnten.“

Als niemand mehr in der Runde etwas zu sagen wusste, stand Schäfer auf, stützte sich mit den Handflächen auf den Tisch und sagte abschließend: „Ich denke mir, dass noch keiner von euch mit so einem schwierigen Fall zu tun gehabt hat. Ich will jetzt auch nicht auf Oberlehrer machen, aber ihr könnt mir glauben, dass so was an die Substanz geht. Da sind Spannungen nur normal, und wenn man das Gefühl hat, nicht weiterzukommen, kann man leicht einmal die Geduld verlieren. Aber es ist nur eine Frage der Zeit, bis wir ihn oder die kriegen, die uns zurzeit das Leben schwer machen. Bleibt dran und schaut auch aufeinander.“

Fast synchron standen alle in der Runde auf und Schäfer hoffte, der drohenden Meuterei noch einmal entkommen zu sein. Mit Baumgartner müsste er noch sprechen. Auch wenn sie ihm gegenüber auf Distanz ging, hielt er sie doch für eine sehr kompetente Polizistin, und er würde sie bitten, in seiner Abwesenheit die Ermittlungen in einer Weise zu überwachen, die Walch nicht kompromittieren würde.

Als er sicher war, dass alle Fragen geklärt waren und er sich zum Gehen wandte, läutete es. Ein Bote vom Expressdienst, der ein Paket für einen Major Schäfer hatte. Der nahm es entgegen, bestätigte auf dem Touchscreen den Empfang und verließ das Revier. Im Hotel öffnete er als Erstes das Paket und setzte sich mit dem Inhalt auf den Balkon. Die Akte des Banküberfalls; und ein in einem Plastiksäckchen verpacktes Geschoss, dessen Verformung Schäfer vermuten ließ, dass es einen Knochen des Filialleiters getroffen hatte. Mit dem Bericht selbst war Schäfer nach knapp einer Stunde fertig. Im Grunde nur eine detaillierte Ausführung von Foidls Erzählung. Was Schäfer ein wenig irritierte: Warum hatte einer der Täter auf Raimund

Sonnbichler, den Bankbeamten, geschossen? Laut dessen Aussage hatte er den Aufforderungen der maskierten Räuber sofort Folge geleistet, keine verdächtige Bewegung gemacht oder gar den Alarm ausgelöst. Zudem wurde er, nachdem er das Geld ausgehändigt hatte, zusammen mit seiner Kollegin mit einem Isolierband gefesselt und in einen Schrank gesperrt, aus dem sie die Gendarmerie befreite, nachdem eine Kundin den Schalterraum und die Büroräume verlassen vorgefunden hatte.

Was soll's, dachte Schäfer und legte die Akte beiseite, weil ihm wieder eingefallen war, dass er noch keinen Flug nach Rom hatte. Da das Reisebüro in Kitzbühel sonntags nicht geöffnet hatte, kontaktierte er direkt den Flughafen München und ließ sich mit der Angestellten einer deutschen Luftlinie verbinden. Der einzig noch verfügbare Flug ging um 22:30 Uhr; bei zwei früheren Flügen waren nur noch Plätze in der Businessclass frei. Schäfer überlegte kurz und entschied sich für den späteren Flug; er wollte den bestimmt schon übel gelaunten Oberst Kamp nicht noch zusätzlich mit einer horrenden Spesenrechnung verstimmen. Bei der Unterkunft hatte er weniger Skrupel: Da Friedrich in einem Fünf-Sterne-Hotel residierte, auf dessen Dachterrasse auch ein Teil des Werbefilms gedreht werden sollte, erachtete Schäfer es für sinnvoll und zeitsparend, in Friedrichs Nähe zu logieren, und reservierte ein Zimmer im selben Hotel. Als er mit den Reisevorbereitungen fertig war, fuhr er seinen Computer hoch, um die versprochenen Berichte zu schreiben und etwaige Mails zu verschicken.

Nach diesem Pflichtprogramm schaute er auf die Uhr und stellte fest, dass es erst kurz vor Mittag war. Noch acht Stunden Zeit, bevor er nach München musste. Er schaute in den bewölkten Himmel, der die Temperaturen für sein Empfinden erträglich machte. Den verlorenen Schlaf konnte er auch noch in Rom nachholen; ein ausgiebiger Spaziergang würde seinem instabilen Gemüt auf jeden Fall zuträglicher sein.

29

Schäfer stand vor dem Hotel und konnte sich nicht entscheiden: Rund um den See war an einem Sonntag wahrscheinlich zu viel los. Für einen Marsch auf den Hahnenkamm fühlte er sich zu schwach; und nach der Hälfte umzukehren, hätte etwas von einer Niederlage. Blieb ihm die Altherrenrunde: Ein Spazierweg mit geringen Höhenunterschieden, der sich von einem kurzen Beinevertreten, das vor allem bei Senioren sehr beliebt ist, beliebig zu einer vierstündigen Tour für ambitionierte Wanderer erweitern lässt, die, begleitet von einem einzigartigen Panorama, in den Nachbarort – Blumendorf Tirols 1999! – gelangen und über die malerische Hügellandschaft des Bichlachs wieder zurück nach Kitzbühel, wo in einem der zahlreichen Cafés und Restaurants schon eine zünftige Jause auf sie wartet. Der schwülstige Werbetext des Wanderführers, den er an der Rezeption mitgenommen hatte, war nicht der Grund, warum sich Schäfer schließlich für diese Variante entschied; sondern die Tatsache, dass die Anwaltsvilla an diesem Weg lag. Er hatte eben erst einen Fuß auf den Gehsteig gesetzt, als sein Mobiltelefon läutete. Oberst Kamp. Schäfer atmete tief durch, bevor er die Empfangstaste drückte.

„Schäfer! Hören Sie auf zu schwafeln! Was geht eigentlich vor in diesem Alpen-Saint-Tropez? Das sind ja schon amerikanische Verhältnisse. Je länger Sie dort sind, desto mehr Tote gibt es ... Wer ist dieser Senn? ... Kollateralschaden? ... Nun denn ... und was machen Sie eigentlich den lieben langen Tag? ... Also Major, ich weiß ja, dass Ihre Methoden nicht immer mit unseren Erwartungen konform gehen, aber ein bisschen Contenance ... Also, wer ist der Bursche? ... Was für eine Erpressung? ... Schäfer, was ich brauche, sind: Ergebnisse! Der Innenminister war gestern bei mir und hat mich aufgefordert, mehr Beamte abzustellen; warum wir noch keinen Gerichtspsychiater haben für ein Täterprofil; warum wir nicht alles in unserer Macht Stehende unternehmen, um dieser Rufschädigung eines in der Weltöffentlichkeit stehenden Tourismuszentrums, eines Aushängeschilds der Schönheiten Österreichs endlich ein Ende zu setzen ... Natürlich geht es auch um die, da gebe ich Ihnen recht, die menschliche Komponente ist nicht außer Acht zu lassen, aber ich habe in meiner Funktion das Bild der öffentlichen Sicherheit gewissermaßen ... also, zu gewährleisten, dass es die eben gibt ... Was für einen Bericht? ... Ich habe jetzt keinen Zugang zu einem Computer, geben Sie mir die Kurzfassung ... RAF? ... Und ich war der Meinung, dass das endlich vorbei ist und vergessen", sagte Kamp in einem Tonfall, der Schäfer erahnen ließ, dass die Bereitschaft des Oberst, sich an einem Sonntag mit derart diffizilen Mordermittlungen auseinanderzusetzen, im Schwinden begriffen war. Wen denn das Innenministerium als Unterstützung angedacht hätte, wollte Schäfer wissen. Und ob nicht Bergmann der richtige Mann für so einen Fall wäre, der Übersicht und Disziplin verlangte.

„Ich werde sehen, was sich machen lässt", schloss Kamp, bereits kurz angebunden. „Schäfer. Ich lese mir Ihren Bericht durch und wir hören uns morgen. Halten Sie die Ohren steif!"

Nach einer Viertelstunde hatte Schäfer die Villa des Anwalts erreicht. Er stellte sich auf die Zehenspitzen und drückte die Thujenhecke nach unten, um einen Blick auf das Anwesen werfen zu können. Im nächsten Moment hörte er ein zorniges Knurren, das unnatürlich langsam anschwoll und sich umso überraschender zu einem wütenden Bellen steigerte, das plötzlich gemeinsam mit dem zähnefletschenden Schädel eines monströsen Rottweilers in seiner unmittelbaren Nähe, genauer gesagt, knappe zwanzig Zentimeter vor seinem Kopf auftauchte. Erschrocken ließ er sich zurückfallen und landete auf einer Wurzel, worauf ihm ein stechender Schmerz vom Steißbein bis in die Nackenwirbel fuhr. Mistvieh, wo ist meine Pistole, fluchte er vor sich hin, als er eine näher kommende Stimme hörte, die lauthals „Cerbere, sit" rief. Das wird ja immer grotesker, dachte Schäfer. Der Höllenhund, der Englisch versteht. Beim nächsten Satz des Hundebesitzers wurde Schäfer allerdings klar, dass er sich geirrt hatte.

„Recede, Cerbere, sed perge hostem cavere", hörte er die Stimme sagen.

„Jessas“, entfuhr es Schäfer, als er mitbekam, dass das Herrl mit seinem Monster auf Latein kommunizierte und „sit“ wohl als verkürzte Form von „hic sit – hier sei er“ funktionierte.

Der nächste Satz war bereits an ihn gerichtet: „Was wollen Sie hier? Das ist Privatgrund.“

„Der Grund, auf dem ich mich befinde, ist öffentlich“, entgegnete Schäfer verärgert, „und wenn Ihr Monster seine Schnauze nur zehn Zentimeter über Ihre hübsche Hecke hinwegsetzt, um mich anzugreifen, kriege ich Sie wegen Körperverletzung dran und der Höllenwächter fährt per Spritze direkt in die Unterwelt.“

„Sieh an, sieh an“, kam es von der anderen Seite, „Major Schäfer. Angesichts der turbulenten Ereignisse mussten Sie ja früher oder später hier auftauchen.“

„Hatten wir schon mal das ... ähm ... Vergnügen?“, fragte Schäfer verwundert und sah sich nach Überwachungskameras um.

„Nicht persönlich, nein“, erklärte die Stimme herablassend, „Sie haben vor zwei Jahren einen meiner geschätzten Mandanten, Boris Zischtnoirgendwas, nun, wie soll ich sagen, in seiner Mobilität empfindlich eingeschränkt. Mit etwas zweifelhaften Methoden, wie ich anmerken muss, aber gut: Der Zweck heiligt die Mittel.“

„Oder: Der Dreck gehört in den Kanal. Haben wir uns im Gerichtssaal getroffen?“, versuchte Schäfer, der Stimme ein Gesicht zu geben.

„Wo denken Sie hin, Major. Solche Individuen pflege ich nicht selbst zu vertreten. Ich war gewissermaßen unsichtbarer Beobachter, während mein ehemaliger Teilhaber ...“

„Pribil“, fiel Schäfer der Name des Anwalts wieder ein, der den Vierfachvergewaltiger Zischtnoiewski verteidigt hatte.

„Genau, Pribil, der Kretin“, fluchte die Stimme jenseits der Hecke, fand jedoch gleich wieder zu ihrem zynisch-amüsierten Ton zurück: „Nun, Major, was führt Sie denn zu mir?“

„Zu Ihnen? ... Gar nichts. Ich unternehme gerade einen Sonntagsspaziergang, und da war ich neugierig, was sich hinter dieser zauberhaften Hecke verbirgt.“

„Sie mögen keine Thujen?"

„Es wächst weit Schöneres auf Gottes Erden."

„Hahaha", machte die Stimme, ohne wirkliche Belustigung erkennen zu lassen, „Major Schäfer: Es war mir eine willkommene Abwechslung meines Mußetages!"

„Falls ich Sie kommende Woche noch einmal dienstlich besuchen müsste, wann treffe ich Sie hier an?", rief Schäfer durch die Hecke.

„Dienstlich? Ab morgen in meiner Kanzlei in Wien. Lassen Sie sich einen Termin geben."

Schäfer blieb noch einen Augenblick stehen und rieb sich das schmerzende Steißbein. Im Weitergehen wunderte er sich, dass ihn das Treffen mit dem herablassenden Anwalt, der es nicht einmal für nötig befunden hatte, ihn ans Gartentor zu bitten, so gut wie gar nicht verstimmte. Seine Sinne hatten das eben Erlebte wohl als so surreal, so außerhalb der Wirklichkeit eingeordnet, dass sie eine Reaktion darauf schlicht für unnötig erachtet hatten.

Was ihn de facto störte, war, dass der Anwalt möglicherweise auf dem für den Fall wichtigsten Beweismittel wohnte. Und ohne dessen Wichtigkeit beweisen zu können, würde Schäfer keinen Durchsuchungsbefehl bekommen. „Da beißt sich der Hund in den Schwanz", wie er zur Verwunderung eines entgegenkommenden Wanderers laut vor sich hin sprach.

Eine halbe Stunde später setzte er sich auf die Terrasse eines Berggasthofs und bestellte ein Bauernomelette. Während er aß, sah er einem Bussard zu, der über der Terrasse seine Kreise zog und immer wieder im Sturzflug in die Wiese herabstieß, um einen Maulwurf oder sonstiges ahnungsloses Getier zu fassen.

Als die Kellnerin, die Schäfer von früher kannte, herauskam und feststellte, dass keiner der wenigen Gäste etwas von ihr brauchte, setzte sie sich zu ihm.

„Alles in Ordnung bei dir?", fragte er.

„Klar. Und bei dir?"

„Ja, was soll ich dir sagen ... schöner wäre es, wenn ich zum Urlaub machen hier wäre."

„Und warum machst du dann nie Urlaub hier?“

Schäfer schwieg und schob sich einen Bissen in den Mund.

„Es ist wegen Maria, oder?“

„Kann sein ...“

„Wir machen alle einmal Fehler ...“

„Ja ... und manche bezahlen sie mit ihrem Leben ...“

Sie schaute ihn fragend an. Ein Gast am anderen Ende der Terrasse rief nach ihr und verlangte die Rechnung. Sie stand auf und sagte zu Schäfer, dass sie gleich wieder bei ihm wäre. Schäfer schaute ihr kurz nach, nahm seinen Rucksack, holte die Brieftasche heraus und legte einen Schein auf den Tisch. Als sie zurückkam, war er weg.

Wie auf der Flucht sprang er einen steilen Waldweg hinab, stolperte über Wurzeln und konnte sich jedes Mal gerade noch rechtzeitig an einem Ast halten, um einen Sturz zu verhindern. Außer Atem und schweißnass traf er schließlich auf die asphaltierte Straße, die in der einen Richtung nach Kitzbühel und in der anderen ins Blumendorf 1999 führte. Er sah auf die Uhr und entschied sich für den direkten Weg zurück. Der Film in seinem Kopf setzte ihm derart zu, dass er immer wieder stehenblieb und sich an den Holzzaun am Rand der Straße lehnte. Er musste weg von hier; lang würde er das nicht mehr aushalten. Wütend trat er gegen den Zaun, bis das mittlere Brett mit einem lauten Krachen auseinanderbrach und er durch die Wucht des Tritts nach vorne fiel.

„Geht es Ihnen nicht gut?“, fragte eine Stimme ohne jeden Anflug von Aufgebrachtheit, und Schäfer, der sich erst noch entschuldigen wollte, sah auf und in das Gesicht eines Mannes in seinem Alter, der sich ernsthaft Sorgen um ihn zu machen schien.

„Nein“, antwortete Schäfer ehrlich, „ich bin etwas durcheinander.“

„Wollen Sie einen Moment hereinkommen?“

Schäfer, dem der Fremde vom ersten Augenblick an sympathisch war, nickte nach kurzem Zögern und ging in Richtung Tor. Als er das Namensschild am Postkasten sah, konnte er sich ein etwas irres Lachen nicht verkneifen.

„Es geht Ihnen offensichtlich schon wieder besser“, meinte der Mann auf der anderen Seite pikiert.

„Tut mir leid ... ich bin nur ... ich bin Polizist und ich kann Ihnen das gern erklären.“

„Na dann bin ich mal gespannt“, erwiderte von Habermann und öffnete ihm das Tor.

„Möchten Sie einen Hollersaft? Hab ich selbst angesetzt“, sagte von Habermann und goss aus einer etikettenlosen Flasche einen Schuss Sirup in einen Krug, den er anschließend unter dem Wasserhahn auffüllte.

„Gern“, antwortete Schäfer, der eben noch das Wohnzimmer bewundert hatte, nun auf der Schwelle zur Küche stand und seinem Gastgeber zusah.

„Die Hollerbüsche in unserem Garten sind von einzigartiger Qualität.“ Von Habermann hielt Schäfer ein Glas hin. „Nicht, dass ich das je überprüft hätte, aber meine Großmutter war davon überzeugt. Wie übrigens auch von den meisten anderen Dingen im Besitz unserer Familie“, fügte er mit einem Lächeln hinzu.

„Besitz kann man so und so verwenden ...“

„Da stimme ich Ihnen zu“, antwortete von Habermann nach einer kurzen Pause und lud Schäfer ein, ihm ins Wohnzimmer zu folgen.

„Sie sagten vorhin, dass Sie mir etwas erklären könnten.“ Er durchsuchte in einem alten Schrank eine beachtenswerte, aber kaum geordnet zu nennende Schallplattensammlung und entschied sich schließlich für das „Stabat Mater“ von Verdi, wie Schäfer auf der Plattenhülle erkennen konnte.

„Es ist nicht ganz so einfach.“

„Es ist Sonntag ...“

Schäfer begann zu reden. Und ohne dass er Einfluss darauf nehmen konnte, entwickelte sich der Bericht über die Morde, die Opfer und deren Verstrickungen zu einer Erzählung, die für den Fall unbedeutende Einzelheiten ebenso in sich aufnahm wie Ereignisse, die sich vor seinem Eintreffen in Kitzbühel ereignet hatten. Die Bank, die der Vater seines Gastgebers gespendet hatte, Schäfers Traum, in dem Rohrschacher mit den Knochen tanzte, die Graffl-Wetti mit ihrem Argos, Maria, die Vorwürfe, die ihn verfolgten – Fakten, Ahnungen und Fantasien, sie entfalteten sich zu einer Geschichte über Schäfer selbst. Erschöpft machte er eine Pause und blickte seinen Zuhörer an, der aufrecht in seinem Fauteuil saß und Schäfer fasziniert gelauscht hatte. Von Habermann stand auf, um die Platte umzudrehen, die schon lange keinen Ton mehr von sich gab.

„Ich frage mich, wie Sie als Polizist funktionieren können."

Schäfer, der sich nach seiner Offenbarungstour ausgelaugt fühlte, antwortete nichts.

„Ich habe wenig Erfahrung mit der Polizei", fuhr von Habermann fort und klopfte lächelnd auf den Beistelltisch aus Eichenholz zwischen ihnen, „aber einen Polizisten, noch dazu einen in Ihrer Position, hab ich mir vorgestellt wie ... eher kompakt, wie aus einem Guss ... unkomplizierter ... ein wenig dümmer im positiven Sinne ... Sie sind so ... vielschichtig ... verzeihen Sie mir das plumpe Wortspiel: eher wie ein Bastard als ein reinrassiger Schäfer. Eine Mischung aus, sagen wir um der Heimat willen, einmal Walde, dann vielleicht Schiele, dem Sie übrigens wirklich ähneln, und meinetwegen Basquiat. Ein interessantes Stil-Potpourri, zweifelsohne, aber sicher nicht immer leicht zu genießen. Und ganz ehrlich: Wenn ich mich an die Polizei zu wenden hätte und Sie kämen mir unter, hätte ich meine Zweifel, ob meine Anliegen bei Ihnen gut aufgehoben wären", meinte er lachend.

„Da geht es mir nicht viel anders", erwiderte Schäfer müde, „aber seltsamerweise ist es so, dass meine Aufklärungsquote doppelt so hoch ist wie die des durchschnittlichen Polizisten in derselben oder einer vergleichbaren leitenden Position."

„Verstehen Sie mich bitte nicht falsch", erwiderte von Habermann rasch, „wenn ich Sie nicht als außerordentliche Persönlichkeit einschätzte, würde ich mir nie solche Freiheiten herausnehmen. Es war wohl auch eher als Kompliment gemeint."

„Danke", antwortete Schäfer, der sich von seinem Gastgeber fast schon unangenehm durchschaut fühlte und auch deswegen dem Gespräch eine andere Richtung geben wollte. „Ich habe ein Foto gefunden, auf dem Sie, Ihre Eltern und Simon Steiner abgebildet sind. Dürfte beim Skikurs aufgenommen worden sein."

„Ja, ich habe das Bild sogar da. Wenn Sie es sehen möchten ..."

„Nein, lassen Sie nur. Worauf ich hinauswill: Es hat früher einmal Gerüchte gegeben über eine Entführung in Ihrer Familie, Sicherheitsbeamte und Leibwächter, die auf dem Grundstück gesehen worden sind ... Jetzt stelle ich fest, dass Steiner und die beiden anderen Opfer mit ziemlicher Sicherheit Kontakte zu einem ehemaligen RAF-Terroristen gehabt haben. Und genau in dieser Zeit ist auch der Chef eines österreichischen Textilkonzerns von der RAF entführt worden. Da drängt sich doch der Verdacht auf ...“

„Es ist mehr als ein Verdacht“, unterbrach ihn von Habermann, „und es ist fast schon gespenstisch, dass sich über zwanzig Jahre niemand dieses Themas annimmt, bis ein – verzeihen Sie mir noch mal – absonderlicher Polizist diesen Fall, der offiziell nie einer war, plötzlich aufdeckt.“

Von Habermann stand sichtlich erregt auf, ging zur Terrassentür, öffnete sie und deutete Schäfer, ihm zu folgen. Sie gingen durch den weitläufigen Garten, bis sie in einen von der Straße aus uneinsehbaren Bereich gelangten, wo eine riesige Trauerweide stand. Von Habermann schob fast liebevoll die bis zum Boden hängenden Zweige beiseite.

„Hier war unser Lieblingsversteck, von mir und Hanna, meiner Schwester. Natürlich müssen meine Eltern davon gewusst haben, aber zumindest haben sie uns damals im Glauben gelassen, dass wir einfach ohne ihr Wissen verschwinden konnten. Wie Alice im Wunderland.“

„Woran können Sie sich noch erinnern?“, fragte Schäfer, der glaubte, dass von Habermann einer konkreten Erinnerung und einem möglicherweise damit verbundenen Wiedererleben ausweichen wollte.

„Kommen Sie mit“, antwortete von Habermann mit einem leisen Seufzer und ging ins Haus zurück, wo er Schäfer in einen Raum führte, der eine Mischung aus Bibliothek, Kapelle und Rumpelkammer darstellte. Verstaubte Kerzenhalter standen auf ledernen und brüchig gewordenen Folianten, leere Weinflaschen mit großen Namen auf den Etiketten füllten ein Terrarium, an der Wand wechselten Ikonen, deren Wert Schäfer nicht einzuschätzen wusste, mit Familienbildern, die ihm durch ihr Alter, die Kleidung der Abgebildeten sowie deren stolzes Posieren vor dem Magnesiumblitz geradezu wie ein Sinnbild für das Selbstbewusstsein bedeutender Adelshäuser erschienen.

„Ja ja, die Vorfahren“, sagte von Habermann, der Schäfers blick gefolgt war, und räumte eine alte, mit Schellack imprägnierte Kommode frei, indem er ein Bügelbrett, eine Fliegenfischerausrüstung und ein paar alte Holzski zur Seite stellte. Er zog die oberste Schublade der Kommode auf und holte ein in anthrazitfarbenes Leinen gebundenes Buch heraus, das er Schäfer hinhielt.

„Voilà ... ein Fallbeispiel der klassischen Psychoanalyse.“

„Was ist das?“, fragte Schäfer, ohne sich zu trauen, das Buch aufzuschlagen.

„Die Aufarbeitung meiner Geschichte, eine Therapie. Quid pro quo, wenn Sie so wollen. Die Entführung wurde von meinen Eltern, aus welchen Gründen auch immer, so gut wie geheim gehalten. Das Lösegeld, damals fünf Millionen Mark, hat mein Vater sofort bezahlt. Die österreichischen Behörden waren in dem Fall meines Wissens gar nicht involviert. Der damalige deutsche Minister für Inneres, mit dem mein Vater natürlich per Du war, hat zwar ein paar Männer der GSG 9 hierher beordert, aber denen waren klarerweise die Hände gebunden. Eine gut ausgebildete Leibwache, die wenig später durch ein privates Sicherheitsteam ersetzt worden ist.“

Von Habermann stand vor dem Fenster und schaute in den Garten hinaus.

„Wie passend: es beginnt zu regnen“, meinte er rätselhaft und drehte sich zu Schäfer um, der untätig im Raum stand.

„Fast sieben Uhr, mein Freund ... Sie müssen sich langsam auf den Weg machen.“

Schäfer ging in die Küche, wo er seinen Rucksack stehen lassen hatte, und packte das Buch ein.

„Ich werde darauf aufpassen“, versicherte er von Habermann, der ihm zur Haustür vorausging.

„Da bin ich mir sicher ... brauchen Sie einen Schirm?“

„Ich bin nicht aus Zucker“, antwortete Schäfer lächelnd, unterdrückte seinen Wunsch, von Habermann zu umarmen, und reichte ihm stattdessen die Hand, die dieser, feinfühlig wie er war, länger hielt, als er es bei einem gewöhnlichen Gast getan hätte.

31

Schäfer stand bei der Gepäckausgabe und schaute ungläubig auf das Förderband, das außer einem schrillen Pfeifton nichts hergab. Um ihn herum traten vornehmlich italienische Geschäftsleute von einem Bein aufs andere, murmelten in periodischer Abfolge Flüche in Richtung der Flughafenbediensteten, vertrieben sich die Zeit an ihren Mobiltelefonen oder kneteten Zigarettenschachteln, in der Hoffnung, ihren Nikotinmangel bald ausgleichen zu können. Weil Schäfers Gedanken ihn nach dem Besuch bei von Habermann immer wieder untätig in die Luft starren und folglich den Zug nach München ohne ihn abfahren hatten lassen, hatte er Kern als Chauffeur genommen, der dem Rückreisestau auf der Autobahn nach Schäfers Anraten mit Blaulicht und auf dem Pannenstreifen entging, obwohl ihn diese Aktion teuer zu stehen hätte kommen können.

Am Münchner Flughafen hatte er sich die Wartezeit verkürzt, indem er mit Baumgartner telefonierte und sich von ihrem Gespräch mit Obernauers Sohn erzählen ließ. Sie teilte Schäfers Meinung: Hans Obernauer hatte sich von seiner Vergangenheit weit entfernt, arbeitete erfolgreich als IT-Administrator eines Schweizer Pharmakonzerns und war gerade dabei, mit seiner Frau und ihren beiden Kindern ein Eigentumshaus in einem Vorort von Salzburg zu beziehen. Er hatte sich Baumgartner gegenüber weder abweisend noch besonders auskunftsfreudig gezeigt. Was in seiner ehemaligen Heimatstadt vor sich ging, schien ihm ganz einfach egal zu sein. Außerdem konnte er zumindest für zwei Tatzeiten gesicherte Alibis vorweisen. Baumgartner war enttäuscht bis frustriert, das konnte Schäfer wahrnehmen, ohne sie sehen zu müssen. Er wusste auch, warum: Sie hatte das Pech gehabt, dort zu fischen, wo es bislang nichts zu fangen gab. Und wer auch immer diesen Umstand, der Schäfers Fortschritte von denen seiner Kollegin unterschied, nur in mangelnder Kompetenz, zu wenig Erfahrung oder vielleicht sogar in einer Mann-Frau-Frage begründet sehen mochte, der irrte. Schäfer hatte erstklassige Polizisten versagen sehen; und er hatte erlebt, wie peinliche Kretins

Verbrecher fingen, die sich dem Zugriff der Justiz jahrelang entzogen hatten. Zufall? Schicksal? Es gab etwas jenseits des Könnens, das wusste Schäfer. Schließlich konnte er sich seine eigenen Erfolge oft genug selbst nicht erklären; sah sich dann je nach Laune als willenloses Werkzeug oder als Figur mit einmal mehr, einmal weniger Handlungsspielraum. Was seinen Ehrgeiz beizeiten erheblich minderte – auf der anderen Seite aber auch verhinderte, dass er überheblich wurde.

Wie das Gespräch mit Kranz verlaufen sei, wollte Schäfer wissen.

„In etwa so, wie Sie es vorhergesagt haben“, seufzte Baumgartner, „ein Patriarch und sabbernder Chauvinist, der wahrscheinlich nur wegen seiner Ämter und Orden noch nicht auf der Straße ausgeschimpft und angespuckt wird. Eine Farce, dieser Mann: Wenn mir einer schon mit ‚Liebes Fräulein‘ kommt, egal ob ich verheiratet bin oder nicht, dann fingere ich schon am Pfefferspray herum, dieses ... Verzeihung ... Was die Umwidmung betrifft ... da ist laut ihm natürlich alles mit rechten Dingen zugegangen, ich kann mir jederzeit gern die Bescheide durchsehen. Die verstauben in irgendeinem Keller, wenn sie nicht überhaupt zufällig bei einem Wasserrohrbruch oder Zimmerbrand vernichtet worden sind. Und wissen Sie, was dieses Aas getan hat, während ich vor seinem Potenzschreibtisch gesessen habe? Er hat die ganze Zeit an einer Holzfigur herumgespielt, irgendein Dämon oder was weiß ich ... und der hat einen riesigen Penis ausgefahren, wenn Kranz den Kopf nach oben gezogen hat. Ich hab ihm gesagt, dass er das bitte unterlassen soll, worauf er mich fragt, ob mich der Anblick ...“

Schäfer musste sie unterbrechen, da sein Flug aufgerufen wurde. Während er zum Gate ging, rief er sich den ehemaligen Bürgermeister in Erinnerung. Er hatte Kranz nie so unsympathisch gefunden, wie Baumgartner ihn jetzt geschildert hatte. Ein Mensch, der Macht besitzen will, zweifelsohne. Aber durchaus mit Unterhaltungswert. Traf man ihn nach fünf, war er wegen seiner fast täglichen Trunkenheit so gesprächig wie spendabel und konnte eine Wirtshausrunde mühelos einen Abend lang allein unterhalten. Doch was wusste Schäfer schon von den Menschen, die Kranz erniedrigte, um ihr Recht betrog oder in den Ruin trieb. Und wie sollte er selbst mit diesem Mann umgehen? Denn dass ihm ein Besuch beim Herrn Altbürgermeister nicht erspart bliebe, war Schäfer ebenso klar wie die Tatsache, dass dieser mehr wusste, als er Baumgartner gesagt hatte.

Ganze zwei Stunden hatte er im Terminal gesessen und auf seine Tasche gewartet. Wobei das Förderband, das sich irgendwo verheddert hatte, weit weniger an seinem wachsenden Ärger schuld war, als dass sich niemand zuständig fühlte, den Defekt zu beheben. Schäfers Chauffeur meinte während ihrer Fahrt in die römische Innenstadt achselzuckend, dass eben auch Maschinen eine Seele hätten – was seinen Fahrgast einigermaßen zufriedenzustellen schien. Als Schäfer sein Zimmer bezog, war es kurz vor drei. Und da er sich trotz 24-Stunden-Service um diese Uhrzeit nichts mehr zu essen bestellten wollte, stillte er seinen Hunger mit Erdnüssen, Chips und Schokodragees. Nachdem er seine Tasche ausgepackt und seine Sachen verstaut hatte, stand er rauchend am Balkon, sah den Verschubarbeitern am Bahnhof Termini zu und wunderte sich über den Frieden, den ihm dieser Ausflug jetzt schon verschaffte.

Eine kurze Auszeit vielleicht, einen Kaffee am Campo de' Fiori, sich die Beine in den Bauch stehen, um im Eiltempo durch die gefährlich sauerstoffarme Sixtinische Kapelle getrieben zu werden, ein Einkaufsbummel in der Via Condotti, eine Münze in den Trevi-Brunnen ... Schäfer hatte Lust auf Klischees, vielleicht würde er sich sogar von einer Rosen verkaufenden Zigeunertruppe die Brieftasche stehlen lassen.

Als er sein Intermezzo am Tag darauf mit ein paar Längen im Dachpool beginnen wollte, teilte man ihm höflich, aber bestimmt mit, dass dieser wegen Dreharbeiten drei Tage lang gesperrt wäre. Schäfer hielt Ausschau nach einem Mann, der Friedrichs Bild ähnlich sah, war aber offensichtlich nur von Aufbauarbeitern und Kabelträgern umgeben, die ihn schadenfroh angrinsten, während er im hoteleigenen Bademantel sehnsuchtsvoll am Rand des türkisen Bilderbuchpools stand.

Verärgert ging er auf sein Zimmer zurück und ließ sich ein Frühstück bringen; setzte sich damit auf den Balkon, dessen Ausblick auf den Frachtenbahnhof bei Tag weit weniger poetisch war als in der Nacht. Schäfer spuckte die Kerne der köstlichen Trauben, die Teil seines Frühstücks waren, auf die Straße hinab und dachte nach.

Gesetzt den Fall, er könnte das Grundstück umgraben: Wenn er nichts fand, könnte er sich selbst eingraben und lange Gras darüber wachsen lassen. Vor allem brauchte er zuvor einen Treffer, der Kamp und den Staatsanwalt überzeugte. Er brauchte endlich etwas, womit er dem Täter voraus war, um ihn herauszulocken. Und wenn der seinen Rachefeldzug abgeschlossen hatte? Was war mit dem Mann und der Frau neben Friedrich: Angenommen, sie hätten die Morde begangen – dann konnten sie genauso gut schon längst irgendwo im Ausland sein, wo er sie nie zu fassen kriegen würde. Irgendwas an ihren Gesichtern ... Schäfer ging in sein Zimmer und nahm seinen Laptop mit auf den Balkon. Er fuhr ihn hoch und sah sich das Bild der drei an. Vergrößerte es, bis die Gesichter nur mehr Pixel waren. An wen erinnerten ihn die beiden? Er kam nicht darauf. Fast zehn Uhr, er sollte Friedrich anrufen. In dem Moment, als Schäfer sein Telefon in die Hand nahm, rief ihn Foidl an.

„Buongiorno, Leutnant ... Ja ... Weiß ich noch nicht, bis jetzt eher enttäuschend ... Stimmt, man darf sich nicht zu viel erwarten ... Warum rufst du an ... Und das Bild, auf dem Friedrich mit der jungen Frau und dem Mann in der Lederjacke drauf ist ... Kennst du die beiden oder kommen sie dir zumindest bekannt vor? ... Wer sagt das? ... Ach so, ich wusste nicht, dass deine Frau da ist, lass sie schön grüßen ... Also, wie kommt sie darauf, dass die Frau schwanger ist? ... Ein Gefühl ... Na gut, danke jedenfalls ... Ja ... Servus.“

Schäfer betrachtete das Bild erneut. Wie wollte Foidls Frau wissen, dass die Frau auf dem Foto schwanger war? Sie lächelte, etwas unsicher, aber glücklich. Der Mann neben ihr hatte einen Arm um ihre Hüfte gelegt, auf ihrem Bauch lag seine Hand, auf die sie beide Hände gelegt hatte. Wenn man wusste, dass sie schwanger war, würde man es sofort sehen, dachte Schäfer und wählte Friedrichs Nummer.

„Sind Sie schon hier?“, rief dieser ins Telefon, um sich im Trubel, der offenbar um ihn herrschte, Gehör zu verschaffen.

„Im Hotel ... wo man zahlenden Gästen die Benutzung des Pools verbietet. Da stecken doch sicher wieder die Deutschen dahinter.“

„Hahaha“, lachte Friedrich aus dem Telefon, das Schäfer mittlerweile in sicherem Abstand von seinem Ohr hielt. „Wer mehr zahlt, schafft an. Das müssten Sie als Kitzbüheler doch ganz gut wissen!“

„Ja ja, deswegen waschen die Deutschen jetzt auch wieder die Teller ab, von denen die Russen essen“, frotzelte Schäfer zurück.

„Und für deren sozialistisches Hirngewichse haben wir einmal gekämpft!“, lachte Friedrich lauthals heraus.

„Na ja, aber wenigstens Sie hat die Revolution noch nicht ganz gefressen, wie ich so mitkriege bei Ihren Orgien da oben.“

„Na na, Herr Major, Inszenierung, Schauspiel, Reklame ... am Abend gehen diese ganzen Statistenderwische hier völlig fertig und schlecht bezahlt nach Hause, schreiben heimwehkranke Briefe an ihre Familien im Süden und weinen leise in ihre Polster ...“

„Sie zynischer Imperialistenbonze, Sie hätte man früher in die Luft gesprengt“, gab sich Schäfer entrüstet, fragte sich aber langsam ehrlich, wie durchgedreht der ehemalige RAF-Mann nun wirklich war.

„Da warte ich doch drauf, Herr Major“, hustete Friedrich ins Telefon, „bleiben Sie bitte kurz dran.“

Schäfer hörte, wie Friedrich jemandem in einem furiosen Deutsch-Italienisch-Englisch-Mix auftrug, der Hauptdarstellerin verdammt noch mal ein Kleid anzuziehen, durch das die Kamera das Sonnenlicht atmen könne, und überlegte, ob er nicht doch einen Sprung am Set vorbeischauen sollte.

„Major! Sind Sie noch dran?“, bellte Friedrich ins Telefon.

„Ja ... Sagen Sie: wann haben Sie denn heute mal Zeit für mich?“

„Zeit, Zeit, Zeit“, deklamierte Friedrich, als hielte er einen Totenschädel vor sich. Und Schäfer stellte sich schon auf die nächste Runde einer zwecklosen Dialogschleife ein, als Friedrich zu seiner Überraschung sagte: „Treffen wir uns Punkt acht in der Lobby. Dann gehen wir was Anständiges essen, wir beide.“

„Ich bin da.“

Er setzte sich aufs Bett und sah den Rom-Führer durch, den er bei seiner Ankunft auf dem Schreibtisch vorgefunden hatte. Das Prahlen mit einer Unmenge Sehenswürdigkeiten, die Abgenütztheit der Namen, die in der billigsten Quizshow niemanden mehr fordern konnten, die Millionen an Touristen, die jeden Winkel der Bauwerke längst totfotografiert hatten, die absurden Geheimtipps, mit denen die Stadtwerber das Touristenkapital vermutlich wegen lokaler Überforderung zeitweise umverteilen wollten – Schäfer warf das bunte Heftchen angewidert auf den Boden, griff sich die Fernbedienung und schaltete sich durchs Fernsehprogramm. Bei einer italienischen Spieleshow blieb er hängen. Warum sich die Moderatorin im Verlauf der Sendung ein Kleidungsstück nach dem anderen auszog, bis sie nur mehr in Spitzenunterwäsche dastand, deren Erzeuger groß eingeblendet wurde, blieb Schäfer ebenso verschlossen wie die Kriterien, nach denen Kandidaten ausschieden, neue aus dem Publikum hinzugeholt wurden oder hinter einer Kulisse hervorsprinteten, die bei einem besonders wahnwitzigen Teilnehmer gefährlich wackelte, obgleich sie die allseits bekannte Vorderfront des Kolosseums darstellte. Er fühlte seinen Kopf angenehm leer werden, fand nach dem Ende der Show gleich eine neue, die die vorherige an Absurdität zu überbieten versuchte und Schäfer nach einer halben Stunde in einen friedlichen Schlaf gleiten ließ. Als er erwachte, glaubte er sich für kurze Zeit in seinem Hotelbett in Kitzbühel. Er richtete sich auf und sah den noch immer laufenden Fernseher, der seinen Irrtum gleich korrigierte. Gähnend stand er auf, schaute sich im Zimmer um und ging ins Bad, um zu duschen. Er fühlte sich gut, als er im Bademantel auf dem Balkon stand und eine Zigarette rauchte. Eine Möwe landete auf einem Strommasten vor ihm und schaute erwartungsvoll in seine Richtung. Schäfer, der seinen Vorrat an Snacks erschöpft wusste, hob bedauernd die Schultern, worauf der Vogel das Weite suchte. Er ging ins Zimmer zurück und sah auf seinem Telefon nach der Uhrzeit. In zwei Stunden sollte er in der Lobby sein. Herrlich, dachte er, warf sich aufs Bett und griff zur Fernbedienung.

32

Kurz nach acht hatten die beiden das Hotel verlassen und waren zu Fuß in Richtung Spanische Treppe gegangen, wo Friedrich Schäfer in ein Fischrestaurant einladen wollte, das seinem Ermessen nach in Rom konkurrenzlos war. Die meiste Zeit gingen sie hintereinander; so war die Gefahr geringer, von einem Taxi angefahren zu werden. Doch auch wenn sie in verkehrsberuhigten Gassen Seite an Seite gingen, vermieden sie es, über die Vorfälle in Kitzbühel zu sprechen. Eher blieben sie vor einer Auslage nach der anderen stehen, um festzustellen, dass sie beide einen ähnlichen Modegeschmack hatten. Oder sie bezogen ihren Gesprächsstoff aus einer Touristengruppe, der sie Platz machten, indem sie sich nebeneinander an eine Hausmauer stellten, um dann über Beruf, Hobbys und geschlechtliche Ausrichtung der vorbeiziehenden Personen zu spekulieren.

Im Restaurant benahm sich Friedrich anfangs so, als würde er dem Lokal mit seinem Besuch eine Ehre erweisen, die dieses niemals verdiente. Ließ sich Gerichte empfehlen, die er mit einer wegwerfenden Geste als weit unter seiner Würde abtat, ließ sich vom Kellner ein Meerestier nach dem andern bringen, um es nach Inspektion der seiner Meinung nach getrübten Augen wieder zurückzuschicken, blätterte die Karte so schnell durch, als kämen die angebotenen Speisen ohnehin nicht in Frage, nur um schlussendlich einen Seebarsch vom Grill mit Salzkartoffeln zu bestellen. Schäfer wusste: Egal wie gut das Essen sein würde, er konnte nie wieder einen Fuß in dieses Restaurant setzen. Die Wahl des Weins überließ Friedrich zum Glück seinem Gast. Schäfer bestellte ohne zu überlegen eine Flasche Vermentino, was der Kellner als ausgezeichnete Wahl würdigte – er konnte ja nicht wissen, dass sein Gast nur dem Klang des Wortes und nicht seiner bescheidenen Weinkenntnis vertraut hatte.

Während sie auf das Essen warteten, tauschten sie belanglose Sätze über die Einrichtung aus sowie über Methoden, in einer fremden Stadt ein gutes Restaurant zu finden. Der Seebarsch wurde serviert. Sie aßen langsam und bei bester Laune, bestätigten einander den ausgezeichneten Geschmack des Fisches und waren lange vor dem Weglegen der Servietten mit der Flasche Weißwein fertig. Der Kellner brachte eine neue, öffnete sie, ließ Schäfer goutieren und schenkte dann die Gläser halbvoll. Als sie anstießen, räusperte sich Schäfer, ohne damit etwas ausdrücken zu wollen. Doch Friedrich stellte das Glas wieder ab, ohne daraus getrunken zu haben, und schaute sein Gegenüber fast verzweifelt an.

„Nun denn“, sagte er und ließ seinen Blick sinken, „was wollen Sie wissen?“

Schäfer, der nicht mit diesem abrupten Themenwechsel gerechnet hatte, setzte im Gegensatz zu Friedrich mit dem Essen fort und gab seiner ersten Frage denselben Tonfall, mit dem er die ausgezeichnete Konsistenz der Kartoffeln gelobt hatte.

„Es gibt da ein Bild – ich war leider zu blöd, um einen Ausdruck mitzubringen –, aber vielleicht erinnern Sie sich ohnehin. Da sind Sie mit einem jungen, dunkelhaarigen Mann in einer Lederjacke und einer hübschen jungen Frau drauf. Dürfte so im Winter neunundsiebzig aufgenommen worden sein ...“

„Dunkelhaarig ... sicher bin ich nicht, aber wahrscheinlich ist es Radner gewesen, Andreas Radner. Der hat immer eine schwarze Lederjacke getragen. Von einer Frau hab ich jetzt überhaupt kein Bild im Kopf. Haben Sie die Fotos nicht mit?“

„Im Hotel“, antwortete Schäfer und wunderte sich, wie schnell Friedrich von einem manisch anmutenden Bonvivant zu einem unsicher wirkenden Mittfünfziger werden konnte. Er legte sein Besteck über Kreuz auf den Teller, verschränkte die Hände vor seinem Bauch und schien einfach nur abzuwarten.

„Wer war Radner?“

„Wer war er ...“, sagte Friedrich und machte eine Pause. „Ein Gehetzter, der einen Platz in der Welt für sich suchte. Eigentlich ein Religiöser, wenn Sie mich fragen. Was der in der Fraktion wollte, war mir sowieso ein Rätsel ...“

„Radner war RAF-Mitglied?“, platzte Schäfer heraus. Er rief den Kellner und bat ihn um einen Stift und einen Block, da er seinen eigenen im Hotel vergessen hatte.

„Na ja ... Mitglied“, bemühte sich Friedrich, seine brechende Stimme auf ein hörbares Niveau zu heben, „wahrscheinlich mangels Alternativen. Ursprünglich kam er aus der Bewegung 2. Juni, wo es ihm aber zu chaotisch zuging. Er war unzufrieden ... wie wir alle natürlich ... aber Radner hatte gewisse Vorstellungen, mit denen er bei der RAF ohnehin nicht lange geduldet worden wäre.“ Friedrich griff zur Weinflasche, füllte sein Glas randvoll und leerte es, als ob er einen enormen Durst zu löschen hätte.

„Welche Vorstellungen?“ Schäfer hielt die Handfläche über sein Weinglas, als ihm Friedrich nachschenken wollte.

„Moralische ... er bezweifelte die Sinnhaftigkeit eines bewaffneten Kampfes ... Als ich ihn in Kitzbühel traf, war er gerade auf dem Luther-King-Trip, hat von einer nötigen Wende in der Politik der RAF gesprochen, in die er nicht einmal ...“

„Wie lange waren Sie mit ihm in Kontakt?“

„Eigentlich so gut wie gar nicht ... Wir sind uns ein paar Mal in München über den Weg gelaufen ... Sie wissen schon: Kommunensitzungen, ewiges Gelabere, die Oberschlauen, die jetzt in den Ministerien sitzen und sich gegenseitig beim Geldanhäufen einen herunterholen ...“

„Na ja“, wandte Schäfer lächelnd ein, „Ihre Wandlung ist ja auch nicht ohne.“

Friedrich starrte schweigend in sein Weinglas und bedachte sein Gegenüber dann mit einem feindseligen Blick, der aber bald nur mehr stille Verzweiflung ausdrückte.

„Radner hatte keinen Hass“, sagte Friedrich leise, „wahrscheinlich hätte er eher zum Hippie getaugt, aber die waren ihm zu schlaff. Ironischerweise hatte er einen wesentlich stärkeren Willen als ich, die Dinge zu verändern, loszuziehen, um für seine Ideale, wenn nötig, sein Leben zu lassen. Ich war da pragmatischer. Semtex war als Ideal gut genug“, schmunzelte er bitter, lehnte sich zurück und schloss die Augen, als sei das Gespräch für ihn beendet. Diesen Gefallen konnte ihm Schäfer nicht tun.

„Wissen Sie, wo Radner jetzt ist?“

„Nein ... Südamerika, Syrien ... Tirol?“, lachte er plötzlich los.

„Wann haben Sie ihn zum letzten Mal gesehen?"

„In Kitzbühel, dem alpinen Babylon ..."

„Was haben Sie da eigentlich gemacht? ... Abwäscher in einem Tourismusort, der von den Amerikanern ernährt wird, wie ist sich das ausgegangen? Haben Sie die Dollars für den Kauf von Waffen gespart?"

Friedrich lächelte müde und nahm einen Schluck.

„1978, da war ich noch in keiner Kommandogruppe. Habe sympathisiert, ja, aber eigentlich ist mir Deutschland damals einfach nur auf den Arsch gegangen. Alles war so scheißpolitisch ... und Kitzbühel ... zwei Stunden von München und du warst in einer anderen Welt ... eine skurrile Insel, wo man Lichtjahre von brennenden Kaufhäusern entfernt war ... Vietnam? Kann man da Ski fahren? ... Allein gegen die Geilheit der Wintertouristen war man nicht gewappnet ... Die Idee der freien Liebe, das war für die ganzen Reaktionären eine Büchse der Pandora ... Wahrscheinlich haben sie beim Abspritzen jedes Mal ein Kreuz geschlagen, in gleichzeitiger Angst und besinnungsloser Erregung angesichts der allgegenwärtigen immergeilen Touristinnenmösen, diesen schwarzen Löchern, die die Tiroler Moral zu verschlingen drohten ..."

„Friedrich", beugte sich Schäfer über den Tisch und fasste diesen am Handgelenk, um den offenkundig in die Arme des Wahnsinns Gleitenden in die Realität zurückzuholen; und auch um einen Rausschmiss zu vermeiden, der Schäfer angesichts der anderen Gäste, die sich böse nach ihnen umdrehten, durchaus realistisch erschien.

„Reißen Sie sich zusammen", zischte er ihm zu.

„Schon gut", wehrte Friedrich ab, nahm die leere Weinflasche in die Hand und stellte sie mit einem Seufzer wieder ab. „Es war keine schlechte Zeit. Party all night long. Da war kein Ecstasy, kein Koks im Spiel. Die Menschen waren glücklich, dort zu sein ... Sie wissen nicht, wie das war, Schäfer ... das war auch ... das war ein Paradies, das haben wir doch gesucht ... alles verraten ...", stiegen ihm die Tränen in die Augen.

Schäfer, der seinen Begleiter am Rande des Zusammenbruchs wähnte, winkte den Kellner heran und verlangte die

Rechnung. Obgleich Friedrich die Einladung ausgesprochen hatte, gab Schäfer seine Kreditkarte her, weil er jede weitere Aufregung vermeiden wollte. Nachdem er die Quittung erhalten hatte, half er Friedrich, der in eine Art lethargische Starre verfallen war, aus dem Stuhl und führte ihn am Arm aus dem Lokal. Die frische Luft belebte ihn zumindest so weit, dass er ohne Schäfers Hilfe zum gegenüberliegenden Brunnen gehen konnte, wo sie sich auf den Rand setzten und eine Zigarette anzündeten. Schweigend saßen sie eine Viertelstunde nebeneinander und sahen sich die vorbeiflanierenden Passanten an. Schäfer wartete, bis Friedrich von sich aus etwas sagte.

„La vida puede ser duro“, meldete er sich mit einem traurigen Schmunzeln zurück.

„Wie?“

„Das Leben kann hart sein“, übersetzte Friedrich, und jetzt erst begann Schäfer, den Mann zu begreifen. Die jugendliche Suche nach dem Sinn, nach einer Heimat, das Vakuum in dem bald als oberflächliches Paradies begriffenen Kitzbühel, das als einzige Lösung erscheinende Zerbomben eines Systems, das sich als Hydra entpuppte, deren Attraktivität mehr und mehr Menschen zum Opfer fielen. Zehn Jahre Haft als Preis für das Geschäft mit dem Tod. Und jetzt er, der ihn aus dem Kokon der Werbefilmregisseur-Existenz herauszwang und in die Vergangenheit zurückstieß.

„Es tut mir leid“, sagte Schäfer und hielt Friedrich seine Zigarettenschachtel hin.

„Schon gut ... irgendwann kommt man doch wieder zurück.“

„Wir können auch morgen weiterreden.“

„Ich lasse mir nicht noch mal von der Polizei mein Leben schwermachen ... Wenn Sie noch was wissen wollen, dann fragen Sie jetzt.“

„Was hat Radner in Kitzbühel gemacht?“

„Geld gesucht. Im Gegensatz zu Deutschland war Österreich damals ja ein gelobtes Land für uns. Die Banken quasi unbewacht, die Reichsten der Reichen ohne Personenschutz ... Der einzige Grund, warum bei euch nicht viel mehr passiert ist, war wahrscheinlich eine Art Gemütlichkeitsvirus, der jeden ansteckte, der zu lange dort blieb, und ihn, wenn schon nicht zufrieden, dann doch wenigstens träge machte ..."

Schäfer war drauf und dran, diesem Klischee, das er schon nicht mehr hören konnte, zu widersprechen. Doch wollte er Friedrich keinesfalls einen Grund liefern, ihm weitere Informationen vorzuenthalten.

„Nachdem drei Österreicher einen eurer Textilbonzen entführt und der RAF ein paar Millionen Mark in die Kriegskassa gebracht hatten, hat Radner beschlossen, in Kitzbühel potenzielle Entführungsopfer ausfindig zu machen. Was ich weiß, hat er sogar ein paar Einheimische für die Sache begeistern können, die ihm dann geholfen haben. Wie er das geschafft hat, ist mir immer noch ein Rätsel. Tiroler Skilehrer bei der RAF ..."

„Na ja, Rote Teufel passt ja ganz gut", konnte sich Schäfer das Wortspiel nicht verkneifen.

„Das wohl", lachte Friedrich, „aber ich glaube, dass es denen eher ums Geld gegangen ist. Was haben denn die damals mitbekommen? Die haben sich mit dem Geld der Amerikaner ihre Sportwagen gekauft ..."

„Wissen Sie, wen Radner rekrutiert hat?"

„Nein, ich bin weg von Kitzbühel, einen Monat, nachdem er dort angekommen ist. Mir hat es gereicht. Auch wenn es boshaft klingt: aber wahrscheinlich hat Ihre Heimatstadt wesentlich die Wut genährt, mit der ich dann die Amis in die Luft gejagt habe."

„Und was dann?" Schäfer ging der Zusammenhang verloren.

„Wie, was dann?"

„Na, Radner ... was hat er gemacht, wann ist er zurück zu euch?"

„Er ist nicht zurück. Hat die Entführung durchgezogen, abkassiert, und weg war er, mitsamt den Millionen."

Schäfer stutzte. „Sie wollen sagen, Sie haben ihn nie wieder gesehen?"

„Nein", erwiderte Friedrich trocken, „ein Freund von ihm hat ein paar Wochen später eine Postkarte von ihm bekommen, aus La Paz. Vielleicht wollte er ja auch ein paar bolivianische Tagebücher schreiben ... Andreas ‚Ce' Radner", sagte Friedrich fast liebevoll.

„Wer war dieser Freund?“

„Sie fragen mich Sachen“, stieß Friedrich einen Seufzer aus, „keine Ahnung, wie er geheißen hat, hab ihn auch nur ein paar Mal getroffen, in München, glaub ich, er hat mit Radner in Hellabrunn gearbeitet.“

In Schäfers Kopf kippte plötzlich ein Schalter.

„Hellabrunn? Im Tierpark?“

„Ja, Radner war Tierpfleger, ein großer Affenfreund“, Friedrich sah Schäfer belustigt an, „der hat sich auch in Kitzbühel großteils von Bananen ernährt.“

„Was will mir das sagen?“, sagte Schäfer mehr zu sich selbst.

„Was weiß ich“, scherzte Friedrich, „dass er irgendwo nach dem Knackpunkt in der Evolution gesucht hat?“

„Nein, Hellabrunn“, antwortete Schäfer und konnte sich gerade noch zurückhalten, Friedrich über das Narkosemittel aufzuklären, mit dem Krassnitzer vor seiner Betonbestattung betäubt worden war. Er musste vorsichtiger sein, ermahnte er sich. Diesem Mann nicht zu sehr vertrauen.

„Warum ist das interessant?“

„Egal ... aber könnte es nicht sein, dass Radner Kitzbühel nie verlassen hat? Er wollte das Geld für welche Mission auch immer, seine Komplizen haben ihn umgebracht, verscharrt, weg war er.“

„Und Bolivien?“, fragte Friedrich.

„Ist halt einer von ihnen hinüber. Geld haben sie jetzt ja gehabt.“

„Ayayah, wenn das stimmt, haben wir ihm ganz schön Unrecht getan.“

„Wer?“

„Ich und die anderen, die geglaubt haben, dass er das Geld für uns beschafft hat. In unseren Augen war er natürlich ein Verräter.“

„Woher haben Sie das überhaupt gewusst? Dass Radner tatsächlich jemanden entführt hat, dass er mit dem Lösegeld davongekommen ist und das alles?“

Friedrich sah ihn mit einem Blick an, der zumindest einen Rest von wiedererwachtem Stolz erkennen ließ.

„Schäfer, wir waren eine Armee. Wir haben Informanten bei der Polizei gehabt, haben den Grenzschutz infiltriert ... Was glauben Sie, warum wir so lange durchgehalten haben?“

„Natürlich ... und die Frau, die auf dem Bild, könnte das Radners Geliebte oder sogar Frau gewesen sein?“

„Sie haben mir das Bild noch immer nicht gezeigt.“

„Macht es Ihnen was aus, wenn wir ins Hotel zurückgehen?“ Schäfer wollte nun auch in diesem Punkt Gewissheit haben.

„Aber jetzt bitte mit dem Taxi.“

Sie schauten sich das betreffende Foto und einige andere auf Schäfers Computer an. Friedrich bestätigte ihm zwar, dass er Radner einige Male zusammen mit der Frau getroffen hatte, konnte sich aber an keinen Namen erinnern. Hanna vielleicht, oder auch Anna, irgendwas mit A auf jeden Fall. Schäfer machte sich eine Notiz in seinem Block. Er konnte nicht sagen, warum, doch irgendwie beschlich ihn der Verdacht, dass Friedrich nicht ganz ehrlich zu ihm war. So wie die drei auf dem Foto aussahen, waren sie mehr als flüchtige Bekannte. Und da war ihm einfach der Name entfallen? Er fragte Friedrich, ob er noch Lust auf einen Schluck aus der Minibar hätte.

„Wann waren Sie zum letzten Mal in Kitzbühel?“

Friedrich nippte an seinem Gin Tonic und ruckte auf dem Stuhl hin und her.

„Zweimal noch ... später ... zum Bergwandern ... die Kaiserhütte besuchen ... der alten Zeiten wegen.“

„Hatten Sie mit irgendjemandem Kontakt?“

„Oh, Schäfer ... jetzt geht Ihnen der Polizist durch ... Nein ... um ehrlich zu sein: Ich bin ein paar Bekannten über den Weg gelaufen, aber die haben mich nicht einmal erkannt, oder wollten es nicht ... c'est la vie.“

Bis drei Uhr früh saßen sie auf dem Balkon. Dann verabschiedete sich Friedrich mit dem Hinweis, dass er am nächsten Tag wieder dem Kapitalismus frönen müsse. Schäfer drückte ihm die Hand, bedankte sich und ersuchte ihn, sich zu melden, falls er irgendwann in Österreich wäre oder etwas von dort brauche.

„Ja, vielleicht fahre ich wirklich wieder einmal hin“, sagte Friedrich und schwankte aus dem Zimmer.

Schäfer verschloss die Tür hinter ihm, räumte die leeren Flaschen und Gläser vom Balkon, zog sich aus und stellte sich unter die Dusche. Er wollte sich schon ins Bett legen, entschied sich dann aber doch, seine E-Mails abzurufen, zumal sein Image in Kitzbühel keine weitere Verschlechterung mehr ertrug. Baumgartner hatte ihm geschrieben: Obernauer sei exhumiert worden und jetzt in Innsbruck. Die Spurensicherung habe am Parkplatz neben dem Friedhof Spuren von Senns Blut gefunden. Der Täter habe wahrscheinlich versucht, es wegzuwaschen, an der Gehsteigkante aber ein paar Tropfen übersehen. Angesichts von Senns Verletzung sei es also durchaus möglich, dass er gestoßen worden und dabei auf den Hinterkopf gefallen sei. Was den Platz betraf, an dem Obernauer seinen Pool hatte graben wollen: der liege mitten im Garten der Anwaltsvilla, das hätten mehrere Personen bestätigt. Dann war da noch ein Mail von Kerstin Unseld. Was denn das gewesen sei? Nur mal so, hopp hopp, ins Bett und dann tschüss? Eigentlich schon, dachte er, schrieb ihr aber zurück, dass es ihm leidtue, dass er sich nicht gemeldet habe. Er sei in Rom, warum, könne er ihr noch nicht sagen; aber sobald er zurück sei, werde er sich melden.

Er fuhr den Computer herunter und legte sich ins Bett. Schon halb im Schlaf ging ihm noch einmal der Abend mit Friedrich durch den Kopf. Es passte zusammen. Radner, Steiner, Krassnitzer und Gasser entführen von Habermann, ermorden Radner ... einer von ihnen fliegt nach La Paz ... Schäfer schreckte hoch: Bolivien. Er sprang auf, griff sich sein Telefon und wählte Baumgartners Nummer.

„Ja, ich bin’s, Schäfer. Wer hat heute Dienst? ... Was ist denn mit Kern los? ... Na gut, hat er sich verdient ... Hören Sie: Nehmen Sie sich bitte sofort zwei kräftige Kollegen und fahren Sie zu Kranz. Holen Sie ihn aus seinem Haus und nehmen Sie ihn in Schutzhaft. Und seien Sie vorsichtig ... Das kann ich Ihnen jetzt nicht alles erklären, es ist aber wahrscheinlich, dass er als Nächster an der Reihe ist ... Machen Sie bitte einfach, was ich Ihnen sage ... Ja, natürlich übernehme ich die Verantwortung ... Tempo jetzt ... Wiedersehen."

Er setzte sich auf die Bettkante und starrte durch die Balkontür in die Nacht hinaus. War er verrückt? Ging er völlig in die Irre? Es war ihm egal. Lieber das nächste Jahr Innendienst in Wien als noch einen Toten. Hoffentlich war es noch nicht zu spät.

Schäfer hatte noch keine Stunde geschlafen, sich ohnehin mehr von einer kurzen traumlosen Ohnmacht in die nächste gewälzt, als ihn das Telefon zu sich rief. Baumgartner gab Entwarnung. Sie hatten Kranz aus dem Schlaf geholt und aufs Revier gebracht. Das mit den kräftigen Beamten sei eine sehr gute Idee gewesen; Kranz habe getobt, geflucht und sie mit den üblichen Drohungen vom Verkehrregeln bis zur vorzeitigen Pensionierung bedacht. Hoffentlich habe Schäfer einen triftigen Grund, ihn einzusperren. Kranz' Anwalt sei schon auf dem Weg von Innsbruck und sie wisse nicht, wie sie sich ihm gegenüber rechtfertigen soll.

„Gefahr im Verzug", murmelte Schäfer, dem sein schmerzender Kopf klarmachte, dass er eindeutig zu viel getrunken hatte. „Sein Leben ist bedroht ... Er ist auf der Todesliste des Mörders, der schon drei andere angesehene Bürger auf dem Gewissen hat ... blablabla ... Sie schaffen das schon. Ich schaue, ob ich morgen einen früheren Flug bekomme, und dann regle ich das. Lassen Sie ihn nicht aus ... Gute Nacht ... Danke."

Erleichtert ließ sich Schäfer aufs Bett zurückfallen. Gut, dachte er, bis ich wieder zurück bin, kann nichts passieren.

33

Am Morgen wachte er mit heftigen Kopfschmerzen auf. Der Name war wohl das einzig Gute am Wein gewesen. Er stand auf, blieb auf dem Weg zum Bad in den hoteleigenen Frotteeschlappen hängen und wollte seinen Sturz am Fernseher abfangen; der war allerdings nicht stabil genug und krachte mitsamt Schäfer auf den Boden. Er wälzte sich herum und zog sich an der Bettkante hoch. Zittrig und mit schmerzender Hüfte setzte er sich aufs Bett. Sein Ellbogen blutete. Er ging ins Bad, reinigte die Wunde mit Wasser und band sich ein Handtuch um den Arm. Dann öffnete er die Minibar, um sich einen Orangensaft und ein stilles Mineralwasser herauszunehmen. Nachdem er seinen Durst gestillt hatte, rief er den Zimmerservice an und bestellte ein Frühstück. Moment noch, rief er, als der Kellner an die Tür klopfte. Mit hochrotem Kopf hievte er den Fernseher auf den Beistelltisch und hängte ein Handtuch über den Sprung im Bildschirm. Er ließ sich das Frühstückstablett auf den Balkontisch stellen und gab dem Kellner ein großzügiges Trinkgeld. Dann saß er in der Morgensonne, biss gedankenverloren in ein Schinkenbaguette und bemühte sich, seine nächtliche Entscheidung zu rechtfertigen. Es war doch ganz klar. Baumgartner hatte von der Holzpuppe erzählt, mit der Kranz während ihres Gesprächs herumgespielt hatte. Schäfer hatte so eine Figur schon einmal gesehen. Gar nicht so lange her, in der Wohnung einer Wiener Freundin, die das Männchen als Souvenir aus Bolivien mitgebracht hatte; ein alter Fruchtbarkeitsgott, soweit er sich erinnerte. Demnach war es höchstwahrscheinlich Kranz gewesen, der nach Bolivien geflogen war und von dort die Postkarte abgeschickt hatte. Und wenn Kranz in Bolivien war, ist er an der Entführung von Habermann und demzufolge auch an der Ermordung Radners beteiligt gewesen. Und damit das nächste Opfer.

Schäfer trank seine Kaffeetasse leer und zündete sich eine Zigarette an. Nach zwei Zügen lief er ins Bad und schaffte es gerade noch, sich über die Kloschüssel zu beugen. Nachdem er sich den Mund ausgespült und im Spiegel über dem Waschbecken ein schwitzendes und bleiches Gesicht mit grünschwarzen Augenringen gesehen hatte, zwang er sich zu einer kalten Dusche. In ein Badetuch gewickelt, setzte er sich wieder auf den Balkon.

Und wenn nicht? Ohne Radners Leiche hatte er keinen Beweis für seine Theorie. Ohne Beweis durfte er Kranz höchstens zum Kaffee einladen; wenn er nach dieser Aktion überhaupt noch in seine Nähe durfte. Eine Holzpuppe ... nichts anderes als ein Souvenir, das in Massen produziert wird, damit möglichst viele Touristen sich eins mit nach Hause nehmen ... War es denn so abwegig, dass Kranz in Bolivien ganz unschuldig Urlaub gemacht hatte? ... oder dass ein Freund ihm die Figur mitgebracht hatte? ... Haha, Kranz, so einen Langen hättest du auch gern, gell ... der Altbürgermeister würde nicht einmal einen Anwalt brauchen. Es würde zu gar keiner Voruntersuchung kommen. Und wenn, dann gegen Schäfer selbst. Was sollte er jetzt tun? Am Revier anrufen und sich bei Kranz entschuldigen? Dem schweren italienischen Wein die Schuld geben, der seine Gedanken vernebelt hatte? Er sah sich schon vor dem Untersuchungsausschuss: Ja, mit wem hat er denn so gezecht, der Herr Major? Nun, werter Herr Richter, mit einem wichtigen Zeugen, einem gewissen Friedrich, ehemaliger RAF-Terrorist mit zehn Jahren Zuchthauserfahrung. Den habe ich über alle wesentlichen Details aufgeklärt, weil ich mir gedacht habe, dass der uns möglicherweise weiterhelfen kann. Grundgütiger! Herr Major! In Anbetracht dieser Vergehen verurteile ich Sie zu zehn Jahren Streifendienst in ... ja, ganz genau, in Kitzbühel! Nein, Herr Richter, nein, bitte, alles, nur das nicht!

Ohne wirklichen Appetit aß er ein Buttercroissant mit Marmelade und trank den Rest des Kaffees. Danach fühlte er sich besser. Zumindest gut genug, um am Revier anrufen zu können. Er ging ins Zimmer, setzte sich aufs Bett und überlegte, was er sagen sollte. In dem Moment, als er die Nummer im Adressbuch gefunden hatte und die Anruftaste drücken wollte, läutete es. Die Kollegen, wie praktisch.

„Herr Major", hörte er Walch mit ernster Stimme, „Sie sollten so schnell wie möglich nach Kitzbühel kommen ... Der Altbürgermeister ... Kranz ... Er hat sich in der Zelle erhängt."

34

Während sie über die Adria flogen, dachte Schäfer darüber nach, wie es wäre abzustürzen; dann mit ein paar netten Menschen – vorrangig netten Frauen – auf einer Insel zu stranden und dort zumindest ein paar Monate lang unentdeckt zu bleiben. Fisch, frische Früchte und beizeiten ein gegrillter Wildhase, davon konnte man sich gut ernähren. Untertags würden sie einfache Hütten aus Bambus und Treibholz bauen; am Abend in ungewohnter Eintracht am Feuer sitzen, sich Geschichten aus ihrem früheren Leben erzählen, die je nach Bedeutsamkeit nach einem kurzen Gelächter vergessen waren – Papierstaus in Druckern zum Beispiel – oder Generationen später als heroische Ursprungslegenden von Großvater zu Enkel weitergegeben würden; Schäfers Vergangenheit als untadeliger Hüter der Gebote fiel natürlich in diese Kategorie. Als er gerade dabei war, ein kompliziertes oberirdisches Kanalsystem zur Bewässerung der Gärten anzulegen, erschütterte eine heftige Turbulenz das Flugzeug und ließ seine Fantasie mit einem Schlag zerplatzen. Er saß zusammengekauert in seinem Stuhl, das Gewicht auf die linke Seite verlagert, um seine Hüftschmerzen weniger zu spüren, und dachte über sein weiteres Vorgehen nach. Der Innenminister hatte ein Sonderermittlungsteam zusammenstellen lassen, das auf dem Weg nach Kitzbühel war. Kamp drückte sicher gerade eine blutdrucksenkende Pille nach der anderen aus einer silbernen Blisterverpackung und Bergmann saß wahrscheinlich schon Probe auf Schäfers Sessel. Wenn er wenigstens noch ein paar Tage freie Hand hätte, könnte er vielleicht mit dem Anwalt reden; ihm die Wichtigkeit des Anliegens darlegen; schließlich ging es um Gerechtigkeit, der sie sich beide verschrieben hatten; und ihn überzeugen, das Grundstück doch noch umgraben zu lassen. Natürlich, Herr Major ... warten Sie, ich habe ohnehin noch einen Bagger in der Garage stehen, den man mit dem B-Führerschein bedienen darf, den haben Sie doch, oder? ... dann können Sie sich meinen englischen Rasen ja gleich selbst vornehmen ... Die Sirenen? ... Nein, das hat doch nichts mit Ihnen zu tun, ruhen Sie sich erstmal aus, Schäfer, ganz ruhig bleiben, das wird schon wieder ... Ja, meine Herren, das ist er, ich denke, dass Sie durchaus von dieser Spezialjacke Gebrauch machen sollten, der Major ist ein wenig, wie soll ich sagen ... derangiert. Schäfer steckte in der Klemme. Und er konnte sich niemanden vorstellen, der ihm heraushelfen würde. Die Maschine war pünktlich und das Gepäckband gab ihm auch keine weitere Nachdenkpause. Typisch Deutschland.

Als er in die Empfangshalle kam, erwarteten ihn zwei bekannte Gesichter: Bruckner und Havelka, Kollegen aus Wien, die offenbar die Vorhut der Sonderkommission bildeten. Eigentlich waren die beiden ihm sympathisch. Und an ihrer verlegenen Begrüßung glaubte er zu erkennen, dass dieses Gefühl auf Gegenseitigkeit beruhte. Er hatte lange keinen guten Ruf im Revier gehabt – doch nachdem sich seine Kollegen mit seinen Launen und vor allem mit seinen Erfolgen abgefunden hatten, wurde er angenommen, wie man einen zugelaufenen Mischlingshund aufnimmt, der nicht nur nichts Böses im Sinn hat, sondern obendrein auch für ein paar Dinge gut zu gebrauchen ist. Tief gehende Freundschaften waren daraus bisher noch nicht entstanden. Doch er fühlte sich gut aufgehoben an seinem Arbeitsplatz, hatte keinerlei Interesse an Intrigen oder Machtspielen; zudem bedeuteten ihm höhere Ränge nur, dass er mit weniger Vorgesetzten arbeiten musste, und Schäfer war trotzdem, oder vielleicht sogar deshalb, überdurchschnittlich schnell von Beförderung zu Beförderung gekommen.

„Guten Tag, Major“, begrüßte ihn Bruckner bemüht freundlich.

„Tag, Bruckner. Hallo Havelka ... wie geht's?“

„Gut, danke.“

„Na dann, lasst alle Hoffnung fahren.“ Schäfer nahm seine Tasche und ging Richtung Ausgang.

Havelka blickte Bruckner fragend an.

„Dante“, erklärte Bruckner, ohne seinem Kollegen damit weitergeholfen zu haben.

Der Mercedes der beiden stand direkt vor dem Flughafengebäude auf dem Taxistand, was Schäfer darin bestätigte, dass man, was gewisse Privilegien betraf, als Polizist an keine Landesgrenzen gebunden war. Havelka öffnete den Kofferraum, nahm Schäfer die Reisetasche ab und stellte sie hinein. Ob er vorne sitzen wolle, fragte Bruckner ihn, bevor er sich hinters Lenkrad setzte. Schäfer nahm dankbar an.

Als sie kurz vor Rosenheim waren, setzte Bruckner dem Schweigen ein Ende.

„Wir ...", begann er zögerlich, „wir sollten über alle Details des Falls informiert sein, um uns selbst ein Bild machen zu können."

„Ist klar", beendete Schäfer seine Innenschau. „Sobald wir in Kitzbühel sind, drucke ich alle Berichte aus."

„Die Berichte haben wir schon gelesen. Aber wir könnten doch jetzt die Zeit nützen, um Ihre persönlichen Einschätzungen zu erfahren. Möglicherweise sind diese ja nicht hundertprozentig mit dem Bericht konform", sagte Bruckner vorsichtig.

Schäfer sah aus dem Fenster. „Steiner war der Erste", begann er und bemühte sich mit jedem Satz, seinem Bericht eine Logik zu verleihen, die sich nicht nur ihm selbst erschloss.

„Wow", war Havelkas Kommentar, als Schäfer das erste Mal innehielt.

„Bis jetzt klingt das recht logisch", meinte Bruckner. „Einige Verdachtsmomente sind halt nur auf Ihrem Gefühl oder unüberprüfbaren Aussagen begründet. Da müssen wir nachsetzen, sofern uns das möglich ist."

„Obernauers ehemaliges Grundstück ist der Schlüssel", gab sich Schäfer unbeirrt.

„Da kommen wir nicht ran", sagte Bruckner in einem Ton, der Schäfer klarmachte, dass er den Fall nun nicht mehr leitete. Er erwiderte nichts.

„Sie müssen uns auch verstehen", kam Havelkas Stimme aus dem Fond, „der Glatzerte hat ordentlich Druck gemacht. Wir müssen uns auch an Weisungen halten."

„Ist schon klar." Schäfer drehte sich wieder zum Fenster hin, um seine Seele mit jener der Katze zu tauschen, die auf einer Holzbank vor dem Bauernhaus lag, an dem sie eben vorbeifuhren.

Sie setzten ihn direkt vor dem Hotel ab. Bruckner stieg aus, öffnete den Kofferraum und holte Schäfers Tasche heraus.

„Wir wollten auch nicht, dass ..."

„Machen Sie sich keinen Kopf", sagte Schäfer und nahm ihm die Tasche ab, „ist vielleicht ohnehin nicht das Schlechteste. Ich schick Ihnen gleich die neuesten Berichte", fügte er noch hinzu.

Er war sich nicht sicher, ob die Rezeptionistin schon über die jüngsten Entwicklungen informiert war – ob ihr Lächeln aufgesetzt war, weil sie ihn nun für einen Verrückten hielt, der einen Menschen in den Tod getrieben hatte und den sie so schnell wie möglich aus dem Hotel haben wollte. Es war ohnehin egal. Schäfer ließ sich den Schlüssel geben, nahm drei Tageszeitungen vom Tisch neben der Rezeption und ging zum Lift. Fast wie ein Zuhause kam ihm sein Zimmer vor, wo er die Tasche auf den Boden fallen ließ, die Balkontür öffnete und sich gleich eine Zigarette anzündete. Leer fühlte er sich, ziellos. Sollte er zuerst duschen, dann auspacken und dann die Berichte verschicken? Oder zuerst einmal hinlegen und den versäumten Schlaf nachholen? Er setzte sich in den Liegestuhl und starrte apathisch auf die Bergkette im Süden. Vielleicht schreiben sie ja was darüber, dachte er und holte die Zeitungen aus dem Zimmer.

Kranz' Selbstmord war nach Redaktionsschluss passiert und Senn war offensichtlich auch keine Titelnachricht mehr wert. Erst im Chronikteil fand Schäfer einen Artikel, der sich mit den Morden befasste. Der Journalist war automatisch davon ausgegangen, dass Senn das vierte Opfer des Monsters von Kitzbühel war. Was auch sonst? Schäfer hatte die Presse in einer Weise vernachlässigt, die sich schon in der morgigen Ausgabe rächen würde – da machte er sich gar keine falschen Hoffnungen. Aber er konnte doch auch nicht plötzlich alles aus der Hand geben. Der Fall würde versanden, Kranz' Angehörige würden Schäfer fertigmachen. Das Geld war ihm egal, aber seine Familie, auch die würde man an den Pranger stellen, davon konnte er ausgehen. Verzweiflung. Kern. Schäfer nahm sein Telefon und rief den Inspektor an.

„Hallo Kern, Schäfer hier ... Ja, ich weiß ... Sag, Kern, stehst du noch hinter mir? ... Das verstehe ich ... Ja, damit wäre mir schon geholfen ... Na gut, dann bis später ... Danke."

Kern hatte sich bereit erklärt, ihn weiterhin auf dem Laufenden zu halten, sofern ihm das in seiner Position möglich war. Was er ihm jetzt schon sagen konnte: Schäfer würde noch am selben Tag aufs Revier zitiert werden, um sein Verhalten zu erklären und alle bisherigen Ermittlungsergebnisse offenzulegen. Ein internes Verfahren war schon im Laufen, dafür hatte Kranz' Anwalt gesorgt. Schäfer fuhr seinen Computer hoch, startete das Mailprogramm und übermittelte zwei Berichte an Bruckner.

Müde zog er sich aus und ging ins Bad, um eine Dusche zu nehmen. Mit einem Handtuch um die Hüfte stand er im Zimmer und wusste nicht weiter. Er legte sich aufs Bett. Die Augen zu schließen, erschien ihm die einzige Möglichkeit, die ihm geblieben war.

35

Wie schnell man sich nichtsnutzig und minderwertig fühlt, dachte Schäfer, als er nach dem Aufwachen an die Zimmerdecke starrte. Wo hatte er den entscheidenden Fehler gemacht? Erst am Tag zuvor, als er den südamerikanischen Fruchtbarkeitsgott sofort mit Radners Verschwinden in Verbindung gebracht hatte? Indem er sich auf Friedrich konzentriert hatte, ohne dessen Glaubwürdigkeit auch nur einmal zu hinterfragen? Eine Falle. Es konnte auch eine Falle sein. Die Hinweise, die so gestreut waren, dass sie sich Schäfer förmlich aufdrängten. Krassnitzer: betäubt mit der Hellabrunner Mischung, weil er am Tod des Münchner Tierpflegers Radner mitschuldig war. Steiner: gekreuzigt. Wie Petrus, der den Visionär Jesus verleugnet hatte? Wie Andreas – was sich mit Radners Vornamen traf. Oder wie Judas, der sich erhängte, nachdem er den größten aller Idealisten für Geld verraten hatte. Aber wenn er mir das alles vor Augen führt, warum lässt mich das Schwein dann jetzt so abstürzen? Aber Schäfer: Hast du dich etwa auf einen Mörder als Ermittlungspartner verlassen? Bist du wie ein reinrassiger, aber etwas dümmlicher Jagdhund durchs Gestrüpp gerannt, die Nase am Boden und begeistert über jede Spur, die dir unterkam, während weit über dir der längst entschwundene Beutevogel kreiste und dich verspottete? Die Wahrheit ist irgendwo da draußen, sagte er sich mit einem bekümmerten Lächeln und stand träge auf, um nicht noch weiter in sein Bett zu sinken. Er nahm sein Telefon und sah nach, ob er einen Anruf versäumt hatte. Nichts. Warten dauert immer lang, erinnerte sich Schäfer an den Spruch einer alten Frau in einem Supermarkt, die vor ihm in der Schlange gestanden hatte und so das Gezeter eines ungeduldigen Mannes kommentiert hatte. Das habe ich nicht nötig, sagte er laut und wählte Baumgartners Nummer.

„Ja ... Schäfer hier ... Ich weiß ... Sagen Sie, was ist eigentlich bei Obernauers Obduktion herausgekommen ... Ja ... Das Projektil vom Banküberfall hab ich hier ... Gut, bring ich mit, wenn ich hinunterkomme ... Und sonst? ... Das versteh ich ...

Nein, kein Problem, ich kenne die Vorschriften ... Bei Kranz? ... Na gut, dann bin ich gespannt ... Bis bald.“

Sie hatten Kranz’ Wohnung durchsucht und waren auf ein paar interessante Dinge gestoßen, mehr durfte sie ihm dazu nicht sagen. Schäfer überlegte, ob er einfach zum Revier gehen sollte. Hier begann ihm die Decke auf den Kopf zu fallen. Er zog sich an, steckte das Plastiksäckchen mit dem Projektil aus dem Banküberfall ein und verließ das Zimmer. Vor dem Hotel nahm er an einem Terrassentisch Platz und bestellte einen Tee – auch wenn er mittlerweile das Gefühl hatte, dass sich dieser Ort nüchtern noch schwerer aushalten ließ. Er wickelte den Teebeutel um den Löffel und drückte die verbliebene Flüssigkeit in die Tasse, als sein Telefon läutete. Bruckner. Sie erwarteten ihn am Revier. Ja, in einer Viertelstunde würde er dort sein. Er wartete, bis sein Tee abgekühlt war, trank ihn in kleinen Schlucken, rauchte eine Zigarette und rief die Kellnerin, um zu bezahlen.

Der von ihm oft beschrittene Weg zum Schuldirektor kam ihm in den Sinn, als er über den leicht abschüssigen Hotelparkplatz in Richtung Revier ging. Er wollte sich keine Vorstellungen machen, was oder wer ihn alles erwartete – davon würde das ungute Gefühl auch nicht verschwinden. Umso überraschter war er von der Stimmung, die im Revier herrschte. Aufgekratzt wäre übertrieben gewesen, das verhinderte wahrscheinlich der Todesfall, der sich erst vor kurzem in einer der Zellen ereignet hatte. Doch an Walchs Empfang und dem für seine Verhältnisse fast aufgedreht wirkenden Staatsanwalt Reinisch konnte Schäfer sofort erkennen, dass sich etwas Entscheidendes getan haben musste. Aufschnaiter kam ihm zufrieden lächelnd entgegen und fragte, ob er ihm einen Cappuccino machen solle, was Schäfer allein schon der Frage wegen dankbar annahm.

Reinisch klatschte in die Hände, was diejenigen, die mit den Unsitten des Staatsanwalts noch nicht vertraut waren, erst nach kurzem Zögern und fragenden Blicken als Aufforderung, ins Besprechungszimmer zu kommen, verstanden.

Schäfer setzte sich auf den Stuhl, auf dem er bisher immer gesessen hatte. Der Staatsanwalt nahm ihm gegenüber Platz.

Als Reinisch nach einem künstlichen Räuspern beginnen wollte, kam Baumgartner in den Raum, entschuldigte sich für ihr Zuspätkommen und setzte sich neben Schäfer.

„Als Erstes möchte ich Ihnen allen, auch im Namen des Innenministers und natürlich vonseiten des hiesigen Bürgermeisters, für Ihren vorbildlichen Einsatz in diesem alles andere als alltäglichen Fall großes Lob aussprechen."

Schäfer drehte seinen Kopf zu Baumgartner und sah sie perplex an. Was ging hier vor? Hatte er was versäumt?

„Über die etwas, gelinde gesagt, unkonventionellen Ermittlungsmethoden von Major Schäfer möchte ich hier in diesem Raum nichts sagen ... das wird Gegenstand einer eigenen Untersuchung sein, der ich, soweit ich die Sachlage überschaue, relativ gelassen entgegensehe. Vorausgesetzt natürlich, Sie lassen sich im weiteren Verlauf der Ermittlungen nichts zuschulden kommen, Herr Major. Beispiel sollten Sie alle sich an diesen Methoden aber bitte keines nehmen", lächelte Reinisch angestrengt, als wäre dies der Witz gewesen, den er seinen Zuhörern bei jedem Vortrag schuldig war.

Schäfer starrte ungläubig in die Runde.

In der nächsten Stunde klärte sich die Situation auf. Allerdings auf eine Weise, mit der Schäfer ebenso wenig gerechnet hatte, wie sie ihm geheuer erschien. Nach der Überstellung von Kranz' Leiche an die Gerichtsmedizin hatten Bruckner und Havelka dessen Haus durchsucht. In einer Schreibtischschublade hatten sie eine Pistole gefunden und die Waffenölrückstände darauf mit denen an Krassnitzers Kleidung verglichen. Die Zusammensetzung war identisch, und zumal das festgestellte Waffenöl „Ballistral" seit Mitte der Achtziger nicht mehr hergestellt wurde, war es sehr wahrscheinlich, dass die gefundene Pistole dieselbe war, mit der Krassnitzer auf der Baustelle erschienen war.

Als endgültigen Beweis für die Täterschaft Kranz' werteten die Ermittler und der Staatsanwalt einen kurzen Brief, den Kranz offensichtlich geschrieben hatte, als Baumgartner mit ihren beiden Kollegen vor der Tür stand. „Es tut mir alles so leid. Ich wollte den Studenten nicht töten. Kranz." Ein erster

Handschriftenvergleich hatte die Echtheit des Dokuments bestätigt. Was jetzt noch zu tun blieb, war, Kranz' Verbleib zu den Tatzeiten zu untersuchen und zu hoffen, dass sich keine Ungereimtheiten auftaten. Doch dem würde der Staatsanwalt schon vorbeugen, war sich Schäfer sicher.

„Kranz war kein Bergsteiger", wandte er ein, als Reinisch in seinem Bericht eine Pause machte.

„Wie meinen Sie, Herr Major?", erwiderte der Staatsanwalt gereizt, als wäre Schäfer nur als stummer Zuhörer zugelassen.

„Er war fett, kein Sportler", erklärte Schäfer, „wie hätte der auf den Karstein kommen sollen. Da geht keine Straße hinauf, falls das noch nicht bekannt ist."

„Details, Schäfer ... Details, die sich dem Ganzen stimmig einfügen werden."

„Das sind keine Details, das ist der Tathergang ... Außerdem passt die Inszenierung überhaupt nicht zu einer Abrechnung unter ehemaligen Komplizen. Wofür hätte sich Kranz denn rächen sollen? Die waren alle bestens im Geschäft, mehr oder weniger angesehen ... Warum soll der sich jetzt plötzlich einen höchst komplizierten Plan ausdenken, um die drei umzubringen? Und warum hat er sich so aufgeregt, als sie ihn verhaftet haben, und nicht einfach kapituliert, nachdem er angeblich ein Geständnis geschrieben hat. Das macht doch alles keinen Sinn."

„Nun, Major Schäfer", entgegnete Reinisch merklich genervt, „Sinn ist eine Interpretationsfrage, Beweise sind hingegen eindeutig. Warum wehren Sie sich eigentlich dagegen, entlastet zu werden? Hätten Sie vielleicht lieber einen Unschuldigen auf dem Gewissen, der sich erhängt hat, weil ihn ein übereifriger Polizist in einer Nacht-und-Nebel-Aktion ohne weitere Erklärung mit Gewalt aus dem Bett reißen und einsperren lässt? Möchten Sie lieber Ihre Stelle verlieren?"

„Darum geht's nicht ... Ich bin mir sicher, dass Kranz in das ursprüngliche Verbrechen, die Entführung von Habermanns, verwickelt war. Und möglicherweise auch in den Bankraub und den zweifelhaften Selbstmord Obernauers; da wird uns die ballistische Untersuchung weiterhelfen. Auch Senn dürfte auf seine Rechnung gehen. Weil der ihn erpresst hat, nachdem Krassnitzer Kranz' Namen verraten hat. Aber nicht, um ihn als seinen Mörder zu nennen, sondern um ihn zu warnen, wie seltsam das hinsichtlich Krassnitzers Charakter auch klingen mag. Und wenn wir jetzt Kranz als den einzigen Täter hinstellen, geht uns der wahre Mörder durch die Lappen. So sehe ich das."

„Das ist auch ihr gutes Recht", führte der Staatsanwalt langsam aus, als hätte er es mit jemandem zu tun, der der deutschen Sprache nicht mächtig war, „aber wie Ihnen sicher nicht entgangen ist, leiten Ihre beiden Kollegen jetzt die Ermittlungen. Und bis zu deren Abschluss wäre es mir lieber, Sie nutzen Ihre ohnehin spärliche Freizeit, um ein paar Tage zu entspannen, anstatt Ihren Kollegen das Leben schwerzumachen. Wir haben ein Geständnis, wir haben einen Täter, und falls sich keine völlig neuen Sichtweisen auftun, reicht uns das."

Schäfer stand auf, holte aus seiner Innentasche das Projektil hervor, drückte es Baumgartner in die Hand und verließ den Raum. Als er in Gedanken vertieft und mit Wut im Bauch die stählerne Eingangstür aufstieß, traf diese auf einen Widerstand, der sich als Inspektor Kern erwies, der gerade vom Streifendienst zurückkam. Die Türkante erwischte ihn mitten im Gesicht, unmittelbar darauf schoss ihm das Blut aus der Nase. Schäfer schaute ungläubig auf Kern, der sich jammernd beide Hände an die Nase hielt, während ihm die Tränen in die Augen schossen.

„Verdammt, Kern." Schäfer holte sein weißes Stofftaschentuch aus der Jacketttasche und hielt es ihm an die Nase. Dann packte er den benommenen Inspektor unter den Achseln und half ihm ins Büro, wo er ihn in seinen Stuhl setzte. Er lief ins Badezimmer und kam mit einer Rolle Toilettenpapier und einem nassen Handtuch zurück, das er Kern in den Nacken drückte, nachdem er ihm geheißen hatte, sich so weit wie möglich nach hinten zu lehnen. Die Nase war gebrochen, das sah Schäfer auf den ersten Blick. Er ging ins Besprechungszimmer und bat Walch heraus, der bei Kerns Anblick kreidebleich wurde. Ist er angeschossen worden? Schäfer erklärte ihm, was passiert war, und bat ihn, Kern ins Krankenhaus zu fahren.

„Erschne Schigredde, bidde“, nuschelte Kern den beiden mit geschlossenen Augen zu.

„Was?“, fragte Walch.

Schäfer, der Kerns Bitte richtig interpretiert hatte, griff sich seine Zigarettenschachtel, steckte Kern eine Zigarette in den Mund und gab ihm Feuer. Fünf Minuten standen Walch und er nun da und schauten mitfühlend auf den angeschlagenen Inspektor, der immerhin schon wieder lächeln konnte. Dann halfen sie Kern auf die Beine und brachten ihn gemeinsam zum Dienstauto. Schäfer schaute dem Wagen nach, bis er außer Sichtweite war. Er ging zurück ins Revier und wischte mit seinem Taschentuch das Blut vor der Eingangstür auf. Was für ein bizarrer Tag, murmelte er kopfschüttelnd, steckte das Taschentuch ein und machte sich auf den Weg ins Hotel.

36

„Hallo Bergmann, ich bin's ... Hören Sie: ich bin jetzt ein paar Tage offiziell im Urlaub ... Ach, papperlapapp, keine Sorge, Bergmann ... Ich verlängere ja nur meinen Aufenthalt in dieser wunderschönen ... Na gut, aber Sie halten dicht, versprochen? ... Dieser Reinisch ist drauf und dran, den Fall abzuschließen ... Dann rennt da einer frei herum, der mindestens drei Menschen umgebracht hat. Möchten Sie das? ... Eben ... Natürlich weiß ich, was ich tue, für wen halten Sie mich denn ... Ja ... Noch was: Falls Kamp nach mir fragt, sagen Sie ihm, ich hab mich verkühlt und bin erschöpft oder irgendwas und ich hänge noch ein paar Tage an ... Irgendwas wollte ich Sie noch fragen, aber das fällt mir jetzt nicht ein. Ich melde mich einfach später noch mal. Wiedersehen."

Schäfer legte sein Telefon auf den Terrassentisch vor dem Hotel und suchte in seinen Jacketttaschen nach der Karte von Kerstin Unseld. So wenig er sie kannte: Sie war im Moment sein einziger Kontakt zur Presse, bei dem er sich am ehesten darauf verlassen konnte, dass sie ihm mehr Glauben schenkte als dem Staatsanwalt oder Kamp. Außerdem würde sie bald vor der Wahl stehen, es entweder den anderen gleichzutun und die Nachricht „Monster von Kitz gefasst" höchstens in einem anderen sprachlichen Gewand zu bringen oder auf eine Exklusivstory zu setzen, die ihr der suspendierte Major Schäfer als Gegenleistung für eine von ihm konzipierte Titelseite anböte. Wenn sie ihn nicht ohnehin schon gänzlich abgeschrieben hatte, weil er ... „Hallo, hier spricht die Polizei, lassen Sie alles fallen und legen Sie sich hin ... Nein, wo denkst du hin, solche Gedanken kämen mir in der Dienstzeit nie in den Sinn. Womit ich schon beim Thema bin: Man hat mich für ein paar Tage beurlaubt ... Ja, genau deswegen ... Glück? Na ja ... Hör zu: Du gehst doch jetzt dann bestimmt zur Pressekonferenz ... Gut, da werden sie euch Kranz als Einzeltäter präsentieren, der seine Schuld nicht mehr ertragen konnte und blablabla. Nur, bevor du dich ans Schreiben machst, würde ich dich gern kurz treffen ... Sagen wir mal exklusives Insidermaterial dazu ... Nein, das ist kein Vorwand, hab ich das nötig? ... Na, vielen Dank ... Lieber wäre es mir woanders ... Ich möchte nicht unbedingt mit dir gesehen werden ... Na, weil du eine Deutsche bist und das meinem Image schaden könnte ... Scherz ... In St. Johann ... Ja, gern ... Um neun passt mir gut ... Ciao."

Leise vor sich hin summend riss er das Zuckerpäckchen auf und leerte es in den Tee, den ihm der Kellner während seines Gesprächs hingestellt hatte. Er nahm den Teelöffel und rührte lang in der Tasse um. Das würde er sich nicht bieten lassen. Nicht von Reinisch. Nicht von Kamp. Und schon gar nicht von dem, der ihm durch die Lappen ginge, wenn er sich jetzt tatsächlich heraushielte. Aufpassen musste er auf jeden Fall; wen er einweihte; wie viel er wem anvertraute; zu wenig und sie spielten nicht mit; zu viel und alles würde auffliegen. Einen kurzen Moment überlegte er, ob er mit seinem Plan nicht zu weit ging. Ob er nicht etwas übersehen hatte. Er nahm eine Handvoll Münzen aus der Hosentasche, legte sie vor sich auf den Tisch und begann sie in verschiedene Konstellationen zueinander zu stellen. Nach ein paar Minuten wischte er die Münzen vom Tisch und steckte sie wieder ein. Es war jedes Mal das Gleiche: War Bergmann da, funktionierte das Spiel vorzüglich, schoben sich die Münzen wie magisch an die richtige Stelle. Doch in dessen Abwesenheit: nichts.

Nun, er musste den Dingen ohnehin ihren Lauf lassen. Wer konnte ihm schon garantieren, dass sich sein Hauptverdächtiger so verhalten würde, wie von Schäfer vorgesehen? Vielleicht würde er auch gar nichts tun – jetzt, wo er von offizieller Seite nichts mehr zu befürchten hatte. Doch das glaubte Schäfer eigentlich nicht. Es ging nicht nur um Rache; es ging um die Aufdeckung eines Verbrechens, um die Korrektur der Geschichte. Er sah auf die Uhr. Zwei Stunden freie Zeit. Könnte er gut vor dem Hotel absitzen und Leute zählen. Da fiel ihm wieder ein, was er Bergmann bitten wollte: das Bild von der Frau neben Radner durch den Zentralrechner laufen zu lassen. Schäfer hätte auch die Möglichkeit gehabt, es an alle Tiroler Polizeidienststellen zu senden, doch das erschien ihm angesichts seiner momentanen Lage als zu prekär. Was war eigentlich mit Danninger? Schäfer winkte dem Kellner, bezahlte und lief die Treppen zu seinem Zimmer hinauf. Er fuhr seinen Computer hoch, öffnete den Ordner mit den Fotos von Hinterholzers Album und startete das Mailprogramm. Nur, dass er keine E-Mail-Adresse von Danninger hatte. Er nahm sein Telefon und rief den Pfarrer an.

„Hallo ... Ja, ich bin's ... Sag: Hast du eigentlich eine E-Mail-Adresse ... Ja ... Nein, ich gebe sie direkt in den Computer ein ... Ich schick dir jetzt das Bild, wo der Friedrich drauf ist, mit seinem Freund und einer Frau ... Es könnte ja sein, dass einer deiner Kollegen, also in den anderen Pfarren, dass sie dort in die Kirche geht ... Ja, ist mir schon klar, aber irgendwas sagt mir, dass sie gläubig ist ... Na ja, an die Adressen, die du halt hast ... Ja, ein Fax geht auch, aber das wird dann schon mehr zum Bilderrätsel ... Ja ... Sag: Kann ich mir deinen Subaru heute ausleihen ... Zum See? ... Gern ... War ohnehin schon ewig nicht mehr schwimmen ... Badehose hab ich allerdings keine mit ... Das wäre nett ... Ja ... Ich bin in zehn Minuten bei dir ... Bis gleich."

Schäfer legte auf, schickte das Mail ab und klappte den Laptop zu. Er schaute sich im Zimmer um, ob er irgendwas mitnehmen wollte. Da lag noch von Habermanns Buch – das könnte er in der Nacht lesen. Die Akte vom Banküberfall. Sonnbichler und Wurm. Die beiden würde er jetzt inoffiziell befragen müssen. Sollte er noch machen, bevor sie aus der Zeitung mitbekamen, dass er nicht mehr für den Fall verantwortlich war. Er holte sich ein Handtuch aus dem Badezimmer und machte sich auf den Weg.

Als er am Pfarrhaus läutete, rief Danninger hinter ihm seinen Namen. Schäfer drehte sich um und erkannte in der Person, die er zuvor schon gesehen hatte, erst jetzt den neben seinem Auto wartenden Pfarrer. Soweit er sich erinnern konnte, sah er Danninger gerade zum ersten Mal in Zivilkleidung. Auf der Fahrt zum See erzählte Schäfer von seinem Besuch bei Friedrich und von Kranz' Tod. Als Danninger am Parkplatz nahe dem Seeufer den Motor abstellte und die Tür öffnete, bat ihn Schäfer, noch kurz zu warten. Er müsse ihm noch etwas erzählen; allerdings unter dem Siegel der Verschwiegenheit. Und in erster Linie für den Fall, dass ihm etwas passieren sollte. Dann würde es an ihm, Danninger, sein, die Kripo in Wien zu verständigen und ihr von Schäfers Vermutungen zu berichten. Der Pfarrer schaute ihn überrascht und etwas besorgt an und schloss die Wagentür.

37

Die Bestie ist tot: Kitzbühel atmet auf
Ende der brutalen Mordserie im Tiroler Tourismusort. Täter hat sich selbst gerichtet

„Endlich ist's vorbei", meint Bürgermeister Gernot Bruchmüller und spricht damit der gesamten Kitzbüheler Bevölkerung aus der Seele. Denn wo in den letzten Wochen ein bestialischer Serienmörder das mondäne Tiroler Städtchen in Angst und Schrecken versetzte, lädt die klare Bergluft nun zumindest die Touristen wieder zum erleichterten Aufatmen ein. Bei den Einheimischen herrscht allerdings weiterhin Fassungs losigkeit. Keiner kann sich hier damit abfinden, dass der ehemalige Bürgermeister des Ortes, Sigmund Kranz, für vier brutale Morde verantwortlich sein soll. Kranz selbst kann dazu keine Erklärungen mehr abgeben: Er hat sich nach seiner Verhaftung in der Zelle im Kitzbüheler Polizeirevier erhängt. Bei der anschließenden Durchsuchung seines Hauses wurden neben einem umfassenden Geständnis offenbar auch weitere Beweismittel sichergestellt. Die Frage nach dem Warum wird die Ermittler noch länger beschäftigen. Vermutet werden gemeinsame kriminelle Machenschaften des Täters und der Opfer in der Vergangenheit. Zu den Details hüllen sich die ermittelnden Beamten allerdings noch in Schweigen.

Tour des Grauens in den Tiroler Alpen
Begonnen hat die Schreckensserie (wir berichteten) mit dem grausamen Mord an Simon Steiner, einem sechzigjährigen einheimischen Unternehmer, der während einer Bergtour bewusstlos geschlagen und an ein Gipfelkreuz gehängt worden war. Nach qualvollem Leiden starb Steiner an Herzversagen. Mit den Ermittlungen wurde umgehend Major Schäfer, Beamter der Wiener Kriminalpolizei, beauftragt. Doch bevor die Untersuchungen überhaupt ins Laufen kommen konnten, war ein weiteres Verbrechen geschehen. Und wiederum zeugte die Tat vom brutalen und verabscheuungswürdigen Charakter

des Mörders: Bis zum Hals im Beton, lebendig begraben und qualvoll erstickt – so wurde das Walter Krassnitzer, ein Immobilienmakler und Bauunternehmer aus Kitzbühel, nur einen Tag nach dem ersten Mord auf seiner eigenen Baustelle gefunden. Die Tat stellte die Polizei abermals vor ein Rätsel. Weder in der Familie noch im Bekanntenkreis, noch im geschäftlichen Umfeld des Opfers konnten die Ermittler ein Motiv ausfindig machen. Während die Beamten im Dunklen tappten, schlug der Mörder abermals zu. Schauplatz des dritten Verbrechens: der Kirchturm im Kitzbüheler Stadtzentrum, wo Horst Gasser, ein einheimischer Autohändler, Selbstmord durch einen Sturz in die Tiefe beging, nachdem ihm telefonisch mit der Ermordung seiner Familie gedroht worden war.

Die folgenden Ermittlungen konzentrierten sich nun vor allem auf ein Thema: die Vergangenheit der Opfer in der Kitzbüheler Skischule. Während ihrer gemeinsamen Zeit als Skilehrer sollen Steiner, Krassnitzer und Gasser gemeinsam mit ihrem späteren Henker Sigmund Kranz verschiedene Verbrechen geplant haben, um sich finanziell zu bereichern. Welcher Art diese kriminellen Taten waren – von inoffiziellen Quellen werden Bankraub und sogar Entführung genannt –, ist noch Gegenstand der Ermittlungen. Wahrscheinlich ist, dass Kranz sich seiner damaligen Komplizen entledigen wollte, um an eine eventuell noch versteckte Beute zu kommen beziehungsweise um die Mitwisser für alle Zeit mundtot zu machen.

Nicht zum Plan des Mörders gehörte freilich der junge Mann, der das zweite Opfer gefunden hat. Denn nach dem jetzigen Wissensstand der Polizei hat der Student und Ferialarbeiter Wolfgang Senn bei seinem Eintreffen auf der Baustelle Walter Krassnitzer entgegen seiner Aussage lebend vorgefunden, worauf dieser Senn den Namen des Mörders verraten haben dürfte. Mit der Entscheidung, sein Wissen nicht der Polizei anzuvertrauen, sondern den Mörder zu erpressen, dürfte der Student sein eigenes Todesurteil unterschrieben haben. Am Wochenende wurde er erschlagen auf dem Kitzbüheler Friedhof aufgefunden. Wie die ermittelnden Beamten Sigmund Kranz schließlich auf die Spur gekommen sind, darüber kann zurzeit nur spekuliert werden. Am wahrscheinlichsten ist es, dass der Täter bei seinem Treffen mit Senn, dessen Ermordung er nicht so penibel geplant haben dürfte wie die vorhergegangenen Verbrechen, Spuren hinterlassen hat, die Dienstag in den frühen Morgenstunden zu seiner Verhaftung führten.

Major Schäfer: Held oder Narr?
So klar die Täterschaft Kranz' scheint, so undurchsichtig bleibt allerdings die Rolle von Major Schäfer, der bis zur Festnahme des Mörders die Ermittlungen leitete und dann umgehend in den Urlaub geschickt wurde – was in diesem Stadium einer Suspendierung gleichkommt. Eine Quelle, die anonym bleiben will, nannte vor allem Schäfers Vorgehen in Bezug auf einen vor fast zwanzig Jahren verübten Selbstmord und einen mehr als spekulativen Verdacht über frühere Kontakte der Opfer zu RAF-Kreisen als Gründe. Eine falsche Fährte, der ein anderer Ermittler nicht gefolgt wäre und damit zumindest das Leben des Studenten Senn hätte retten können? Major Schäfer selbst äußerte sich zu seinem Vorgehen bisher nur vage: Er sei erleichtert, dass der Mörder gefasst und der Fall so gut wie abgeschlossen sei. Möglicherweise hätte er sich zu sehr auf bestimmte Details konzentriert und einem Nebenereignis zu viel Aufmerksamkeit geschenkt. Laut besagter anonymer Quelle könnten damit Schäfers eigenmächtige Ermittlungen auf dem Grundstück eines renommierten Anwalts sowie eine Romreise gemeint sein, deren Hintergrund immer noch unklar ist. Ob der Beamte der Wiener Kriminalpolizei deshalb mit rechtlichen Konsequenzen zu rechnen hat, ist offen. Nach zwei Urlaubstagen bei seiner Familie wird der Major zurück nach Wien reisen, so unser Informant. Und auch Kitzbühel, die malerische Stadt im Herzen der Alpen, darf nun hoffentlich zur Ruhe kommen.

Schäfer legte die Zeitung beiseite und lächelte. So in etwa hatte er sich das vorgestellt – auch wenn es der Bericht erst in die Abendausgabe geschafft hatte, und auch wenn ihm die Zwischenüberschrift „Held oder Narr?“ etwas respektlos erschien.

Doch das war wohl nur Unselds Revanche, weil er abermals ein gemeinsames Frühstück hatte sausen lassen und sich diesmal nicht auf dienstliche Verpflichtungen hinausreden konnte. Er hatte keine Lust gehabt. Er wollte allein sein, ein paar Dinge erledigen und sich in Ruhe durch den Kopf gehen lassen, was in den folgenden Tagen oder sogar Stunden passieren könnte. Zu Mittag hatte er einen Spaziergang zum See gemacht und in einem kleinen Restaurant einen griechischen Salat gegessen. Während er auf der Terrasse saß und die ungenießbaren Oliven ein paar Enten zuwarf, rief ihn Baumgartner an. Der ballistische Bericht war eingetroffen: Obernauer hatte bei seinem Selbstmord ziemlich sicher die gleiche Waffe verwendet, die auch beim Bankraub in Aschau abgefeuert worden war. Hundertprozentige Sicherheit gäbe es natürliche keine – doch angesichts der Tatsache, dass die Heckler & Koch P7 zur fraglichen Zeit in Österreich kaum verbreitet, in Deutschland hingegen – und vor allem bei der RAF – eine beliebte Waffe gewesen war, durfte man wohl den Schluss ziehen, dass Obernauer mit dem Bankraub in Verbindung gestanden hatte. Mit dem Bankraub nicht, dachte Schäfer, nachdem er aufgelegt hatte, nur mit den Bankräubern. Er rief Kern an, fragte ihn, wie es seiner Nase ginge, und ließ sich dann Adresse und Telefonnummer der damaligen Bankangestellten geben. Beide wohnten in Kirchberg. Wurm arbeitete bei einer anderen Bank im Ortszentrum, Sonnbichler war mittlerweile in Pension und wohnte in einem Eigentumshaus am Südhang des Gaisbergs. Schäfer kannte die Gegend und hatte eine Vorstellung von den Grundstückspreisen dort – von seinem Gehalt allein hätte sich Sonnbichler das Haus bestimmt nicht leisten können. Was sollte er jetzt tun ... anrufen und um ein Gespräch bitten? Die Entscheidung trafen seine Beine, die an der nächsten Wegkreuzung in Richtung Kirchberg gingen.

Was er Wurm und Sonnbichler fragen wollte, war ihm selbst noch nicht klar. Seit dem Überfall waren mehr als zwanzig Jahre vergangen, die Täter waren vermummt gewesen; und mit welchen der vier ehrenwerten Kitzbüheler Radner die Bank überfallen hatte, war nicht mehr wirklich relevant, zumal sie allesamt tot waren – nun, bei Radner war sich bislang nur Schäfer sicher. Doch irgendetwas stimmte nicht. Der grundlose Schuss auf Sonnbichler; die Summe, die erbeutet worden war: über zehn Millionen Schilling – das war wesentlich mehr als eine Dorfbank normalerweise im Tresor lagerte. Die Flucht: In die Aschau führte nur eine Straße, die dort endete. Dementsprechend mussten die Täter denselben Rückweg genommen haben. Mehr als zehn Kilometer. Entweder in einem Höllentempo oder sie hatten sich unterwegs ein Versteck gesucht – andernfalls wären sie der Polizei in die Arme gelaufen. Moment. Er hatte vergessen, wann die beiden Bankangestellten gefunden worden waren. Wurm hatte den Alarm erst nachher auslösen können. Trotzdem war es zu perfekt gelaufen. Laut Friedrich war Radner damals noch nicht lang bei der RAF gewesen, also bestimmt kein Profi. Ein unbekannter Dritter? Ein weiterer RAF-Mann? Schäfer setzte sich auf eine Bank neben der Kirchberger Ache und zündete sich eine Zigarette an. Er fühlte sich seltsam. Unrund. Aus dem Spiel genommen und doch mittendrin. Woher diese Wut? Weil er anfing, sich mit Radner zu solidarisieren und dessen Ermordung nicht unaufgeklärt lassen wollte? Nun, dessen Ansichten hatte Schäfer in seiner Jugend tatsächlich für richtig gehalten. Und die Kitzbüheler Geldelite aufrichtig gehasst. Ihre Hochnäsigkeit, die durch den provinziellen Mief, der ihnen anhaftete, noch unerträglicher wurde. Die Selbstverständlichkeit, mit der sie Gesetze umgingen, sich auf Kosten der Natur und ihrer nicht so skrupellosen Mitmenschen bereicherten. Hatten sie denn etwas anderes verdient? In Wahrheit müsste er dem Mörder helfen, alle dranzukriegen, die Radner umgebracht hatten. Das wäre Gerechtigkeit ... Schluss jetzt, ohrfeigte er sich selbst, stand auf und ging weiter.

Eine Viertelstunde später betrat er die Bank, in der Irene Wurm arbeitete. Das Foto in der Akte hatte eine zierliche, unscheinbare Frau mit hellblondem Haar gezeigt. An den Schaltern sah Schäfer niemanden, der auch nur entfernte Ähnlichkeit mit dem alten Bild gehabt hätte. Er ging auf einen jungen Mann zu, war schon im Begriff, seinen Ausweis zu ziehen, überlegte es sich anders und fragte ohne weitere Begründung nach Irene Wurm. Der Schalterbeamte sah Schäfer einen Moment an, als wollte er dessen Absichten einschätzen, und griff dann zum Telefon. Keine Minute später schob sich im hinteren Teil der Bank eine Schiebetür aus Milchglas auf und eine Frau kam heraus. Sie blickte zu ihrem Kollegen, der mit einer Kopfbewegung auf Schäfer deutete.

„Grüß Gott. Womit kann ich Ihnen helfen?“

„Frau Wurm?“, fragte Schäfer und erhielt ein Nicken als Antwort, „ich bin Major Schäfer von der Kriminalpolizei in Wien. Das kommt für Sie jetzt sicher überraschend, aber ich müsste Ihnen ein paar Fragen zu dem Bankraub in der Aschau stellen.“

„Jetzt gleich?“, fragte Wurm etwas ungehalten.

„Natürlich nicht, wann haben Sie denn Feierabend?“, versuchte Schäfer sie milde zu stimmen.

„In einer halben Stunde; aber davor möchte ich bitte Ihren Ausweis sehen.“

„Sicher“, sagte Schäfer und griff in seine Jacketttasche, „hier, bitte.“

„Johannes Schäfer ... Sind Sie von hier?“, fragte sie ihn schon etwas freundlicher.

„Ja, in Kitzbühel geboren ...“

„Ja, wenn Sie hundert Meter weiter unten im Café auf mich warten möchten, dann schaue ich, dass ich so schnell wie möglich fertig bin.“

Das Café, das sie ihm genannt hatte, war ihm allerdings auf den ersten Blick zuwider: die Einrichtung, die dem Lokal vermutlich schon vor einigen Jahren von einem so dumpfen wie größenwahnsinnigen Raumausstatter im Zug einer Renovierung aufgezwungen worden war; mit dem Versprechen, dass das nunmehr mediterrane Ambiente den Gast zum längeren Verweilen und großzügigeren Konsumieren anregen würde. Sitzpolster mit Muscheln in Creme und Altrosa, ehemals für modern gehaltene runde Edelstahltische, bei denen zumindest ein Bein mit einem Bierdeckel unterlegt war, ein Palmendach über der Bar, deren massive Fichtenholzhocker hingegen noch aus der Zeit vor dem Umbau zu stammen schienen. Als ein Kellner auf ihn zukam, dem noch ein Rest Nudelsuppe im

Schnauzbart hing, murmelte Schäfer nur, dass er sich geirrt habe, und trat schleunigst vor die Tür. Er nahm auf einer Bank gegenüber Platz und sagte sich, dass er Wurm unbedingt zu einem anderen Lokal überreden musste. Was sich allerdings gar nicht als notwendig erwies. Nachdem sie ihn auf der Bank angetroffen hatte und er andeutete, dass er lieber auf einer Terrasse als drinnen sitzen würde, schaute sie ihn verwundert an und meinte, dass das Café ohnehin eine solche besäße. Einen Moment später war Schäfer klar, dass er sich im Lokal geirrt hatte.

„Normalerweise führen wir ja Leute in solche Lokale, um sie zum Geständnis zu zwingen", sagte er und sah Wurm lächelnd an.

„Na ja, verlangt ja niemand, dass ihr fehlerlos seid", antwortete sie, worauf Schäfer in ihren Augen erfolglos nach Anzeichen dafür suchte, dass sie über ihn Bescheid wusste.

„Also, Sie wollten mich was fragen." Sie trank einen Schluck aus ihrem Weißweinglas.

„Ja", meinte Schäfer zaghaft, weil er den Faden verloren hatte. „Der Banküberfall. Ist Ihnen daran damals oder irgendwann danach etwas seltsam vorgekommen?"

Sie sah ihn nur fragend an.

„Warum zum Beispiel über zehn Millionen im Tresor waren ..."

„Das war nicht so außergewöhnlich ... Damals gab's bei uns noch anonyme Konten ... und viele Deutsche, die in der Gegend einen Zweitwohnsitz hatten, sahen in unseren Banken eine gute Alternative zur Schweiz."

„Wie oft war es in etwa der Fall, dass so große Summen in der Bank lagerten?"

„Drei- bis viermal im Jahr vielleicht ..."

„Also ist es doch wahrscheinlich, dass die Täter darüber Bescheid wussten?"

„Ja, aber das hat die Polizei damals ohnehin auch vermutet."

„Und wer könnte ihnen das verraten haben?"

„Herr Schäfer, das ist jetzt über zwanzig Jahre her und Sie stellen mir die gleichen Fragen wie damals Ihre Kollegen. Was soll das bringen?"

„Es gibt neue Informationen bezüglich der Waffe, die verwendet wurde“, versuchte Schäfer von seiner offensichtlichen Planlosigkeit abzulenken. „Warum glauben Sie, hat man auf den Filialleiter geschossen?“

„Brutale Verbrecher, denen sein Leben egal war?“

„Aber er hat sich nicht widersetzt oder irgendwas gesagt?“

„Nein, wir sind beide geschockt am Boden gesessen und plötzlich hat einer von ihnen auf den Herrn Sonnbichler geschossen.“

„Hat es so ausgesehen, als ob der Täter gezielt hat, oder hat er einfach abgedrückt?“

„Ich hab die doch nicht angesehen. Während der ganzen Zeit hab ich auf den Boden gestarrt und mir gewünscht, dass das bald vorbei ist.“

„Verstehe.“ Schäfer nahm einen Schluck Tee. „Der Herr Sonnbichler, ist der eigentlich weiterhin in der Bank geblieben?“

„Nein, der war zuerst einen Monat im Krankenstand und dann hat er sich nach Innsbruck versetzen lassen. Und jetzt ist er ohnehin in Pension.“

„Frau Wurm, ähm ... können Sie sich vorstellen, dass Herr Sonnbichler etwas mit dem Bankraub zu tun gehabt hat? Dass er mit den Tätern gemeinsame Sache gemacht hat?“

Entgegen seiner Vermutung reagierte Wurm keineswegs überrascht oder gar entsetzt.

„Ich glaube nicht“, sagte sie nachdenklich, „ich hab ihn immer für einen ehrlichen Mann gehalten. Er war immer freundlich zu allen, hat seine Arbeit gut gemacht ... nein, das kann ich mir nicht vorstellen.“

Nachdem Schäfer die Rechnung beglichen und sich von Wurm verabschiedet hatte, setzte er sich auf eine Bank neben dem Dorfbrunnen und rief Sonnbichler an. Keiner da. Er stand auf und ging zum Bahnhof, um den nächsten Zug nach Kitzbühel zu nehmen. „Sinnloser Ausflug“, sagte er sich, während er auf dem Bahnsteig stand und kleine Kiesel auf die Geleise stieß, „hätte ich mir eigentlich sparen können.“

38

Schäfer stand im Hotelaufzug, als sein Telefon läutete. Danninger. Da der Empfang zu schlecht war, legte er auf und wartete mit dem Rückruf, bis er im Zimmer war.

„Hallo ... Ja, ich war im Lift ... In Lienz? ... Und wie heißt sie? ... Monika Preminger ... Also nichts mit Anna ... Nein, ich hab nur laut gedacht ... Moment, das muss ich mir aufschreiben ... Sag, kannst du mir die Nummer vom Pfarrer dort geben ... Ja, ich bleib dran ... Hartmann? ... Gut ... Ja, das ist wirklich ein Glücksfall ... Danke ... Ich geb dir Bescheid ... Mach ich, Aufpassen ist mein Beruf ... Ich weiß schon, was du meinst ... Ja ... Servus."

Wie sollte er jetzt weitermachen? Der Pfarrer aus Lienz kannte die Frau. Das war in Schäfers Augen ein Durchbruch, mit dem er nicht so schnell gerechnet hatte. Umso wichtiger war es, dass niemand Monika Preminger informierte, dass sich die Polizei für sie interessierte. Er tippte die Nummer des Lienzer Pfarrers in sein Telefon und wartete.

„Grüß Gott, Herr Hartmann, hier ist Major Johannes Schäfer von der Kriminalpolizei ... Ja, genau der ... Ich wollte mich bei Ihnen bedanken, dass Sie so schnell geantwortet haben ... Was ich Sie fragen wollte: Wissen Sie, ob Frau Preminger verheiratet ist ... Ja ... Und wie hat sie vorher geheißen, mit Mädchennamen ... Nein, nein, ich bin noch dran ... Nein, ich glaube nicht, dass Frau Preminger damit zu tun hat. Trotzdem muss ich Sie ersuchen, niemandem zu erzählen, dass Sie mit der Polizei Kontakt hatten, am wenigsten Frau Preminger selbst ... Ich kann Ihnen nur sagen, dass möglicherweise ein Menschenleben auf dem Spiel steht ... Werde ich ... Vielen Dank, Herr Hartmann ... Auf Wiederhören."

Gleich nachdem er aufgelegt hatte, öffnete Schäfer die Minibar und mixte sich einen Gin Tonic. Er hatte recht gehabt mit der Frau. Und mit ihrem Sohn. Jetzt musste er sich beruhigen, nur nichts überstürzen, für eine Verhaftung war es zu früh, ohne weitere Beweise oder ein Geständnis würde es auf ein Indizienverfahren hinauslaufen; das konnte er nicht riskieren. Er nahm Notizblock, Telefon und Zigaretten und setzte sich auf den Balkon. Mit zittriger Hand schrieb er stichwortartig einen Plan für sein weiteres Vorgehen auf. Zuerst Konopatsch anrufen.

„Knochen, hallo, ich bin's ... Ja, du musst nicht alles glauben, was in der Zeitung steht ... Nein, wegen dem rufe ich nicht an ... Das hab ich mir ohnehin schon gedacht ... Sag: Wie schnell kannst du mir eine DNA-Analyse durchführen ... Wenn ich es gleich morgen früh per Expressboten wegschicke ... Das wäre großartig ... Ja, die schulde ich dir auf jeden Fall ... Danke, Knochen ... Servus."

Und jetzt? Friedrich. Aber ganz gelassen. Nur nichts anmerken lassen.

„Guten Tag, Herr Regisseur, der Polizist aus Tirol ... Danke, gut, hat sich alles zum Guten gewendet: Der Kranz hat vor seinem Selbstmord ein Geständnis geschrieben und in seiner Wohnung haben meine Kollegen eine Waffe gefunden, die einem der Opfer gehört hat ... Na ja, Glück ... Ganz so falsch bin ich ja auch nicht gelegen ... Radner? ... Nein, das wird wahrscheinlich nichts werden ... Weil ich keinen Durchsuchungsbefehl bekomme, ganz einfach ... Ja, so sieht's aus ... Solange das Haus da oben noch steht, wird nicht gegraben ... Na, anzünden kann ich es ja nicht gut, ich bin Polizist, falls Sie das vergessen haben, und bei meiner momentanen Reputation wäre ich wohl auch sofort der Hauptverdächtige ... Ja ... Noch ein paar Tage Nichtstun und dann zurück in die Hauptstadt ... Ja, ich wollte Ihnen ja nur Bescheid geben ... Nicht dass Sie sich Sorgen machen ... Sie auch ... Wiedersehen."

Und jetzt: ein Alibi. Gesellschaft.

„Hallo, ich bin's ... Gut ... Ja, danke ... Ach, Undank ist der Welten Hohn ... Sag: Ohne Arbeit ist mir hier ziemlich langweilig. Muss auf andere Gedanken kommen. Hast du nicht Lust, mich zum Essen einzuladen? ... Na ja, der stört mich doch nicht. Wird ohnehin Zeit, dass ich ihn kennenlerne ... Natürlich benehme ich mich ... Nein, kein Wort, Ehrenwort ... Soll ich was mitnehmen? ... Nein, eigentlich nicht, wenn du so fragst ... Gut, bis später, danke."

Schäfer legte das Telefon beiseite, zog sich aus und ging ins Bad. Diesmal half Danningers Seife nicht. Er trocknete sich ab und zündete sich eine Zigarette an. Zweimal gab er die falsche Kombination am Safe ein, bevor er sich erinnerte, dass er nicht wie üblich seine Telefonnummer, sondern die Kitzbüheler Postleitzahl als Code gewählt hatte.

Er nahm die Glock aus dem Holster, überprüfte Schlitten, Magazin und Abzug. Maria würde nicht begeistert sein, wenn er mit einer Waffe zu ihr kam, aber für die nächsten Tage sah er keine andere Wahl. So genau er die Beweggründe und den Ablauf der Verbrechen zu kennen glaubte, so wenig konnte er die Bereitschaft des Täters einschätzen, gegen ihn selbst gewaltsam vorzugehen. Einiges sprach dafür, dass er damit rechnete, erwischt zu werden. Einiges sprach auch dafür, dass er in Schäfer mehr einen Helfer als einen Verfolger sah. Vielleicht wollte er sogar erwischt werden. Darüber zu spekulieren, war so unsinnig wie gefährlich. Schäfer zog eines seiner neuen Hemden an, wischte mit einem nassen Handtuch über seinen Anzug und machte sich ausgehfertig.

„Du bist zu früh", sagte Maria vorwurfsvoll, als sie Schäfer die Tür öffnete, „ich bin noch nicht einmal mit den Haaren fertig."

„Entschuldige." Schäfer betrachtete mit einem zärtlichen Blick den weißen Handtuchturban auf ihrem Kopf. „Sieh es einfach als staatlich bezahlten Personenschutz."

„Na, da frag ich mich doch, vor wem ich da Schutz brauche", antwortete sie und ließ ihn ins Haus. „Ich brauche noch eine Viertelstunde. Setz dich inzwischen zu Marc auf die Terrasse."

Schäfer zögerte einen Moment. Zu seiner Erleichterung kam plötzlich die Tochter der beiden ins Wohnzimmer gelaufen und blieb mit offenem Mund und in sicherer Entfernung vor ihm stehen. Lächelnd ging er in die Hocke, um sie zu begrüßen, zugleich fiel ihm ein, dass er ihren Namen vergessen hatte.

„Hallo, kleine Prinzessin ... begleitest du mich zum Papa hinaus?"

Die Erwähnung ihres Vaters entspannte das Mädchen sichtlich, sie ging auf Schäfer zu, nahm ihn wie selbstverständlich bei der Hand und führte ihn in den Garten.

Marc saß in einem Autoreifen, der mit einer dicken Kette am Ast eines Kirschbaums befestigt war. Als er die beiden sah, stand er auf und ging ihnen entgegen. Seine Tochter ließ Schäfers Hand los und lief mit erhobenen Armen auf ihren Vater zu, der sie aufhob und auf seinen linken Arm setzte, während er Schäfer die rechte Hand hinhielt.

„Hallo Johannes, ich bin Marc“, sagte er freundlich und musterte seinen Gast.

„Hallo, Marc“, antwortete Schäfer und überlegte verkrampft, was er als Nächstes sagen könnte. Zum Glück ließ Marc das von Schäfer befürchtete verlegene Schweigen gar nicht erst aufkommen.

„Du magst sicher etwas zu trinken, oder? Bier, Wein, einen Saft?“

„Erstmal einen Saft, danke“, sagte Schäfer und setzte sich erleichtert auf einen Gartenstuhl in der Wiese.

„Bleibst du beim Johannes, Katharina?“, wandte sich Marc an seine Tochter, die unschlüssig zwischen den beiden Männern stand.

„Womit spielst du denn am liebsten, Katharina?“, bemühte sich Schäfer um das Vertrauen der Kleinen. Sie schaute ihn kurz an und lief ihrem Vater nach.

Wunderbar, dachte Schäfer, wie die Mutter so die Tochter. Doch entgegen seiner Annahme war Katharina nicht vor ihm geflohen, sondern hatte nur eine Puppe und ein Stoffeinhorn aus dem Wohnzimmer geholt, die sie nun vor Schäfer in die Wiese stellte.

„Das ist aber eine schöne Puppe“, sagte Schäfer und dachte fast gleichzeitig, dass ihm ruhig was Besseres einfallen hätte können. Katharina schien dieser Standardsatz jedoch gerade recht: Das Kompliment an ihre Puppe funktionierte wie ein Codewort, das ihre Verlegenheit brach.

„Die heißt Sissi und das ist ihr Einhorn, mit dem kann sie reiten und fliegen und schwimmen.“

„So ein Einhorn hätte ich auch gern.“

„Die Mama kann dir eines schenken ... musst du nur brav sein.“

„Ah, du hast Sissi schon kennengelernt.“ Marc kam mit einem vollen Krug und drei Gläsern zurück.

„Ja, wunderbares Tier.“

„Setzen wir uns?“, schlug Marc vor, ging zum Terrassentisch, stellte die Gläser ab und füllte sie auf. „Katharina, komm, hier ist ein Saft für dich.“

Das Mädchen schaute kurz zu ihrem Vater, streichelte ihre Puppe und das Einhorn, flüsterte den beiden etwas zu und lief dann zum Tisch.

„Willst du dich zu mir setzen?“, fragte Schäfer, der auf der Bank Platz genommen hatte.

Ohne zu zögern, kletterte Katharina auf die Bank, setzte sich und nahm mit beiden Händen ihr Saftglas.

„Eine echte Prinzessin, oder?“, sagte Marc, der Schäfers liebevollen Blick bemerkt hatte.

„Ja.“ Schäfer strich der Kleinen eine Haarsträhne aus der Stirn.

„Ist der Fall eigentlich jetzt abgeschlossen?“

Schäfer überlegte, was er Marias Mann anvertrauen wollte. „So gut wie ... zumindest, was die vier Morde betrifft. Jetzt geht es noch darum, was die drei früher gemeinsam getan haben ... wo genau das Motiv begründet ist, wer noch verwickelt sein könnte ... viel Routinekram.“

„Das heißt, du bist noch eine Zeitlang hier ... in Kitzbühel?“

„Nein. Offiziell bin ich beurlaubt. Ich gehe noch zwei Tage wandern, dann fahre ich zurück nach Wien. Ich brauche mal wieder meine eigene Wohnung ... Abstand von hier.“

„Das verstehe ich. Ist ja auch nicht einfach, mit solchen Verbrechen zu tun zu haben.“

„Das auch, ja.“ Schäfer schaute fragend Katharina an, die an seinem Jackettärmel zupfte.

„Wenn ich groß bin, werde ich auch Polizist“, sagte sie stolz.

„Na, seit wann denn das?“, fragte ihr Vater lachend, bekam jedoch keine Antwort.

„Stört es euch, wenn ich rauche?“, fragte Schäfer, dessen Nervosität wie in Wellen über ihn kam.

„Nein, sicher nicht, warte ... ich hol dir einen Aschenbecher“, sagte Marc und stand auf.

„Weißt du denn, was ein Polizist macht?“, wandte sich Schäfer an Katharina.

Sie setzte sich gerade hin, schloss die Augen und zuckte mit den Lidern, als würde sie angestrengt nachdenken.

„Du passt auf, dass uns nichts passiert."

„Das stimmt." Schäfer musste lachen. „Weißt du, das mache ich wirklich gern: aufpassen, dass euch nichts passiert", und er konnte nicht umhin, ihr einen Kuss auf die Wange zu geben.

Inzwischen war Marc zurückgekommen und stellte einen Aschenbecher auf den Tisch, dessen Werbeaufdruck Schäfer vermuten ließ, dass Maria ihn in einem französischen Bistro entwendet hatte. Er zündete sich eine Zigarette an, stand auf und ging ein paar Schritte vom Tisch weg, weil er nicht wusste, wie sensibel Marc auf Raucher in Gegenwart seiner Tochter reagierte. Maria kam aus der Tür. Sie trug ein Tablett mit Tellern und Gläsern, unter dessen Gewicht sich die Sehnen ihrer Unterarme spannten.

Schäfer und Marc traten gleichzeitig auf sie zu, um ihr zu helfen.

„Na, wenn ich einmal zwei Kavaliere dahabe, dann kann ja eigentlich ich mich hinsetzen", meinte sie und nahm zu beider Überraschung neben ihrer Tochter Platz. Die beiden Männer standen für einen Moment unschlüssig da, dann setzen sie sich auf Marcs Initiative in Bewegung und gingen in die Küche, um Essen und Getränke zu holen.

„Wir haben nur Pasta gemacht", sagte Marc, während er Schäfer zwei Weinflaschen in die Hände drückte, „mehr ist sich in der kurzen Zeit leider nicht ausgegangen."

„Tut mir leid, dass ich mich so überfallsartig eingeladen habe ... aber nach dem ganzen Chaos war mir einfach einmal nach normaler Gesellschaft."

„Maria hat mir alles erzählt ... also alles, was sie mir erzählen wollte." Marc lächelte und schaute Schäfer in die Augen. „Ich bin froh, dass du zu uns kommst."

„Danke ... Wo ist denn der Korkenzieher?"

Während des Essens gab großteils Katharina die Gesprächsthemen vor, indem sie Schäfer wie aufgezogen von allen für sie bedeutenden Erlebnissen der jüngsten Vergangenheit berichtete: eine Forelle im Bach, der Besuch der Großeltern, das Kirschenpflücken. Weil ihr die Nudeln dabei entweder von der Gabel fielen oder dort kalt wurden, ermahnte Maria ihre Tochter immer wieder dazu, weniger zu reden und mehr zu essen; was jeweils einen Bissen lang zum gewünschten Ergebnis führte. Schäfer konnte sich in seinem Zustand nichts Besseres vorstellen als dieses kleine Mädchen, das mit ihren teils zusammenhanglosen, teils gänzlich unverständlichen Geschichten seine Konzentration derart in Anspruch nahm, dass für andere Gedanken kein Platz war. Und obwohl er ihren aufgekratzten Zustand – wie jeder Erwachsene, der sich einigermaßen mit Kindern auskennt – darauf zurückführen hätte können, dass sie vor dem Einschlafen noch einen kurzen manischen Höhenflug erlebte, redete Schäfer sich ein, dass sie seinetwegen so fröhlich war. Maria schien sich ebenso über das gute Verhältnis zu freuen, das sich zwischen ihrer Tochter und Schäfer entwickelt hatte. Allerdings war sie auch pragmatisch genug, nach dem Essen in die Hände zu klatschen, ihre sich kurz sträubende Tochter hochzuheben und nach einem Kuss für Marc und Schäfer ins Bett zu bringen.

Nach einem Moment des Schweigens, das Schäfer jedoch als sehr angenehm empfand, zündete er sich eine Zigarette an und machte Marc ein Kompliment, wie klug und gut erzogen seine Tochter sei.

„Das musst du eher Maria sagen", erwiderte Marc und füllte Schäfers Weinglas auf, „ich bin selbst immer wieder überrascht, was sie alles weiß. Aber dass sie gut erzogen ist: Danke, das hab ich selbst nicht bemerkt", lachte er und hielt sein Glas zum Anstoßen hoch.

„Auf die wunderbaren Frauen", sagte Schäfer, ohne lang nachzudenken.

Marc sah ihn kurz prüfend an und meinte dann, dass sie den Tisch abräumen sollten, bis Maria zurück wäre. Was Schäfer nur recht war.

„Sehr brav", bemerkte Maria, als sie in den Garten zurückkam und den sauberen Tisch sah, „habt ihr mir auch noch Wein übrig gelassen?"

Marc drehte mit einem bedauernden Blick die leere Flasche über ihrem Glas um, griff dann neben sich und holte die zweite hervor.

Nach einer Weile, in der die Konversation von der Klarheit des Sternenhimmels zu Katharinas ersten Radfahrversuchen und anderen harmlosen Themen gesprungen war, fühlte sich Schäfer angenehm berauscht. Seine Anspannung war einem seltenen Zustand der sorgenlosen Klarheit gewichen. Er sah den zärtlichen Blick, den Marc und Maria austauschten, wie sie kurz seine Hand streichelte, wobei sich die Ringe nahe kamen, mit denen sie die Ewigkeit ihrer Liebe besiegelt hatten; wie es ihr nach mehrmaligen Versuchen gelang, ein angezündetes Teelicht in einem bauchigen Glasbehälter zu versenken, ohne dass die Kerze erlosch, ihre mädchenhafte Fröhlichkeit, gesteigert vom zweiten Glas Wein, die Blicke, die sie Schäfer zuwarf, beladen mit einer gemeinsamen Geschichte, die nur sie beide wahrhaft erzählen konnten, ihre Schönheit, die ihn kurz stach, fast ohne nachzuschmerzen, weil er sie glücklich wusste mit dem Mann, der Maria bedingungslos vertraute, und dessen Zuneigung sie gewiss noch mehr zu schätzen wusste, weil er dennoch nie vor den beiden schlafen gegangen wäre und sie allein im Garten mit dem Mann aus der Vergangenheit zurückgelassen hätte; eine Vorsicht, die als Kompliment zu werten war, dachte Schäfer, dem der Gedanke, allein an Marias Seite zu sein, vielleicht auch mehr aus grundsätzlichem Bedürfnis nach Zuneigung im Kopf kreiste denn als tatsächlicher Wunsch, dessen Erfüllung der fortschreitende Abend und der zunehmende Weinkonsum hätten näher bringen können; wie es sich beispielsweise zwischen ihm und Kerstin Unseld ergeben hatte, die Schäfer trotz ihrer Intelligenz und ihres Witzes nicht an sich herankommen lassen konnte, wie ihm jetzt bewusst wurde, weil sie nie mithalten würde können mit der Ikone, die er in seinem Herzen trug, in deren Schein er sich nun sonnte; dann würde sie wieder weg sein, kurz würde ihn frösteln, er würde einen Pullover überziehen, doch irgendwo war sie immer, nur dessen musste er sich gewiss sein, wie sollte er sich auch lösen, wenn sie selbst ihrer Tochter versicherte, dass Schäfer sie beschützte, was gar nicht der Fall war, so gern er sich in dieser Rolle auch gesehen hätte; Marc war der Mann hier in seiner archaischen Bedeutung, der eine Kraft und Sicherheit ausstrahlte, die er auch von Maria bezog, und sie eine Schönheit, der er den Scheinwerfer stellte, sie waren ganz, dachte sich Schäfer, während im Vordergrund von Kultur, Chronik und Politik gesprochen wurde, bis der Name Obernauer fiel.

„Kann man das eigentlich jemals beweisen, dass er sich nicht selbst erschossen hat?“, führte Marc Schäfer wieder auf den einigermaßen sicheren Boden seiner Arbeit zurück.

„Nein“, erwiderte Schäfer, „die Eintrittswunde war zwar am Scheitel – wonach die Pistole senkrecht von oben auf den Kopf gehalten worden sein muss –, aber für einen Selbstmord gibt es eben keine genormten Vorschriften. Und untypisch heißt nicht unmöglich.“

„Und wenn, dann sind seine Mörder ohnehin schon genug bestraft worden“, meinte Maria, deren Stimme der Rotwein schon deutlich anzuhören war.

„Höchstwahrscheinlich ... ja“, antwortete Schäfer.

„Wieso wahrscheinlich?“, wollte Marc wissen.

Schäfer zündete sich eine Zigarette an und versuchte zu bestimmen, was er den beiden überhaupt erzählen wollte. Wie weit das, was er in Gedanken schon durchgegangen war, sich ändern würde, wenn andere davon erfuhren. Andererseits: Er hatte den Stein ohnehin schon ins Rollen gebracht.

„Vielleicht war ja noch jemand beteiligt ... also, jetzt unter uns gesagt.“

„Wer denn?“

„Das kann ich nicht sagen.“

„Komm schon, Johannes, ich sag nichts weiter“, beharrte Marc, als ob er von einer Trivial-Pursuit-Frage sprechen würde. Schäfer sah es ihm nach. Marc hatte weder die Toten gesehen noch die Frauen, die zurückblieben. Und war er selbst nicht auch in einem Spiel? Unseld: zwei Züge vor, Friedrich: eine Runde aussetzen, Kranz: Arrest.

„1980 hat es in der Aschau einen Banküberfall gegeben, bei dem der Filialleiter mit derselben Waffe angeschossen worden ist, die zehn Jahre später neben dem toten Obernauer gefunden wurde ... und bei diesem Überfall ist irgendwas faul ... glaube ich zumindest."

„Entschuldigung, wenn ich so unhöflich bin", sagte Maria und stand spontan auf, „aber ich schlafe schon fast ein." Sie schob den Tisch ein Stück weg, küsste ihren Mann auf den Mund, drückte Schäfer einen Kuss auf die Wange und ging Richtung Wohnzimmer.

„Marc", drehte sie sich noch einmal um, „richtest du Johannes die Couch? Nur falls es später wird ... nicht, dass ihm noch was passiert auf dem Heimweg."

Die beiden Männer schauten sie an und nickten langsam wie Pappfiguren, weil wohl keiner von ihnen schon ans Schlafengehen geschweige denn an den Zustand gedacht hatte, in dem sie sich in ein, zwei Stunden befinden könnten.

„Mach ich ... gute Nacht, träum schön."

„Die unbestreitbare Weisheit der Frauen", sagte Schäfer, nachdem Maria im Haus verschwunden war, füllte ihre beiden Rotweingläser bis zum Rand und hielt seins Marc zum Anstoßen hin.

„Ich würde eher Erfahrung mit dem wiederholt törichten Verhalten der Männer dazu sagen." Marc hob ebenfalls sein Glas.

„Der Filialleiter der Bank", fuhr Schäfer fort, „ich habe mich gefragt, warum sie ihn völlig grundlos angeschossen haben. Noch dazu offensichtlich gezielt ..."

„Was jetzt: grundlos oder gezielt?"

„Gezielt, weil ein Schuss in den Oberkörper leicht tödlich sein kann."

„Glück?"

„Möglich. Oder der Sonnbichler ... Ich rede zu viel ... ab jetzt kein Wein mehr!"

„Wer ist Sonnbichler?"

„Der Filialleiter. Ich meine: eine Bank in der Aschau, dann diese Summe, dann mindestens drei Täter mit einer professionellen Fluchtmethode – das geht nicht zusammen."

„Und du glaubst, dass dieser Sonnbichler den Bankräubern geholfen hat und sich quasi als Alibi anschießen hat lassen.“

„Wäre eine Möglichkeit.“

Schäfer stand auf und ging zum anderen Ende des Gartens, wo er gegen die Hecke pisste. Kurzzeitig hatte ihn das Beisammensein mit den dreien entspannt ... jetzt hatte er plötzlich Lust, etwas in Trümmer zu schlagen, Flaschen, Autos, Schädel, er atmete tief durch, ins Herz hinein, zwang sich, ruhig bis zehn zu zählen, und ging zu Marc zurück. Der auf seinem Stuhl eingeschlafen war und sich den restlichen Rotwein aus seinem Glas über die Hose geschüttet hatte. Schäfer nahm ihm das Glas aus der Hand und trug es zusammen mit den anderen in die Küche. Er füllte ein großes Glas mit Leitungswasser und setzte sich für einen Moment an den kleinen Küchentisch.

Sollte er Maria wecken? Ihr konnte er sich doch anvertrauen ... sie würde es niemandem erzählen ... Was, wenn ihm etwas passierte ... Danninger wusste Bescheid, einigermaßen ... doch die anderen, seine Kollegen ... alle wiegten sich in Sicherheit ... der Fall abgeschlossen ... er ein Spinner ... in seinem eigenem Heimatort ... so wollte er nicht dastehen ... er kannte die Wahrheit. Er machte ein paar Schritte die Treppe hinauf, blieb stehen und wurde sich der Unsinnigkeit seines Verhaltens bewusst. Er in ihrem Schlafzimmer ... egal, was er erklärte, er würde ihnen nie wieder unter die Augen treten können ... aber vielleicht war es ja auch das, was er wollte ... ein endgültiger Abschied.

Er ging ins Wohnzimmer, wo Maria ihm ein Leintuch und eine Decke auf ein Fauteuil gelegt hatte, rückte den Beistelltisch weg und klappte die Couch aus. Sein Blick fiel auf die DVD-Sammlung, die im untersten Regal der Bücherwand aufgereiht war. Er nahm einen Stapel heraus und sah ihn durch: ein erstaunliches Potpourri aus Zeichentrickfilmen, indischen Schnulzen, Hollywood-Blockbustern, Klassikern und wenig bekannten Kunstfilmen. Schäfer legte „Chihiros Reise ins Zauberland“ auf den Beistelltisch und räumte die restlichen DVDs wieder ins Regal zurück. Dann ging er in den Garten hinaus und weckte Marc.

„He, mon ami, Zeit fürs Bett", rüttelte er ihn sanft.

Marc öffnete die Augen, stand auf, rückte den Tisch weg und bewegte sich ins Haus wie ein Roboter, dem man einen Befehl erteilt hatte. Nun, Schäfer wäre zu einem weiteren Glas Wein durchaus noch zu überreden gewesen. So ging er allein in den Garten hinaus, setzte sich in die Reifenschaukel und rauchte eine letzte Zigarette. Bevor er aufstand, um ins Haus zu gehen, nahm er sein Telefon heraus und schaute auf die Uhr. Dann ging er zum Tisch zurück, blies die Kerze aus, trat ins Wohnzimmer und schloss die Tür hinter sich. Er legte die DVD ein, nahm die Fernbedienung und streckte sich auf der Couch aus.

Wie viel er von „Chihiros Reise ins Zauberland" gesehen hatte, wusste er am nächsten Tag nicht mehr. Eine Viertelstunde vielleicht; oder eine halbe. Dann musste er eingenickt sein. Und – wie er später mit seinen Kollegen rekonstruierte – etwa eine Stunde geschlafen haben; bevor ihn ein lauter Knall weckte, der ein paar hundert weitere Kitzbüheler aus dem Schlaf gerissen haben dürfte. Doch im Vergleich zu diesen war Schäfer nur mäßig aufgeregt. Er stand im Garten und sah gelassen auf den Feuerschein am Hang gegenüber, der alle Anwesen rundum in ein oranges Licht tauchte. Er folgte den in den Himmel schießenden Funken und bemerkte erst nach ein paar Minuten, dass Maria, Marc und Katharina ebenfalls im Garten standen und erschrocken auf die Flammen starrten. Sirenen gellten durch die Nacht, Blaulichter tanzten aus der Stadt herauf, aus den Nachbargärten rundum waren Stimmen zu hören. Schäfer warf seine Zigarette ins Gras, trat sie aus und machte sich wieder auf den Weg ins Wohnzimmer. Er legte sich auf die Couch und zog die Decke bis zum Kinn hoch.

„Such, Cerberus, such", murmelte er, lächelte zufrieden und schloss die Augen.

39

„Ihre Freunde haben Ihr Alibi bestätigt." Bruckner setzte sich Schäfer gegenüber. „Tut mir leid, dass ich Sie wie einen Kriminellen habe herbringen lassen. Als wir den Reinisch über die Explosion informiert haben, ist ihm wohl eine Sicherung herausgesprungen."

„Na ja, ganz sicher waren Sie sich wohl auch nicht." Schäfer schaute seinen Kollegen prüfend an.

„Im ersten Moment: nein. Sie versteifen sich auf die Geschichte mit Obernauer und diesem Knochenfund, der Reinisch will den Akt schließen, zwei Tage später fliegt die Hütte von dem Rechtsanwalt in die Luft. Was hätten Sie an meiner Stelle getan?"

„Wahrscheinlich genau dasselbe", sagte Schäfer und stand auf, um sich aus dem Besprechungsraum noch eine Tasse Kaffee zu holen. „Aber danach", fuhr er fort, als er wieder bei Bruckner war, „danach würde ich mich fragen, wer denn wirklich ein Interesse daran hat, das Haus niederzubrennen. Vielleicht jemand, dem es nicht passt, dass der Fall als abgeschlossen erklärt wird. Der will, dass wir dort graben."

„Ich verstehe, worauf Sie hinauswollen", seufzte Bruckner, „die Verantwortlichen sind zur Rechenschaft gezogen worden, aber das reicht dem Mörder nicht. Er will uns zeigen, warum er es getan hat. Nur dass wir damit zugeben müssten, dass Kranz nicht unser Mann ist."

„Das fällt dem Reinisch auf den Kopf", erwiderte Schäfer gelassen, „und ich glaube nicht, dass er Ihnen wirklich leidtut."

Bruckner nahm seine Zigaretten vom Schreibtisch, stand auf und ging zum Fenster. Nachdem er vergeblich nach einem Fenstergriff oder irgendeinem anderen verborgenen Öffnungsmechanismus gesucht hatte, murmelte er etwas vor sich hin und drehte sich dann zu Schäfer um.

„Gehen Sie mit mir auf den Parkplatz eine rauchen?"

„Wieso gehen Sie nicht in den Besprechungsraum, da rauchen die anderen auch."

„Öffentliches Gebäude ... ist eine Frage von Prinzipien."

Schäfer stand auf und folgte seinem Kollegen auf den Parkplatz hinaus, wo ihm dieser eine Zigarette und Feuer gab.

„Weiß man schon was Genaueres über die Brandursache?"

„Die untersuchen noch ... höchstwahrscheinlich Gas."

„Was, Gas?"

„Gasherd aufdrehen, dafür sorgen, dass nach einer Stunde irgendwo ein Funke fliegt, und bumm ... und wenn der Besitzer nicht seit Montag in Wien wäre, könnte man sogar davon ausgehen, dass es ein Unfall war."

„Kümmern Sie sich um den Durchsuchungsbescheid?"

Bruckner schaute ihn einen Augenblick schweigend an, warf seine Zigarette auf den Asphalt, trat sie aus und hob dann den Stummel auf. „Wenn Sie nicht so oft schon recht gehabt hätten, müsste ich mich wohl weigern", sagte er und lächelte, „ich habe schon angesucht. Wenn die Spurensicherung fertig ist, fangen wir zu graben an."

„Danke."

„Nichts zu danken ... wahrscheinlich wäre es auch besser, wenn Sie den Fall wieder übernehmen."

„Nichts da", gab sich Schäfer entrüstet, „ich bin auf Urlaub. Aber für Informationen bin ich natürlich sehr dankbar."

„Und ich für Ratschläge."

Ein Streifenwagen bog von der Straße auf den Parkplatz ein und hielt ein paar Meter neben ihnen. Walch und Halder stiegen aus.

„Herr Major", zeigte sich Halder ehrlich erfreut und gab Schäfer die Hand, „wieder im Dienst?"

„Nein, zuerst unter Verdacht und dann auf Besuch."

„Wir kommen gerade vom Brandort", brachte sich Walch ein, „bis jetzt gibt's nichts, das auf Sprengstoff hindeutet."

Schäfer nickte schweigend und verabschiedete sich von seinen Kollegen mit der Zusicherung, dass er spätestens am Abend von sich hören lassen würde.

Er machte ein paar Schritte, blieb stehen, drehte sich noch einmal um und rief nach Halder, der eben im Begriff war, mit Walch und Bruckner das Gebäude zu betreten, jetzt aber noch einmal zurückkam.

„Hätte ich fast vergessen: Können Sie mir bitte die DNA-Analyse von dem Haar schicken, das die Spurensicherung auf Gassners Tastatur gefunden hat?“

„Sicher ... Sie können aber auch einen Ausdruck haben.“

„Nein, per Mail ist mir lieber“, erwiderte Schäfer, hob eine Hand zum Gruß und machte sich wieder auf den Weg.

Im Stadtzentrum kaufte er in einem Papierfachgeschäft vier Luftpolster-Kuverts. Vorerst würde er nur eins brauchen, aber man konnte ja nie wissen. Danach ging er in den nächsten Supermarkt, um ein paar Marillen, ein Joghurt und zwei Apfeltaschen zu kaufen. Dank Reinischs Übereifer war ihm am Morgen keine Zeit für ein Frühstück geblieben – was Schäfer weniger gestört hatte als die Aufregung, die der Polizeieinsatz bei Maria und der ganzen Nachbarschaft verursacht hatte. Zwei Einsatzautos mit Blaulicht und Sirene – er hatte gute Lust gehabt, seine Glock zu nehmen und den Idioten die Reifen zu zerschießen. Andererseits kannte er auch die bedenkliche Fähigkeit des Staatsanwalts, Menschen von seinen eigenen Wahrheiten zu überzeugen und dementsprechend zu mobilisieren. Im Nachhinein hatten sich seine Kollegen dann ohnehin gefragt, was in sie gefahren war, und sich bei ihm so höflich wie beschämt entschuldigt. Gut, irgendwann würde sich das durch ein Entgegenkommen ihrerseits wieder ausgleichen.

Nachdem er auf seinem Balkon gefrühstückt und zwei Tageszeitungen durchgeblättert hatte, rief er Baumgartner an.

„Hallo, Kollegin ... Ja, das wissen wir ja, dass der nicht alle beisammen hat ... So schlimm war es ja auch nicht ... Sind Sie in Kitzbühel? ... Könnten Sie mir was mitnehmen? ... Ja, ein Geschenk, das ich einem alten Studienfreund aus Rom mitgebracht habe ... Ich gebe es einfach an der Rezeption ab, falls ich nicht da bin ... Ach so, ja: zur Klinik, Dr. Konopatsch von der ... Ja, genau der ... Na umso besser ... Danke Ihnen ... Ebenfalls.“

Schäfer ging ins Zimmer, nahm ein Kuvert aus der Einkaufstasche, schrieb Konopatschs Adresse darauf, steckte das Beweismittel hinein, zog den Plastikstreifen von der Klebefläche und verschloss das Kuvert. Er sah auf die Uhr. Wenn Baumgartner um fünf nach Innsbruck fuhr, würde er die Ergebnisse erst am nächsten Tag haben. Auch nicht schlimm: Er würde ohnehin nur eine wissenschaftliche Bestätigung dessen bekommen, was er ohnehin schon wusste – kein Grund zur Ungeduld. Er nahm seinen Rucksack und ging auf den Balkon, um das Handtuch und Danningers Badehose einzupacken, die er zum Trocknen auf die Balkonbrüstung gehängt hatte. Am Nachmittag wollte er sich an den See legen, ein paar Runden schwimmen und von Habermanns Buch lesen. Davor würde er sich noch eine Jause und eine eigene Badehose kaufen.

Nachdem er sich vergewissert hatte, nichts vergessen zu haben, öffnete er die Tür und stieß beinahe mit einer jungen Frau vom Zimmerservice zusammen. Sie hatte ein Kuvert für ihn dabei, das der Briefträger gerade gebracht hatte. Er nahm es entgegen, bedankte sich und ging zurück in sein Zimmer. Außer seinem Namen stand nichts auf der braunen Packpapierhülle. Schäfer befühlte das Kuvert vorsichtig und öffnete es: zehn A4-Seiten, Schwarz-Weiß-Kopien, auf jedem Blatt eine Doppelseite eines von Hand beschriebenen Notiz- oder Tagebuchs. Auf dem obersten Blatt war ausschließlich ein schwarzes Deckblatt abgebildet: A. R. Logbuch. Schäfer stellte seinen Rucksack ab und ging auf den Balkon, wo er sich mit den Zetteln in den Liegestuhl setzte. Auf den ersten Blick konnte er keinen Sinn in den Buchstaben- und Zahlenkombinationen erkennen, die der Schreiber scheinbar ohne System auf das Papier gekritzelt hatte. Es fand sich kein ausgeschriebenes Wort, geschweige denn ein ganzer Satz. Manche Zahlenreihen erinnerten an euklidische Algorithmen, dann stieß Schäfer wieder auf eine Aneinanderreihung von gut hundert Konsonanten, die höchstens durch einen Doppelpunkt abgeteilt waren. Was sollte er mit diesem Rätselmagazin? Wer immer ihm dieses mysteriöse Manuskript geschickt hatte, konnte doch nicht ernsthaft davon ausgehen, dass er sich auf die Dechiffrierung von irgendwelchen diffusen Codes verstünde. Schäfer legte die Zettel auf den Tisch, stellte den Aschenbecher darauf und ging ins Zimmer, um zu telefonieren.

„Hallo Bergmann, ich bin's. Sagen Sie: Kennen Sie sich eigentlich mit Codes aus? ... Na, mit so Verschlüsselungen, die man verwendet, um Botschaften geheim zu halten ... Enigma und so, Sie wissen schon ... Weil ich da eben ein seltsames Dokument bekommen habe. Das Einzige, was ich verstehe, ist, dass es das Logbuch von einem A. R. ist, womit höchstwahrscheinlich Andreas Radner gemeint ist ... Keine Ahnung, aber nach dem, was heute Nacht passiert ist, würde ich einmal davon ausgehen, dass es wichtig ist ... Nein, da müsste ich wieder aufs Revier. Ich faxe es Ihnen von der Rezeption aus ... Na, so schnell wie möglich natürlich ... Danke."

Er steckte das Telefon zurück in die Außentasche seines Rucksacks, nahm die Kopien, schloss die Balkontür und verließ das Zimmer. Ob er schnell ein Fax abschicken könnte? Die Rezeptionistin erklärte ihm das Gerät und wandte sich diskret ab.

Mit den Originalen und den Sendebestätigungen in der Hand fragte er sie nach einer Klarsichtfolie, um die Zettel später vor seinen nassen Badesachen zu schützen. Als er vors Hotel trat, sah er auf der gegenüberliegenden Straßenseite die Graffl-Wetti – diesmal allerdings ohne ihren Hund. Der erste Gedanke, der Schäfer kam, war: Argos musste gestorben sein. Eine Vorstellung, die ihn traurig machte. Er sah ihr nach, bis sie in der Bäckerei verschwunden war. Fast wäre er ihr nachgegangen, um sich nach dem alten Schäfer zu erkundigen. Doch er entschied sich anders und schlug den Weg in Richtung See ein. Schließlich hatte auch er seine Toten, um die er sich zu kümmern hatte.

40

Nachdem Schäfer einen Liegeplatz unter zwei Birken gefunden hatte, die ihm ausreichend Schatten spenden würden, packte er seinen Rucksack aus und bemerkte, dass er vergessen hatte, eine Badehose zu kaufen. Danningers schwarzes Stoffrelikt in Ehren – aber so sehr sie dem Image eines Pfarrers entsprach, so wenig passte sie zu einem eitlen Polizisten. Schnellen Schritts ging Schäfer zum Ufer und sprang in den See, ohne mit den Füßen die Temperatur zu prüfen, wie er es für gewöhnlich tat. Er tauchte, so lang es seine Lungen zuließen und kraulte dann zügig in die Mitte des Sees. Wo er sich auf dem Rücken treiben ließ und in den Himmel sah. Wie sehr er diesen Ort liebte: das warme Moorwasser im Sommer, die vereisten Schilfhalme im Winter. Und wie sehr ihm die Erinnerung aufs Gemüt drückte, obwohl doch das meiste, was er hier erlebt hatte, von guten Gefühlen begleitet gewesen war. Jedes Unglück, egal wie groß oder klein, ist ein mächtiger Maler … wie es mit seinen düsteren Farben selbst Augenblicke eintrübt, die in der Erinnerung mit einer goldenen Aura umgeben sein müssten. Die Momente, in denen sie sich für unsterblich gehalten hatten … Wie sonst hätte man sich ihre Bereitschaft erklären können, wahllos kleine, auf Almwiesen gefundene Pilze zu verzehren, in der Hoffnung, etwas Psilocybin abzubekommen … um die Langeweile zu verdrängen, um sich über den Zustand der Masse zu erheben, deren Welt- und Selbstverständnis sie nie teilen würden. Schäfer musste lächeln, als er sich an die gemeinsame Vision eines Kampfgeschwaders erinnerte, ausgelöst von ein paar träge über die Blumen brummenden Hummeln … an den Abend am See, als sich sein Bruder eine Stunde lang begeistert über die Haut gestreichelt hatte, weil er in der Vorstellung gefangen war, von einem Katzenfell überzogen zu sein. Womöglich war es die Suche nach dem Wahren gewesen, die sie in diesem von Bigotterie, lächelnder Habgier, offen zur Schau gestellter Korruption und vom Größenwahn der größten Idioten verseuchten Ort in diese Exzesse getrieben hatte. Wo sonst wäre ein Ausweg gewesen?

In der Ignoranz, in Mitläufertum und Opportunismus ... denn daran konnte sich zweifelsohne jeder bereichern, der darauf schaute, sein Bild in den Rahmen einer schönen Umgebung zu stellen. Das war das größte Dilemma: dass die Natur und die Begeisterung der Gäste vielen einen Freibrief ausstellten, sich in bewundernswerter Fremd- und Selbsttäuschung nicht nur über das Gesetz zu stellen, sondern auch grinsend auf die christlichen Gebote zu spucken, denen man scheinbar an jedem Eck huldigte. Wie logisch, dass er Polizist geworden war – wobei die andere Seite genauso möglich gewesen wäre. Doch die Energie, die man brauchte, um als ehrlicher Krimineller den staatlich sanktionierten Gesetzeshütern zu entkommen, fehlte einem zur Tat und würde das Unterfangen irgendwann unrentabel machen, davon war er überzeugt. Da waren die Polizei und eine manchmal flexibel gehandhabte Amtsgewalt in den meisten Fällen praktikabler. Anders verhielt es sich hier: Dem Täter hatte es gar nicht genügen können, den Mord an Radner im Rahmen der gesetzlichen Möglichkeiten aufzudecken. Denn wie wären die Chancen gewesen, die Verantwortlichen zu belangen? Schäfer kannte die Ohnmacht, die einen befallen konnte angesichts der Unantastbarkeit mancher Personen und Verhältnisse. Wo es nicht nur um Geld ging, sondern um undurchschaubare Vernetzungen, Schuldigkeiten, festgefahrene Gewohnheiten, Angst vor Veränderungen und andere unerklärliche Umstände, die manche still resignieren ließen und andere gefährlich wütend machten. Und an ihm war es jetzt, diesen Mann festzunehmen und einem Gericht zuzuführen, das ihn wegen mehrfachen Mordes zu lebenslanger Haft verurteilen würde. War da ein weiterer Mord eigentlich noch relevant? Wenn er jemanden aus der Welt schuf, dem seine Verbrechen wahrscheinlich nie angelastet werden konnten? Schäfer presste die Luft aus seinen Lungen und ließ sich in das dunkle Moorwasser hinabsinken. Sonnbichler, Sonnbichler, Sonnbichler. Hatte er Radner getötet? Oder Obernauer die Pistole an den Kopf gesetzt? Oder war er nur ein Mitläufer gewesen, ein Komplize des Bankraubs, dem es nur darum gegangen war, sich ein schönes Haus für die Pension zu kaufen. War sich Schäfer so sicher, weil er mit einer außergewöhnlichen Intuition begabt war? Konnte er sich selbst noch vertrauen? Würde es etwas bringen, einen Tag zuzuwarten, um eine dienstliche Sicht zurückzugewinnen? Schäfer erschrak, als schleimige Algen an seinen Füßen streiften, und tauchte schnell an die Oberfläche. Mit kräftigen Zügen schwamm er ans andere Ufer, blieb dort kurz auf einer Holzstiege sitzen und kraulte zurück.

Er stieg aus dem Wasser, lief zu seinem Liegeplatz zurück, trocknete sich ab, nahm seine Zigaretten und von Habermanns Buch aus dem Rucksack. Als er die erste Seite gelesen hatte, holte er sich sein Telefon, um nachzusehen, ob ihn jemand angerufen hatte. Eine Nachricht auf der Mailbox, die Schäfer umgehend abhörte. Bergmann hatte die Dokumente schnell durchgesehen: Zwar hätte jede Seite einen anderen Code, aber zumindest die ersten fünf wären so simpel, dass sie eher an die Geheimschrift von Verliebten erinnerten, die ihre Botschaften vor den Eltern geheim halten wollten, als an eine komplizierte Verschlüsselungsmethode einer terroristischen Gruppe. Wenn auch die anderen Codes so einfach waren, würde er die Übersetzung spätestens morgen früh schicken können. Schäfer ärgerte sich über sich selbst, weil er dem Manuskript offenkundig zu wenig Aufmerksamkeit gewidmet hatte – denn wenn es wirklich so einfach verschlüsselt war, würde er damit doch keine Probleme haben. Doch obgleich die Möglichkeit zur Überprüfung seiner Fähigkeiten in seinem Rucksack steckte, gab er sich vorerst damit zufrieden, dass Bergmann ihm die Arbeit abnahm, und widmete sich wieder von Habermanns Erzählung.

Nachdem er nicht einmal die Hälfte gelesen hatte, legte er ein trockenes Birkenblatt zwischen die Seiten und klappte das dünne Büchlein zu. Er hatte sich getäuscht. Zwar war er mit keinen hohen Erwartungen an die Lektüre gegangen, hatte sich aber zumindest einige Details über den Hergang der Entführung sowie die beteiligten Personen erhofft. Von Habermann hatte einen Therapeuten erwähnt. Da war es doch nicht abwegig, mit Informationen zu rechnen, die etwa mittels Hypnose aus den zugeschweißten Bereichen des Gehirns freigelegt worden waren. Nichts davon. Stattdessen eine blumige Selbstzerklaubung, penible Beschreibungen von Kindheitserinnerungen, in denen neben dem Schreiber dessen Schwester eine zentrale Rolle einnahm. Und mit fortlaufender Lektüre war Schäfer mehr und mehr zur Überzeugung gelangt, dass er einen literarischen Selbsttherapieversuch in Händen hielt, mit dem von Habermann weniger das Trauma der Entführung lösen, als sich vielmehr von seiner Homosexualität befreien wollte, die er in einigen sehr wirren Passagen als Fluchtreaktion seiner Seele aus den Fesseln der Liebe erklärte, die er für seine Schwester Hanna empfand – quasi der Fuchs, der sich was abbeißen musste.

Er klappte das Buch zu, steckte es in den Rucksack und zündete sich eine Zigarette an. Sein Magen knurrte. Eigentlich hatte er sich etwas zu essen kaufen wollen, erinnerte er sich. Und worauf wartete er hier, fragte er sich. Er nahm sein Telefon und suchte die Anrufliste durch.

„Schönen Tag, Herr Sonnbichler. Hier ist Major Schäfer von der Kriminalpolizei Wien. Ich ermittle im Fall der drei ermordeten Kitzbüheler und wollte Ihnen diesbezüglich ein paar Fragen stellen ... Herr Sonnbichler? ... Ja, offiziell ist der Fall abgeschlossen, natürlich, aber aufgrund neuer Beweise sieht die Situation ein wenig anders aus ... Keine Sorge ... Nein, es geht nur um ein paar Unklarheiten bezüglich des Überfalls auf die Bank, deren Filialleiter Sie damals waren ... Nun, zum Beispiel, warum Sie angeschossen worden sind. Wenn es Profis waren – und davon gehen wir ja aus –, dann hätten die nur geschossen, wenn Sie sich gewehrt hätten, oder um keine Zeugen zurückzulassen. Beides war nicht der Fall. Also ein einzelner Schuss ... Das ergibt doch keinen Sinn, oder? ... Schäfer ist mein Name ... Natürlich bin ich Polizist ... Was oder wer sollte ich denn sonst sein? Und warum sollte ich Sie denn sonst anrufen? ... Das hab ich Ihnen doch schon gesagt, Herr Sonnbichler: Ich bin Major Schäfer von der Kriminalpolizei Wien und ich wollte Ihnen ein paar Fragen stellen zu gewissen

Vorkommnissen in Ihrer Vergangenheit ... Wieso sollte ich ein Erpresser sein ... Womit sollte ich Sie denn erpressen können?“

Schäfer legte auf und steckte sein Telefon zurück in den Rucksack. Er zog sich um, packte seine Sachen ein und machte sich auf den Weg in die Stadt.

41

Schäfer stand in der Einfahrt und bestaunte, was von der Villa des Anwalts übrig geblieben war. Das Ausmaß der Zerstörung war weitaus größer, als er es sich vorgestellt hatte. Einzig aus den Resten der Grundmauer konnte man sich ein Bild von der ehemaligen Größe des Hauses machen. Vom Dachstuhl waren nur zwei dicke verkohlte Holztrame übrig geblieben, die über Kreuz in der Mitte des Brandorts lagen. Darunter ein dampfender Haufen an oxydierten oder gänzlich geschmolzenen Rohren und Blechteilen, das Fragment eines Herdes, ausgeglühte Fensterrahmen und schwarze amorphe Klumpen in verschiedener Größe. Als er durch den Garten ging, stieg er über zersprungene Fassadenplatten, Fliesen, Geschirrteile, Metallgerippe, die einmal Designerstühle gewesen sein mochten, Waschbecken, Heizkörper, Matratzenfedern, die wie Gewächse von einem anderen Stern aus dem Schutt wuchsen; er bückte sich und hob ein angesengtes Buch über das Römische Recht auf, das die Wucht der Explosion weit fortgeschleudert und so vor dem Feuer bewahrt hatte; er stieg vorsichtig über die grün glänzenden Sicherheitsglas-Splitter, die sich wie ein böser Kranz um die Ruine legten. Die Beamten von der Spurensicherung waren so in ihrem Tun gefangen, dass sie Schäfer keinerlei Aufmerksamkeit widmeten, bis er direkt an einen von ihnen herantrat.

„Und? Wie lange braucht ihr noch?“, fragte er den Mann, der aussah wie ein Grubenarbeiter. „Ich bin Major Schäfer von der Kriminalpolizei Wien“, ergänzte er, als dieser ihn ansah, als sei er ein unerwünschter Katastrophentourist.

„So lang, wie wir brauchen“, entgegnete der Beamte mürrisch, „schauen Sie sich mal um. Was soll man denn da noch finden?“

„Habt ihr keine Hunde mit?“

„Sind schon wieder weg“, begann sich der Mann nun doch mit einer Pause anzufreunden, „hat keiner angeschlagen.“

„Auf Sprengstoff“, vermutete Schäfer, worauf er nur ein Nicken erhielt. Er holte seine Zigaretten aus dem Rucksack und bot dem Beamten eine an.

„Wissen Sie, wo das Feuer ausgebrochen ist?“, wollte Schäfer wissen und erntete ein Lächeln, das ihm seinen Laienstatus in puncto Brandermittlung klarmachte.

„Vor dem Feuer gab es eine Explosion“, klärte ihn der Mann auf, „stellen Sie sich vor, dass das ganze Haus mit Gas gefüllt ist. Und plötzlich gibt es irgendwo einen Funken – ob das im Wohnzimmer oder im Bad war, ist dann schwer zu sagen. Ich würde mal davon ausgehen, dass der Auslöser in der Küche war. Wenn Sie sich anschauen, was da übrig geblieben ist: das kann man durch einen Tennisschläger sieben.“

Der Beamte dämpfte seine Zigarette aus, steckte sie in die Tasche seines Overalls und fuhr mit seiner Arbeit fort, ohne sich weiter um Schäfer zu kümmern. Auf der anderen Seite des Grundstücks erblickte dieser in der offenen Schiebetür eines Kleintransporters Bruckner und Havelka, die auf der Ladefläche saßen und in einen ausgerollten Plan schauten. Was Schäfer so schnell wie unachtsam über die Trümmerhalde zu seinen beiden Kollegen gehen ließ, war ihm im Nachhinein selbst nicht klar. Neugier, Freude, was auch immer – er stieß an einen aus dem Schutt ragenden Eisenspieß, der eine tiefe Wunde in seinen Unterschenkel riss. Als Bruckner und Havelka ihn schreien hörten, liefen sie zu ihm und halfen ihm zum Wagen. Schäfer war übel vor Schmerz. Er sah auf das klaffende Loch an seinem Bein, das noch nicht einmal richtig blutete.

„Verdammt“, fluchte er und versuchte die Tränen zurückzuhalten, „dieses Scheißkaff bringt mich noch um, bevor das alles vorbei ist.“

„Ich bring Sie ins Krankenhaus“, sagte Havelka, dessen Gesicht ebenfalls an Farbe verloren hatte.

„Gleich“, erwiderte Schäfer und zeigte auf den Plan, den die beiden zuvor angesehen hatten, „ist das der alte Grundriss?“

„Ja.“ Bruckner rollte den Plan auf der Ladefläche aus. „Hat uns Kollege Halder besorgt. Hier wollte der Obernauer sein Schwimmbad hinhaben, das dürfte dort sein, wo jetzt die Badewanne liegt“, sagte er und deutete mit dem Kopf in den verwüsteten Garten hinüber, wo die verkohlten Überreste eines Whirlpools lagen.

„Schöne Ironie." Schäfer stöhnte und sah sich den Plan an. „Wann beginnen sie mit dem Graben?"

„Ob sich das heute noch ausgeht, weiß ich nicht ... jetzt ist es bald sechs."

„Seid ihr noch ganz dicht", fuhr Schäfer die beiden an, „da läuft einer herum, bringt der Reihe nach die Kitzbüheler Gauner um, sprengt Häuser in die Luft, und ihr macht hier auf Gewerkschaft?!"

„Ich schau, was ich machen kann", sagte Bruckner und ging zu den Männern der Spurensicherung.

„Fahren wir?" Havelka schaute Schäfer unsicher an.

„Von mir aus", stöhnte Schäfer und streckte sich auf der Ladefläche aus.

42

Schäfers erster Eindruck war: Das Krankenhaus war stillgelegt geworden; und aus Versehen hatte man ein paar alte Leute vergessen, die seitdem hilflos und verhalten hüstelnd im Aufenthaltsraum ausharrten. Im Gegensatz zu den Wiener Kliniken, die er öfter betreten musste, als ihm lieb war, ging es hier nämlich gespenstisch ruhig zu; und als er die erste Schwester zu Gesicht bekam, schwebte diese wie eine lächelnde Elfe – wenn auch mit dem Gewicht eines Elefanten – an ihm vorbei.

„Wir sollten mal den Morphinverbrauch hier überprüfen lassen", flüsterte er Havelka zu, der ihn irritiert anblickte und in einen Rollstuhl setzte, während er selbst zur Aufnahme der Unfallambulanz ging.

Schäfer hatte vom Beistelltisch neben ihm ein medizinisches Fachmagazin genommen, um sich die Wartezeit zu verkürzen, und begann gerade einen Artikel über die retrospektive radiologische und klinische Analyse bei Oberarmkopffrakturen nach perkutaner Stiftfixierung zu lesen, als ein Krankenpfleger mit mächtigen Rastazöpfen zu ihm kam und ihn ohne Kommentar, dafür „Redemption Song" pfeifend, in ein Behandlungszimmer rollte. Dort wartete eine Ärztin, die sich bei seinem Erscheinen die Hände wusch und sich ihm dann milde lächelnd zuwandte.

„Na, was haben wir denn da?", fragte sie mitleidsvoll.

„Ich habe da ein Loch im Bein – und das tut ordentlich weh."

„Ja, das ist kein Wunder." Die Ärztin taxierte die Wunde und holte aus einem Glasschrank Tupfer und ein Desinfektionsmittel. „Wie ist das passiert?"

„Bin gegen so ein Eisenteil gelaufen, das aus dem Boden gestanden hat", sagte Schäfer, dem zunehmend übel wurde.

„Ich desinfiziere Ihnen die Wunde und dann muss ich Sie zum Röntgen schicken. Damit wir ausschließen können, dass dem Knochen was passiert ist."

„Der Knochen kann schon auf sich selber aufpassen", murmelte Schäfer und verlor das Bewusstsein.

Als er wieder erwachte, lag er auf einer Bahre und hatte eine Manschette um den Arm, mit der die Ärztin seinen Blutdruck maß.

„Na, geht's wieder?"

„Wie lang habe ich geschlafen?"

„Na, so circa zwei Minuten."

„Dann hab ich ja nichts versäumt", gähnte er.

„Schlucken Sie das", sagte sie und hielt ihm einen Löffel mit ein paar Tropfen durchsichtiger Flüssigkeit hin, „das ist für den Kreislauf."

„Aber immer", erwiderte Schäfer und hob den Kopf.

Nachdem sein Bein geröntgt und keine Beschädigung des Knochens festgestellt worden war, überließ ihn die Ärztin einem Turnusarzt, der die Wunde ausputzen und vernähen sollte. Weil Schäfer keine Ahnung hatte, wann er zuletzt gegen Tetanus geimpft worden war, bekam er neben der lokalen Betäubung auch noch eine zweite Spritze verpasst.

Logisch wäre es gewesen, wenn er mir die Impfung nach der Narkose gegeben hätte, dachte Schäfer, während er dem jungen Arzt bei seiner Arbeit zusah.

Als sein Bein vernäht und verbunden war, ließ sich Schäfer noch ein paar Schmerztabletten geben, bedankte sich und humpelte aus dem Behandlungszimmer. Im Wartezimmer neben der Aufnahme saß Havelka und sah ihn sorgenvoll an. Schäfer war gerührt.

„Zum Glück haben Sie mich so schnell hergebracht", klopfte er seinem Kollegen auf die Schulter, „ein paar Minuten länger und sie hätten amputieren müssen."

Havelka schaute kurz irritiert, verzog den Mund, stand auf und holte seine Autoschlüssel aus der Hosentasche. Auf dem Weg ins Hotel gab Schäfer ihm Instruktionen für das weitere Vorgehen, auch wenn er dazu gar nicht mehr befugt war.

„Ich lege mich jetzt hin. Aber meine Nummer habt ihr, und wenn ihr was findet, dann rufen Sie mich sofort an und holen mich ab. Taugen die Männer da oben eigentlich was oder muss ich mir Sorgen machen, dass die mehr zuschütten als freilegen?"

„Bruckner hat sie geholt“, sagte Havelka, was Schäfer ausreichend beruhigte.

In seinem Zimmer setzte er sich auf den Bettrand und zog sich die Kleider aus. Mit einem Plastiksack aus dem Supermarkt bastelte er einen einigermaßen wasserdichten Verband und setzte sich gleich darauf unter die Dusche. Nachdem er sich abgetrocknet und zwei Schmerztabletten mit einem Fruchtsaft aus der Minibar hinuntergespült hatte, nahm er sein Telefon aus dem Rucksack, überprüfte den Ladezustand, deponierte es am Nachtkästchen und legte sich ins Bett. Zwei Stunden später wachte er auf – verstört, verschwitzt und sehr hungrig. Er griff zum Zimmertelefon und bestellte einen Teller Pasta, was immer auch heute auf der Karte stünde. Bis der Kellner kam, zappte er mit der Fernbedienung durchs Fernsehprogramm und ließ schließlich einen harmlosen Zeichentrickfilm laufen. Nachdem er gegessen hatte, humpelte er auf den Balkon, zündete sich eine Zigarette an und schaute zum Grundstück der abgebrannten Villa hinüber. Am Waldrand setzte sich ein kleiner Caterpillar in Bewegung. Na dann, dachte Schäfer, drückte die Zigarette aus und legte sich wieder ins Bett.

Als sich der Rufton des Telefons in seine Träume mischte, fuhr er hoch und schaffte es, vor dem dritten Läuten abzuheben.

„Havelka, habt ihr was? ... Fantastisch ... Ich bin in ein paar Minuten unten.“

Schäfer stand schnell auf und fluchte sofort über sich selbst, weil er sein verletztes Bein vergessen hatte. Er zog sich an, nahm seine Dienstwaffe aus dem Tresor und verließ das Zimmer.

43

Es war unwirklich. Und Schäfer wusste nicht, ob es an den Medikamenten, seiner Verschlafenheit oder sonst woran lag. Mitten auf dem Grundstück stand ein weißer Planenpavillon, um den Fundort vor Regen zu schützen, der laut Wetterbericht im Laufe der Nacht einsetzen würde. Vier Scheinwerfer auf hohen Stativen warfen ihr Licht in die Grube, an deren Rand er jetzt trat. Das eifrige Gerede, das eben noch geherrscht hatte, verstummte – als ob man diesen großen Moment nicht durch Belanglosigkeiten entweihen wollte. Doch Schäfer blieb ungerührt. Ein Schädel, Oberschenkelknochen, ein Becken, Rippen, verstreute Wirbel – er hatte diesen Augenblick vor sich gesehen, hatte ihn herbeigesehnt ... und jetzt? Ja, die Reste einer Existenz. Radner, wie er zu wissen glaubte. Der Vater des Mörders, wenn er sich nicht von Grund auf irrte. Der Geliebte von Monika Preminger. Er bückte sich und hob einen Knochen auf, was hinter ihm ein leises Murren auslöste, das aber gleich wieder verstummte. Wem stand die Beute denn zu, wenn nicht ihm? Er ließ sich von einem Kollegen der Spurensicherung ein Plastiksäckchen geben, ließ den Knochen hineinfallen und drückte den Verschluss zu. Man hörte ein Folgetonhorn, das immer lauter wurde, bis sie einen schwarzen Audi mit aufgesetztem Blaulicht in der Einfahrt halten sahen. Die Tür auf der Beifahrerseite öffnete sich, Reinisch stieg aus. Er sah in den Himmel und griff noch einmal ins Wageninnere, um einen Regenschirm herauszuholen. Schäfer hätte es gern vermieden, ihn zu treffen. Er wusste, dass Reinisch eine Niederlage nicht wahrhaben konnte und an einem Sachverhalt, wie er nun vorlag, wie an einem Zauberwürfel herumdrehen konnte, bis er selbst – und meistens auch viele andere – der Meinung war, dass er allein dieses Kunststück vollbracht hatte. Diesem Federraub stand Schäfer relativ gleichgültig gegenüber. Was jedoch an seinen Nerven zehrte, war der rhetorische Weg, den Reinisch dorthin nahm.

„Na, da haben wir ja noch mal Glück gehabt“, tönte der Staatsanwalt, während er auf sie zukam. „Gut, dann stehen wir mal nicht nutzlos herum und bringen die Dinge ins Laufen“, stellte er sich zwischen die Beamten und klatschte erwartungsgemäß in die Hände.

„Wie gehen wir weiter vor?“, ließ sich Schäfer zumindest eine kleine Spitze nicht nehmen.

„Na, das muss ich Ihnen doch wirklich nicht sagen, oder, Major Schäfer?“, erwiderte Reinisch zackig.

„Ich würde mich gern zuvor noch mit den Kollegen Bruckner und Havelka absprechen“, sagte Schäfer und sah die beiden verschwörerisch an.

„Na dann, machen Sie mal.“ Reinisch war etwas aus dem Konzept gebracht. „Morgen Mittag erwarte ich mir ein klares Konzeptpapier über das weitere Vorgehen. Wir können uns jetzt keine weiteren Verzögerungen erlauben, wie Sie mir sicher zustimmen werden. Sobald die Identität des Toten geklärt ist, werden wir ...“

„Das dürfte nicht ganz so einfach sein“, unterbrach Bruckner den Staatsanwalt zu Schäfers Erstaunen.

„Wieso das denn?“, fragte Reinisch nervös, „laut den Schlussfolgerungen von Major Schäfer und Ihnen können wir doch davon ausgehen, dass dieser RAF-Mann, dieser ...“

„Radner ... ja, davon können wir ausgehen. Aber bei unseren Ermittlungen haben wir keine lebenden Verwandten finden können. Radner war ein Einzelkind, seine Eltern sind tot. Wir müssten also die Mutter exhumieren. Da wäre uns sehr geholfen, wenn Sie mit Ihren Kollegen in München Kontakt aufnehmen könnten.“

„Ja“, war Reinisch nun endgültig in die Falle getappt, „das werde ich, da setz ich morgen sofort jemanden drauf an.“

„Morgen oder heute?“, fragte Havelka.

„Was?“, wandte sich der Staatsanwalt dem Polizisten zu.

„Ähm, Sie haben gesagt, dass Sie das Konzeptpapier morgen wollen ... aber es ist jetzt schon nach Mitternacht und ...“

„Sie sind ein kleiner Scherzkeks, oder?“, fuhr Reinisch Havelka an, der jedoch nicht den Eindruck machte, als hätte er sich einen Witz erlauben wollen.

„Nun denn, meine Herren“, sagte der Staatsanwalt, nachdem er Havelka wohl als unterbelichtet eingeschätzt hatte, „weiter im Takt und bis morgen in alter Frische.“

Wie alle anderen hatte auch Schäfer ein „Heute“ auf der Zunge, doch da wohl keiner Lust darauf hatte, dem Staatsanwalt noch länger zuzuhören, geschweige denn, sich ihn zum Feind zu machen, nahm sich niemand diese Freiheit. Schäfer klatschte verhalten in die Hände und bat Bruckner und Havelka zu einem der umstehenden Kleinbusse.

„Großartig, Havelka.“ Schäfer lachte und setzte sich in die hintere Sitzreihe. „Heute oder morgen. Dafür schulde ich Ihnen eine Kiste Bier.“

„Darauf komme ich zurück“, erwiderte Havelka zufrieden und setzte sich eine Reihe vor Schäfer in den Bus. Bruckner blieb vor dem Wagen stehen und zündete sich eine Zigarette an. „Wie machen wir jetzt wirklich weiter?“, fragte er in den Bus hinein.

„Routiniert ... DNA-Analyse der Knochen, Abgleich mit dem Haar, das wir auf Gassers Computer gefunden haben ... Irgendjemand muss sich gleich morgen, pardon, heute um Radners Familiengrab kümmern, damit wir zumindest da auf Nummer sicher gehen. Und dann wird er einen Fehler machen ...“

„Aha, und wieso das?“

„Na, hör mal ... er sprengt ein halbes Schloss in die Luft, schickt mir persönlich ... ach ja, Entschuldigung, das hab ich euch noch gar nicht gesagt: Ich hab gestern Mittag eine Art kopiertes Tagebuch bekommen, das mit einem Haufen Nummern und Buchstaben vollgeschrieben ist. Ich habe es nach Wien geschickt, damit unsere Spezialisten es decodieren. Auf dem Deckel steht ‚Logbuch A. R.‘. Damit dürfte wohl Andreas Radner gemeint sein.“

Bruckner und Havelka sahen sich einen Moment lang schweigend an.

„Ist es das erste Mal, dass der Täter oder ein anderer Unbekannter mit Ihnen Kontakt aufgenommen hat?“

„Ja ... ich habe es nur vergessen zu erzählen, weil ich noch keine Ergebnisse habe.“

„Und was für einen Fehler haben Sie gemeint?“

„Er lehnt sich zu weit hinaus ... das heißt, er glaubt, dass es mit den vier ehrenwerten Herren noch nicht getan ist, dass noch ein anderer dahintersteckt. Nur weiß er diesmal anscheinend selbst nicht, wer. Und da werden wir ihn in den Käfig laufen lassen.“

„Das klingt, als wüssten Sie das schon länger“, sagte Bruckner, wobei das Misstrauen in seiner Stimme nicht zu überhören war.

„Nur keine falschen Schlüsse, Bruckner“, wehrte Schäfer ab, „das mit Kranz war zu aufgelegt. Da hab ich mir eben gedacht, dass ich mit dem Zeitungsbericht, ich meine, was die da geschrieben haben, dass der Fall abgeschlossen ist und so weiter, das hat ihn aus der Reserve gelockt. Und dass er dann so ein Feuerwerk veranstaltet, beweist nur, dass wir mit Radner richtig gelegen haben.“

„Danke für das Wir ... ganz blicke ich da zwar immer noch nicht durch, aber ich hoffe zumindest, dass Sie uns einweihen, bevor Sie irgendeinen unerwarteten Vorstoß machen.“

„Natürlich“, antwortete Schäfer und überhörte Bruckners anschließenden Seufzer.

„Sollen wir Sie ins Hotel bringen?“

„Gute Idee. Dann geht Ahab jetzt schlafen und morgen werden wir sehen, wo er bläst.“

Havelka schaute fragend zu Bruckner.

„Weil er hinkt ... sein Bein“, versuchte dieser zu erklären, „und morgen, also heute wird weitergejagt, der weiße Wal, also bei uns der Mörder, ist doch egal jetzt, fahren wir.“

„Gut so, Starbuck“, murmelte Schäfer und streckte sich auf der Sitzbank aus.

„Ay ay, Captain“, seufzte Bruckner erneut und warf Havelka den Autoschlüssel zu.

44

Konopatsch musste einen nachtaktiven Mitarbeiter haben. Als Schäfer am Morgen seine E-Mails abrief, hatte er im Posteingang bereits die Ergebnisse der DNA-Analyse. Die beiden Proben stimmten überein. Wenn jetzt noch die Untersuchung der Knochen ein entsprechendes Resultat lieferte, könnte er ihn festnehmen und hoffen, dass der Fall damit erledigt war. Hoffen, weil ihm die Theorie eines Einzeltäters, von der er bislang ausgegangen war, zunehmend ins Wanken geriet. Die Morde, die Geiselnahme, das Feuer, die Sache mit den Schuhen, die ihm immer noch ein Rätsel war – für jemanden, der einer Vollzeitarbeit nachging, war das ein Aufwand, der allein kaum zu bewältigen war. Doch diesbezüglich müsste er sich ohnehin auch auf das Verhör verlassen, das er in den nächsten Tagen zu führen gedachte.

Von Bergmann war ebenfalls eine Nachricht eingegangen. Er hatte das Logbuch dechiffriert und ein Dokument mit der Übersetzung angehängt. Schäfer speicherte die Dateien in einem eigenen Ordner und ging die restlichen Mails durch.

Kerstin Unseld. Er überlegte, wo er die Grenze zwischen Privatem und seiner Arbeit ziehen sollte. Nein, heute könne er sie nicht treffen, da er dringend nach Innsbruck müsse. Aber es gäbe am Nachmittag eine Pressekonferenz, bei der sie über die jüngsten Entwicklungen informiert würden. Er würde sich bei ihr melden, wenn er weniger Stress hätte. Und dann könnte er ihr auch ein paar exklusive Informationen geben.

Nachdem er das Notebook heruntergefahren hatte, rief er bei der Rezeption an und bestellte sich ein Frühstück aufs Zimmer. Dann wickelte er denselben Plastiksack wie am Vorabend um seinen Verband und ging ins Bad, um zu duschen. Das warme Wasser beruhigte ihn, löste seine Ängste. Natürlich könnte er sich diese Anspannung sparen, dachte er sich. Er hätte die Verhaftung schon vornehmen können. Bei den Indizien, die vorlagen, hätte er sie unter polizeilichen Aspekten sogar vornehmen müssen. Also, worauf wartete er?

Er stieg aus der Dusche, trocknete sich ab und schluckte eine Schmerztablette. Sobald er irgendeinem der Kollegen seine Informationen anvertraute, würden sie den Täter festnehmen. Sogar Bergmann, wollte er nicht seine Stelle riskieren, würde nicht umhinkönnen, den Staatsanwalt zu informieren. Doch Schäfer wollte nicht nur den Fall abschließen. Er wollte auch wissen, was es mit Sonnbichler auf sich hatte. Er wollte, dass er gestand.

Er ging zur Tür und öffnete dem Kellner, der das Frühstückstablett auf dem Balkontisch abstellte und das Zimmer mit einem großzügigen Trinkgeld verließ. Schäfer hatte schon die erste Semmel aufgeschnitten, als er noch einmal aufstand und ins Zimmer ging, um seinen Laptop zu holen. Er wollte wissen, wann der nächste Zug nach Innsbruck ging. Um sich selbst Druck zu machen und nicht nur zu warten, bis sich die Dinge von selbst erledigten. Er entschied sich, den Zug um halb zwölf zu nehmen, rief bei der Rezeption an und bestellte ein Taxi für elf Uhr fünfzehn. Blieb ihm noch eine gute halbe Stunde, um sein Frühstück zu beenden und sich fertig zu machen.

Als er sein Holster anlegte und in sein Jackett schlüpfte, läutete das Zimmertelefon. Das Taxi wäre da. Er packte seinen Computer in eine Papiertüte, überlegte kurz, ob er irgendwas vergessen hatte, und verließ das Zimmer. Der Taxifahrer war derselbe, der ihn zu Hinterholzer gebracht hatte. Sie wechselten ein paar oberflächliche Sätze über den Fall und erreichten den Bahnhof zehn Minuten vor Abfahrt des Zuges. Schäfer kaufte sich ein Ticket und ging in die Trafik, um sich Zigaretten und ein paar Tageszeitungen zu besorgen. Auf dem Bahnsteig überflog er die Schlagzeilen. Das Feuer und die Grabungsarbeiten hatten den Fall bei allen österreichischen Zeitungen wieder auf die Titelseite gebracht. Schäfer zündete sich eine Zigarette an und wartete die Ankunft des Zuges ab, der mit zehn Minuten Verspätung eintraf. Im Waggon der ersten Klasse saß ein japanisches Touristenpärchen, zwei Männer in Anzügen und eine ältere Frau, die mit sechs Vuitton-Taschen und -Koffern reiste. Er suchte sich einen Platz in größtmöglicher Entfernung zu den anderen Passagieren, stellte seine Tasche ab und setzte sich. Bald darauf bemerkte er, wie sich die Frau, die zwei Reihen weiter saß, mehrmals vorwurfsvoll räusperte. Er sah auf seine rechte Hand, deren Finger selbstständig auf die ausgeklappte Abstellfläche trommelten, und zog sie schnell zurück. Die Zeitungen, die er unkonzentriert durchblätterte, verschafften ihm auch keine Ablenkung. Das Logbuch. Er nahm seinen Laptop aus der Tasche, stellte ihn auf den Ausklapptisch und fuhr ihn hoch.

Das Dokument, das Bergmann ihm geschickt hatte, bestand aus nur zwei Seiten. Kaum eines der Wörter war ausgeschrieben, in erster Linie fanden sich Daten, Orte und Initialen: W. K., H. G., S. S., S. K., J. F., M. K., R. S. – die ersten sechs ordnete er automatisch den Mordopfern zu, dem Selbstmörder Kranz, Radners Freundin und Friedrich. Und auch bei den letzten beiden Buchstaben war er sich sicher, wie der volle Name lautete: Raimund Sonnbichler. Schäfer ging die Daten und Orte durch und versuchte sie mit dem Banküberfall und von Habermanns Entführung in Verbindung zu bringen. Da stand einmal Hornweg, da Aschau, da '77, da '79 ... ohne Radners Hintergrundwissen war es sinnlos, musste er bald feststellen – doch zumindest ergaben sich keine Widersprüche. Allerdings blieb noch eine der wichtigsten Fragen offen: Warum hatte er das Dokument überhaupt bekommen? Vier der Komplizen waren tot, Friedrich war weit weg von Kitzbühel, wo sich der Mörder immer noch aufhielt, und dass dieser die Initialen seiner eigenen Mutter nicht erkannt hätte, war unwahrscheinlich. Blieb nur Sonnbichler. Dessen Identität dem Täter möglicherweise verborgen geblieben war. Schäfer lehnte sich zurück und schloss die Augen. Er brauchte jemanden, der ihn beriet. Doch was würde er schon zu hören bekommen, außer, dass er seine Kollegen informieren und seinen riskanten Alleingang beenden sollte. Er holte sein Telefon aus dem Jackett und rief Konopatsch an.

„Hallo ... Bist du in der Arbeit? ... Ich bin in einer halben Stunde bei dir ... Ich brauche ganz dringend eine DNA-Analyse ... Von einem Knochenstück ... Wie alt? Knapp dreißig Jahre ... Na, dann wollen wir mal hoffen ... Haben sie dir eigentlich schon unser Skelett gebracht ... Na ja, müsste eigentlich schon da sein ... Gut ... Bis gleich."

Je näher der Zug Innsbruck kam, desto finsterer wurde es im Waggon. Schäfer schob die Jalousien hoch und schaute aus dem Fenster. Dunkelgraue Gewitterwolken verdeckten den Himmel, schwarze Vögel flogen hysterisch durch die Luft, die ersten Regentropfen fetzten an die Scheibe. Seine Wunde machte sich bemerkbar, doch die Schmerztabletten hatte er im Bad liegen lassen. Gut, in einer Viertelstunde wäre er ohnehin bei Konopatsch, und der würde neben Formalin wohl auch Zugang zu anderen Mittelchen haben. Der Zug fuhr in den Bahnhof ein. Schäfer wartete, bis die anderen Passagiere an ihm vorbeigegangen waren, nahm seine Sachen und stieg aus. Als er durch die Schiebetür ins Freie trat, sah er, wie ein Taxifahrer das Gepäck der Vuitton-Dame in den Kofferraum hievte. Der Wagen fuhr ab, doch kein anderes Taxi rückte auf den freien Stellplatz nach. Die haben es wohl nicht nötig, dachte Schäfer und lief ohne zu überlegen auf die andere Straßenseite, wo er drei parkende Taxis sah. Die dreißig Meter reichten aus, um seinen Anzug und sein Hemd so zu durchnässen, dass sie auf der Haut klebten. Warum er nicht unter dem Vordach gewartet hatte, bis der Platzregen vorbei war, fragte er sich, während das Taxi in Richtung Klinik fuhr. Eine Erkältung war das Letzte, was er jetzt brauchte. Nachdem er dem Portier seinen Ausweis gezeigt hatte, durften sie bis zum Eingang der Pathologie fahren. Schäfer bezahlte, stieg aus und lief die Stiegen zur Glastür hinauf. Im Foyer zog er sein Jackett aus und hängte es über einen Stuhl. Bevor er Konopatsch aufsuchte, wollte er noch einen Kaffee trinken und Bruckner anrufen. Er ging zum Automaten, warf eine Münze ein und drückte einen der Knöpfe. Die Maschine setzte sich in Betrieb, doch der Kaffee floss direkt in den Auffangbehälter. Schäfer versetzte dem Automaten einen Schlag mit der flachen Hand, worauf ein Becher in die Halterung unter dem Spender schepperte. Nachdem er eine weitere Münze eingeworfen hatte, kam er zu seinem Espresso – wobei der doppelte Preis sich nicht im Geringsten auf die Qualität des Kaffees ausgewirkt hatte. Er setzte sich, zündete sich eine Zigarette an und nahm sein Telefon aus der Jacketttasche.

„Hallo ... Ich bin in Innsbruck ... Muss noch was abklären ... Ja ... Worum ich Sie bitten wollte: Können Sie die Pressekonferenz übernehmen? ... Haben Sie schon ... Umso besser. Und: Wirbel? ... Klar, klar ... Nein, auf keinen Fall, das passt schon so ... Danke, Bruckner ... Ja, bis bald.“

Er legte auf und wählte eine weitere Nummer.

„Knochen? ... Ja, ich sitze oben bei eurem Automaten ... gut.“

Schäfer hatte eben seine Zigarette ausgedämpft, als sich die Schiebetür öffnete und Konopatsch auf ihn zukam.

„Na, da wird wohl bald einer wie ein nasser Schäfer riechen ... Hast du mit deiner klassischen Räubervisage kein Taxi gekriegt oder bist du wieder mal pleite?“

„Knochen, kümmere dich lieber mal um euren Automaten da. Der Espresso schmeckt, als wäre er einer von deinen Leichen aus dem Arsch geflossen.“

„Na, dann sollte der Herr Major vielleicht dafür sorgen, dass im Unterland nicht jeden zweiten Tag einer hopsgeht.“

„Reines Mitleid. Du schaust zwar ohnehin schon aus wie ein Sandler, aber einen notorischen Nekrophilen wie dich kann ich doch nicht von einem Tag auf den anderen in die Arbeitslosigkeit schicken.“

„Gut ... was liegt an?“

Schäfer griff sich sein Jackett und holte aus der Innentasche das Knochenstück, das er am Tag zuvor entwendet hatte.

„Davon brauche ich so schnell wie möglich die DNA. Und danach einen Abgleich mit den anderen Proben ... ob ein Verwandtschaftsverhältnis vorliegt.“

„In wessen Auftrag?“

„Was heißt in wessen Auftrag? Glaubst du, ich bring dir da meine Oma, weil ich wissen will, ob sie wirklich meine war? Das zahlt der Staat, wer denn sonst?“

„Schon in Ordnung. Ich wollte dich nur mal darauf hinweisen, dass solche Analysen nicht ganz billig sind und normalerweise eine Genehmigung brauchen. Also: Krieg ich die noch?“

„Knochen. Das ist kein Vaterschaftstest, sondern ein Beweismittel in mehreren Mordfällen. Und zwar das letzte, das ich noch brauche, um den Fall aufzuklären. Major Schäfer gibt dir sein Wort, dass er dir eine Genehmigung beschafft. Willst du das schriftlich?"

„Nein. Vergiss es nur nicht."

„Nie und nimmer. Übrigens: Kannst du mir einen Verband wechseln?"

„Was? Hast du was in den Staubsauger gehalten, das da nicht reingehört?"

„Hör auf mit den Sprüchen. Ich hab mir den Unterschenkel durchlöchert und der alte Verband ist schon ziemlich desolat. Also?"

„Na dann", seufzte Konopatsch, „mir nach."

Sie stiegen in den Fahrstuhl und fuhren in den zweiten Stock, wo Schäfer seinem Studienkollegen in ein Behandlungszimmer folgte, das nicht den Eindruck machte, regelmäßig benutzt zu werden. In den Ecken hatten sich Spinnen ausgebreitet, und als Konopatsch einen der gläsernen Wandschränke öffnete, hinterließ seine rechte Hand einen sauberen Abdruck in der Staubschicht. Schäfer zog die Schuhe aus, setzte sich auf die Behandlungsliege und krempelte das Hosenbein hoch.

„Haben sie das geröntgt?", fragte Konopatsch, nachdem er den Verband heruntergeschnitten hatte und die starke Schwellung an Schäfers Schienbein sah.

„Ja ... angeblich ist nichts kaputt."

„Würde ich mir trotzdem noch mal ansehen lassen", meinte Konopatsch, während er die Wunde reinigte, eine Heilsalbe auftrug und einen neuen Verband anlegte. „Wenn du willst, kann ich in der Ambulanz anrufen, dass sie das noch mal anschauen."

„Vielleicht später ... danke!"

Er zog das Hosenbein hinunter, stieg von der Liege und schlüpfte in seine Schuhe.

„Wann, glaubst du, seid ihr mit der Analyse fertig?"

„Ich frag mal nach", seufzte Konopatsch und nahm sein Telefon aus der Tasche seines Kittels.

„Peter? Hallo ... Hast du heute noch Zeit für einen Freundschaftsdienst? ... Eine DNA ... Ein Knochenstück ... Ja, dann bring ich's dir hinüber ... Ja, da wird sich wer freuen ... Danke, bis gleich."

„Kannst du heute Abend haben", sagte Konopatsch zu Schäfer und hielt ihm die Tür auf.

„Du bist ein Held!"

„Was machst du jetzt den restlichen Tag?", fragte Konopatsch, während der Aufzug sie nach unten brachte.

„Weiß ich noch nicht ... Vielleicht schau ich, was im Kino läuft. Oder ich setze mich in ein Kaffeehaus."

„Na dann, bis heute Abend." Konopatsch klopfte Schäfer auf die Schulter, ließ ihn aus dem Lift und fuhr in den Keller weiter.

45

Als er ins Freie trat, hatte der Regen aufgehört. Die Wolken hatten sich verzogen, der Asphalt dampfte, es war binnen einer Stunde so schwül geworden, dass Schäfer sein Jackett auszog. Unter einer alten Kastanie erblickte er eine Bank, auf die er sich setzte, um eine Zigarette zu rauchen und einen Anruf zu machen.

„Hallo, ich bin's ... Kann ich dich was fragen ... Das muss aber unter uns bleiben ... Also auch kein Wort zu Marc ... Wenn ich eine Möglichkeit hätte, zu beweisen, dass an dem Mord an Obernauer und Radner ... Entschuldigung, ich dachte, das hätte ich dir schon erzählt ... Also der Obernauer ist ziemlich sicher von einem der vier ermordet worden ... Genau ... Und der, den wir jetzt ausgegraben haben, dürfte der Radner sein, den sie ebenfalls umgebracht haben ... Zehn Jahre davor ... Ja ... Also, wenn ich beweisen könnte, dass einer darin verwickelt ist, der möglicherweise sonst davonkommt, es sei denn ... Also, es könnte halt sein, dass er es nicht überlebt ... Wer? Das kann ich dir nicht sagen ... Sicher nicht ... Ich wollte nur deine Meinung hören ... Nein, wollte ich nicht ... Das mache ich sowieso ... Ja ... Servus."

Schäfer legte auf, rauchte seine Zigarette fertig, stand auf und ging zum Haupteingang des Klinikgeländes. Dort nahm er ein Taxi und ließ sich zum Alpenzoo bringen. Als er vor dem Kassahäuschen stand, um eine Eintrittskarte zu kaufen, läutete sein Telefon. Bruckner.

„Ja ... Und wieso hat das so lange gedauert? ... Ach, der Reinisch und seine Freunde ... Und das Projektil, das Radner getötet hat? ... 9 Millimeter, das würde passen ... Ab damit zur Ballistik. Fragen Sie die Baumgartner, die hat den ballistischen Bericht vom Projektil vom Banküberfall ... Welches Bild? ... Ah, das mit der Frau ... Und Walch meint, das Gesicht komme ihm bekannt vor ... Na gut, vielleicht fällt ihm ja ein, woher ... Gut, nein, ich fahre am Abend wieder zurück ... Bis dann."

Schäfer steckte sein Telefon ein, gab der Kassiererin den gewünschten Betrag und nahm sein Ticket entgegen. Walch war dicht dran ... wäre ja auch ein Wunder gewesen, wenn niemand sonst draufkam. Gut, das könnte ihm unter Umständen eine Entscheidung abnehmen; aber Sonnbichler würde ihm dann ziemlich sicher durch die Lappen gehen. Was die Mitwirkung beim Banküberfall betraf, die wäre im folgenden Jahr verjährt. Und um ihn wegen Mordes zu kriegen, bräuchte er ein Geständnis. Er ging den gepflasterten Weg bis zum Aquaterrarium der Biber und stellte sich ans Geländer, von wo aus er einen guten Ausblick auf die Tiere hatte, die sich allerdings damit begnügten, ein paar Mal unter ihm durchs Becken zu tauchen. Nachdem er das Informationsschild über die Lebensweise der Biber gelesen hatte, ging er weiter zum nächsten Gehege. Hier setzte er sich auf eine Bank und betrachtete eine halbe Stunde lang die Gämsen und Steinböcke, wie sie auf den riesigen Felsbrocken auf und ab sprangen, ohne dass Schäfer darin einen Sinn entdecken konnte. Sie verhielten sich eben so, wie es erwartet wurde. Nichts trauriger als ein Haufen deprimierter Bergtiere, die lethargisch und ihres Lebens überdrüssig im Dreck lagen und sich nicht einmal die Mühe machten, den Kopf zu schütteln, um die Fliegen loszuwerden. Abermals läutete sein Telefon, was zwei der Steinböcke veranlasste, ihren Kopf zu ihm zu drehen und sich in angespannte Alarmstellung zu bringen.

„Bergmann. Was gibt's? ... Sind Sie sicher? ... Wer hat Ihnen das gesagt? ... Na ja, trifft sich eigentlich gut ... Ich bin gerade im Alpenzoo in Innsbruck ... Weil ich auf eine DNA-Analyse warte ... Genau der ... Gehe ich einmal davon aus ... Das hat der Bruckner übernommen, sollte eigentlich schon im Laufen sein ... Na ja, normalerweise klappt die Zusammenarbeit mit den Deutschen ganz gut, und weil es ohnehin keine Verwandte gibt, die gegen eine Exhumierung Einspruch erheben könnten ... Na ja, der schon, aber der wird sich kaum freiwillig melden ... Ja ... Nein, den lassen wir jetzt erstmal in Ruhe ... Das sag ich Ihnen bald ... Keine Sorge ... Auf Wiedersehen, Bergmann."

Friedrich hatte zur selben Zeit wie Radner im Tierpark Hellabrunn gearbeitet. Das war keine große Überraschung, aber immerhin ein wichtiges Indiz – wenn es jemals so weit käme, irgendwelche Komplizen zu überführen. Schäfer stand auf und ging ziellos über das Gelände des Zoos. Nachdem er ein paar Minuten vor dem Gehege der Braunbären verbracht hatte, setzte er sich auf die Terrasse des kleinen Restaurants nebenan, trank einen Tee und aß eine Speckplatte. Sein Bein begann wieder stärker wehzutun und er fragte sich, warum er vergessen hatte, Konopatsch um Schmerztabletten zu fragen. Als er den Kellner an den Tisch rief, um zu bezahlen, rief Baumgartner an und teilte ihm mit, dass in München mit der Exhumierung von Radners Mutter begonnen worden war. Während Schäfer mit ihr sprach, versuchte er dem Kellner mit seiner freien Hand die Höhe des Trinkgelds zu vermitteln, was dazu führte, dass er gar nichts mehr zurückbekam. Er überlegte, ob er als Ausgleich den mit einem Murmeltier verzierten Aschenbecher mitnehmen sollte, entschied sich dann aber dagegen. In welch seltsame und überwunden geglaubte Handlungsmuster einen die Orte bringen können, wo man seine Jugend verbracht hat, dachte er, als er zum Ausgang humpelte und ein Taxi rief.

Als er beim Gebäude der Pathologie ankam, fand er die Vordertür verschlossen vor. Er rief Konopatsch an, der ihm ein paar Minuten später aufsperrte.

„Sohn“, sagte er, ohne irgendwelche weiteren Erklärungen.

„Sicher?“

„Wenn du die genau prozentuelle Wahrscheinlichkeit willst, die irgendwo bei 99,9 liegt, dann musst du Peter fragen. Der freut sich immer, wenn er mit jemandem über Genstrukturen und die Doppelhelix reden kann.“

„Nein nein, ich glaub dir schon“, wehrte Schäfer ab, „hast du den Skelettierten schon durch?“

„Mein Gott, Schäfer. Hast du überhaupt irgendeine Ahnung von meiner Arbeit? Im Kopf hat er kein Loch und die üblichen Organe sind nicht mehr vorhanden, wie du vielleicht schon bemerkt hast. Aber da ihr eine Kugel gefunden habt, würde ich dir raten, von Tod durch Erschießen auszugehen. Mehr kann ich dir momentan leider noch nicht sagen.“

„Schon gut, Knochen. Hätte ja sein können. Und das Alter?“

„Von der Leiche oder vom Skelett?“ Konopatsch sah Schäfer spitzbübisch an.

„Ähm ... na, wie lang er unter der Erde lag, zuerst einmal. Und dann auch das Alter von dem Toten, also wie alt er war, als er gestorben ist.“

„Schön, dass du dich noch auskennst“, grinste Konopatsch, „also, sein Alter schätze ich auf Mitte bis Ende zwanzig, ist von den Zähnen bis zu den Gelenken alles recht gut erhalten. Und was die Zeit unter der Erde betrifft, musst du dich vorerst mit einer groben Schätzung zufrieden geben: fünfzehn Jahre auf jeden Fall, und da ich eine Amalgamfüllung gefunden habe, höchstens 190 Jahre.“

„Was, 190?“

„Für eine 14C-Methode braucht es ein wenig länger, lieber Freund, und da es Amalgamfüllungen erst seit Anfang des 19. Jahrhunderts gibt, muss dir das einstweilen reichen ... Na gut, wollen wir mal nicht so sein: Wenn du halbwegs logisch denkst und der Sohn des Knochenmanns weilt noch unter den Lebenden und ist unter fünfzig, dann hat sein Vater ihn aufgrund seines frühen Ablebens relativ jung gezeugt, comprende?; also liegt sein Vater in etwa dreißig bis fünfzig Jahre unter der Erde. Geboren 1955, gestorben 1980 zum Beispiel, damit du dich irgendwo festhalten kannst.“

Schäfer, der tatsächlich Schwierigkeiten hatte, dem Gerichtsmediziner zu folgen, nickte stumm.

„Hast du eigentlich irgendwo ein paar Schmerztabletten herumliegen?“

„Für das Bein?“

„Ja, können aber auch gegen Kopfweh sein, ich bin da nicht so wählerisch.“

„Warte einen Moment.“

Schäfer setzte sich neben den Kaffeeautomaten und ließ sich durch den Kopf gehen, was Konopatsch ihm eben erzählt hatte. Na ja, es klang logisch und es passte zu seiner Theorie, das reichte ihm schon.

„Da, nicht mehr als drei pro Tag“, gab ihm Konopatsch eine Tablettenschachtel in die Hand.

„Sonst?“

„Sonst lass ich dich ausstopfen und am Vorplatz von den Tauben zuscheißen ... Ist noch was? Ich muss nämlich noch ein bisschen sägen.“

„Na dann, gute Nacht ... und danke dir.“

„Schon gut“, winkte Konopatsch ab, drehte sich um und war schon im Aufzug verschwunden.

46

Je näher er Kitzbühel kam, desto stärker wurde seine Angst. Er saß allein in einem Abteil. Mit zittrigen Händen las er in der Broschüre eines Reiseveranstalters, die auf dem Sitz gelegen hatte. Er prägte sich die Ausstattungssymbole der Hotels ein und verglich diese untereinander. Ägypten hatte ein sehr gutes Preis-Leistungs-Verhältnis ... aber diese Luxuslager mitten in der Wüste ... Die Abteiltür wurde geöffnet. Ein Araber, der einen Servierwagen vor sich her schob, fragte Schäfer, ob er etwas zum Trinken oder einen Snack wolle. Schäfer nahm einen Nescafé. Er wartete ein paar Minuten, dann ging er mit dem Becher und seinen Zigaretten auf die Toilette. Wie ein Schüler, dachte er, während er auf dem Klodeckel saß und zwei Zigaretten hintereinander rauchte. Mittlerweile würden wahrscheinlich die Untersuchungen der Ballistiker vorliegen. Aber was sollte er damit anfangen. Was könnten sie noch ändern?

Er musste jetzt bald eine Entscheidung treffen. Großalarm oder kleine Falle. Recht oder Rache. Wen wollte er denn rächen? Radner, sein heldenhaftes Alter Ego? Oder sich selbst ... seine Wut, die ihn aus diesem Ort vertrieben hatte? Die Verletzungen, für die er doch letztendlich selbst verantwortlich war? Er sah sich das Fenster an, das sich nicht öffnen ließ, legte sein Ohr an die Tür und verließ die Toilette. Den Rest der Fahrt verbrachte er stehend. Hätte er doch nur eine Tablette genommen, ärgerte er sich. Dann würde der Schmerz wenigstens einen Teil seiner Wahrnehmung beanspruchen. Der Zug fuhr in den Bahnhof ein. Schäfer, der schon einige Minuten damit verbracht hatte, durch das Türfenster in die Nacht zu starren, drückte den grünen Knopf zu seiner Rechten und stieg aus. Er brauchte ein Auto. Bis zu Pfarrer Danninger war es ein Fußmarsch von gut zwanzig Minuten. Schlecht für sein Bein, doch die Bewegung würde ihm wie immer guttun. Danninger öffnete so schnell, dass Schäfer vermutete, der Pfarrer hätte den ganzen Abend auf ihn gewartet. Aber nicht, um sein Auto zu verleihen, wie Schäfer sehr bald klar wurde.

„Du willst doch so nicht Auto fahren?“

„Wie, so?“

„Na, schau dich an: Du gehörst ins Bett.“

„Ich bin müde, ja, aber ich kann leicht noch fahren. Außerdem muss ich nicht weit.“

„Nein, das kann ich nicht verantworten. Deine Eltern ...“

„Hör bitte auf mit meinen Eltern, hier geht's um Gerechtigkeit ...“

„Ach, Gerechtigkeit, und wieso nimmst du dann keinen Streifenwagen? Du bist der Major, da werden sie dir doch wohl einen Dienstwagen zur Verfügung stellen, oder?“

„Zacharias“, begann Schäfer zu verzweifeln, „bitte. Ich brauche das Auto!“

Der Blick des Pfarrers wurde traurig.

„Wenn du nur keinen Blödsinn machst“, sagte er leise und ging in sein Zimmer, um die Schlüssel zu holen.

Eine Viertelstunde später stand Danningers Subaru in Kirchberg auf dem Parkplatz neben dem Sessellift. Schäfer hielt sein Telefon in der Hand und ging das Adressbuch durch. Wieder und wieder. Bergmann ... der würde ihn verstehen. Maria ... sie würde ihn verstehen ... Beide würden ihn abhalten. Was tat er hier? Ein fremdes Leben aufs Spiel setzen für seine persönliche Bestätigung? Er nahm seine Glock aus dem Holster, entsicherte sie und legte sie auf den Beifahrersitz. Für einen Moment lehnte er sich zurück und schloss die Augen. Dann drückte er die Wähltaste.

„Kern. Schäfer hier. Wo bist du gerade? ... Du musst mir jetzt helfen ... Ich hab ihn ... Das kann ich dir jetzt nicht erklären ... Hast du einen Wagen? ... Gut. Du musst nach Kirchberg ... Sein Name ist Raimund Sonnbichler ... Genau der ... Richtig, gleich nach der Ausfahrt den Berg hinauf ... Das vorletzte Haus auf der linken Seite ... Du nimmst ihn fest und wartest, bis ich da bin ... Alles klar. Sei vorsichtig.“

Schäfer öffnete das Fenster und zündete sich eine Zigarette an. Er sah auf die Uhr am Armaturenbrett: halb zwölf. Er startete den Wagen, fuhr vom Parkplatz ab und bog nach hundert Metern in eine Seitenstraße ein, die den Berg hinaufführte. Er sah auf die Tafeln mit den Hausnummern. Da ... bei Sonnbichler brannte noch Licht. Schäfer fuhr vorbei und hielt ein Stück weiter hinter einer Trafostation, von wo er einen guten Blick auf die Straße und das Haus hatte. Er drehte das Licht ab und wartete. Nach etwa einer Viertelstunde sah er, wie sich zwei Scheinwerfer den Hügel herauftasteten. Kurz darauf hielt ein Polizeiauto vor Sonnbichlers Haus. Schäfer sah Kern aussteigen, zur Tür gehen und läuten. Er nahm seine Waffe, öffnete vorsichtig die Wagentür und stieg aus. Sonnbichler war sichtlich überrascht, als er den Uniformierten vor sich sah. Kern drängte ihn ins Haus hinein und machte die Tür hinter sich zu. Als Schäfer zum Haus lief, merkte er, dass die Schmerzmittel ihre Wirkung zu verlieren begannen. Er drückte die Klinke hinunter und schlich hinein. Die Pistole im Anschlag drückte er sich an der Wand entlang in Richtung einer Holztür, durch die er Kerns Stimme hörte. Langsam legte er seine linke Hand auf die Klinke und drückte sie nach unten. Kern stand in der Mitte des Raums und zielte mit seiner Pistole auf Sonnbichler, der einen Meter vor ihm auf dem Boden kniete, die Hände auf dem Rücken, das Gesicht zum Boden gewandt.

„Lass es gut sein“, sagte Schäfer und hielt Kerns Rücken im Visier.

Kern zuckte zusammen, wollte sich im ersten Schreck umdrehen, widerstand jedoch dem Reflex und hatte sich gleich wieder gefangen.

„Sie haben mich reingelegt“, sagte er, und Schäfer wusste nicht, ob Kerns Stimme amüsiert oder verzweifelt klang.

„Was hast du dir denn erwartet?“

Kern schwieg.

„Herr Sonnbichler“, wandte sich Schäfer an den am Boden Kauernden, „ich kläre Sie jetzt über Ihre Optionen auf. Hören Sie mir zu?“

Sonnbichler zitterte und nickte.

„Ich bin Major Schäfer, wir haben bereits miteinander gesprochen. Und der Mann, der gerade überlegt, ob er sie erschießen soll, ist Inspektor Kern. Übrigens lediger Sohn eines gewissen Andreas Radner. Dieser Name sollte Ihnen etwas sagen, oder?“

Sonnbichler rührte sich nicht.

„Oder?“, schrie ihn Schäfer an.

Sonnbichler blickte zu den beiden Polizisten hoch und nickte.

„Nun denn ... dann nehme ich mal an, dass Sie beim Überfall auf Ihre Bank fleißig mitgeholfen haben und auch eine großzügige Vermittlungsprovision kassiert haben ... Sie müssen nur kurz nicken, dann sind wir schneller fertig.“

Sonnbichler, dem die Tränen in die Augen traten, nickte abermals.

„Geht doch. Und wie Sie auf den Geschmack gekommen sind, haben Sie dann auch noch eine Entführung draufgelegt, gemeinsam mit Ihren mittlerweile verstorbenen Freunden.“

Sonnbichler sah Schäfer fragend an.

„Sie dürfen reden, Herr Sonnbichler, das könnte Ihnen vielleicht das Leben retten – auch wenn ich mir da nicht sicher bin.“

„Ich ... ich habe niemanden entführt“, schluchzte Sonnbichler, „das mit der Bank, das war am Anfang nur so eine Schnapsidee, die mir der Kranz erzählt hat. Ich hab ja auch gar nicht gewusst, mit welchen Leuten der verkehrt hat.“

„Sie meinen wohl meinen Vater“, sagte Kern und trat Sonnbichler mit seinem Stiefel gegen die Brust, worauf dieser sich zusammenkrümmte und nach vorne fiel.

„Kern“, schrie Schäfer, „darf ich das Verhör bitte zu Ende führen?“

Kern antwortete nicht, doch die Pistole in seinen zitternden Händen machte Schäfer klar, dass er sich ab jetzt jedes Wort zweimal überlegen musste.

„Wer war noch dabei?“

„Der Kranz, der Steiner, der Deutsche und zwei andere, die ich aber nie getroffen habe.“

„Herr Sonnbichler ... wissen Sie, wer zwischen Ihnen und mir steht? Ein ziemlich verwirrter und vor allem verletzter junger Mann, der seit sehr langer Zeit herausfinden will, was seinem Vater zugestoßen ist. Und nachdem er es herausgefunden hat, sind in Kitzbühel fünf Menschen gestorben. Einen davon hat wohl ihr Freund Kranz auf dem Gewissen – aber die anderen ... Und jetzt sagen Sie mir, was ihn davon abhalten soll, den Letzten der Bande zu erschießen, die seinen Vater ermordet und verscharrt hat?"

„Ich hab niemanden ermordet, ich schwöre es ..."

Als Sonnbichler ihm in die Augen sah, wusste Schäfer, dass er sich getäuscht hatte. Mit einem Mal fühlte er sich so schwach, dass er fürchtete, sein Kreislauf würde versagen.

„Kern. Leg die Waffe weg." Er machte vorsichtig einen Schritt nach vor.

„Wie haben Sie es so schnell herausgefunden?"

„Lass jetzt sofort die Waffe fallen oder ich erschieße dich."

Als Kern seine Pistole auf den Boden fallen ließ, trat ihm Schäfer mit aller verbliebenen Kraft in die Kniekehle, packte den einknickenden Kern an den Haaren und riss ihn auf den Boden. Er kniete sich auf dessen Schultern, griff sich die Handschellen, die am Gürtel befestigt waren, und legte sie ihm an. Danach hob er Kerns Pistole auf, sicherte sie und warf sie unter den Esstisch. Er legte sich rücklings auf den Teppich und bemühte sich, ruhig zu atmen.

„Du hast doch das Bild gesehen", sagte Schäfer mit geschlossenen Augen, „von deinen Eltern ... dass uns diese Ähnlichkeit nicht früher aufgefallen ist ... erst als du mit gebrochener Nase im Revier gesessen bist, hab ich es erkannt ... das Taschentuch mit deinem Blut hab ich ins Labor geschickt ... das Haar auf Gassers Computer war von dir ... aber eigentlich hätte ich mich viel früher auf dich einschießen müssen. Welcher Tiroler Polizist freut sich schon, wenn einer aus Wien nach Tirol kommt und den Chef macht ... und du hast dich ja tatsächlich gefreut ... eure Fußspuren in Gassers Garten ... natürlich haben wir sonst keine gefunden ... und Gassers Tochter, die hat nicht losgeheult, weil Walch eine Pistole hatte. Sie hat dich wiedererkannt ... nur was du mit meinen Schuhen wolltest, das weiß ich bis heute nicht ... das musst du mir erklären."

Als er keine Antwort bekam, wälzte sich Schäfer zur Seite und hob vorsichtig Kerns Kopf hoch. Seine Augen waren geschlossen, seine Atmung nicht zu hören. Schäfer legte ihm den Daumen auf die Halsschlagader. Dann griff er in seine Jacketttasche und holte sein Handy heraus.

„Kollegin Baumgartner? Schäfer hier ... Ich brauche sofort einen Rettungswagen. Und Sie sollten auch mitkommen."

47

„Wie lang dauert so ein Zustand?“, wandte sich Schäfer an den Psychiater, nachdem sie das Krankenzimmer verlassen hatten und nun den Korridor entlanggingen.

„Das kann ich nicht sagen ... es gibt verschiedene Formen der Katatonie und noch mehr Ursachen. Wir versuchen fürs Erste, den Stupor mit Benzodiazepinen zu lösen, damit er normal atmet und Nahrung aufnehmen kann.“

„Könnte er sterben?“

Der Arzt blieb stehen und zuckte mit den Achseln.

„Sein Alter und sein guter Allgemeinzustand sprechen für ihn. Was mir Sorgen macht, ist das Fieber und die zeitweilige extreme Muskelanspannung. Das sind Anzeichen einer malignen Katatonie, die durchaus lebensbedrohlich sein kann.“

„Kann ich ihm irgendwie helfen?“

„Na ja ... schauen Sie in seiner Wohnung nach, ob Sie irgendwelche Medikamente finden: Beruhigungsmittel, Antidepressiva oder irgendwelche Neuroleptika. Damit könnten wir die Diagnose verfeinern. Vielleicht können Sie auch herausfinden, ob er in therapeutischer Behandlung war. Wir haben leider gar nichts über ihn im Computer. Ansonsten: Wenn es Ihnen nichts ausmacht, dann sprechen Sie mit ihm. Das kann ich Ihnen allerdings nur als Privatperson erlauben, der etwas an seiner Genesung liegt. Ein Verhör versuchen Sie mir bitte nicht.“

„Natürlich“, erwiderte Schäfer gedankenverloren, „ich schaue, was ich machen kann. Danke.“

Der Arzt nickte, drehte sich um und ging. Schäfer blieb einen Moment am Gang stehen und überlegte. Obwohl er übermüdet und erschöpft war, wollte er noch nicht ins Hotel zurück. Er öffnete die Tür zu einem kleinen Balkon, trat ins Freie und zündete sich eine Zigarette an. Kern musste überleben. Nicht, um ihn über die noch fehlenden Zusammenhänge aufzuklären – das erschien Schäfer im Moment nebensächlich. Er fühlte sich in seltsamer Weise verantwortlich für den offenkundig schwer kranken Inspektor. Natürlich würde er mindestens die nächsten zwanzig Jahre in sicherer Verwahrung bleiben – ob im Gefängnis oder in einer Anstalt für psychisch Abnorme, würden die Gutachter und das Gericht entscheiden. Aber Kern war noch keine dreißig. Und er hatte ein Recht darauf, ein anderes Leben kennenzulernen. Eins, das frei war von der Verzweiflung und dem Wahnsinn, die ihn so weit getrieben hatten. Kern sollte irgendwann einmal glücklich sein, dachte Schäfer, warf seine Zigarette auf den Parkplatz hinunter und ging zurück auf die Intensivstation.

„Ich bin nicht hier, um dich zu verhören... ich möchte, dass du gesund wirst ... einfach nur, damit du am Leben bleibst. Wenn du mir diesen Gefallen tust, werde ich mich für dich einsetzen. Weißt du, Kern, ich kann nicht in dein Herz hineinschauen ... aber ich glaube, dass dir das Unglück kaum Chancen gegeben hat. Du hast es versucht, da bin ich mir sicher ... warum wärst du sonst Polizist geworden. Das ist ein schmaler Grat, das weiß ich. Du bist auf die eine Seite gefallen, ich auf die andere. Aber man kann auch wieder hinaufklettern ... und es wieder versuchen. Der Arzt hat gemeint, dass du mich hören kannst. Also wenn ich zu viel Blödsinn erzähle, dann blinzle, wenn das geht. Ich möchte dir eigentlich auch erzählen, wie es mir damals ergangen ist. Ich habe viel Scheiß gebaut hier ... ein Wunder, dass ich nicht selbst im Gefängnis gelandet bin ... keine Ahnung, was du davon schon weißt, irgendwie habe ich das Gefühl, dass du mich ziemlich gut kennst ... aber vielleicht will ich das nur ... dass wir uns gegenseitig verstehen ... auch wenn du mich fast so weit gebracht hast, dass ich dich den Sonnbichler umbringen lasse. Na ja, eigentlich habe ich mich selbst so weit gebracht, das gebe ich zu. Hoffentlich bist du mir nicht böse, wenn ich nichts davon sage, dass ich dich zu ihm geschickt habe. Da könnte mir der Reinisch einen Strick daraus drehen und dafür mag ich meine Arbeit zu gern ... mein Ruf ist auf dem Spiel gestanden ... und das in meinem Geburtsort ... obwohl ich immer sage, dass mir das egal ist ... aber seine Herkunft ... wir werden morgen deine Wohnung auf den Kopf stellen, das ist dir ohnehin klar, aber ich werde aufpassen, dass nichts verloren geht, was dir etwas bedeuten könnte: Fotos oder das Buch von deinem Vater oder was in der Richtung. Ich gehe jetzt schlafen und morgen will ich dich in einem besseren Zustand sehen. Schließlich haben wir noch einiges zu bereden ... von Kollege zu Kollege sozusagen ... oder von Mann zu Mann, wenn dir das besser gefällt. Gute Nacht, Kern ... erhol dich."

Schäfer verließ das Zimmer und verabschiedete sich von dem Beamten, der vor der Station auf einem Plastikstuhl saß und in einem Buch las. Er ging zum Empfang, wo er Havelka auf einer Transportliege schlafend vorfand. Er rüttelte ihn sanft an der Schulter.

„Havelka, los, fahren wir", sprach er ihn an und wartete, bis sein Kollege sich von seinen Träumen gelöst hatte.

48

Um zehn Uhr wurde Schäfer vom Zimmertelefon geweckt. Er nahm den Hörer ab und brauchte einen Moment, bis er die Stimme Bruckner zuordnen konnte.

„Hm ... Ja ... Haben Sie jemanden vor Kerns Wohnung, damit da nicht einer auf falsche Ideen kommt? ... Gut ... Nein, kein Problem ... Aber eine Stunde brauche ich sicher noch ... Danke ... Bis gleich."

Obwohl Schäfer seine Kollegen gebeten hatte, mit niemandem über die Ereignisse der vergangenen Nacht zu sprechen, war das Revier laut Bruckners Aussagen unter Belagerungszustand. Was Schäfer nicht weiter verwunderte: Sonnbichlers Nachbarn, das Krankenhauspersonal, der Polizeifunk ... Mitteilungsbedürfnis und Neugier halfen der Polizei genauso wie sie ihr manchmal auf die Nerven gingen. Er stand auf und wankte schlaftrunken ins Badezimmer. Sein Spiegelbild war nicht eben charmant. Nachdem er geduscht hatte, fühlte er sich zwar sauber, aber genauso erschlagen wie zuvor. Zudem hatte er vergessen, seinen Verband abzudichten, den er nun vorsichtig abwickelte. Es war keine Entzündung zu sehen, doch die Schwellung war auch nicht zurückgegangen. Er schüttete ein wenig Aftershave über die Wunde und klebte ein Pflaster darüber. Nachdem er die Zähne geputzt und sich rasiert hatte, zog er Hemd und Anzug an, entschied sich nach einem Blick in den Spiegel aber doch für Jeans und einen Sweater. Er rief bei der Rezeption an und fragte, ob sich jemand von der Presse im Foyer oder sonst wo befinde. Ja, der Hotelmanager hätte sogar schon mit der Polizei gedroht, was die anwesenden Journalisten nur begrüßt hätten. Schäfer entschuldigte sich für die Unannehmlichkeiten, bat die Rezeptionistin, ihm ein großes Frühstück aufs Zimmer bringen zu lassen und eine junge rothaarige Journalistin heraufzulassen, die demnächst vorbeikäme. Dann nahm er sein Mobiltelefon, setzte sich auf den Balkon und rief Kerstin Unseld an.

„Hallo ... Versprochen ist versprochen ... In meinem Hotelzimmer ... Nein, brauchst du nicht, ich habe mir gerade ein Frühstück bestellt ... Ja, frag bei der Rezeption ... Bis bald."

Er ging zur Minibar, nahm eine Flasche Orangensaft heraus, trank sie in einem Zug und legte sich aufs Bett. Der Kellner weckte ihn durch lautes Klopfen. Schäfer stand auf und öffnete die Tür, vor der sein Frühstück und Unseld warteten. Er nahm dem Kellner das Tablett ab, gab ihm ein Trinkgeld und ließ Unseld ins Zimmer. Sie begrüßten sich mit einem freundschaftlichen Kuss und setzten sich auf den Balkon, wo ihr Schäfer einen ausführlichen Bericht gab, während er sein Frühstück verschlang. Danach saßen sie rauchend in den Liegestühlen und wussten beide nicht, was als Nächstes geschehen sollte. Das Telefon nahm ihnen die Entscheidung ab. Bruckner, der sich für die erneute Störung entschuldigte, aber wissen musste, wann Schäfer am Revier wäre. In zehn Minuten, gab dieser zur Antwort, legte auf, sah Unseld in die Augen, zuckte entschuldigend mit den Achseln und stand auf.

Als er sich durch die Schaulustigen vor dem Polizeirevier drängte, die von der Anwesenheit der Presse wie üblich magnetisch angezogen worden waren, nahm er ein paar Gesprächsfetzen auf, aus denen er schloss, dass Kerns Rolle in den Mordfällen kein Geheimnis mehr war. Er musste im Krankenhaus anrufen und die Bewachung verstärken lassen. Als ein Auto auf den Parkplatz fuhr, nutzte Schäfer die Ablenkung, um zum Eingang zu laufen, der von zwei Beamten gesichert war. Er zeigte schnell seinen Ausweis und schlüpfte durch die Tür.

Im Revier ging es zu, als ob der große Einsatz erst bevorstände. Neben seinen Kitzbüheler Kollegen, Bruckner, Havelka, Chefinspektorin Baumgartner und dem Staatsanwalt standen noch ein Dutzend weitere Beamte – teils in Zivil, teils in Uniform – in den Büros herum, redeten laut durcheinander und hatten offensichtlich schon vor Stunden beschlossen, das Rauchverbot aufzuheben. Schäfer drängte sich in die Küche und machte sich einen Kaffee. Er öffnete alle Fenster und stellte sich in die Tür zwischen Besprechungsraum und Büros.

„Darf ich euch ersuchen, in den Besprechungsraum zu kommen“, sagte er laut, „und die Zigaretten bleiben bitte draußen.“

Nachdem die Beamten, die Schäfer kannten, seiner Aufforderung sofort nachkamen, entschieden sich auch die anderen – wenn auch nicht ganz so eilig – dafür, ihre Gespräche zu unterbrechen und ihren Kollegen zu folgen.

„Ich weiß nicht, wie weit ihr mit der Sachlage vertraut seid", begann er, „und ich weiß auch nicht, wer euch hier alle herbestellt hat und vor allem, wofür. Zum weiteren Vorgehen: Die Kollegen Bruckner und Walch werden sich anschließend mit mir und zwei Beamten der Spurensicherung Kerns Wohnung vornehmen. Chefinspektor Havelka, Sie fahren bitte nach St. Johann ins Krankenhaus und organisieren die Überwachung. Kollegin Baumgartner, da ich Ihnen am meisten Einfühlungsvermögen zutraue, bitte ich Sie, mit Kerns Mutter Kontakt aufzunehmen ... einer gewissen Monika Preminger, wohnhaft in Lienz. Wenn Sie der Meinung sind, dass eine psychologische Betreuung erforderlich ist, wissen Sie ja selbst am besten, wie Sie das machen. Was den Kontakt zu den Medien betrifft: Wenn es nach mir geht, setzen wir die Pressekonferenz auf achtzehn Uhr an. Sollten Sie, Herr Staatsanwalt, diesbezüglich anders verfahren wollen, bin ich damit natürlich einverstanden. Gibt's irgendwelche Fragen?"

„Was machen wir mit dem Sonnbichler?", wollte einer der Beamten wissen.

„Einstweilen in U-Haft behalten oder auf freien Fuß setzen ... das soll der Untersuchungsrichter entscheiden. Der haut uns schon nicht ab."

„Gibt es irgendwelche Verdachtsmomente, die auf eine Mittäterschaft anderer Personen schließen lassen?", brachte sich der Staatsanwalt ins Gespräch.

„Nichts Konkretes. Wir müssen auf jeden Fall überprüfen, wann Kern Gelegenheit hatte, Krassnitzers Waffe in Kranz' Wohnung zu bringen ... da sind wir dran."

Er schaute in die Runde und wartete einen Moment, ob sich noch irgendwer zu Wort melden wollte.

„Na gut, dann gutes Gelingen."

Beim Verlassen des Gebäudes schickte Schäfer den stämmigen und fast zwei Meter großen Bruckner vor, der eigentlich gutmütig wie ein Labrador war, sich jedoch einen Blick antrainiert hatte, der in Verbindung mit seiner Körpermasse ein bewährtes Mittel gegen Aufdringlichkeiten war.

„Pressekonferenz heute Abend, achtzehn Uhr, im Saal der Wirtschaftskammer", rief Schäfer den Journalisten zu und stieg in den Kleinbus.

Nach zehnminütiger Fahrt parkten sie vor dem Haus, in dem Kern eine Wohnung gemietet hatte. Vor der Eingangstür standen zwei uniformierte Beamte, die ihnen die Tür aufhielten. Keine Spur von Reportern, wie Schäfer verwundert feststellte. Sie gingen in den ersten Stock und sperrten die Wohnungstür auf. Nach kurzem Zögern waren sie sich einig, dass Bruckner als Erster eintreten sollte. Eine Vorsichtsmaßnahme, die sich bald als überflüssig herausstellte. Die Wohnung war menschenleer. Und sie machte eher den Eindruck eines Ferienappartements, das gerade einer Endreinigung unterzogen worden war – sauber, penibel aufgeräumt und unpersönlich. Ein paar Bilder, die Kern wohl aus Mitleid mit der leeren Wand aufgehängt hatte. Doch das waren auch schon die einzigen Gegenstände, die gewissermaßen funktionsfrei waren. Schäfer ließ sich von den Beamten der Spurensicherung Latexhandschuhe geben und ging ins Schlafzimmer, während sich seine Kollegen das Wohnzimmer, die winzige Küche und das Bad vornahmen.

Auf einem metallenen Rolltisch stand ein Laptop. Schäfer fuhr ihn hoch und musste feststellen, dass der Computer wie erwartet mit einem Passwort gesichert war. Im Regal hinter dem Schreibtisch stand ein Karton, der mehrere Ordner enthielt. Schäfer nahm sie heraus, stellte sie auf den Boden und setzte sich aufs Bett. Als ob Kern ihm die Arbeit so einfach wie möglich hatte machen wollen, fand Schäfer bereits im ersten Ordner zahlreiche Bilder, Skizzen und handgeschriebene Aufzeichnungen, die zweifelsfrei mit den Morden zu tun hatten. Die Fotos, die er selbst in Hinterholzers Buch gesehen hatte ... in schlechterer Qualität, außerdem war fast immer ein Holzrahmen zu sehen ... Kern hatte sie wohl beim Skifahren auf den verschiedenen Skihütten, die damit ihre Stuben schmückten, abfotografiert. Zeitungsberichte über eine Firmenfeier ... Zwanzig Jahre Autohaus Gasser ... amateurhafte und verschwommene Aufnahmen, die Kern wohl mit einem Teleobjektiv aus dem Auto aufgenommen hatte ... Krassnitzers Wohnhaus ... Steiner auf dem Parkplatz, wie er seinen Rucksack umschnallt ... Kranz war nirgends zu sehen ... ebenso wenig wie Sonnbichler ... hatte Schäfer ihn auf diese Spur gebracht? ... und hatte nicht Kern Dienst gehabt in der Nacht, als sich der ehemalige Bürgermeister erhängt hatte? Nein, Baumgartner hatte ihm mitgeteilt, dass er nicht auf dem Revier war ... doch hatte er das überprüft ... sollte er das überhaupt noch überprüfen?

„Viel mehr als das brauchen wir, glaube ich, nicht", wandte er sich an seine Kollegen und stellte die Ordner auf den Boden, „den Computer nehmen wir auch mit. Die Kleiderschränke habe ich noch nicht durchsucht. Das überlasse ich gern euch. Wenn es euch nichts ausmacht, gehe ich jetzt."

„Soll ich Sie nicht fahren?", fragte Walch.

„Danke ... aber ich brauche ein bisschen Bewegung."

Während er der Ache entlang in Richtung Stadt ging, führte er einen stummen Dialog.

„Auch wenn das jetzt nebensächlich ist: Aber was ist mit meinen Schuhen? Hat das irgendeine Bedeutung, oder war dir einfach danach, als du mich sturzbetrunken ins Hotel hast wanken sehen? Und der Kirchturm: Sollte mir das etwas sagen oder war das einfach eine schaurige Inszenierung? Kim Novak ... gut ... da habe ich wohl ein bisschen übers Ziel hinausgeschossen ... ich bin einfach neugierig ... was du geplant hast und was ich selbst erfunden habe ... die Schuhe, da hat die Gelegenheit den Dieb gemacht, nehme ich an ... und das mit der Hellabrunner Mischung ... warum knallst du dem Krassnitzer ein Tierbetäubungsmittel hinein? ... Ich meine: erfüllt seinen Zweck ... vielleicht hat dein Vater das ja irgendwo in seinem Logbuch beschrieben ... haben die den Habermann damit betäubt, weil dein Vater das aus dem Tierpark gekannt hat? ... Aber alles hast du doch nicht gewusst ... du hast mich suchen lassen ... cleveres Bürschchen, das muss ich dir lassen ... einen Teil der Geschichte hast du, den Rest lässt du mich erzählen."

49

Schäfer war mit dem Staatsanwalt übereingekommen, dass dieser die Pressekonferenz halten würde. Im überfüllten Saal der Wirtschaftskammer saß er neben Reinisch und hörte zu, wie dieser aus dem Fall ein Loblied auf den Polizeiapparat und die beispielhafte Zusammenarbeit von Exekutive und Justiz komponierte. Havelka saß am anderen Ende des Saals und schnitt aberwitzige Grimassen. Natürlich: Reinisch war süchtig danach, sich zu profilieren, und dabei überschritt er oftmals die Grenze zur Peinlichkeit. Andererseits ersparte sich Schäfer so das mühsame Referieren und hatte zudem nun etwas beim Staatsanwalt gut – das hatte er gut hingekriegt, schmeichelte er sich selbst und suchte in der Menge vor dem Podium vergeblich nach dem Gesicht einer rothaarigen Journalistin.

Nach der Pressekonferenz begab er sich mit seinen Kollegen aufs Revier, um die anstehenden Aufgaben zu besprechen. Danach bat er Walch, ihm für eine Stunde einen Dienstwagen zur Verfügung zu stellen. Gegen acht Uhr war er in St. Johann. Obwohl die Besuchszeit längst vorbei war, gestattete ihm die Stationsschwester, eine halbe Stunde bei Kern zu bleiben. Dessen Zustand hatte sich kaum verändert. Er hatte zwar die Augen geöffnet – hörte und sah auch alles, was um ihn vorging, wie ihm der Arzt am Vorabend erklärt hatte –, doch er lag da wie eingefroren. Schäfer legte ihm die Hand auf den Arm und erzählte, was im Laufe des Tages vorgefallen war; wobei er achtgab, nichts zu erwähnen, was Kern aufregen oder verletzten könnte. Einmal glaubte Schäfer, dass er Kern kurz lächeln gesehen hätte. Doch vielleicht hatte er sich das auch nur eingebildet. Er verabschiedete sich und verließ die Intensivstation. Nachdem er den Wagen zurückgebracht hatte, ging er ins Hotel und aß im Restaurant einen Schweinsbraten. Kein Vergleich mit dem von der Johanna, dachte er, aber gegen den Hunger reichte es.

Obwohl er in den vergangenen Tagen nur wenig geschlafen hatte, lag er in seinem Zimmer lang wach, starrte an die Decke und dachte nach: die Fotos, die Entführung ... Zwischendurch schaltete er immer wieder den Fernseher ein, der ihn aber spätestens nach ein paar Minuten zu nerven begann. Wenn es nicht mitten in der Nacht wäre, könnte ich meine Eltern besuchen, dachte er und stand auf, um am Balkon eine Zigarette zu rauchen. Er ließ seinen Blick über die Häuser auf der Sonnseite, die Wälder und Berge darüber wandern.

„Habt ihr jetzt alle euren Frieden?“, fragte er stumm in die Nacht hinaus, drückte seine Zigarette aus und ging sich wieder hinlegen. Schlaf fand er lang keinen – doch in diesem Zustand zwischen Wachsein und Träumen wurden ihm einige Dinge klarer.

Am Morgen wachte er auf, sah sich um und wusste, dass er keinen Tag länger in diesem Zimmer bleiben wollte. Er stand auf, bestellte ein Frühstück und begann zu packen. Kamp würde sich aufregen: Was ihm denn einfiele, vor Abschluss der Ermittlungen zurückzukehren. Doch Schäfer wusste, wie er mit dem Oberst umzugehen hatte. Außerdem konnte er sich nicht erinnern, offiziell wieder mit der Leitung des Falls betraut worden zu sein.

Nachdem er im Stehen gefrühstückt hatte, verließ er sein Zimmer und fuhr mit dem Lift ins Erdgeschoss, wo er die Rezeptionistin um die Rechnung bat. Als er den Fußweg in Richtung Polizeirevier ging, kam ihm die Graffl-Wetti entgegen – mit ihrem Hund, wie Schäfer erleichtert feststellte. Sie schien ihn nicht zu sehen, doch aus welchem Grund auch immer nahm Schäfer an, dass ihr nichts entging. Am Posten ging es wesentlicher ruhiger zu als noch am Tag zuvor. Als er in die Büros kam, standen alle auf und Schäfer glaubte für einen Moment, dass sie ihm applaudieren wollten, was ihn nicht im Geringsten gestört hätte. Die folgenden zwei Stunden ging er mit Bruckner, Baumgartner und Aufschnaiter die noch zu erledigenden Aufgaben durch und überließ dann seinem Wiener Kollegen das Kommando. Als es Zeit war, sich zu verabschieden, teilte er seinen Kollegen mit, dass er ohnehin bald wieder in der Stadt sei, um seine Familie zu besuchen, und dann würde er selbstverständlich vorbeischauen. Ob sie ihm glaubten, wusste er nicht – doch er wollte sich im Moment jegliche Sentimentalitäten ersparen. Baumgartner bot an, ihn zum Bahnhof zu bringen, was Schäfer gern annahm. Als sie am Bahnsteig standen, wussten sie beide nicht, was sagen. Vielleicht war sie erleichtert, dass er endlich weg war; vielleicht hatte sie die ganze Sache einfach noch nicht verdaut. Er küsste sie zum Abschied auf die Wange, bevor sie die Gelegenheit hatte, es zu verhindern.

Nachdem er in Wörgl umgestiegen war, bat er den Schaffner unter Zuhilfenahme seines Dienstausweises, ihm ein verschließbares Abteil zur Verfügung zu stellen. Er stellte seine Tasche auf die Gepäckablage, nahm sein Telefon aus dem Jackett und hängte dieses an den Haken neben dem Fenster. Als der Zug Fahrt aufgenommen hatte, suchte er das Adressbuch durch. Habermann – seine Rolle in der ganzen Affäre hatten bislang weder seine Kollegen bei der Polizei noch die Journalisten hinterleuchtet, und Schäfer hatte nicht vor, daran etwas zu ändern. Andererseits: Eine dezente Warnung war nie falsch; und einen Gefallen schuldete ihm Habermann auf alle Fälle. Er drückte die Wähltaste.

„Grüß Gott, Herr von Habermann ... Ja ... Ich mich auch ... Danke, aber das war nicht nur mein Verdienst ... Ich habe ja auch Helfer gehabt ... Es ist ja immer gut, wenn man Menschen um sich hat, die dieselben Ziele verfolgen, oder? ... Überhaupt nicht, Herr Habermann ... So ein Verdacht liegt mir fern ... Ich halte Sie nur für einen Menschen, der ein sehr feines Gespür für Gerechtigkeit hat ... Egal, warum ich eigentlich anrufe: Ich habe da einen Bekannten, der liegt zurzeit auf der Intensivstation in St. Johann ... Richtig geraten ... Es wäre mir jedenfalls sehr viel leichter ums Herz, wenn es jemanden gäbe, der ihn regelmäßig besucht und sich um ihn kümmert ... Ich denke doch, dass Sie beide sich einiges zu erzählen hätten, wenn nicht ... Entschuldigen Sie, ja, das geht zu weit ... Ich meine ja nur, da Sie ein sehr herzlicher und empfindsamer Mensch sind, wie ich zu wissen glaube, und der Herr Kern sonst niemanden ... Vielen Dank, Herr von Habermann ... Wenn ich mich auf Sie verlassen kann, können Sie sich auch auf mich verlassen ... Auf Wiedersehen.“

So, einen Anruf hatte er noch zu erledigen, sagte sich Schäfer zufrieden.

„Tag, Herr Regisseur ... Gut, und Ihnen? ... Das denke ich mir, dass Sie davon gehört haben ... Wahrscheinlich haben Sie auch von der Explosion erfahren, die das Haus des Anwalts vernichtet hat ... Sehr professionell übrigens ... Wer hat denn von Ihnen gesprochen, Meister Semtex ... Natürlich waren Sie nicht in Kitzbühel ... Aber wie Sie schon einmal erwähnt haben: Sie waren eine Armee ... Friedrich, halten Sie den Mund ... Ich habe keine Lust, Ihnen etwas anzuhängen ... Ich will damit überhaupt nichts mehr zu tun haben ... Nehmen Sie einfach zur Kenntnis, dass Sie in Österreich von jetzt an höchstens Urlaub machen und möglichst viel Geld dalassen ... Eben ... Und wenn ich einmal einen professionellen Gefallen brauche, kann ich mich doch jederzeit an Sie wenden ... Danke, das ist sehr entgegenkommend ... Also, Friedrich, machen Sie's gut, und vergessen Sie mich nicht.“

Schäfer legte das Telefon auf den Ausklapptisch, lehnte sich zurück und schloss die Augen. Richtig, falsch, legal, widerrechtlich ... was kümmerte es ihn, wenn er ein gutes Gefühl dabei hatte. Er war eben eingenickt, als sein Telefon ihn aus dem Schlaf riss.

„Bergmann“, gähnte Schäfer, „dass man von Ihnen auch wieder einmal hört ... Ich? Schon fast wieder in Wien, und Sie? ... In Kitzbühel!? Das gibt's doch nicht! Das machen Sie doch absichtlich, Bergmann, stimmt's?!“

Alfred Komarek
Polt.
168 Seiten, € 17,90/sfr 31,50
ISBN 978-3-85218-604-7

Für Simon Polt, Gendarmerieinspektor im frei gewählten Ruhestand, hat sich viel geändert: Beruflich geht er neue Wege, und die gemeinsame Zukunft mit seiner Langzeitfreundin Karin Walter erscheint unvermutet in einem völlig neuen Licht.

Zur Polizei, die nunmehr über die kleinen Dörfer im Wiesbachtal wacht, hat Polt kaum noch Kontakt – nur mit Norbert Sailer ist er befreundet, einem Ordnungshüter ganz nach seinem Geschmack. Doch nach einem gemeinsamen Abend der beiden Männer ist es mit der Ruhe in Polts Leben wieder vorbei: Die Männer stolpern über die Leiche eines Mannes, den niemand gekannt haben will, und über den einige doch mehr zu wissen scheinen, als sie zugeben. Und Polt ist plötzlich nicht nur Zeuge, sondern zugleich Verdächtiger eines Verbrechens ...

Vor der vertrauten Kulisse der Weinviertler Kellergassen entfaltet Alfred Komarek einen Kriminalroman voller Spannung, psychologischer Raffinesse und hintergründigem Humor – ein fulminanter Auftritt von Gendarmerieinspektor Simon Polt.

„... im Stil eines Großmeisters."
NEWS, Susanne Zobl

„Alfred Komareks poetische Sprache eignet sich perfekt für diese Liebesgeschichte, bei der die Liebe gleichwertig einer Frau und einem Landstrich und besonders dessen Gebäude gilt."
Buchkritik.at, Alfred Ohswald

„Komarek zu lesen, bedeutet einzutauchen in eine Wirklichkeit, in der einen der Hauch einer großen Vergangenheit anweht."
Salzburger Nachrichten, Anton Thuswaldner

www.haymonverlag.at

Thomas Askan Vierich
Blutgasse
Originalausgabe
Kriminalroman
288 Seiten, € 9,95/17,90
HAYMON taschenbuch 16
ISBN 978-3-85218-816-4

Barbara, die kapriziöse Tochter eines sehr bekannten Wiener Baulöwen, wird verfolgt und bedroht.

Sie überredet den Journalisten und Lebemann Alfred Brinkmann, sie als eine Art Leibwächter zu begleiten. Dann wird Barbaras Vater tot aufgefunden, eingegossen in Beton. Und Alfred gerät in ein Netz erotischer Versuchungen, tödlicher Intrigen im Baumilieu und dunkler Familiengeheimnisse, in dem Lüge und Vergessen, Sex und Business, Mord und Totschlag nah beieinander liegen.

Vor der Kulisse eines Wien zwischen k.u.k.-Herrlichkeit und Moderne entfaltet Thomas Askan Vierich genussvoll einen mitreißenden Plot – mit viel Gespür für den Charakter der Stadt, Sinn für Ironie und pointierte Dialoge und einigen überraschenden Wendungen.

„Mein persönlicher Favorit für den Sommer“
Kurier, Peter Pisa

„Vierichs Debüt ... spielt gewitzt und souverän mit den allzu menschlichen Auswüchsen einer oft ungastlichen Gastronomie.“
Die Welt, Hendrik Werner

„... mit Augenzwinkern, Witz und Tempo: ein überaus vergnüglicher Kriminalroman mit gastronomischen Einsprengseln.“
Buchprofile, Marion Sedelmayer

„Wunderbar witzig und sinnlich geschrieben“
ELLE Bistro

(aus den Pressestimmen zu: *Tödliche Delicatessen*)

www.haymonverlag.at